Aura – Der Fluch

Clara Benedict, Jahrgang 1981, ist Deutsch- und Musiklehrerin und Sängerin in einer Rockband. Sie lebt mit einem Mann, zwei Katern, drei Kindern und zwölf Musikinstrumenten an der Weinstraße und hat ständig zu viele Pläne und zu wenig Zeit. Wenn sie nicht als Revuegirl oder Nashorn auf der Bühne steht oder sich für irgendein anderes verrücktes Projekt ködern lässt, spielt sie Videogames, geht geocachen und gibt unfassbare Summen für Bücher und Chucks aus.
www.clara-benedict.de

AURA bei Thienemann:

AURA
Bd. 1: Die Gabe

AURA
Bd. 2: Der Verrat

AURA
Bd. 3: Der Fluch

Mehr über unsere Bücher, Autoren und Illustratoren auf:
www.thienemann.de

CLARA BENEDICT

AURA

DER FLUCH

Thienemann

Für Darian Raphael

1 : erwacht

Als Erstes kehren die Geräusche zurück. Das leise Ächzen des Holzes, das Rauschen der Blätter, das Zwitschern der Vögel. Anschließend die Gerüche. Das herbe Aroma feuchter Tannennadeln vermischt mit dem Duft frischer Erde. Der würzige Nachhall eines Lagerfeuers.

Mein Kopf schmerzt, als wäre ich in vollem Tempo an eine Steinmauer geprallt. Außerdem ist mir kalt. So kalt, dass ich nur mit Mühe ein Zähneklappern unterdrücken kann.

Abrupt öffne ich die Augen und schaue auf eine dunkle Oberfläche. Bevor ich meinen Blick scharf stellen kann, steigt Übelkeit in mir auf, sodass ich schnell die Lider senke.

Wo bin ich? Was ist passiert?

Zögerlich rufe ich mir die letzten Stunden ins Gedächtnis und zucke zusammen, als der Ansturm der Erinnerungen schonungslos über mich hereinbricht. Mein Magen verkrampft sich, und erneut muss ich höchste Konzentration aufbringen, um mich nicht zu übergeben.

Unsere gemeinsame Nacht. Der Verlust der Flagge. Der Streit mit Lea. Ihr unbedachtes Weglaufen. Die anschließende Suchaktion. Ich atme tief durch. Raphael bewusstlos am Feuer. Raphael unter Wahrheitszwang, gegen den ich nicht das Geringste unternehmen konnte. Ravin, der mich mühelos kontrollierte. Der sich als natürlicher Former all die Jahre an der Akademie versteckt hielt. Er führte seine Fokussierung so meisterhaft aus, dass ich nicht einmal auf die Idee kam, mich zur Wehr zu setzen. Raphaels Versuche, mich aus der Manipulation zu befreien. Sein Streitgespräch mit Ravin, bei dem er versuchte, mich zu retten. Grenzenlose Angst. Alles verschlingende Wut. Die Erinnerung an eine nie stattgefundene Vergewaltigung. Wie konnte ich das glauben? Raphael leblos am Boden. Das unvorstellbare Entsetzen, das mich in die Realität zurückholte. Dem es gelang, mich für einige Sekunden aus Ravins Kontrolle zu reißen. Die doppelte Fokussierung. Ravins Verjüngung. Der letzte, verzweifelte Versuch, Raphaels Leben zu retten, das ich zuvor ausgelöscht hatte.

Meine Kehle wird eng, und ich dränge die aufsteigenden Tränen zurück. Ich muss wissen, was mit Raphael geschehen ist. Ich brauche Klarheit. Vorsichtig öffne ich die Augen und stöhne, als eine gesamte Steinlawine von meinem Herzen fällt. Raphael. Seine Anwesenheit erfüllt mich mit heftiger Dankbarkeit. Er lebt. Ich habe ihn nicht umgebracht. Zumindest nicht dauerhaft.

Überwältigt von den Empfindungen, die er in mir auslöst, betrachte ich sein Gesicht. Neben intensiver Zuneigung erkenne ich vor allem Erleichterung, aber auch tief empfundene Sorge. Für einen Moment versinke ich in seinem stahlblauen Blick. Das Gefühlschaos in meinem Innern ist so groß, dass es mich für einige Sekunden sogar von meinem desolaten Zustand ablenkt.

»Hannah«, flüstert er rau und atmet tief durch. »Dem Himmel sei Dank.«

»Hey«, krächze ich dumpf und lasse mich angestrengt zurücksinken. Die minimale Bewegung schickt einen erneuten Brechreiz durch meine Eingeweide. Magensäure steigt mir in die Speiseröhre, und ich schlucke widerstrebend.

»Was ist geschehen?«, würge ich hervor, während ich unter halb geschlossenen Lidern die Umgebung prüfe. Ich liege an der erkalteten Feuerstelle in der Mitte unseres Lagers, den Kopf in Raphaels Schoß gebettet.

»Du warst etwa zwei Stunden bewusstlos«, entgegnet dieser sanft. »Dorian und Norwin haben uns durch den halben Wald geschleppt.«

Liebevoll streicht er mir eine meiner kurzen Haarsträhnen aus dem Gesicht.

»Sie ist wach«, ruft er gedämpft jemandem außerhalb meines Sichtfeldes zu. Unter Aufbietung sämtlicher Kraft kämpfe ich mich in eine sitzende Position hoch. Das Hämmern in meinem Kopf steigert sich zu einem ohrenbetäubenden Dröhnen. Mein Magen krampft sich zusammen, doch ich versuche, der Qual nicht nachzugeben. Erschöpfung, Übelkeit und Schmerz liefern sich einen heftigen Kampf um die Vorherrschaft in meiner Wahrnehmung. Mein Gesichtsfeld verschwimmt. Verzweifelt konzentriere ich mich auf meine Atmung und warte, dass das Inferno in meinem Innern abflaut.

Erst nach einigen Minuten wage ich es, mich umzusehen. Direkt neben Raphael sitzt Dorian und beobachtet mich aufmerksam. Die restlichen Mitglieder unseres Teams sind damit beschäftigt, das Lager abzubauen. Finn und Isabelle legen eine Zeltplane zusammen, während Lea ihren Schlafsack einrollt. Ich bin froh, sie wohlbehalten zu sehen, obwohl sie tut, als wäre ich gar nicht da. Die Stimmung wirkt äußerst angespannt. Keiner spricht, und ständig treffen mich finstere Seitenblicke. Norwin läuft mit mehreren Zeltstangen auf den Armen vorbei und lächelt mir aufmunternd zu.

»Wieso benehmen sich die anderen so merkwürdig?«, frage ich heiser.

»Raph hat das Team eingeweiht. Sie wissen über alles Bescheid«, erwidert Dorian.

»Komplett *alles*?«, vergewissere ich mich beklommen.

»Elias. Deine Einschleusung an der Akademie. Deine wahre Identität«, zählt Dorian auf. »Der Wahrheitszwang. Ravins und Levanders natürliche Formergabe. *Deine* natürliche Formergabe.«

Ich beiße mir auf die Unterlippe. Das erklärt die ungemütliche Atmosphäre. »Und Raphaels ... Unfall?«, erkundige ich mich vorsichtig. Früher oder später müssen wir ohnehin darüber sprechen.

»Haben wir verschwiegen. Lediglich Dorian und Norwin wissen Bescheid«, antwortet Raphael leise. »Zumal ich selbst nicht weiß, was genau passiert ist und weshalb ich ...«

Er verstummt, als er meine gequälte Miene sieht. Die Erinnerung an seinen Tod ist zu frisch, selbst wenn er nicht von Dauer war. Ich schlucke krampfhaft die aufsteigenden Tränen hinunter und wappne mich dafür, das Unvermeidliche auszusprechen.

»Ich habe dich an den Baum geschmettert«, gestehe ich erstickt. »Ich war wütend und fast wahnsinnig vor Angst. Letzte Nacht. Ich dachte, du hättest mich vergewaltigt. Alles wirkte so echt. Ich wollte dich umbringen.«

Raphael streichelt beruhigend über meine Wange. »Ravin hat dich kontrolliert«, erinnert er mich behutsam, woraufhin Schweigen einkehrt.

»Wie hast du mich ...«, fängt Raphael zögerlich an.

»Doppelte Fokussierung«, entgegne ich. »Als ich dich leblos am Boden liegen sah, wurde mir klar, was ich getan hatte. Das Entsetzen muss mich für den Bruchteil einer Sekunde aus Ravins Kontrolle befreit haben. Das reichte aus, um einen Heilimpuls zu formulieren, den ich neben Ravins Verjüngungsbefehl aufrechterhalten konnte.«

»Du hast mich gerettet«, stellt Raphael fest.

Ich lache bitter auf. »Wenn du das so ausdrücken willst. Ich vermute eher, dass es das Auftauchen unserer Freunde war, das uns gerettet hat. Richtig?«, wende ich mich an Dorian.

»Als wir nach einer knappen halben Stunde weder von Raphael noch von dir gehört hatten, konnten wir nicht untätig bleiben«, berichtet dieser. »Wir sind sofort Richtung Valentins Gebiet aufgebrochen. Als wir an der Feuerstelle ankamen, sahen wir gleich, dass etwas nicht stimmte. Du und Ravin. Das war extrem unheimlich. Ihr habt euch regungslos gegenübergestanden und einander angestarrt. Mit solcher Konzentration, dass ihr einen Blitzeinschlag neben euch nicht bemerkt hättet. Du warst unnatürlich blass. Dein Atem ging derart flach, dass wir dachten, du würdest jeden Moment umkippen.« Er zieht schaudernd die Schultern hoch. »Wir hatten keine Ahnung, was bei euch läuft. Wir wussten nur, dass wir dich aus diesem hypnoseartigen Zustand befreien mussten. Ich habe Ravin mit dem Knauf meines Messers bewusstlos geschlagen. Im selben Augenblick bist du zusammengeklappt.«

»Und Raphael?«, dränge ich.

»Norwin hat ihn am Rand der Lichtung gefunden. Zwar bewusstlos, aber unverletzt«, erklärt er.

»Unser Leader ist schwerer, als er aussieht«, stichelt Norwin grinsend im Vorbeigehen.

»Und was ist hier los?«, frage ich mit einem zaghaften Nicken auf Finn, Isabelle und Lea, die mich misstrauisch beäugen.

Dorians Miene verdüstert sich. »Wir stecken in verdammt großen Schwierigkeiten«, eröffnet er. »Mittlerweile ist Ravin sicherlich aufgewacht und –«

»Aufgewacht? Ihr habt ihn nicht –«

Ich verstumme, als mir auffällt, wie eiskalt und gefühllos meine Worte klingen. Gleichzeitig meldet sich mein schlechtes Gewissen, eine solche Tat überhaupt in Erwägung zu ziehen.

Klar, Ravin hätte mich erledigt, ohne mit der Wimper zu zucken, und sein Tod würde zumindest die akute Bedrohung schmälern. Trotzdem sind wir keine Mörder. Keiner von uns.

»Vergiss die Frage«, schiebe ich hinterher. »Sie war blöd und total unnötig. Tut mir leid. Ich hätte es ebenfalls nicht getan.«

»Zu diesem Zeitpunkt wussten wir nicht, dass er ein natürlicher Former ist«, rechtfertigt sich Dorian ungeachtet meiner Entschuldigung. »Wir hatten nur Sekunden, um die Situation einzuschätzen. Du warst in Gefahr, wir haben gehandelt.«

»Und unser Leben gerettet«, ergänze ich. »Ich verstehe, dass ihr Ravin nicht einfach umbringen konntet.«

»Ehrlich gesagt haben wir darüber nachgedacht. Allerdings war weder Norwin noch ich in der Lage, einem Bewusstlosen die Kehle durchzuschneiden. Selbst wenn es sich um Ravin handelt.«

»Ja, natürlich«, bekräftige ich schnell und schiebe den

Gedanken, dass Ravins Tod einiges einfacher gemacht hätte, weit weg.

»Könnt ihr mal zum Ende kommen mit eurem Kaffeekränzchen?«, unterbricht Finn, der neben der Feuerstelle die Wasserflaschen einsammelt. »Wir haben dringendere Probleme.«

»Wie fühlst du dich?«, fragt Raphael und ignoriert Finns schlecht getarnten Vorwurf.

Dieser ächzt genervt und widmet sich wieder seiner Aufgabe. Seine Reaktion macht mir klar, dass sich das Gefüge innerhalb des Teams verschoben hat. Eine derart geringschätzige Kritik hätte Raphael heute Morgen nicht geduldet.

»Ganz gut«, lüge ich. In Wirklichkeit habe ich noch immer bohrende Kopfschmerzen, meine Glieder fühlen sich taub an, und mir ist fürchterlich schlecht.

Raphael durchschaut meinen lahmen Versuch sofort und runzelt unmerklich die Stirn. »Eigentlich bräuchtest du Ruhe, um dich zu erholen. Aber wir haben keine Zeit.« Er prüft ungeduldig seine Armbanduhr. »Ravin ist mit Sicherheit schon wach. Wir sollten zusehen, dass wir wegkommen.«

»Er wird verdammt wütend sein«, vermutet Dorian. »Sein größtes Geheimnis wurde aufgedeckt.«

»Es ist nur eine Frage der Zeit, bis Levander von allem erfährt«, wirft Norwin ein und stellt seinen fertig gepackten Rucksack neben dem Feuerplatz ab.

»Wenn er informiert wird, dann wahrscheinlich von Ravin selbst«, überlegt Raphael. »Einzig die Ausbilder wissen, wie sie ihn erreichen können. Wir Leader erhalten seine Kontaktdaten erst, wenn wir mit unserem Team den eigentlichen Außendienst beginnen. Davor läuft die komplette Kommunikation über Umwege ab. Levander will sich nicht mit Belanglosigkeiten aufhalten.«

»Wir wissen nicht, ob Ravin den Kontakt suchen wird. Weshalb sollte er das tun?«, wende ich ein. »Außer ihm weiß kein Ausbilder Bescheid.«

»Keine Ahnung, auf welche Ideen Ravin kommt«, erwidert Norwin. »Nachvollziehbar war sein Verhalten noch nie.«

»Vielleicht weiht er Levander nur teilweise ein. Er könnte verschweigen, dass er selbst auch ein natürlicher Former ist«, ergänzt Dorian düster.

»Valentin und seine Leute sind verschwunden, bevor Ravin seine wahren Beweggründe preisgegeben hat«, fällt mir ein. »Sie könnten glauben, er hätte in Levanders Auftrag gehandelt.«

Dorian reibt sich die Schläfe. »Wir können sie nicht einfach ins offene Messer laufen lassen«, bemerkt er unglücklich.

Norwin starrt ihn entgeistert an. »Ist das dein Ernst? Valentin und seine bescheuerte Mobbing-Gruppe haben die ganze Katastrophe erst ausgelöst. Du denkst wirklich darüber nach, sie zu warnen?«

Dorian weicht seinem Blick aus und senkt den Kopf. »Sie haben keine Ahnung, mit welch brisantem Geheimnis sie zu tun haben …«

»Dorian!«, faucht Norwin verärgert. »Du bist viel zu gutmütig! An seiner Stelle –«

Ich richte mich schlagartig auf, als mir beim Gedanken an Valentin ein bisher nicht erwähnter Aspekt in den Sinn kommt. »Habt ihr das Handy mitgenommen?«

»Wessen Handy?«, hakt Raphael alarmiert nach.

»Bevor der Wahrheitszwang ausgeführt wurde, hat

Valentin auf seinem Telefon herumgetippt und es auf einen Baumstamm neben sich gelegt«, erinnere ich mich.

»Hervorragend«, murmelt Norwin. »Mit Sicherheit hat er eine Sprachaufnahme gestartet, um sämtliche Geständnisse mitzuschneiden.«

»Ihr hättet erzählt, wenn euch das Handy aufgefallen wäre, richtig?«, vergewissert sich Raphael.

Dorian nickt verlegen. »Stimmt. Das haben wir übersehen. Tut mir echt leid.«

»Blödsinn«, wehrt Raphael ab. »Ohne euch wäre weder Hannah noch ich am Leben. Ich bin euch mehr als dankbar. Zudem ist es gut möglich, dass Ravin das Handy ebenfalls nicht entdeckt hat. In diesem Fall verschafft die Aufnahme Valentin eine realistische Chance. Er weiß vermutlich schon über alle Geschehnisse Bescheid. Es liegt also in seiner Hand, ob er mit seinem Team flüchtet oder ob er auf Ravin vertraut.«

»Vielleicht hat Ravin sie auch in Empfang genommen, als sie ins Lager zurückkehrten«, wirft Norwin ein, woraufhin Raphael mit Mühe ein Seufzen unterdrückt und kurz die Augen schließt.

»Aber dann …«, beginnt Dorian wieder.

»Willst du für Valentins Gruppe unser ganzes Team in Gefahr bringen? Wir müssen so schnell wie möglich weg. Wir können nichts für sie tun. Deine Menschlichkeit in Ehren, Dorian, aber hier ist Schluss«, beendet Raphael die Diskussion und wendet sich mir zu. »Du bleibst bis zum Aufbruch hier sitzen und rührst dich nicht«, ordnet er an. »Versprich mir, keine leichtsinnigen Aktionen zu unternehmen. Du bist völlig ausgebrannt. Wenn Dorian und Norwin wenige Minuten später aufgetaucht wären, hättest du nicht überlebt.«

Ich senke die Lider und murmle etwas Unverständliches.

Raphael schnaubt unwillig und steht auf. »An der Feuerstelle sammeln«, befiehlt er laut. »Abmarsch in fünf Minuten.«

2 : aufgespürt

Kurze Zeit später hat sich das Team in der Lagermitte versammelt. Trotz der spontanen Planänderung haben es die anderen geschafft, die Zelte abzubauen und alles Nötige in die Rucksäcke zu stopfen. Eine nähere Betrachtung des Ausrüstungsbergs zeigt, dass meine Sachen ebenfalls dabei sind. Vermutlich wurden sie von Norwin gepackt, da Dorian offenbar die Aufgabe hatte, mich zu bewachen, damit ich keine *leichtsinnigen* Aktionen unternehme. Zudem befürchte ich, dass momentan niemand sonst einen Finger für mich rühren würde. Aus nachvollziehbaren Gründen.

Unsicher mustere ich die Gesichter der anderen. Dorian und Norwin zwinkern mir aufmunternd zu. Lea behandelt mich wie Luft, während mich Finn und Isabelle argwöhnisch beäugen. Kein Wunder. Schließlich bin ich verantwortlich für die kopflose Flucht. Durch meine Anwesenheit könnte das gesamte Team mit in den Abgrund gerissen werden.

Raphael fängt meinen Blick auf und schenkt mir ein beruhigendes Lächeln. Als er sich an unsere Gruppe wendet, wird seine Miene ernst. »Wir müssen uns beeilen«, beginnt er ohne Einleitung. »Wichtigstes Ziel ist es, so schnell wie möglich aus dem Wald herauszukommen. Das nächste Dorf befindet sich etwa zehn Kilometer entfernt. Wenn wir uns nach Nordwesten orientieren, müssten wir gegen Mitternacht darauf stoßen. Wir nehmen einen Umweg, damit wir uns nicht in der Nähe der Zufahrtsstraße zum Gelände aufhalten. Vielleicht ist Ravin noch in der Gegend.«

»Das ist deutlich länger als die Strecke, die wir auf dem Hinweg zurückgelegt haben.« Finn stöhnt. »Da waren wir von der langen Busfahrt ausgeruht und nicht völlig fertig, weil du uns die ganze Zeit durchs Lager gescheucht hast.«

Lea und Isabelle murren zustimmend. Unauffällig schaue ich auf die Uhr und bemühe mich um einen neutralen Gesichtsausdruck. Raphael schätzt unsere Ankunft auf Mitternacht? Es ist erst kurz nach halb sieben! Ich habe keine Ahnung, wie ich es schaffen soll, knappe sechs Stunden durch den Wald zu hetzen. »Kannst du laufen?«, wendet sich Raphael an mich, als hätte er meine Gedanken gelesen.

Jetzt bloß keine Schwäche zeigen. Die anderen sind schon genervt, ohne dass sie auf mich Rücksicht nehmen müssen. Mein zuversichtliches Nicken bezahle ich umgehend mit einem bohrenden Schmerz hinter der Stirn. Trotzdem kämpfe ich mich in den Stand. Leider knicken meine Beine weg, bevor ich nur einen Schritt tun kann. Dorian fängt mich auf.

»Offensichtlich nicht«, bemerkt Finn spöttisch.

»Na toll«, stöhnt Isabelle. »Zuerst sorgt sie dafür, dass wir alle in Lebensgefahr schweben, und jetzt hält sie uns auf.«

»Schluss damit«, verfügt Raphael hart. »Es war meine Idee, Hannah an der Akademie zu verbergen. Wenn du ein Problem hast, solltest du es mit mir klären. Aber nicht jetzt.«

Seine Idee? Verwirrt massiere ich mir die Schläfen.

»Schon okay«, versichert Isabelle kleinlaut und duckt sich unter dem unerbittlichen Blick des Leaders.

»Hast du einen Plan?«, erkundigt sich Norwin übergangslos.

Raphael hebt unschlüssig die Schultern. »Am wichtigsten ist es, möglichst schnell viel Abstand zwischen uns und die anderen Teams zu bringen.«

»Was passiert, wenn wir das Dorf erreicht haben? Willst du dort ein Versteck suchen?«, fragt Isabelle.

»Das wäre extrem riskant wegen der Nähe zum Akademiegelände«, wehrt Raphael ab. »Wir müssen ein Auto klauen.«

»Wohl eine Limousine«, spottet Finn. »Ansonsten wird es unbequem. Sieben Personen!«

»Du kannst es dir ja im Kofferraum gemütlich machen, dann haben wir mehr Platz«, erwidert Raphael ungerührt.

»Verdammt ärgerlich, dass wir Elric nicht erreichen konnten«, murmelt Dorian.

»Elric weiß nichts von den Vorgängen?«, vergewissere ich mich beunruhigt.

»Ich habe es vor unserem Aufbruch unzählige Male bei ihm versucht«, sagt Raphael düster. »Anscheinend hat er sein Telefon ausgeschaltet. Wenn ich wenigstens wüsste, ob er seinen Besuch für heute oder für morgen geplant hat!«

»Weshalb probieren wir es nicht weiter?«, erkundigt sich Lea.

»Sobald wir das Lager verlassen haben, darf niemand mehr wissen, wo wir uns befinden. Wir müssen vom schlimmsten Fall ausgehen. Levander könnte bereits informiert sein. Für ihn wäre es ein Leichtes, Raphael über das eingeschaltete Handy zu orten«, erläutert Norwin, woraufhin der Leader zustimmend nickt.

Dorian atmet scharf ein und dreht sich zu Raphael, als sei ihm etwas Wichtiges eingefallen.

»Später«, entgegnet dieser eindringlich, als wüsste er, was Dorian besprechen wollte.

»Können wir nicht am Parkplatz auf Elric warten?«, schlägt Finn vor, dem der knappe Austausch völlig entgangen ist.

»Die Gefahr, einem anderen Team oder Ausbilder zu begegnen, ist viel zu groß«, erklärt Raphael geduldig. »Uns bleibt nichts anderes übrig, als zu Fuß zu flüchten«, fügt er mit einem besorgten Seitenblick auf mich hinzu.

»Ich kann laufen«, beharre ich stur. »Ich bin eben nur zu schnell aufgestanden. Bitte lass mich los«, wende ich mich an Dorian.

Er runzelt skeptisch die Stirn, löst aber den Griff um meine Oberarme. Unter Aufwendung aller verfügbarer Kraft schaffe ich es, mich einige Schritte vom Feuer zu entfernen und nur unmerklich zu schwanken.

Raphael beobachtet mich aufmerksam. Ich verschränke die Arme und funkle ihn herausfordernd an. Zum Glück verliere ich dabei nicht das Gleichgewicht.

»Sturkopf«, knurrt er resigniert. Ohne auf mein empörtes Schnauben zu achten, ergreift er mein Gepäck und lädt es sich zusätzlich zu seinem auf.

»Moment.« Während die anderen loslaufen, berührt Dorian unseren Leader am Ellbogen. »Was ist mit den Peilsendern?«, raunt er so leise, dass ich es bloß verstehe, weil ich neben ihm stehe. Das also war sein Gedanke von vorhin.

Raphael schüttelt leicht den Kopf. »Es würde zu lange dauern, sie jetzt zu entfernen. Zudem weiß ich nicht, wie das Team auf diese neue Schwierigkeit reagieren würde. Die Stimmung ist ohnehin kurz vorm Kippen. Wir kümmern uns darum, sobald wir einige Kilometer Abstand zu den Lagern gewonnen haben. Außerdem werden in Kürze weitere Probleme auf uns zukommen.«

Dorian kneift irritiert die Augen zusammen, als sich Raphael ohne Erklärung umwendet. Gleichzeitig ertönt hinter uns eine Stimme, die meine Übelkeit schlagartig zurückkehren lässt.

»Da seid ihr ja«, begrüßt uns Valentin zufrieden. Mit einem Stöhnen registriere ich, dass er nicht alleine ist. Bei ihm befinden sich Kira, Henry, Schnepfie und Dominik.

Raphael stößt ungehalten die Luft aus, wirkt aber nicht im Mindesten so überrascht wie wir anderen. Offensichtlich hat er die Auren des näher kommenden Teams bereits gespürt.

»Ihr habt uns gerade noch gefehlt«, stellt er aufgebracht fest.

»Wir müssen genauso aus diesem Wald raus wie ihr«, gibt Valentin nicht minder aggressiv zurück. »Wenn ihr Idioten –«

»Beleidigungen helfen uns nicht weiter«, unterbricht ihn Raphael und verschränkt verärgert die Arme. »Verschwindet!«

Für einige Sekunden starren sich die beiden wütend an.

»Ich hatte mein Handy …«, beginnt Valentin schließlich, woraufhin Raphael abwehrend die Hand hebt.

»Ich weiß. Du hast alles aufgenommen. Hast du es dabei?«

Valentin nickt.

»Ravin?«, erkundigt sich Raphael knapp.

»Das Lager war leer«, antwortet Valentin.

»Und was wollt ihr von uns?«, fragt Raphael kühl. »Ihr könnt den Wald auch alleine verlassen. Oder zu Ravin zurückrennen. Eure Entscheidung.«

»Zu riskant«, erwidert Valentin schulterzuckend. »Wir wissen zu viel.«

»Wo ist der Rest deines Teams?«, hakt Raphael nach.

»Keine Ahnung, wo die beiden stecken«, entgegnet Valentin gleichgültig.

Raphael runzelt die Stirn.

»Geh mir nicht mit deinem Pflichtgefühl auf die Nerven, Raphael! Ich bin nicht ihr Babysitter. Nachdem uns Gw… Hannah den Befehl gegeben hatte, eine Offensive auf Carolins Lager zu unternehmen, teilten wir uns auf, um aus verschiedenen Richtungen anzugreifen. Du erwartest nicht im Ernst, dass ich den Wald auf der Suche nach meinen verlorenen Schäfchen durchkämme, oder?«

Raphael blinzelt missbilligend, bleibt jedoch stumm.

»Wie auch immer. Wir begleiten euch«, schließt Valentin unbeeindruckt, was von unserer Gruppe mit einem verdrossenen Stöhnen quittiert wird.

»Auf keinen Fall«, widerspricht Raphael entschieden.

»Wie willst du uns daran hindern? Indem du deine Geheimwaffe auf uns loslässt?«, höhnt Valentin und deutet auf mich.

Überrascht stelle ich fest, dass die frischen Brandwunden an seiner Hand zu fast unsichtbaren Narben verblasst sind. Sie wirken, als seien sie schon vor langer Zeit verheilt. Vermutlich hat sich sein Team darum gekümmert.

»Bedauerlicherweise ist deine Liebste dermaßen fertig, dass sie kaum aus eigener Kraft stehen kann. Oder willst du uns deine beiden Superformer auf den Hals hetzen?«, stichelt er weiter, woraufhin ihn Lea und Finn hilflos anfunkeln.

Die Mitglieder unseres Teams wechseln unbehagliche Blicke.

»Valentin hat starke Former«, bemerkt Dorian. »Wir sollten eine Konfrontation unbedingt vermeiden.«

Raphael nickt scheinbar ungerührt, doch ich sehe, dass er vor unterdrückter Wut zittert. »Wir haben keine Wahl«, sagt er gepresst und richtet sich auf.

Wenig später setzt sich unsere unverhofft gewachsene Gruppe in Bewegung. In feindseliger Stille stapfen wir durch den Wald. Ich benötige meine gesamte Konzentration, um mich auf den Beinen zu halten. Weil ich häufig strauchle, sind immer Dorian, Norwin oder Raphael an meiner Seite, um mich aufzufangen und zu stützen. Trotzdem bezweifle ich, dass ich den Gewaltmarsch lange durchhalte.

»Wie ich das sehe, sitzen wir im selben Boot«, lenkt Valentin nach einigen Minuten versöhnlich ein.

Raphael starrt ihn wortlos an.

»Beeindruckender Konter«, wirft Kira gehässig ein.

»Halt die Klappe«, fertigt sie Valentin leidenschaftslos ab und wendet sich wieder Raphael zu. »Wir alle wissen, dass Ravin ein natürlicher Former ist, der sich vor Dr. Levander versteckt hielt. Das wird er keinesfalls billigen.« Er deutet auf seine vernarbte Hand. »Es spielt keine Rolle, dass er mich als Leader erwählt hat. Du kennst ihn. Er würde uns niemals verschonen.«

»Das ist nicht *unser* Problem«, informiert Raphael kalt.

»Du irrst dich«, erwidert Valentin mit einem zynischen Lächeln. »Ihr habt uns in diese beschissene Lage gebracht, also helft ihr uns gefälligst auch raus.«

»Wir sind uns einig, dass keiner von uns in dieser *beschissenen* Lage wäre, wenn du dein verdammtes Ego besser unter Kontrolle hättest. Richtig?«, erkundigt sich Raphael.

Valentin verengt die Augen zu Schlitzen. »Du suchst die Verantwortung bei mir? Interessant. Bist *du* nicht derjenige, der gemeinsam mit Elric alles verraten hat, wofür wir die letzten Jahre gearbeitet haben?« Ich erschauere, als mich sein harter Blick trifft. »Bist *du* nicht derjenige, der einen natürlichen Former an der Akademie versteckt hat und uns damit alle in Gefahr bringt?«

Deprimiert nehme ich wahr, dass nicht nur Valentins Former, sondern auch Lea, Isabelle und Finn zustimmend nicken. Obwohl sie mir nichts schuldig sind, tut diese Reaktion weh.

Raphael beißt sich auf die Unterlippe und schließt für einen Moment die Augen. »Wir sollten zumindest für die Dauer der Flucht einen Waffenstillstand schließen«, schlägt er nach einer kurzen Pause vor. »Gegenseitige Schuldzuweisungen bringen uns nicht weiter. Was geschehen ist, ist geschehen.«

»Jetzt sind ihm wohl die Argumente ausgegangen«, flüstert Kira absichtlich so laut, dass es gut hörbar ist.

Raphael hebt lediglich abschätzig die Augenbrauen.

»Klar, dass er keinen Streit will, wenn ihn seine Freundin nicht beschützen kann«, ergänzt Henry grinsend.

Anders als Raphael gelingt es mir nicht, die Provokation zu ignorieren. Ich balle die Fäuste in ohnmächtiger Wut, weil ich ganz genau weiß, dass er recht hat. Der kleinste Zugriff auf meine Gabe würde eine sofortige Ohnmacht oder Schlimmeres nach sich ziehen. Krampfhaft versuche ich, mich zu entspannen. Im Gegensatz zu ihrem Leader sind die Mitglieder von Valentins Team eindeutig auf der Suche nach Streit. Ich konzentriere mich auf meine Atmung und warte darauf, dass sich Ärger und Zorn legen. Wieder kehrt Schweigen ein.

Nach einer scheinbaren Ewigkeit passieren wir den Metallzaun, der das Akademiegelände eingrenzt.

»Hey, Raphael.« Erneut ist es Valentin, der die Stille durchbricht. »Habt ihr eure Peilsender schon entfernt?«

Raphael bleibt abrupt stehen und unterdrückt einen Fluch.

»Peilsender?«, echot Lea mit einem hysterischen Unterton, während Finn und Isabelle unseren Leader alarmiert fixieren.

»Du hast es ihnen noch nicht gesagt?«, vergewissert sich Valentin verwundert.

»Nein«, knurrt Raphael. »Das wollte ich ihnen *schonend* beibringen.«

»Tut mir leid«, entschuldigt sich Valentin, aber das schlecht verborgene Grinsen straft seine Worte Lügen.

»Peilsender?«, stammelt Lea fassungslos und den Tränen nahe. »Die haben uns *Peilsender* eingesetzt?«

»Gleich nach eurer Ankunft an der Akademie. Dr. Levander weiß gerne, wo sich seine Lemminge befinden«, eröffnet Valentin spöttisch.

»Kann man sie irgendwie ausschalten?«, fragt Lea unsicher, woraufhin Valentin ungläubig schnaubt.

»Ausschalten?«, wiederholt er amüsiert. »So kann man es auch nennen. Wir müssen sie herausschneiden.«

Lea starrt den Leader entsetzt an.

»Blutige Angelegenheit. Könnte ziemlich wehtun«, bestätigt er mit einem ernsten Nicken, doch seine Augen blitzen verräterisch.

Leas Lippen zittern, und sie wird blass.

»Die Sender befinden sich fast unmittelbar unter der Haut knapp oberhalb des linken Schlüsselbeins«, beruhigt Raphael sie und streicht ihr über den Arm. »Außerdem haben wir Eisspray. Ihr werdet kaum etwas spüren.«

Ich ertappe mich dabei, wie ich die Hand schützend an meinen Hals lege. Schnell entspanne ich mich wieder und hoffe, dass niemand meine Geste beobachtet hat.

»Ich hatte vor, die Teile erst im Dorf zu entfernen«, erklärt Raphael. »Es reicht, wenn wir sie dort loswerden. Beim Bekanntwerden unserer Flucht wird sowieso jedem klar sein, wohin wir uns zuerst wenden. Andererseits wissen jetzt ohnehin alle Bescheid. Gehen wir die Sache sofort an.«

Mit gemischten Gefühlen schaue ich zu, wie Raphael seinen Rucksack durchsucht und ein Messer sowie zwei kleine Spraydosen hervorholt. Er wirkt fast erleichtert, dass ihm durch Valentins Eingreifen eine unangenehme Entscheidung erspart wurde. Möglicherweise ist es tatsächlich besser, die Prozedur nicht länger aufzuschieben. Jeder Meter, den wir mit den Peilsendern zurücklegen, bedeutet ein unnötiges Risiko.

3 getrennt

Raphaels Beschluss wird mit argwöhnischem Schweigen aufgenommen. Die Aussicht auf die bevorstehende Mini-Operation hat sogar die Mobbing-Gruppe mundtot gemacht.

»Soll ich deinen Sender entfernen?«, bietet Valentin großzügig an. »Wäre mir eine Freude, dich wieder aufzuschlitzen, obwohl das letzte Mal nicht lange her ist.«

»Ich verzichte«, lehnt Raphael ab. »Bei deiner Zielsicherheit würde es mich nicht wundern, wenn du das Messer statt in meiner Schulter aus Versehen in der Herzgegend versenkst.«

Er ignoriert Valentins leises Lachen und schaut sich nach Dorian um, der sofort neben ihn tritt.

»Würdest du?«, bittet Raphael. Mit dem Griff zuerst hält er ihm das Messer entgegen und zieht den Ausschnitt seines Shirts zur Seite.

Dorian mustert den Bereich um Raphaels linkes Schlüsselbein und zögert. »Bist du sicher? Völlig ohne Betäubung?«

Raphael hebt die Schultern. »Das Eisspray aus dem Erste-Hilfe-Kasten wird nicht für alle reichen. Zudem muss der Schnitt nicht besonders tief sein. Schiebe einfach die Messerspitze unter den Sender, dann kannst du ihn heraushebeln.«

Dorian wirkt noch immer unschlüssig.

Raphael lächelt ihn aufmunternd an. »Du schaffst das.«

Insgeheim bewundere ich seine Selbstbeherrschung. Der Gedanke an den bevorstehenden Eingriff macht mich dermaßen nervös, dass ich am liebsten flüchten würde. Raphael hingegen scheint nicht nur gelassen, sondern schafft es auch, diese Ruhe auf die Teammitglieder zu übertragen.

Dorian nickt mit aufeinandergepressten Lippen. Er greift das Messer und setzt die Spitze oberhalb von Raphaels Schlüsselbein an. Nachdem er einmal tief durchgeatmet hat, übt er gerade so viel Druck aus, dass die Klinge leicht in Raphaels Haut dringt. Unser Leader schließt kurz die Augen, gibt jedoch keinen Laut von sich. Der Rest beobachtet die Prozedur mit einer Mischung aus Bewunderung und Widerwillen. Lediglich Valentin hat ein abschätziges Grinsen aufgesetzt.

Mit einer Drehung seines Handgelenks bewegt Dorian die Klinge. Konzentriert starrt er auf Raphaels Schulter. Er positioniert die Spitze, drückt den Knauf des Messers nach unten und entfernt den Sender. Mit einem erleichterten Keuchen geht er einen Schritt zurück.

Raphael würdigt seine Verletzung keines Blickes. Stattdessen zieht er ein Tuch aus der Tasche und gibt Dorian ein Zeichen, den Sender daraufzulegen.

»Danke«, sagt er ohne das geringste Zittern in der Stimme. »Wer jetzt?«

»Wir können den Schnitt mithilfe der Gabe heilen«, bietet Norwin an, doch Raphael schüttelt den Kopf. »Spart eure Kräfte. Wir wissen nicht, was heute Nacht noch auf uns zukommt.«

Nacheinander befreit Dorian die Mitglieder beider Teams von der Überwachung der Akademie. Die Entfernung der kleinen Metallkapseln verläuft erfreulich schnell und unkompliziert. Bald erinnert lediglich das schmerzhafte Pochen in meiner Schulter an die unangenehme Mini-OP.

Einzig Lea bildet eine Ausnahme. Sie schlägt so hysterisch um sich, dass sie von Norwin, Finn und Raphael fixiert werden muss. Durch ihr Gezappel braucht Dorian mehrere Anläufe, bis er erfolgreich ist.

Heftig atmend tritt er zurück und legt den Peilsender auf das Tuch, das ihm Valentin entgegenhält. Lea drückt weinend ihre Hand auf die Wunde.

Isabelle hat den erzwungenen Eingriff stirnrunzelnd verfolgt und legt ihr mitfühlend eine Hand auf den Oberarm.

»Alles okay«, versichert sie beruhigend. »Du hast es geschafft.«

»Die sind ja vollkommen verrückt«, schluchzt Lea und betrachtet das Blut an ihren Fingerspitzen.

Valentin schnaubt genervt. »Ein solches Spektakel wegen eines kleinen Schnittes«, murmelt er irritiert und verstaut das Tuch mit den Implantaten in seiner Hosentasche. »Du hattest echt keine gute Hand bei der Zusammenstellung deines Teams, Raphael.«

»Als ob deine liebenswerte Truppe eine bessere Wahl gewesen wäre«, kontert dieser und mustert Valentin misstrauisch. »Ich denke nicht, dass es vernünftig ist, ausgerechnet *dir* die Peilsender zu überlassen. Gib sie mir«, fordert er.

Valentin verschränkt die Arme. »Ganz bestimmt nicht«, erwidert er. »Du wirst mir wohl vertrauen müssen.«

Raphael stöhnt verärgert und erteilt das Signal zum

Aufbruch, ohne Valentin eines weiteren Blickes zu würdigen.

Ich nehme all meine Kraft zusammen und setze mich in Bewegung. Schon nach wenigen Schritten ist klar, dass mir dieser zweite Teil der Wanderung das Letzte abverlangen wird. Die Erschöpfung hält mich erbarmungslos in ihren Klauen, aber ich habe keine Alternativen. Es ist meine Schuld, dass wir überstürzt fliehen müssen. Ich will nicht zusätzlich die Verantwortung dafür tragen, dass wir gefangen werden. Also laufe ich mechanisch den anderen hinterher und konzentriere mich darauf, langsam und gleichmäßig im Takt meiner Schritte zu atmen. Die Zeit verschwimmt.

Als ich das nächste Mal aufblicke, ist es merklich dunkler geworden. Ich drehe den Kopf und sehe Raphael an meiner Seite. Wie lange läuft er schon neben mir? Um Kraft zu sparen, beschränke ich mich darauf, ihm zuzunicken, dann fixiere ich wieder den Boden. Bereits diese dürftige Geste lässt die Übelkeit erneut hervorbrechen.

Raphael legt kurz die Hand auf meine Schulter. »Du schaffst das«, spricht er mir leise Mut zu. »Ich bin bei dir.«

Unmittelbar darauf spüre ich, dass Raphael einen Impuls fokussiert, der mir Stärke und Trost spendet. Ich reagiere nicht und bemühe mich, meinen Rhythmus wiederzufinden. Schweigend setze ich einen Fuß vor den anderen. Die Mitglieder unseres Teams unterhalten sich, doch ich kann den Sinn ihrer Worte nicht verstehen. Ich fühle mich, als läge die ganze Welt unter einer schweren Decke aus Nebel.

Eine Ewigkeit später reißt mich Dorians Stimme aus dem tranceähnlichen Zustand. »Wir sind da.«

Ich hebe mühsam den Kopf und erkenne vereinzelte Lichter unmittelbar vor uns. In der Dunkelheit kann ich die Häuser nur schemenhaft ausmachen.

»Zwanzig Minuten vor Mitternacht«, stellt Raphael nach einem Blick auf seine Armbanduhr fest. »Wir waren etwas schneller als erwartet.«

»Wir wären noch schneller gewesen, wenn Hannah nicht so getrödelt hätte«, stichelt Schnepfie, verstummt jedoch sofort, als Raphael sie warnend anfunkelt.

Wachsam nähern wir uns dem Ortseingang. Vor dem ersten Haus steht ein alter Fiat auf der Straße. Hinter den Fenstern des Gebäudes herrscht Dunkelheit. Anscheinend schlafen die Bewohner schon.

»Raphael«, spricht Norwin leise unseren Leader an, »was hast du jetzt vor?«

»Das Auto nehmen«, fängt Raphael widerstrebend an. »Zum nächstgelegenen Bahnhof, dort weiter mit dem Zug, damit unsere Spuren nicht zu offensichtlich sind. Elric anrufen. Ohne ihn zu erreichen, können wir nicht komplett untertauchen.«

»Es ist viel zu riskant, auf Elric zu warten«, wirft Isabelle unvermittelt ein, woraufhin sich alle in ihre Richtung drehen. »Ich werde nicht mitkommen.«

»Ich auch nicht«, pflichtet ihr Finn bei, der seit Beginn der Flucht für seine Verhältnisse verdächtig still war. »Es ist besser, den Kontakt zur Akademie vollständig abzubrechen und abzuhauen.«

»Na, was ist, Raphael?«, fragt Isabelle tonlos. »Lässt du uns gehen?«

Raphael hat dem Gespräch still gelauscht. »Ich werde

euch nicht aufhalten«, verspricht er nach einer kurzen Pause.

Isabelle und Finn starren ihn überrascht an.

»Ich hatte nie etwas anderes im Sinn, als mein Team bestmöglich zu schützen«, fügt er leise hinzu. »Die Vorgänge der letzten Stunden haben gezeigt, dass mir dies nicht gelungen ist.« Er sieht mich an. »Ihr habt recht. Ich denke auch, dass ihr ohne mich besser dran seid.«

»Meine Definition von *bestmöglichem Schutz* sieht nicht vor, wissentlich einen natürlichen Former ins Team zu wählen und damit alle zu gefährden«, bemerkt Valentin spitz. »Aber wie könnte ich mit meiner *liebenswerten Truppe* deine Entscheidungen infragestellen.«

»Worauf warten wir?«, drängt Finn und ignoriert Valentins unverhohlene Kritik an unserem Leader. »Wenn wir uns ins Ausland absetzen, ist es unwahrscheinlich, dass Dr. Levander oder Ravin uns jemals finden werden. Je weiter wir uns von ihnen entfernen, desto besser.«

»Aber Familie und Freunde lassen wir ebenso zurück«, wendet Isabelle ein, die mittlerweile Tränen in den Augen hat. »Wir müssen zwischen zwei Katastrophen wählen. Eine ist nicht besser als die andere.«

»Unser komplettes Team könnte ins Ausland fliehen«, schlägt Finn vor, und ich registriere dankbar, dass er mich in seinen Plan miteinbezieht. »Es wäre bestimmt nützlich, einen natürlichen Former an unserer Seite zu haben. Selbst wenn Hannah momentan keinen Zugriff auf ihre Fähigkeit hat«, fügt er mit einem Stirnrunzeln hinzu.

Raphael neigt bestätigend den Kopf. »Ihr solltet gemeinsam flüchten. Das würde eure Chancen beträchtlich erhöhen.«

»*Ihr?*«, krächze ich und bin selbst erschrocken über

den Klang meiner Stimme, die ich seit Stunden zum ersten Mal wieder nutze.

Raphael weicht meinem Blick aus. »Elric. Er hat keine Ahnung von den Vorgängen«, erklärt er hilflos. »Ich kann nicht weg, ohne zu wissen, dass er in Sicherheit ist. Ich muss zumindest versuchen, ihn zu warnen.«

»Elric?«, hakt Isabelle nach. »Okay. Wenn er für dich so wichtig ist ... Erwartest du etwa von uns, dass wir für einen Ausbilder unser Leben aufs Spiel setzen? Was hat Elric jemals für uns getan?«

Die anderen nicken zustimmend.

»Was machen wir?«, wendet sich Schnepfie an Valentin.

»*Wir?*«, wiederholt er gedehnt und setzt ein halbseitiges Grinsen auf. »Ich habe euch aus dem Wald rausgebracht. Die Akademie hat sich für uns erledigt. Die Teams haben sich erledigt. Ebenso hat sich unsere Zusammengehörigkeit erledigt. Es gibt kein *Wir.*«

Für einen Moment sehe ich in seinen Augen Bedauern durchschimmern. Dann setzt er seine übliche spöttische Miene wieder auf.

»Was sollen wir jetzt tun?«, stammelt Schnepfie völlig überfordert.

Valentin dreht die Handflächen nach oben. »Das ist mir ziemlich egal. Haut mit der Auslandsgruppe ab, grabt euch eine Erdhöhle, gründet eine Zaubershow. Ich bin nicht mehr für euch zuständig.«

Schnepfie schaut Valentin enttäuscht an, während er sich betont lässig an eine Straßenlaterne lehnt. Kira, Henry und Dominik scheinen in eifrige Diskussionen verstrickt zu sein und reden heftig flüsternd aufeinander ein.

Raphael räuspert sich und deutet auf den parkenden Fiat. »Kann jemand von euch Auto fahren?«, erkundigt er sich. »Den Motor zum Laufen zu bringen, ist als Former kein Problem.«

Isabelle nickt. »Ich habe den Führerschein.«

»Macht euch auf den Weg«, gibt unser Leader seine letzte Anweisung. »Versucht, so schnell wie möglich ins Ausland zu gelangen. Achtet auf andere Formerauren. In der Gruppe dürftet ihr einigermaßen geschützt sein.« Er sieht mir direkt in die Augen. »Bringt euch in Sicherheit.«

Das ist nicht sein Ernst. Erwartet er tatsächlich, dass ich mich der Auslandsgruppe anschließe und ihn verlasse? Nach allem, was wir miteinander durchgemacht haben? Nachdem er sein *Leben* für mich gegeben hat?

Finn breitet auffordernd die Arme aus. »Wer kommt mit?«

Isabelle stellt sich, ohne zu zögern, neben ihn. Ebenso Schnepfie, die durch Valentins Ablehnung gründlich aus dem Konzept gebracht wurde.

»Dorian? Norwin?«, wendet sich Finn verwundert an meine beiden Freunde. »Was ist mit euch?«

»Wir bleiben«, beschließt Dorian. Norwin nickt bestätigend.

»Und du, Lea?«, drängt Finn.

»Ich auch«, erwidert Lea und fixiert den Boden.

»Wie du meinst.« Finn zuckt mit den Schultern und dreht sich um.

»Hannah ...«, setzt Raphael an.

»Du spinnst, wenn du glaubst, ich würde gehen«, fahre ich ihn an.

Er unterdrückt ein Seufzen. »Du kannst momentan nicht auf deine Gabe zugreifen. Du bist in einem erbärmlichen Zustand. Das ist zu gefährlich. Du kannst ja kaum geradeaus laufen.«

Ich balle die Hände zu Fäusten. »Das *darfst* du nicht von mir verlangen!«

Raphael stößt gereizt die Luft aus. »Es geht nicht um mich, sondern um deine –«

»Kriegt euch mal wieder ein«, beendet Valentin unsere Auseinandersetzung. »Es ist ihre Entscheidung.«

Raphael schießt einen bösen Blick in seine Richtung ab, wendet sich wieder mir zu und fixiert mich ärgerlich. Er hat absolut recht. Ich sollte mit den anderen gehen und nicht derart uneinsichtig sein. Es wäre das Beste für alle. Ich kann Kontakt zu ihm aufnehmen, sobald ich mich erholt habe. Am wichtigsten ist, dass ich mich in Sicherheit bringe. Mir darf nichts geschehen.

Gerade will ich nachgeben und mich Finn anschließen, da höre ich Valentins Lachen.

»Raphael«, sagt er belustigt und gibt diesem einen kräftigen Stoß, sodass er taumelt. »Führst du eine Fokussierung durch? Nicht sehr fair angesichts der Tatsache, dass sie sich nicht wehren kann.«

Raphael rammt Valentin einen Ellbogen in den Magen. Der blonde Leader krümmt sich schmerzerfüllt, grinst jedoch noch immer.

Schlagartig erlischt der Wunsch, mich selbst zu retten.

»Valentin. Du bist ein –« Raphael verstummt, bevor ich herausfinde, welches kreative Schimpfwort er gewählt hätte. Dann dämmert mir, was eben passiert ist. Heißer Zorn steigt in mir auf.

»Du setzt mich unter mentalen Zwang?«, vergewissere ich mich ungläubig.

Raphael versucht nicht einmal, das Offensichtliche zu

leugnen. »Zu deinem eigenen Schutz«, verteidigt er sich. »Du bist so stur! Du willst nicht wahrhaben, dass du in Gefahr bist.«

Ich balle die Hände zu Fäusten. Aufgebracht blitzen wir uns an.

»Trotzdem ist es meine Entscheidung!«, beharre ich und bemerke kaum, dass es ausgerechnet Valentins Worte sind, die ich wiederhole.

»Aber –«, beginnt Raphael.

»Tu das nie wieder!«, unterbreche ich ihn wutentbrannt.

»Was ist jetzt?«, fragt Schnepfie ungeduldig. »Seid ihr fertig mit eurem Drama? Ich bin sowieso dagegen, sie mitzunehmen. Das stellt bloß ein unnötiges Risiko dar. Gwen … Hannah … egal, wie du heißt«, sagt sie direkt zu mir, »von Anfang an gab es in deiner Nähe Ärger. Du hast nicht nur Dr. Levander, sondern auch Ravin gegen dich aufgebracht. Ich sehe nicht ein, dass wir mit dir untergehen.«

Henry und Kira schauen sich an und grinsen. Unbehaglich reibe ich mir über die Oberarme. Welchen Grund zum Bleiben haben sie? Gerade bei diesen beiden wird es sich nicht um plötzliche Sympathie oder reine Willkür handeln.

»Zeit zum Aufbruch«, bemerkt Raphael mit einem letzten hoffnungsvollen Blick in meine Richtung, den ich mit einem kategorischen Kopfschütteln abwehre. Erneut melden sich die bohrenden Schmerzen gepaart mit einem unterschwelligen Brechreiz, sodass ich die unbedachte Geste sofort bereue.

Während ich versuche, mir meinen erneuten Schwächeanfall nicht anmerken zu lassen und den Eindruck zu erwecken, ich sei sicher auf den Beinen, ergreifen Finn, Isabelle und Schnepfie ihre Rucksäcke.

Beklommen nicken wir uns zu. Bis auf einen Abschiedsgruß wird nicht gesprochen. Die richtigen Worte fehlen. Uns ist allen klar, dass wir einander nicht wiedersehen werden.

Wenig später sind die Rücklichter des Fiats in der Dunkelheit verschwunden. Raphael dreht sich abrupt um. Als ich ihn zögerlich am Arm berühre, reißt er sich mit einem Knurren los.

»Gib mir fünf Minuten, damit ich dir nicht den Hals umdrehe«, fährt er mich an. »Ich besorge uns einen Fluchtwagen. Bleibt hier.« Ohne eine Reaktion abzuwarten, läuft er mit großen Schritten die Straße entlang.

Unser Team wurde gespalten, in mir tobt die Übelkeit, und Raphael ist sauer auf mich. Unerfreuliche Situation. Als ich in die gehässigen Mienen von Valentins verbleibenden Formern blicke, wird mir klar, dass ein wütender Raphael und körperliches Unwohlsein meine geringsten Probleme sind.

4 : unberechenbar

Nachdem Raphael um eine Straßenbiegung verschwunden ist, schaue ich argwöhnisch in die Runde. Acht Former sind zurückgeblieben. Dorian, Norwin, Lea und ich. Vom anderen Team Kira, Henry, Dominik und Valentin. Schaudernd ziehe ich die Schultern hoch. Wenn es jetzt zu einer Konfrontation käme, wären sie uns deutlich überlegen. Ich kann mir nicht vorstellen, dass die Mobbing-Gruppe ohne Hintergedanken bei uns bleibt.

»Wisst ihr«, beginnt Henry gedehnt, als habe er mein Unbehagen gespürt, »es gibt eine Möglichkeit, die wir bisher nicht in Betracht gezogen haben.« Sein scheinbar zufälliger Blick in meine Richtung erzeugt eine Gänsehaut auf meinen Armen. Dabei kann nichts Anständiges herauskommen.

Valentin mustert ihn interessiert. »Lass hören.«

»Ravin ist ein natürlicher Former, der sich an der Akademie versteckt hielt«, erklärt Henry. »Wir können davon ausgehen, dass Dr. Levander nichts vom wahren Ausmaß seiner Gabe ahnt.«

Valentin nickt nachdenklich. »Weiter.«

»Im Grunde war es nur Ravin, der Dr. Levander hintergangen hat. *Wir* haben uns nichts zuschulden kommen lassen. Was spricht dagegen, an die Akademie zurückzukehren? Das wäre der beste Schutz vor Ravin.«

Oh oh. Ich ahne, welches Fazit am Ende dieser Überlegung steht. Unruhig trete ich von einem Fuß auf den anderen.

»Und was ist mit Hannah?«, liefert Valentin wie auf Kommando das passende Stichwort.

»Das ist das Problem«, erwidert Henry betrübt. Verdammter Heuchler! »*Sie* müssten wir natürlich an Dr. Levander übergeben. Damit könnten wir unsere Loyalität zur Akademie beweisen.«

Dorian verschränkt die Arme. »Auf keinen Fall!«

Gleichzeitig macht Norwin einen Schritt nach vorne und fixiert Henry wütend. »Bist du völlig bescheuert, so etwas vorzuschlagen? Du willst Hannah opfern, um dich bei Levander anzubiedern? Ist dir klar, was er mit ihr machen wird? Er wird sie töten!«

»Du kannst nicht leugnen, dass Henrys Gedanke naheliegend ist«, schaltet sich Kira ein. »Die Sicherheit von sieben Personen gegen die Auslieferung einer einzelnen. Welche Alternativen haben wir?«

»Ihr hättet zum Beispiel mit den anderen ins Ausland flüchten können«, schlägt Dorian bitter vor.

»Die Gelegenheit ist günstig«, übernimmt Henry wieder, als habe er Dorians Einwand nicht gehört. »So schwach und wehrlos wird sie kein weiteres Mal sein. Sie kann sich ja kaum auf den Beinen halten, geschweige denn einem Befehl widersetzen. Sie hat Raphaels Fokussierung nicht einmal erkannt!«

»Wir könnten sie bewusstlos schlagen«, bemerkt Dominik emotionslos. »Dadurch gehen wir kein Risiko ein.«

»Kannst du Kontakt zu Dr. Levander herstellen?«, wendet sich Henry an Valentin.

Dieser schüttelt den Kopf. »Lediglich die Ausbilder und die Leader im Außeneinsatz können ihn anrufen.«

»Aber du hast die Nummern der anderen Ausbilder?«, hakt Henry nach. »Dann holen wir uns Hilfe von Vincent oder Cassandra. Sie sollen uns Anweisungen geben, wie man einen natürlichen Former am zuverlässigsten über längere Zeit ausschaltet. Außerdem können sie Dr. Levander für uns kontaktieren.«

»Die Nummern der Ausbilder kann ich auswendig«, bestätigt Valentin.

Ich schaue resigniert von einem zum anderen, während über mein Schicksal diskutiert wird, als würde es sich dabei um eine unwesentliche Kleinigkeit handeln.

Während Dominik und Kira einander zunicken, zieht Henry eine Edelstahl-Thermoskanne aus seinem Rucksack. Was er damit vorhat, kann ich mir denken. Verzweifelt suche ich einen Ausweg. Das Kräfteverhältnis ist völlig unausgeglichen. Dorian und Norwin sind mit Sicherheit auf meiner Seite. Kira, Henry, Dominik und Valentin definitiv nicht. Kann ich auf Lea zählen? Ein Seitenblick zeigt mir, dass sie unentschlossen auf ihrer Unterlippe herumkaut. Sie kann doch nicht ernsthaft diesen Vorschlag in Erwägung ziehen?

Garantiert hat Henry nur darauf gewartet, dass mich mein Leader schutzlos zurücklässt. Raphael hat einen denkbar schlechten Moment gewählt, um beleidigt durch den Ort zu stapfen. Insbesondere da sein idiotischer Manipulationsversuch allen offengelegt hat, dass ich vollkommen hilflos bin.

Ich bin so müde. Meine Energie ist erschöpft. Vielleicht wäre es am einfachsten, den Kampf an dieser Stelle aufzugeben. Seit Jan in mein Leben getreten ist, verschlimmert sich meine Lage stetig. Ich kann nicht mehr. Ich will nicht mehr.

Mutlos lasse ich mich auf den Boden sinken und lege meinen schmerzenden Kopf auf die Knie. »Macht, was ihr wollt«, murmle ich, während Henry drohend mit der Thermosflasche auf mich zukommt. »Ich kann euch ohnehin nicht daran hindern.«

Lea ist mehrere Meter zurückgewichen und verfolgt das Geschehen regungslos. Von ihrer Seite aus ist wohl nicht mit Hilfe zu rechnen. Dorian und Norwin hingegen bauen sich schützend vor mir auf. Meine beiden Freunde wirken fest entschlossen, mich bis zum Äußersten zu verteidigen.

»Ihr seid völlig wahnsinnig, wenn ihr glaubt, dass wir das zulas–«, beginnt Norwin, verstummt jedoch schlagartig und holt aus. Bevor Dorian reagieren kann, rammt ihm Norwin seinen Ellbogen mit voller Kraft in den Magen. Dorian krümmt sich mit einem gequälten Keuchen und drückt schützend die Handflächen auf den Bauch. Norwin nutzt diese Schwäche und knallt ihm das Knie an die Nase. Voller Entsetzen wird mir klar, dass er unter mentalem Zwang stehen muss. Niemals würde er so mit seinem Freund umgehen. Ein Blick auf Dominik und Kira, die Norwin konzentriert fixieren, bestätigt meinen Verdacht. Erneut demonstriert das Mobbing-Team seine Fähigkeit zur Gruppenfokussierung. Jetzt weiß ich zumindest, weshalb sie vorhin getuschelt haben. Vor ohnmächtiger Wut knirsche ich mit den Zähnen. Wenn ich nur ebenfalls auf meine Gabe zugreifen könnte. Wenn ich nur –

»Jetzt zu dir, Hannah«, reißt mich Henrys schadenfrohe Stimme aus den Gedanken. »Irgendwelche letzten Worte, bevor ich dir das Licht ausknipse?«

Resigniert hebe ich die Schultern. »Ich warte noch«,

entgegne ich heiser. »Wenn du so zielst wie damals in der Elektroschocker-Stunde, brauchst du voraussichtlich mehrere Versuche.«

Henry zieht wütend die Augenbrauen zusammen. »Valentin«, drängt er. »Raphael muss jeden Moment zurück sein. Sorge dafür, dass er nicht stört. Und kontaktiere Vincent.«

Er holt mit der Thermoskanne aus. Ich bereite mich auf den unvermeidlichen Schmerz vor und atme tief ein.

»Seit wann erteilst du die Befehle?«, erkundigt sich Valentin.

Plötzlich geht alles ganz schnell. Mit wenigen Schritten ist Henry bei seinen Freunden. Heftig lässt er die Edelstahlkanne auf Kiras Hinterkopf krachen. Sie gibt einen erstickten Laut von sich und klappt zusammen. Ohne zu zögern, holt er wieder aus und schlägt Dominik nieder, bevor dieser überhaupt realisieren kann, was passiert. Zeitgleich lässt Norwin von Dorian ab.

Entgeistert mustere ich Henry, der wiederum fassungslos seine beiden bewusstlosen Freunde anstarrt. Die Kanne fällt ihm aus den Fingern und landet mit einem Knall auf dem Asphalt.

»Was … Wieso …«, stottert er und taumelt einen Schritt zurück. Seine Blicke huschen schnell zwischen Lea und mir hin und her. »Das kann nicht sein. Du bist total unfähig«, sagt er zu Lea, die genauso verstört aussieht wie er selbst. »Und du kannst nicht einmal aufstehen, geschweige denn einen solch starken Impuls formulieren. Wer war es dann?«

Exakt diese Frage interessiert mich auch. Unschlüssig drehe ich den Kopf, um zu prüfen, ob Raphael vielleicht doch rechtzeitig erschienen ist. Von ihm ist nichts zu sehen. Stattdessen verschränkt Valentin locker die Arme. »Ich dachte, das läge auf der Hand«, stellt er mit einem trockenen Lachen fest.

»*Du*?«, japst Henry ungläubig. »Ausgerechnet *du* hintergehst uns? Du bist unser *Leader*!«

Valentin kommentiert seine Empörung mit einem belustigten Schnauben. »Pass auf, Henry«, beginnt er nach einigen Sekunden Stille. »Ich hatte euch in mein Team geholt, da ich eure Gerissenheit für praktisch und vielversprechend hielt. Aber ganz ehrlich: Mittlerweile kotzt mich eure Verschlagenheit an, ebenso wie eure ständigen Intrigen. Ich bin kein Moralapostel wie Raphael, dennoch ist mir Loyalität nicht völlig fremd. Insbesondere in der momentanen Situation kann ich keine Gruppe gebrauchen, bei der ich jederzeit befürchten muss, dass sie mir in den Rücken fällt.«

Henry ist unter der harschen Kritik merklich zusammengesunken. Zum ersten Mal bröckelt seine arrogante Fassade. »Und jetzt?«, fragt er mit einem zaghaften Blick auf seine bewusstlosen Freunde.

»Jetzt kümmern wir uns um deine Wünsche«, eröffnet Valentin mit einem bösartigen Glitzern in seinen hellen Augen. »Du möchtest gerne in den Schutz der Akademie zurückkehren? Selbstverständlich kannst du auf meine Unterstützung zählen.«

Irritiert schaue ich zu, wie er die Thermoskanne zu seinen Füßen aufhebt und sie Henry in die Hand drückt. Anschließend zieht er aus seiner Hosentasche das Tuch mit den Peilsendern; zwölf ungefähr tablettengroße Metallkapseln.

Auffordernd hält er sie Henry entgegen. »Runterschlucken«, befiehlt er mit einem höhnischen Grinsen.

Henry mustert ihn entsetzt. »Ist das dein Ernst?«

Als Valentin nur abwartend die Brauen hebt, schüttelt er entschieden den Kopf. »Hältst du mich für blöd? Das mache ich nicht!«

»Du weigerst dich? Dann werde ich dir behilflich sein.«

Mit Unbehagen bemerke ich, dass der Leader die gleichen Worte verwendet wie damals Ravin bei dessen Bestrafung.

Unmittelbar zeichnet sich tiefe Konzentration auf Valentins Zügen ab. Henry hat keine Chance. Ohne zu zögern, nimmt er die kleinen Implantate. Er schluckt eines nach dem anderen und trinkt dazwischen immer wieder Wasser aus derselben Thermoskanne, mit der er zuvor seine Freunde niedergestreckt hat. Valentin hat einen Sinn für Ironie, das muss ich ihm lassen.

Als schließlich alle Metallkapseln verschwunden sind, ist Henrys Gesicht blass, und der Schweiß steht ihm auf der Stirn.

»Dir ist klar, dass du uns nicht begleiten kannst«, erklärt Valentin mit gespieltem Bedauern. »Du bist ein enormes Risiko. Durch die Peilsender ist es für die Akademie ein Leichtes, dich aufzuspüren. Zumindest innerhalb der nächsten Stunden.«

Trotz der angespannten Lage muss ich mir ein schadenfrohes Grinsen verkneifen. Im Verlauf der letzten Monate hatte ich immer wieder gehofft, dass Henry irgendwann die Quittung für seine Skrupellosigkeit erhalten würde. Ich hätte nicht erwartet, dass mir ausgerechnet Valentin diese Genugtuung verschafft.

Henry starrt den Leader an und öffnet den Mund, ohne dass er einen Laut hervorbringt.

»Du willst wissen, was du jetzt tun sollst?«, kommt

ihm Valentin bereitwillig zu Hilfe. »Das ist deine Entscheidung. Verlasse deine bewusstlosen Freunde und stelle dich den Schwierigkeiten alleine. Oder bleibe bei ihnen und liefere sie dadurch ebenfalls Dr. Levander aus. Ich kann dir nur eines mit Sicherheit sagen: Er wird in beiden Fällen nicht begeistert sein.«

Das Geräusch eines näher kommenden Wagens beendet die Auseinandersetzung. Kurz darauf steigt Raphael aus einem silbernen Audi, den er am Straßenrand abgestellt hat. Nach einigen Schritten bleibt er jäh stehen. »Was ist hier los?«

»Im Auto«, krächze ich und versuche, mich hochzustemmen. Valentin ergreift mich spontan am Ellbogen und hilft mir auf, was Raphael misstrauisch beobachtet.

»Deine beiden Jungs könnten Unterstützung brauchen«, äußert er knapp und zeigt auf Dorian und Norwin. Raphaels Blick folgt der Geste des anderen Leaders, und seine Augen werden schmal.

»Was hast du mit ihnen gemacht?«, fährt er ihn an.

Valentin schnauft verächtlich und führt mich wortlos zum Auto.

Mit wenigen Schritten ist Raphael bei Dorian, der blutend am Boden kniet und von Norwin zärtlich umarmt wird.

»Mir geht's gut«, beruhigt er unseren Leader, doch sein bleiches, schmerzverzerrtes Gesicht und der gequälte Unterton seiner Stimme verraten die Wahrheit. »Valentin hat mir nichts getan. Er ist auf unserer Seite. Wir müssen endlich weg.«

Raphael schüttelt betroffen den Kopf, reagiert aber mit seiner üblichen Besonnenheit. Vorsichtig legt er Dorians linken Arm um seinen Nacken, während Norwin ihn von der anderen Seite stützt. Gemeinsam tragen sie ihn zum Auto und lassen ihn behutsam neben mich auf die Rückbank gleiten. Lea folgt ihnen stumm und kauert sich im Kofferraum des Kombis zusammen. Seit ihrer Entscheidung, die Auslandsgruppe nicht zu begleiten, hat sie keine Silbe mehr gesprochen. Durch die Scheibe sehe ich Henry, der mit hängenden Schultern am Straßenrand steht. Er wirkt, als habe ihn sämtliche Energie verlassen. Mit leerer Miene verfolgt er unseren Aufbruch.

»Valentin, was ist mit dem Rest deines Teams?« Raphael deutet auf die einsame Gestalt und die beiden bewusstlosen Former zu ihren Füßen. Unwillkürlich bewundere ich die Gelassenheit, mit der er agiert, obwohl er keine Ahnung hat, was geschehen ist. Ich selbst würde wohl den Zeitverlust und eine mögliche Konfrontation in Kauf nehmen und auf einer Erklärung beharren.

»Die bleiben hier«, informiert Valentin kurz angebunden.

Schweigend nehmen die Leader auf den Vordersitzen Platz. Während Raphael seinen Gurt anlegt, treffen sich unsere Blicke im Rückspiegel. In seinen Augen erkenne ich Sorge und Mitgefühl. Er ist mir also nicht mehr böse. Erleichtert lehne ich mich zurück.

Ohne dass ich eine Bewegung wahrnehme, springt der Motor an. Raphael löst die Handbremse, und wenig später haben wir nicht nur die Ortschaft, sondern auch Henry und seine Mobbing-Freunde hinter uns gelassen. Beim Gedanken an ihr Schicksal erlischt sämtliche zuvor empfundene Genugtuung, und ich muss mich zwingen, das aufsteigende Mitleid zu unterdrücken. Sie wollten mich Levander ausliefern, um ihre eigene Haut zu retten. Das ist zwar nicht ehrenhaft, aber verständlich. Ich will gar nicht daran denken, was mit ihnen geschieht, wenn sie erneut in die Fänge der Akademie geraten.

Nachdem wir einige Minuten dem gleichmäßigen Dröhnen des Motors gelauscht haben, wendet sich Raphael an Valentin. »Hast du die Peilsender entsorgt? Unsere Route darf nicht mehr nachvollziehbar sein.«

Dieser nickt. »Die Sache mit den Peilsendern ist gegessen«, bestätigt er unschuldig, woraufhin Norwin und ich ein Grinsen nicht unterdrücken können. Selbst Dorian bricht trotz seiner Verletzung in hustendes Lachen aus.

»Jetzt wäre die passende Gelegenheit, um mich einzuweihen«, bemerkt Raphael auffordernd.

Mit wenigen Worten setzt ihn Valentin in Kenntnis.

Raphael stößt ungläubig die Luft zwischen den Zähnen aus. »Da hast du dir echte Herzchen ins Team geholt«, stellt er fest. »Mir war klar, dass insbesondere Henry ein gewissenloser Waschlappen ist. Aber dieser Plan ist sogar für ihn verdammt bösartig.« Er umschließt mit den Fingern das Lenkrad und legt die Stirn in Falten. »Du hast ihn gezwungen, die Peilsender zu schlucken? Deine Ideen werden immer verrückter.«

»Hey«, protestiert Valentin. »Beschwer dich nicht. Immerhin habe ich deine kleine Freundin verteidigt. *Du* warst ja nicht da.«

»Stimmt«, gibt Raphael unumwunden zu. »Das war nett von dir. Absolut unerwartet, nicht nachvollziehbar, höchst verdächtig. Aber nett.«

Mit einem Ohr höre ich dem Schlagabtausch der beiden Leader zu und betrachte währenddessen Dorian, der neben mir auf der Rückbank hängt. Er sieht übel aus. Ein Auge ist fast zugeschwollen, seine Unterlippe ist aufgeplatzt, und seine Nase blutet unaufhörlich. Das Taschentuch, das er sich ins Gesicht drückt, ist dunkelrot.

Norwin, der auf der anderen Seite sitzt, holt eine Flasche und ein T-Shirt aus dem Rucksack zu seinen Füßen. Er gießt etwas Wasser auf den Stoff und beginnt, Dorians Haut liebevoll zu säubern. Dabei sind sich ihre Gesichter so nah, dass sie lediglich wenige Zentimeter trennen.

»Es tut mir leid«, wispert er seinem Freund leise zu.

Dieser schenkt ihm ein schiefes Lächeln. »Das warst nicht du«, erwidert er schlicht. Er schmiegt seinen Kopf an Norwins Schulter, der schützend einen Arm um ihn legt.

»Wie niedlich«, sagt Valentin laut. Er hat sich halb umgedreht und mustert die beiden amüsiert. »Ein weiteres Formerpärchen.«

Raphael wirft einen Blick in den Rückspiegel und nimmt ohne jegliche Regung zur Kenntnis, dass Norwin Dorians Stirn mit den Lippen berührt.

»Schön, dass sie es endlich offiziell machen«, bemerkt er unbeeindruckt, während er sich wieder auf die Straße konzentriert.

»Du *wusstest* das?«, vergewissere ich mich entgeistert.

»Sicher«, bestätigt Raphael. »Geahnt hatte ich es schon länger. Zur Gewissheit wurde es, als du alleine am See aufgetaucht bist und erzählt hast, sie würden *ein Lager auskundschaften*. Offensichtlich hast du die beiden gedeckt.«

»Genau wie *du* es getan hast«, ergänzt Valentin. »Anscheinend steckt in dir doch ein kleiner Rebell, Raphael. Du hast in einem halben Jahr mehr Regeln verletzt als ich in meiner gesamten Akademiezeit. Aber ich verstehe dich«, fährt er nach einer kurzen Pause fort. »Immerhin hast du selbst ein Mitglied deines Teams flachgelegt. Kein Wunder, dass du tolerant bist, was verbotene Beziehungen betrifft.«

Raphael seufzt genervt. »Spar dir die Provokation. Ich bereue deine Anwesenheit auch ohne dein unaufhörliches Gequatsche.«

Valentin zuckt grinsend mit den Schultern.

»Schlaf jetzt, Hannah«, sagt Raphael zu mir. »Momentan solltest du jede Gelegenheit zur Erholung nutzen. Wir brauchen dich bei voller Kraft. Ruh dich aus.«

Erschöpft lehne ich meinen Kopf an die Fensterscheibe und lasse zu, dass mich der Schlaf umfängt.

Wir sind in Sicherheit – vorerst.

5 : unauffällig

Ich erwache, als mir jemand auf die Schulter tippt. Lustlos bemühe ich mich, die Augen zu öffnen, um nicht sofort wieder in den Schlaf zurückzugleiten. Unter meiner linken Wange fühle ich kühles Glas. Mein Rücken schmerzt von der unbequemen Lage, in der mein Körper zusammengesunken ist, und mein Nacken ist völlig steif. Für einen Moment erinnere ich mich an überhaupt nichts. Mein Gehirn ist erfüllt von verschwommenem Rauch und weichem Nebel. Eigentlich fühlt sich das nicht schlecht an. Schnell schließe ich die Lider.

»Hannah.« Erneut die Berührung. Dieses Mal deutlich energischer. »Wach auf. Wir müssen aussteigen.«

Widerwillig kämpfe ich gegen die Benommenheit und versuche, mich zu orientieren.

»Aussteigen?«, nuschle ich unartikuliert. »Wo sind wir?«

»Am Bahnhof«, erwidert Dorian. »Das Auto bleibt hier. Wir fahren mit dem Zug weiter.«

Gähnend schaue ich auf mein Handgelenk. 4:30 Uhr. Ich habe knappe vier Stunden geschlafen. Für diese kurze Zeit fühle ich mich erstaunlich erholt, auch wenn ich bestimmt ohne Schwierigkeiten weitere acht Stunden schlafen könnte. Mindestens.

Raphael öffnet vorsichtig die Seitentür. Sein Gesichtsausdruck zeigt, dass er annimmt, ich könne jeden Moment aus dem Auto kippen. Die Idee gefällt mir. Für den Bruchteil einer Sekunde ziehe ich in Erwägung, mich einfach in seine Arme fallen zu lassen. Keine Chance. Er würde sich nur in seiner Sorge um mich bestätigt fühlen. Ich ächze bedauernd.

»Wie fühlst du dich?«, fragt Raphael prüfend.

»Viel besser«, beruhige ich ihn sofort und stelle erfreut fest, dass meine Antwort der Wahrheit entspricht. Die hämmernden Kopfschmerzen sind auf ein erträgliches Maß zurückgegangen, die Übelkeit ist gänzlich verschwunden. Ein Glück. Etwas Vergleichbares wie die vergangenen zwölf Stunden will ich nicht erneut durchmachen. Schon diese Nebenwirkungen allein wären Grund genug, nie wieder dermaßen über meine Kraft zu gehen.

»Du bräuchtest mehr Zeit, um dich auszuruhen«, sagt er besorgt. »Aber wir müssen weiter.«

Mittlerweile sind alle ausgestiegen. Auch Lea ist aus dem Kofferraum gekrochen und dehnt und streckt ihre steifen Glieder.

»Der Bahnsteig könnte kameraüberwacht sein«, warnt Raphael. »Wir sollten darauf achten, nicht zu viel von unseren Gesichtern zu zeigen. Zieht außerdem andere Sachen an. Vier Personen in Tarngrün erregen zu viel Aufmerksamkeit.«

Gehorsam verschwinden Lea und ich mit unseren Rucksäcken im Schutz eines Gebüschs, um unsere Kleider gegen eine unauffälligere Garderobe zu tauschen.

Wenig später haben sich alle bis auf Raphael und Valentin umgezogen. Klar. Was unsere Leader zum Wechseln dabeihaben, ist ebenfalls schwarz. Schmerzlich wird mir bewusst, dass ich Raphael noch nie in einer anderen Farbe gesehen habe. Sogar in der Kleidung spiegelt sich sein eigentlicher Auftrag wider. Lediglich Elias kenne ich außerhalb des Akademiezwangs. Elias, den ich …

Ich schlucke und schiebe den Gedanken an die bevorstehende Aussprache weit weg. Gerade haben wir dringendere Probleme.

Glücklicherweise müssen wir nur eine knappe halbe Stunde warten, bis ein Zug fährt. Kurz bevor wir das letzte Abteil betreten, wage ich, die Umgebung zu fokussieren. Der erste Zugriff auf meine Kraft seit der Konfrontation mit Ravin.

Mein Mut wird mit einem doppelten Triumph belohnt. Keine weiteren Former befinden sich in der Nähe, und ich klappe nicht vor Erschöpfung zusammen. Obwohl ich meine Gabe wieder nutzen kann, bin ich ziemlich wackelig auf den Beinen. Ohne zu zögern, ergreife ich Raphaels Hand, die er mir beim Einsteigen hinhält. Seine Berührung löst ein vertrautes Kribbeln aus. Erst jetzt bemerke ich, dass ich seit der Eskalation im Wald nicht in der Lage war, die Verbindung der Formerauren wahrzunehmen. Ein Schutzmechanismus meines Körpers? Ich bin froh, dass sich mein Zustand langsam normalisiert.

Als sich der Zug in Bewegung setzt, atme ich erleichtert auf. Mit jedem Kilometer, den wir zurücklegen, entfernen wir uns weiter von Levander.

Ohne meine Hand loszulassen, fordert uns Raphael auf, ihm zu folgen. Leicht schwankend laufen wir durch das Großraumabteil, in dem sich zu dieser frühen Stunde kaum Fahrgäste befinden. Der abgetrennte Bereich der Ersten Klasse, den wir daraufhin betreten, ist sogar komplett leer.

Raphael nickt zufrieden und hält sich an einer Kopfstütze fest.

»Sucht euch einen Platz«, ordnet er an.

»Erste Klasse«, murmle ich versonnen, während ich mich auf einen Sitz fallen lasse. »Ich glaube, ich bin noch nie Erster Klasse gereist.«

»Hier sind wir unter uns«, erklärt Raphael mit einem Lächeln. »Sollten wir in eine Fahrscheinkontrolle geraten, wird niemand bemerken, dass der Schaffner ohne Diskussionen die fehlenden Tickets akzeptiert.«

»Außerdem erregt Dorian weniger Aufsehen«, fügt Valentin mit hochgezogenen Augenbrauen hinzu.

Raphael seufzt. »Darum kümmern wir uns jetzt. Zuerst die Wange?«

Valentin bejaht widerstrebend. Fasziniert schaue ich zu, wie sich Dorians Haut von einem intensiven Violett zu Blaugrün und schließlich zu einem hellen Gelb verfärbt.

»Das genügt«, beschließt Valentin. »Jetzt die Lippe, danach den Oberkörper. Ich führe.«

Unwillig signalisiert Raphael sein Einverständnis. Offensichtlich ist keiner der beiden Leader bereit, dem anderen kampflos das Kommando zu überlassen.

Nach dem Ende der Fokussierung wirkt Raphael erschöpft. Müde streicht er sich eine dunkle Haarsträhne aus der Stirn. Auch Valentin sieht angegriffen aus. Dafür sind Dorians Verletzungen größtenteils verblasst.

Er lächelt dankbar und stößt Norwin leicht den Ellbogen in die Seite. »Du hast echt einen gnadenlos fiesen Schlag drauf.«

Norwin grinst verlegen und wendet sich ebenfalls den beiden Leadern zu. »Was habt ihr gemacht?«, erkundigt er sich interessiert. »Doppelfokussierung?«

»Zu kompliziert«, entgegnet Valentin knapp. »Realitätsverankerung.«

»Einer gibt den Befehl aus, der andere unterstützt, indem er an die Heilung glaubt und sich diese möglichst detailliert vorstellt«, erklärt Raphael geduldig, während er sich neben mich setzt. »Weniger stark, hat aber den Vorteil, dass die Impulse nicht genau aufeinander abgestimmt sein müssen. Zudem spart es Kraft, weil lediglich eine Person fokussiert.«

»Spannend«, bemerkt Dorian mit leuchtenden Augen. »Das birgt eine Menge Potenzial.«

Im Verlauf der nächsten Stunden wechseln wir so oft zwischen verschiedenen Bahnlinien hin und her, dass ich völlig den Überblick verliere. Zweimal fahren wir sogar ein kleines Stück der Strecke wieder zurück, um eine etwaige Verfolgung zu erschweren. Die Ruhephasen in den Zügen nutzen wir, um zu schlafen. Zwar maximal nur eine Stunde am Stück, aber besser als nichts. Einzig Raphael gönnt sich keine Erholung. Er bleibt konsequent in meiner Nähe, und wann immer ich ihn ansehe, erwidert er meinen Blick mit einem warmen Lächeln.

Als wir endlich unseren Zielort erreichen, ist es früher Nachmittag. Erleichtert treten wir aus der Bahnhofshalle in die warme Junisonne. Die plötzliche Helligkeit lässt mich blinzeln, der Lärm ist ungewohnt, doch ich genieße die Menschenmengen und das pulsierende Leben um uns herum. Viel zu lange mussten wir uns in der Isolation der Akademie aufhalten.

»Was jetzt?«, fragt Dorian in Raphaels Richtung. Obwohl sich der Leader genau wie wir anderen auf der

Flucht befindet, erwarten wir weiterhin, dass er weiß, was zu tun ist. Natürlich enttäuscht er uns nicht.

»Wir sollten ein Einkaufszentrum suchen, um uns mit dem Nötigsten einzudecken«, schlägt er vor. »Danach checken wir in einem Hotel ein.«

»Einkaufen?«, hakt Lea verwirrt nach. »Aber wir haben kein Geld.«

»*Noch* nicht«, schaltet sich Valentin ein. »Es ist kein Problem, an ein paar Scheine zu kommen. Zumindest für einen einigermaßen begabten Former.« Er durchbohrt sie mit einem abschätzigen Blick. Lea schluckt und schaut zu Boden. Valentin nutzt echt jede Gelegenheit, ihr einen Tiefschlag zu verpassen.

»Valentin, lass den Mist«, weist ihn Raphael scharf zurecht, was Lea mit einem dankbaren Seufzen quittiert.

»Diese Technik wird erst in der Teamphase gelehrt«, erläutert er an uns alle gewandt. »Man kauft etwas und zahlt mit einem kleinen Betrag. Sobald die Kasse geöffnet ist, wird ein Impuls ausgegeben, sodass man deutlich mehr Wechselgeld erhält als vorgesehen. Macht man das in mehreren Geschäften hintereinander, bleibt man unauffällig und hat schnell eine beträchtliche Summe zusammen.«

In einem nahe gelegenen Einkaufszentrum setzen wir unser Vorhaben in die Tat um und besorgen Wechselkleider sowie diversen Kleinkram und Prepaidhandys für jeden von uns. Obwohl wir uns in einer Ausnahmesituation befinden, regt sich mein Gewissen. Es ist anzunehmen, dass die Kassierer für den fehlenden Betrag in ihrer Kasse aufkommen müssen. Immerhin achten wir darauf, uns nie mehr als zwanzig Euro Wechselgeld auszahlen zu lassen – mit Ausnahme von Valentin, der gleich aus dem ersten Geschäft mit hundert Euro zurückkehrt. Lea hingegen steigert sich so sehr in ihre Angst vor einer missglückten Fokussierung hinein, dass sie in Tränen ausbricht. Erst als Raphael verspricht, sie zu begleiten und ihre Einkäufe zu übernehmen, beruhigt sie sich schlagartig. Während die beiden zum nächsten Laden aufbrechen, wirft er mir ein entschuldigendes Lächeln zu.

In der folgenden halben Stunde bin ich größtenteils alleine unterwegs. Als ich im letzten Geschäft mit Deo und weiteren Hygieneartikeln an der Kasse stehe, bleibt mein Blick an den dort angebotenen Kondomen hängen. Ob ich vielleicht …? Peinlich berührt spähe ich umher, um auszuschließen, dass sich einer der anderen in der Nähe befindet. Dann lege ich die schmale Packung hastig zu den restlichen Sachen. Während die Kassiererin meine Einkäufe über das Band zieht, sterbe ich tausend Tode. Die ganze Aktion ist mir so unangenehm, dass ich es nicht einmal schaffe, im richtigen Moment einen Impuls auszugeben. Zähneknirschend zahle ich den vollen Preis und schüttle innerlich über mich selbst den Kopf.

Nach erfolgreicher Beendigung unserer Shoppingtour treffen wir uns vor der großen Glasfront eines Hotels, dessen markanter Schriftzug über beeindruckende vier Sterne informiert.

»Wir werden an der Rezeption unsere Daten angeben müssen«, bereitet uns Raphael vor. »Jeder von euch sollte einige erfundene Informationen parat haben. Anschließend kümmern sich Dorian und ich darum, dass kein Abgleich mit Ausweisen verlangt wird. Zudem ist es unauffälliger, wenn wir uns nicht als ganze Gruppe anmelden.«

»Zwei Dreiergruppen?«, überlegt Norwin. »Oder besser jeweils zu zweit?«

»Ich hätte nichts dagegen, wenn nur wir beide uns ein Zimmer teilen«, offenbart Dorian freimütig.

In der darauffolgenden Stille starren ihn alle an, teils belustigt, teils entgeistert.

Er fährt sich unbehaglich durch die Haare, während Norwin verlegen zu Boden schaut.

»Von mir aus«, durchbricht Valentin das peinliche Schweigen und hebt die Hände. »Nehmt euch ein Zimmer. Nehmt euch gegenseitig. Mir egal. Immerhin besteht nicht die Gefahr, dass jemand schwanger wird.«

Norwin verschluckt sich und beginnt, krampfhaft zu husten. Dorian läuft glühend rot an.

»Verlasst das Hotel nicht und habt die neuen Handys in eurer Reichweite«, schließt Raphael mit stoischer Ruhe.

Dorian und Norwin nicken befangen und betreten leise flüsternd die Hotelhalle. Nun sind noch Lea, Valentin, Raphael und ich übrig. Wird sich endlich die Gelegenheit bieten, mit ihm alleine zu sein? Wir haben einander so viel zu erzählen, doch die äußeren Umstände scheinen sich gegen uns verschworen zu haben. Unsicher suche ich Raphaels Blick, der meine Empfindungen perfekt widerspiegelt. Wir brauchen dringend Zeit für uns.

»*Wir* könnten uns auch ein Zimmer nehmen.« Valentin mustert mich vielsagend und macht einen Schritt auf mich zu. »Aber ich muss dich warnen. Garantiert willst du danach nicht mehr zu *ihm* zurück.«

Ich ignoriere ihn tapfer und warte auf Raphaels Entscheidung.

»Dann eben die kleine Former-Niete«, fährt Valentin fort. »Vielleicht hat sie andere Qualitäten.«

Lea zuckt bei seinem anzüglichen Tonfall furchtsam zusammen.

Valentin registriert das sofort und grinst dunkel. »Ob es an der Rezeption Kondome gibt? *Ich* habe blöderweise keine geholt«, überlegt er beiläufig. Dennoch fällt mir die merkwürdige Betonung seines Satzes auf. Ich fixiere verschämt den Boden. Kann er etwas von meinem Einkauf mitbekommen haben?

»Meine letzte Formerin ist eine gefühlte Ewigkeit her. Die Impulse bei der Aurenverbindung sind nicht zu verachten. Aber das habt ihr ja schon ausgiebig getestet«, provoziert er weiter, woraufhin ich ihn sprachlos anstarre. Wie dreist kann man sein?

»Die kaum vorhandene Begabung könnte auch Vorteile haben«, mutmaßt er und wendet sich Raphael zu. »Meinst du, sie würde eine direkte Manipulation bemerken?«

»Valentin«, warnt ihn dieser missbilligend, doch der blonde Leader lacht nur.

Lea schaut ihn mit angstgeweiteten Augen an. Sie wirkt völlig eingeschüchtert und erinnert mich in diesem Moment unwillkürlich an Emily.

»Lasst uns ein Viererzimmer nehmen«, schlage ich spontan vor und verfluche gleichzeitig mein Einfühlungsvermögen.

»Ein Viererzimmer?«, wiederholt Valentin belustigt. »Klingt spannend. Allerdings hätten wir ohne den Moralapostel mehr Spaß. Lasst uns reingehen.«

Lea atmet hörbar auf, während Raphael Valentin förmlich mit Blicken durchbohrt. Ich würde ihn ebenfalls am liebsten umbringen oder zumindest ein paar Knochen brechen. Er weiß genau, dass Raphael und ich einiges zu klären haben, und tut sein Möglichstes, um das zu verhindern. Aus reiner Bosheit, wie ich vermute.

Gemeinsam durchqueren wir das Foyer bis zur Rezeption. Der livrierte Angestellte hinter der Theke sieht uns skeptisch entgegen. Klar, Raphael und Valentin noch immer in Schwarz, Lea und ich in Jeans und T-Shirt; wir sind nicht gerade wie die typischen Gäste eines Vier-Sterne-Hotels gekleidet.

»Guten Tag«, grüßt Raphael höflich. »Wir würden gerne eine Suite buchen.«

Der Rezeptionist zieht pikiert eine Augenbraue hoch. »Unsere Suiten sind Monate im Voraus reserviert. Alles, was ich Ihnen anbieten kann, sind zwei Doppelzimmer.«

Bevor Raphael reagieren kann, legt Valentin den Arm um meine Schultern und zieht mich an sich. Unsere Formerauren verbinden sich mit einem fast unmerklichen Summen.

»Ist mir recht«, versichert er unschuldig und legt sein Kinn auf meinen Scheitel. Er kann froh sein, dass wir nicht alleine sind, sonst würde ich ihn töten. Langsam.

Raphael funkelt ihn aufgebracht an, schafft es jedoch, dass sich seine Stimme genauso entspannt anhört wie zuvor.

»Dann zwei Doppelzimmer«, entscheidet er freundlich und lächelt Lea scheinbar liebevoll zu, woraufhin sie ihn hingerissen anstrahlt. Toll. Statt gleich nachzugeben, hätte er auch Valentin in seine Schranken verweisen können. Ich verkneife mir ein Stöhnen. Selbst wenn diese Runde an den Blödmann geht, wird er Raphael und mich nicht ewig voneinander fernhalten können.

Wenig später haben wir unter falschen Namen eingecheckt und erhalten unsere Schlüsselkarten. Immerhin befinden sich die Zimmer nebeneinander.

»Wir treffen uns bei euch«, legt Raphael fest. »Ich schicke den beiden Jungs eine Nachricht.«

Ich seufze zustimmend und betrete hinter Valentin unseren gemeinsamen Raum. Verärgert starre ich auf seinen Rücken.

»Ich dusche zuerst«, informiere ich ihn knapp.

Überraschenderweise enthält sich Valentin jedes anzüglichen Kommentars und nickt stumm.

Geistesgegenwärtig nehme ich die Kleidertüte mit in das angrenzende Bad. Kurz darauf lasse ich das heiße Wasser auf meinen Körper prasseln und genieße die Dusche in vollen Zügen. In der Wildnis stand lediglich der See zum Waschen zur Verfügung, und auch die Wassertemperatur in der Akademie war bestenfalls als lauwarm zu bezeichnen.

Ich bin vom ungewohnten Luxus derart begeistert, dass ich mich erst zehn Minuten später zum Verlassen der Kabine aufraffen kann. Zum ersten Mal seit Wochen dufte ich nach hochwertigem Shampoo. Schnell trockne ich mich mit den weichen Handtüchern ab und schlüpfe in meine neuen Kleider, bestehend aus Jeans, einem weißen Top und einem Paar Chucks. An dieses Bad könnte ich mich definitiv gewöhnen.

Während Valentin gleichfalls die Vorzüge der Zivilisation nutzt, ergreife ich die Gelegenheit, mein neues Handy mit der SIM-Karte auszurüsten. Das kleine Gerät fühlt sich fremd in meiner Hand an.

Ich schaue auf, als Valentin das Zimmer betritt, und zucke zusammen. Er muss die Hälfte seiner Kleider in den

Tüten *vergessen* haben. Anders ist nicht zu erklären, dass er lediglich seine Jeans trägt. Zugegebenermaßen können sich seine Muskeln durchaus sehen lassen. Er ist ähnlich trainiert wie Raphael, und auf seiner Brust glänzt ebenfalls ein Möbiusband, das Erkennungszeichen der Former, die den Außendienst absolviert haben. Im Gegensatz zu Raphaels nacktem Oberkörper erfüllt mich der Anblick von Valentin jedoch nicht mit unbändigem Verlangen, sondern mit unbändigem Ärger. Echt. Ich hasse diesen Typ. Finster taxiere ich ihn und blende die verschiedenen Todesarten, die mir bei seiner Betrachtung in den Sinn kommen, nach Kräften aus.

»Spricht nicht für Raphael, wenn dich meine Vorzüge dermaßen aus dem Konzept bringen«, stichelt er, während er wie zufällig auf mich zuschlendert.

»Deine Fantasie ist genauso ausgeprägt wie dein Selbstbewusstsein«, stelle ich kühl fest.

Mit einem leisen Lachen kommt er näher, bis er unmittelbar vor mir steht. Nur wenige Zentimeter fehlen zu einer wirklichen Berührung. Plötzlich fühlt sich die Luft an wie aufgeladen. Obwohl ich weiß, dass es lediglich unsere Auren sind, die nach einer Verbindung verlangen, beschleunigt sich mein Puls. Ich ächze genervt. Diese Reaktion hat nichts mit Valentin selbst zu tun. Dieser Idiot missbraucht die Anziehungskraft der Formerauren, um mich zu irritieren. Und das Schlimmste: Es funktioniert.

Ungläubig schüttle ich den Kopf. Ich muss zugeben, dass Valentin eine ziemlich einfallsreiche Nervensäge ist. Er schafft es sogar, mich mithilfe der Gabe zu terrorisieren, ohne sie aktiv zu nutzen.

»Lass mich in Ruhe«, stoße ich hervor. Wenn ich jetzt zurückweiche, hat er gewonnen.

Für eine scheinbare Ewigkeit stehen wir einander bewegungslos gegenüber und fechten ein stummes Blickduell aus, während meine Aura immer heftiger in seine Richtung drängt. Bisher bin ich nicht einmal auf die Idee gekommen, dass man einen Former auf diese Art belästigen könnte.

»Das reicht«, sagt er unvermittelt. Bevor ich zustimmen oder widersprechen kann, schließt er die Lücke zwischen uns. Mit einem Flirren verbinden sich unsere Auren. Die durch die Beinahe-Berührung aufgebaute Spannung entlädt sich in einer lautlosen Explosion, die mich mit Wärme erfüllt. Für einige Sekunden ist mein Gehirn wie leer gefegt, und ich bin ganz auf meine Empfindungen konzentriert. Auch Valentins Augen weiten sich fast unmerklich. Er wirkt ebenso überwältigt wie ich, hat sich aber sofort wieder unter Kontrolle.

Ich schlucke verkrampft und atme tief ein. Es wird ihm nicht gelingen, mich mit seiner Aufdringlichkeit zu verunsichern.

»Lass mich in Ruhe«, wiederhole ich. Dummerweise klingt meine Stimme zittrig und dünn, wodurch es sich eher nach einer Bitte als nach einer Forderung anhört.

Valentin ist mir so nah, dass ich seinen Atem spüren kann. Viel zu nah. Natürlich ist ihm nicht entgangen, dass er mich mit seiner Aktion gründlich aus dem Gleichgewicht gebracht hat.

»Keine Angst, ich tue dir nichts«, beruhigt er mich spöttisch. Der Kerl nervt enorm. Und noch mehr nervt meine bescheuerte Reaktion auf ihn. Ich muss mich unbedingt zusammenreißen.

»Vielleicht solltest eher *du* Angst haben«, erwidere ich mit einer Geste auf seine vernarbte Hand und bemühe mich um einen nüchternen Tonfall. »Ich bin ein natürlicher Former, genau wie dein Ausbilder. Was glaubst du, was ich mit dir anstellen könnte?«

Valentins Miene verdunkelt sich. »Wenn du meinst –«, setzt er an.

In diesem Moment öffnet sich die Tür. Raphael betritt den Raum und bleibt schlagartig stehen, als er den kaum vorhandenen Abstand zwischen Valentin und mir bemerkt. Seine Augen wandern von dem halbnackten Leader zu mir und wieder zurück. Sein Gesicht ist völlig ausdruckslos.

Ich presse ungehalten die Lippen aufeinander. Einerseits bin ich unglaublich dankbar für sein Erscheinen. Andererseits befinden wir uns in einer äußerst missverständlichen Situation. Es fühlt sich an, als hätte er uns bei etwas Verbotenem erwischt. So ein Blödsinn.

Entschieden löse ich mich von Valentin und mustere ihn kalt. »Wenn du mir noch mal zu nahe kommst, kannst du eine andere Gruppe suchen, die deinen Mist erträgt.«

Valentin akzeptiert meine Zurechtweisung mit einem Nicken und entfernt sich einige Schritte. Anscheinend ist ihm klar, dass er zu weit gegangen ist.

Raphael hat sich bei meinen Worten spürbar entspannt. Er betrachtet Valentins nackten Oberkörper und hebt eine Augenbraue. »T-Shirt vergessen?«, vermutet er trocken und entschärft damit die gereizte Stimmung.

Valentin grinst lediglich, zieht ein graues Shirt aus der Tüte und streift es mit einer lässigen Bewegung über.

Mit Lea im Schlepptau, die ich erst jetzt registriere, durchquert Raphael den Raum und lässt sich auf die bequem aussehende Ledercouch fallen. Lea setzt sich sofort neben ihn. Verärgert nehme ich auf dem Sessel gegenüber Platz. Kurze Zeit später erscheinen auch Dorian und Norwin, sodass unsere kleine Gruppe wieder vereint ist.

»Es gibt Neuigkeiten«, beginnt Raphael, nachdem erwartungsvolles Schweigen eingekehrt ist. »Ich habe Elric erreicht.«

6 : abgelehnt

»Elric?«, wiederholt Valentin ungläubig. »Du hast ihn noch mal kontaktiert?«

Raphael nickt. In seiner Miene erkenne ich Besorgnis.

Valentin lehnt sich mit verschränkten Armen zurück. »Na los, erzähl schon«, fordert er den anderen Leader auf.

»Ich habe mein Handy gleich nach dem Entfernen der Peilsender ausgeschaltet, damit wir für die Akademie nicht zu orten sind«, beginnt dieser. »Ich konnte es erst wieder bei Elric versuchen, nachdem ich ein neues Gerät gekauft hatte.«

»Du hast dafür nicht das alte Telefon angeschaltet, oder?«, vergewissert sich Valentin harmlos.

»Natürlich nicht«, erwidert Raphael schroff. »Genau wie du kann ich seine Nummer auswendig.«

Valentin schnaubt gespielt beeindruckt, aber Raphael ignoriert die erneute Provokation.

»Elric sagte, dass an der Akademie Aufruhr herrscht«, berichtet er unbeirrt. »Anscheinend wird Ravin vermisst. Laut Elric ist er gestern Morgen zum Außengelände aufgebrochen, dort allerdings niemals angekommen.«

»Das glaubt doch kein Mensch«, fällt ihm Valentin ins Wort.

Raphael hebt schweigend die Schultern.

»Wo ist Elric jetzt?«, hakt Dorian aufmerksam nach.

»Er befand sich gerade auf dem Weg zu unserem Lager«, eröffnet Raphael, woraufhin Dorian scharf einatmet.

»Hast du ihm –«

»Selbstverständlich habe ich ihn gewarnt«, unterbricht Raphael. »Er weiß über alles Bescheid und ist direkt geflüchtet.«

»Warum?«, wundert sich Lea.

»Wahrscheinlich wird sich Ravin wegen unseres Verschwindens auf ihn konzentrieren. Vielleicht sogar mit der Unterstützung Levanders. An der Akademie ist er nicht mehr sicher«, erklärt Raphael. »Er will sich uns anschließen.«

Ich zucke zusammen und stöhne unabsichtlich. Die Reaktion der anderen ist ähnlich negativ. Norwin hat sich kerzengerade aufgerichtet, während Dorian unglücklich den Kopf schüttelt. Valentin stößt einen Fluch aus. Nur Lea schaut verwirrt von einem zum anderen.

»Können wir seine Verstärkung nicht gebrauchen?«

»Doofe Tussi!« Valentin verdreht die Augen. »Ich frage mich zum hundertsten Mal, wieso du dieses Dummchen in dein Team geholt hast, Raphael. Ein Akt der Gnade?«

»Valentin«, schreitet Dorian ein. »Lass deine schlechte Laune nicht an Lea aus.«

»Ich bin ihm das schuldig«, murmelt Raphael wie zu sich selbst. Ich glaube nicht, dass er unsere abwehrende Haltung überhaupt wahrgenommen hat.

»Und wenn Elric von Ravin oder Levander manipuliert wird? Oder schlimmer – von beiden zusammen? Raphael, das *kann* nicht dein Ernst sein!«, beschwört ihn Dorian.

Raphael streicht sich hilflos mit der Hand durch die Haare. »Meint ihr, auf diesen Gedanken bin ich nicht gekommen?«, fragt er verbittert. »Aber welche Wahl bleibt mir?«

»Du könntest beispielsweise deine Gefühle in den Griff kriegen, du Weichei«, schlägt Valentin ungerührt vor.

»Du weißt, was ich Elric zu verdanken habe«, fährt ihn Raphael an. »Elias und ich wären damals an der Akademie untergegangen, wenn er sich nicht um uns gekümmert hätte.«

Aufmerksam lausche ich Raphaels Erklärung. Zum ersten Mal offenbart er einen Bruchteil seiner Vergangenheit.

»Ich verstehe den Zwiespalt, in dem du steckst«, gibt Valentin zu. »Aber wir können ihm nicht vertrauen! Nicht mehr.«

Von seinem unerwarteten Mitgefühl überrascht starre ich den blonden Leader an.

Norwin hat die Unterhaltung bisher stumm verfolgt. »Wenn Elric unter Ravins oder Levanders Einfluss steht, handelt es sich garantiert um eine Falle«, überlegt er. »In erster Linie geht es nicht um dich, Raphael. Sie wollen Hannah.«

Raphael nickt düster.

»Denkst du wirklich darüber nach, sie dieser Gefahr auszusetzen?«, erkundigt sich Dorian vorsichtig.

Raphaels Reaktion übertrifft alle Befürchtungen. Jäh springt er von der Couch und schlägt mit der flachen Hand so fest gegen die Wand, dass die Bilderrahmen zittern. »Nein, verdammt! Natürlich nicht!«, flucht er. »Aber mir bleibt nichts anderes übrig, als Elric zu helfen! Begreift ihr das nicht? Wir wurden mit zwölf von den Formern der Akademie entführt! Weg von unseren Eltern, von unseren kleinen Geschwistern!« Valentin zuckt zusammen, doch Raphael spricht unbeirrt weiter, während er uns nach wie vor den Rücken zuwendet. »Ihr wisst selbst, wie es ist. Jetzt stellt euch vor, wie ihr euch mit zwölf gefühlt hättet. Wir waren noch Kinder! Elric hat das verstanden. Seit unserem ersten Tag an der Akademie hat er sich für uns eingesetzt. Sogar als sich Elias immer weiter von seinen Wertvorstellungen entfernte, gab er ihn nicht auf, sondern glaubte an das Gute in ihm. Er war unsere einzige Bezugsperson! Ihr verlangt, dass ich ihn im Stich lasse?«

»Keiner erwartet, dass du ihn im Stich lässt«, versichert Dorian beruhigend. »Aber es ist denkbar unwahrscheinlich, dass Elric nach einem kompletten Tag tatsächlich unbehelligt geblieben ist. Wir müssen eine andere Lösung finden. Tut mir leid.«

»Solange nur der Hauch einer Chance besteht, werde ich sie nutzen. Ich weiß um das Risiko, aber ich *muss* es wagen«, beharrt Raphael hartnäckig.

»Wann will er sich mit dir treffen?«, will Dorian wissen, der nun auch begriffen hat, wie aussichtslos es ist, Raphael von seinem Entschluss abzubringen.

»Wir legen die Uhrzeit morgen fest. Treffpunkt wird eine alte Papierfabrik sein«, erwidert Raphael, ohne uns anzusehen. »Diesen Ort haben wir schon vor Hannahs Einschleusung abgesprochen, falls wir je in Schwierigkeiten geraten sollten.«

»Aber das bedeutet nicht –«, beginnt Valentin.

»Ich weiß«, wehrt Raphael seinen Einwand ab. »Das bedeutet gar nichts. Auf dieses Wissen könnten Ravin und Levander ebenfalls zugreifen.«

»Wir können dir Rückendeckung geben«, bietet Dorian an.

»Auf keinen Fall«, widerspricht Raphael. »Ich gehe alleine. Wenn es sich um einen Hinterhalt handelt, will ich euch nicht mit hineinziehen.«

Valentin hebt abwehrend die Hände. »Spar dir die salbungsvolle Ansprache. Zumindest *ich* habe nicht die Absicht, deine Selbstmordmission zu unterstützen. Ich bleibe freiwillig hier.«

»Ich hatte nichts anderes angenommen«, kontert Raphael gleichgültig. »Und ihr werdet auch hierbleiben«, fordert er an uns gewandt.

Dorian und Norwin tauschen einen Blick. »Wie du meinst.«

Irritiert mustere ich meine beiden Freunde. Es passt überhaupt nicht zu ihnen, dass sie sich so leicht geschlagen geben. Ich muss sie nachher unbedingt darauf ansprechen.

»Ich bin ohnehin keine große Hilfe«, äußert Lea bedauernd, ignoriert Valentins bestätigendes Brummen und schaut zu mir. »Du hast noch gar nichts gesagt.«

»Ist nicht nötig«, stelle ich fest.

»Du wirst mich nicht begleiten«, beharrt Raphael, woraufhin ich mich gelassen zurücklehne.

»Wie willst du mich davon abhalten?«, frage ich, gebe ihm aber nicht die Zeit für eine Antwort. »Was ist, wenn sie dich schnappen? Ich würde alles tun, um dich zu retten. Also kann ich genauso gut gleich mitkommen.«

Raphael funkelt mich aufgebracht an, entgegnet jedoch nichts.

»Hannah, gerade *du* hast da nichts zu suchen«, versucht mich Dorian umzustimmen. »Du würdest dich damit auf dem Silbertablett präsentieren. Was ist, wenn es sich tatsächlich um eine List handelt?«

»Dann sind Raphaels Chancen deutlich größer mit mir an seiner Seite.«

»Wie gestern?«, erinnert mich Valentin hart. »Als du ihn an den Baum geschmettert und anschließend Ravin verjüngt hast?«

Ich spüre, wie mir unvermittelt die Tränen in die Augen steigen. Auf diesen Tiefschlag kann ich nichts antworten.

Ganz im Gegensatz zu Raphael, der sich wütend vor Valentin aufbaut. »Wenn du uns nicht Ravin auf den Hals gehetzt hättest, wären wir nicht in dieser Situation. Hannah trifft keine Schuld!«

Valentin stößt gereizt die Luft aus.

»Du hast mich mit deiner schwachsinnigen Gruppe vor Ravins Nase unter Wahrheitszwang gesetzt!«, fährt Raphael aggressiv fort. »Und warum? Weil du deine Niederlage beim Leaderkampf nicht ertragen konntest!«

»Den ich gewonnen hätte, wenn ihr nicht mit unfairen Mitteln gekämpft hättet«, verteidigt sich Valentin. »Machst du mir einen Vorwurf, dass ich wissen wollte, was Sache ist?«

»Ich werfe dir vor, dass du aus gekränktem Stolz Hannahs Leben in Gefahr gebracht hast!«

Beunruhigt schaue ich zwischen den beiden Leadern hin und her. Seit der Teamwahl herrschte erbitterte Konkurrenz zwischen ihnen. Auf der Flucht hat die Feindseligkeit weiter zugenommen. Es ist lediglich eine Frage der Zeit, bis sich die Spannung in einem Knall entlädt.

»Du denkst nur an dich«, kritisiert Raphael. »Neben deinem Ego ist kein Platz für irgendetwas anderes. Du bist eiskalt, selbstgefällig und skrupellos. Genau wie Ravin.«

Valentin starrt Raphael hasserfüllt an. »Und was ist

mit dir? Du gehst über Leichen, um deine Interessen durchzusetzen. Alles natürlich unter dem Vorwand der Moral. Du bist ja *so* rechtschaffen und anständig. Glaub nicht, dass ich auf deine makellose Fassade reinfalle. Du hast Geheimnisse wie wir alle. Sogar der perfekte Raphael macht Fehler.« Mit einer geschmeidigen Bewegung schnellt er hoch und geht drohend auf Raphael zu. »Statt ausschließlich von meinen Vergehen zu sprechen, sollten wir uns mal über *dich* unterhalten. Du billigst, dass Hannah deinen Bruder umgebracht hat? Zum Dank schützt du sie und bringst dich damit in Gefahr? Bei dir stimmt etwas nicht. Hältst du mich für blöd?«

Valentins Worte treffen mich wie eine Ohrfeige. Seit der gemeinsamen Nacht im Zelt lauern diese Zweifel unter der Oberfläche. Sie unvorbereitet zu hören, macht sie erschreckend real. Beklommen fixiere ich Raphael, der bei Valentins Anklage blass geworden ist.

»Welchen Grund hattest du, Hannah an der Akademie zu verstecken?«, bedrängt ihn Valentin weiter. »Sag endlich die Wahrheit. Ausnahmsweise.«

Raphael schließt kurz die Augen und beißt sich auf die Lippen. Stumm schüttelt er den Kopf. Ohne unsere Reaktion abzuwarten, durchquert er schnellen Schrittes das Zimmer und lässt die Tür mit einem Knall hinter sich zufallen.

»Okay«, bemerkt Valentin trocken. »Anscheinend ist er nicht in Stimmung für die Wahrheit.«

»Musstest du ihn derart in die Enge treiben?« Dorian seufzt. »Die beiden hatten keine Gelegenheit zu einer Aussprache. Das weißt du ganz genau.«

Valentin stöhnt resigniert. »Er hätte die Sache jetzt klären können. Ich kann seine Motive einfach nicht nachvollziehen.« Zum ersten Mal klingt er völlig aufrichtig. Ich mustere ihn nachdenklich. »Hannah, *ich* war wenigstens von Anfang an ehrlich«, versichert er und erwidert mit unerwarteter Offenheit meinen Blick. Seine nächsten Worte klingen fast besorgt. »Merkst du nicht, dass Raphael etwas vor dir verbirgt?«

»Doch. Aber ich bin davon überzeugt, dass er das klären wird, sobald man uns die Möglichkeit lässt, in *Ruhe* miteinander zu reden.«

Noch bevor die letzten Silben verklungen sind, bedaure ich meinen unfreundlichen Tonfall. Valentin betrachtet mich kalt, und ich kann förmlich zusehen, wie er sich wieder verschließt.

»Vertrauen in ihren Leader … bis zum letzten Atemzug«, höhnt er. »Hoffentlich wird dein Glaube nicht erschüttert.«

Das hoffe ich ebenfalls. Ich kann gar nicht sagen, wie sehr. Verbissen versuche ich, mir die Zweifel nicht anmerken zu lassen. Elias hat mein Herz gebrochen. Ich will mir nicht ausmalen, was Raphael damit anstellen könnte.

Verärgert konzentriere ich mich auf die Aura meines Leaders und atme unwillkürlich auf, als ich sie im angrenzenden Zimmer wahrnehme. Er ist nicht abgehauen, sondern lediglich in den Nachbarraum zurückgekehrt.

»Mach schon«, ermutigt mich Dorian leise.

Ich nicke entschlossen und stehe auf. »Ich gehe zu ihm.«

Leas Augen flackern ängstlich zu Valentin, der sie mit einem rätselhaften Grinsen beobachtet, jedoch unschuldig die Hände hebt.

Genervt drehe ich mich an der Tür um. »Dorian, Norwin, könnt ihr bei Lea bleiben? Valentin scheint sich heute vom falschen Körperteil leiten zu lassen. Das ist die einzige Erklärung für seine ständigen Anzüglichkeiten.«

Ich ignoriere sowohl Valentins empörtes Schnauben als auch das belustigte Lachen der beiden Jungs und verlasse den Raum.

Zeit für die Wahrheit.

7 : gelöst

Ohne anzuklopfen, betrete ich Raphaels Hotelzimmer. Offenbar hat er mit meinem Erscheinen gerechnet, denn er hat nicht abgeschlossen. Vorsichtig ziehe ich die Tür hinter mir zu und laufe über den weichen Teppich, der fast die Hälfte des Bodens bedeckt. Raphael sitzt entspannt in einem Sessel. Er hat die Ellbogen auf die Knie gestützt und seine Stirn in die Handflächen gelegt.

»Da bist du ja«, sagt er, ohne aufzusehen.

»Natürlich bin ich da«, bestätige ich missmutig. »Das wird sich auch nicht ändern, wenn du diese hirnrissige Elric-Rettungsaktion durchziehst.«

Raphael hebt ruckartig den Kopf. »Darüber haben wir vorhin schon gesprochen«, erinnert er mich ungehalten. »Erspare uns die Diskussion. Du wirst nicht mitkommen.«

»Das ist nicht deine Entscheidung«, informiere ich kühl.

»Ist es nicht?« Er klingt gefährlich leise, und in seinen Augen erkenne ich Wut. »Glaubst du im Ernst, ich würde tatenlos zuschauen, wie du dich erneut in Gefahr begibst?«

»Dir bleibt nichts anderes übrig«, entgegne ich und halte seinem durchdringenden Blick stand.

»Du bist so stur. Das ist echt unglaublich.« Gereizt richtet er sich auf. »Seit Monaten kämpfe ich um dein

Leben, während du jede Gelegenheit nutzen willst, es leichtfertig aufs Spiel zu setzen!«

»Du … Was?« Ich stocke.

Er springt auf und beginnt, unruhig im Raum umherzulaufen.

»Was meinst du, wer Elric gebeten hat, dich im Wald vor Elias' Formerteam zu verbergen? Wer hat dich bei Emilys erfolgloser Flucht von irgendwelchen Dummheiten abgehalten? Deine unbedacht starke Reaktion am Seeufer als eigenen Fehler dargestellt? Ich hätte mich fast von Valentin aufspießen lassen, nur um dich in mein Team zu holen! Mit allen Mitteln habe ich versucht, dich und deine natürliche Formergabe zu verstecken, obwohl du mich beharrlich sabotiert hast. Impulsiv und leichtsinnig! Was denkst du, wie oft ich Todesängste um dich ausgestanden habe, weil du viel zu viel Aufmerksamkeit auf dich gezogen hast?« Seine Stimme wird kontinuierlich lauter, bis er die letzten Worte fast schreit. »Es war die größte Herausforderung meines Lebens, dich unbeschadet in die Teamphase zu bringen! Ich habe alles in meiner Macht Stehende getan, um dich zu schützen! Wie kannst du behaupten, mir bliebe nichts anderes übrig? Deine unnötige Risikobereitschaft raubt mir den letzten Nerv!«

Fassungslos lausche ich seiner Schimpftirade. Er hat die ganze Zeit auf mich aufgepasst? Ich atme tief ein und bemühe mich, meine verworrenen Empfindungen zu ergründen. Neben Dankbarkeit und Unglaube fühle ich vor allem Wut, die glühend heiß durch meine Adern schießt.

»Was soll dieses Theater? Du hältst andauernd den Kopf für mich hin, aber wenn es ernst wird, darf ich nicht an deiner Seite sein?«, attackiere ich ihn. »Ist das so ein dämliches Mann-Frau-Ding? Du musst mich beschützen, weil ich schwach und hilflos bin?«

»Das ist lächerlich!«, protestiert Raphael entschieden.

»Genau! Lächerlich!«, wiederhole ich aufgebracht. »Die gesamte Diskussion ist lächerlich!« Drohend gehe ich auf ihn zu. »Du wirst das nicht alleine durchziehen! Dieses Mal wissen wir, was auf uns zukommen kann! Gestern im Wald hatte mich Ravins Fokussierung überrascht. Das wird nicht erneut geschehen.«

»Richtig«, stimmt Raphael zu und baut sich mit verschränkten Armen vor mir auf. Vor Zorn bebend stehen wir uns gegenüber. »Es wird nicht erneut geschehen, weil du hierbleibst. In *Sicherheit*!«

»Kannst du vergessen!« Entnervt wende ich mich ab.

Raphael packt mich an den Schultern und zwingt mich, seinen Blick zu erwidern. Mit einem aggressiven Summen verbinden sich unsere Auren. »Du bist furchtbar!«, wirft er mir vor, während er mich unerbittlich festhält.

»Du denkst wohl, du kannst alles mit mir machen!«, fahre ich ihn an. Mit voller Kraft drücke ich ihn von mir weg.

»Hannah«, beginnt er warnend und hebt die Hände. »Jetzt kapier endlich, dass ich –«

»Spar dir deine überflüssigen Erklärungen!«, unterbreche ich ihn. »Du kannst nicht erwarten, dass ich untätig zuschaue, wie du dich in Schwierigkeiten bringst, du starrköpfiger Vollidiot!« Raphael will etwas entgegnen, hat jedoch keine Chance. »Ständig mischst du dich in meine Angelegenheiten ein! Die Krönung war deine Aktion gestern Nacht, als du mich mit diesem bescheuerten Impuls zwingen wolltest, die Auslandsgruppe zu begleiten! Wie konntest du mich derart entmündigen? Ich treffe meine Entscheidungen selbst! Ich bin für meine Handlungen verantwortlich! Ich brauche keinen Babysitter!«

Mit erhobenen Fäusten gehe ich auf ihn los. Raphael umschließt meine Handgelenke und hält sie mit eisernem Griff fest.

»Und jetzt?«, fragt er herausfordernd. »Willst du dich prügeln?«

»Hör auf mit diesem Beschützermist!«, verlange ich erzürnt. »Ich kann mich verteidigen! Das weißt du genau! Ich bin viel stärker als du!«

Mit voller Kraft versuche ich, ihm zu entkommen. Erfolglos, denn zumindest in körperlicher Hinsicht treffen meine Worte nicht zu.

»Du verhältst dich kindisch!«, kritisiert er, während ich alles daransetze, mich zu befreien. »Sei einmal vernünftig!«

Mit einer mühelosen Bewegung dreht er mich und schiebt mich nach hinten, bis ich mit dem Rücken an die Wand stoße.

»Du hältst es für vernünftig, Elric alleine zu treffen?«, kontere ich. »Mit mir an deiner Seite würdest du zumindest nicht unmittelbar von Ravin oder Levander ausgeknockt werden, wenn etwas schiefgeht.«

»Weil sie dich verdammt noch mal betäuben und mitnehmen würden!«, flucht Raphael. »Du machst mich wahnsinnig!«

»Nicht halb so sehr wie du mich!«, schieße ich zurück und bäume mich vergeblich in seinem Griff auf.

Raphael geht einen Schritt nach vorne und drängt mich mit seinem Körper gegen die Wand. Unwillkürlich seufze ich auf, als ich seine harten Muskeln spüre. Mit einem Mal wird mir bewusst, wie nah wir uns sind. Auch Raphael erstarrt für einen Moment. Während wir einander mustern, verändert sich der Ausdruck in seinen Augen. Bevor ich etwas sagen kann, beugt er sich vor und küsst mich entschlossen. Entrüstung und Erregung durchfluten mich gleichermaßen, aber ich erwidere seinen Kuss, ohne zu zögern. Obwohl wir uns eben noch angeschrien haben, rückt unsere Auseinandersetzung schlagartig in den Hintergrund.

Mit leichtem Druck öffnet er meine Lippen. Als sich unsere Zungen berühren, stöhne ich leise und drücke beide Handflächen gegen seine Brust. Ob ich ihn damit auf Abstand bringen will oder lediglich nach einer Stütze suche, weiß ich selbst nicht.

Raphael gibt mich frei, geht ein paar Schritte zurück und lässt sich auf einen Sessel fallen. Fragend sieht er zu mir empor und wartet auf meine Entscheidung. In seinem Blick erkenne ich brennendes Verlangen, aber auch Zuneigung und etwas, das weit darüber hinausgeht. Wir müssen dringend reden. Allerdings nicht jetzt.

Ohne weiter nachzudenken, entledige ich mich meiner Schuhe, setze mich auf seinen Schoß und küsse ihn hingebungsvoll. Zugleich greife ich nach dem Saum seines Shirts. Raphaels stahlblaue Augen weiten sich, als ich unseren Kuss unterbreche, um ihn von dem unnötigen Stoff zu befreien. Für einen Moment starren wir uns an. Ich kann nicht sagen, wer von uns beiden von meiner plötzlichen Annäherung überraschter ist.

Bevor mich jedoch Verlegenheit befällt, übernimmt Raphael wieder die Initiative. Mit beiden Händen zieht er mir mein Top über den Kopf. Anschließend kehrt er zu meinem Mund zurück und küsst mich leidenschaftlich. Mit den Lippen folgt er dem Schwung meines Halses, während er den Knopf meiner Jeans öffnet. Bereitwillig erhebe ich mich auf die Knie, um ihm beim Ausziehen zu helfen. Spontan nutze ich die Gelegenheit, Raphaels Hose ebenfalls ein Stück über seine Hüften zu streifen. Dabei hoffe ich, dass er das Zittern meiner Hände nicht bemerkt. Obwohl ich mir in den vergangenen zwei Tagen mehr als einmal eine Fortsetzung der Nacht im Zelt gewünscht habe, bin ich bei Weitem nicht so selbstbewusst, wie ich es gerne wäre.

Langsam sinke ich wieder auf ihn und schnappe nach Luft. Nur getrennt durch den dünnen Stoff unserer Unterwäsche fühle ich die intensive Reaktion, die ich in ihm auslöse. Mein Verlangen steht seinem in nichts nach. Die schwindende Anspannung verschmilzt mit der Sehnsucht nach Raphael zu einer explosiven Mischung. Ich lege ihm liebevoll meine Hand in den Nacken und ziehe seinen Kopf zu mir. Raphael fährt mit den Fingernägeln sanft meine Wirbelsäule entlang und verlängert die Spur nach unten, ohne sich von meinem Slip aufhalten zu lassen. Ich beiße leicht in seine Unterlippe. Gleichzeitig streiche ich mit der Handfläche abwärts über seine Brust und folge seinen festen Bauchmuskeln. An seinem Hosenbund angekommen rutsche ich nach hinten. Ich zögere für einen Moment, dann nehme ich meinen Mut zusammen und schiebe meine Finger in seine Boxershorts. Raphael zittert vor Anspannung. Als ich ihn berühre, schließt er die Augen und atmet scharf ein. Zuerst bin ich zögerlich und voller Angst, etwas falsch zu machen, doch seine Reaktion vertreibt sämtliche Zweifel und gibt mir Selbstvertrauen.

Die Zeit verschwimmt. Meine Wahrnehmung beschränkt sich völlig auf Raphael. Sein konzentrierter Gesichtsausdruck sorgt für ein spontanes Aufwallen von Zärtlichkeit. Ich beuge mich nach vorne, um ihn zu küssen. Raphael nutzt die leicht veränderte Position und legt eine Hand an meine Hüfte. Die andere Hand lässt er in meinen Slip gleiten, was unmittelbar dazu führt, dass ich aufstöhne. Mein Körper scheint vor unbändigem Verlangen zu vibrieren. Immerhin macht auch Raphael den Eindruck, als würde er nicht mehr lange durchhalten. Er kneift wiederholt die Lider zusammen, und sein Atem geht in flachen Zügen. Die Erregung summt wie Strom durch meine Adern, und ausnahmsweise hat dieses Gefühl wenig mit unseren Auren zu tun. Mein Wunsch, Raphael endlich in mir zu spüren, nimmt mit jeder Sekunde zu. Ich kann an nichts anderes denken. Ich will nicht mehr warten.

Fieberhaft suche ich nach einer Möglichkeit, ihm meinen Wunsch mitzuteilen, ohne diesen konkret aussprechen zu müssen.

»Hast du …«, beginne ich unbeholfen. »Ich meine … ich habe …« Ich verstumme. Himmel, ist das peinlich. Obwohl ich halbnackt auf ihm sitze, erscheint es mir unmöglich, meinen Einkauf zu offenbaren.

»Im Rucksack«, erwidert Raphael, der mein Gestammel glücklicherweise zumindest in Teilen zu deuten weiß.

Widerstrebend rücke ich ein wenig von ihm ab und lehne mich zur Seite, um seinen Rucksack zu erreichen, der neben dem Sessel auf dem Boden liegt.

Raphael stabilisiert mich mit beiden Händen an der Taille und nutzt die unfreiwillige Pause, um zu Atem zu kommen.

Kurz darauf bin ich wieder ganz bei ihm. Er sorgt dafür, dass sämtliche Vorbehalte und Unsicherheiten verschwinden, und als wir endlich vollkommen vereint sind, erfüllt lediglich der Gedanke an Raphael selbst mein Bewusstsein.

8 : erkannt

Erst viel später fühlen wir uns halbwegs in der Lage aufzustehen. Unter ausgelassenem Gekicher entwirren wir unsere ineinander verschlungenen Gliedmaßen. Nach mehreren Anläufen schaffen wir es, den Sessel zu verlassen und anschließend die wild im Zimmer verteilten Kleidungsstücke einzusammeln. Gemeinsam kuscheln wir uns in das Hotelbett.

»Du bleibst hier?«, will Raphael wissen. Es klingt eher nach einer Einladung als nach einer Frage.

Unsicher stütze ich mich auf den rechten Ellbogen, sodass sich unsere Gesichter auf gleicher Höhe befinden.

»Ich weiß nicht«, murmle ich unschlüssig. »Lea …«

»… ist in den besten Händen«, fällt mir Raphael ins Wort. »Dorian und Norwin werden sie im Auge behalten, da bin ich sicher.«

»Aber Valentin …«, setze ich erneut an.

»… hat alles in seiner Macht Stehende getan, um uns zu stören«, vollendet Raphael wieder meinen Satz. »Jetzt wäre ich froh, wenn du diesen Idioten aus deinen Gedanken verbannen könntest.«

Ich grinse. »Okay.«

Für einen Moment schweigen wir beide.

»Ziehst du mich ins Vertrauen?«, erkundige ich mich zaghaft, nachdem ich vergeblich darauf gewartet habe, dass er das Wort ergreift.

»Das ist nicht so einfach …«, beginnt Raphael zögerlich. Er bricht ab und fährt sich hilflos durch die Haare.

Ich mustere ihn mitleidig. Dermaßen verunsichert kenne ich ihn gar nicht.

»Kann ich dir den Anfang irgendwie erleichtern?«, biete ich an.

Raphael lächelt dankbar. »Würdest du mir deine Erlebnisse mit Elias schildern?«, bittet er.

»Du willst über deinen Bruder reden?«, vergewissere ich mich skeptisch und runzle die Stirn. »Mir ist klar, dass es einen Zusammenhang geben muss, aber ich verstehe ihn nicht.«

»Erzähl mir von Elias«, fordert er nachdrücklich. »Bitte.«

Ich drehe mich seufzend auf den Rücken und verschränke die Arme im Nacken. Raphael fährt sanft mit den Fingerspitzen über meinen Hals und die kleine Wunde am Schlüsselbein.

»Ich fand ihn unfassbar spannend«, leite ich ein, während ich unbehaglich die Zimmerdecke fixiere. Irgendwie scheint es mir falsch, vor Raphael über meine Gefühle für seinen Bruder zu sprechen. »Er war so …«, ich suche nach dem richtigen Wort, »widersprüchlich. In den ersten Wochen unseres Kennenlernens hatte er bloß Geringschätzung für mich übrig. Er hat mich angeschaut, als würde er mich hassen. Voller Verachtung und Kälte. Unsere Gespräche waren zunächst ziemlich oberflächlich. Nach dem Vorfall in seinem Zimmer … Weißt du darüber Bescheid?«

Raphael nickt. »Über alles«, bestätigt er leise.

»Ab diesem Moment änderte sich unser Verhältnis. Zumindest dachte ich das«, fahre ich mit einem bitteren Lachen fort. »Ich war überrascht, dass er plötzlich tiefgründig und warmherzig war. Seine vorherige Härte schien nur Fassade gewesen zu sein. Ich hatte den Eindruck, er würde sich öffnen und Vertrauen fassen. Er enthüllte mir sogar seine größte Angst. Ich nahm an, dieses Geständnis hätte ihm ebenso viel bedeutet wie mir. Je besser ich ihn kennenlernte, desto sicherer wurde ich mir, dass ...« Ich verstumme.

Raphael sieht mich aufmerksam an.

»Dass ich mich in ihn verlieben könnte«, bekenne ich, ohne ihm dabei ins Gesicht zu sehen. Okay. Jetzt ist es raus. Ich habe ihm praktisch die Liebe zu seinem Bruder gestanden. Wie wird er darauf reagieren? Wird er annehmen, er sei lediglich ein Ersatz für Elias? Kann unsere zerbrechliche Verbindung diese Wahrheit verkraften? Schnell spreche ich weiter, bevor mich der Mut vollends verlässt. »Sein Verrat hat mich unvorbereitet und gnadenlos getroffen. Ich war gutgläubig und naiv. Ich hatte nie an der Aufrichtigkeit seiner Empfindungen gezweifelt. Er hat mir so wehgetan. Ich hätte misstrauischer sein sollen. Dann wäre sein Tod möglicherweise nicht der letzte Ausweg gewesen.«

Raphael zuckt zusammen, woraufhin ich mir fest auf die Lippen beiße.

»Es tut mir leid«, presse ich schließlich hervor und hoffe, dass er die Träne, die über meine Wange rollt, nicht entdeckt.

»Hannah«, versucht mich Raphael zu trösten, doch seine Stimme klingt ebenfalls belegt. »Elias war selbst verantwortlich für sein Tun. Du kannst nichts dafür. Welche Alternativen hattest du? Bereitwillig in den Tod gehen? Er wusste um die Gefahr, die von der Mission ausging. Wenn jemanden die Schuld trifft, dann ihn oder mich. Im Gegensatz zu uns hattest du keine Wahl.«

Ich hebe hilflos die Schultern. Mit Verspätung verarbeitet mein Gehirn, was mein Gehör längst aufgenommen hat.

»Wieso sollte *dich* irgendeine Schuld treffen? Was hast *du* mit der ganzen Sache zu schaffen?«, hake ich verständnislos nach.

Raphael atmet hörbar ein, bleibt aber stumm.

»Ich habe dir meine Gefühle für Elias offenbart. Das war mir verdammt unangenehm. Jetzt bist du dran!«, beharre ich. Er kann nicht erwarten, dass ich das komplette Gespräch für ihn bewältige.

Raphael greift sich verlegen mit der Hand in den Nacken.

»Diese Geste ... die hat Elias auch gemacht, wenn er unsicher war«, bemerke ich mit einem halben Lächeln. »Manchmal erinnerst du mich total an –«

Ich stocke. Noch während der letzte Satz im Raum hängt, kommt mir ein unglaublicher Verdacht. Mein gesamter Körper schmerzt plötzlich vor Anspannung. Abrupt richte ich mich auf und starre Raphael an, der meine Reaktion mit unbewegter Miene beobachtet.

»Raphael«, fordere ich eindringlich. »Was ist deine größte Angst?«

»Kontrollverlust«, antwortet er und erwidert dabei fest meinen Blick.

»Oh mein Gott«, krächze ich überwältigt. »Das war nicht Elias alleine. Du warst ebenfalls da?«

Raphael sieht mich nur an. Unterdessen überschlagen sich meine Gedanken. Vor wenigen Minuten habe ich selbst beschrieben, wie sich nach dem *Unfall* die Beziehung zu Jan verändert hatte. Hastig rufe ich mir den Zeitpunkt ins Gedächtnis, als ich nach der Eskalation zum ersten Mal das Krankenzimmer betrat. Die Unsicherheit auf Jans Zügen. Die etwas längeren Haare. Winzige Details, die mir erst jetzt im Nachhinein auffallen.

»Damals im Krankenhaus. Das warst du«, flüstere ich tonlos. Raphael nickt langsam.

»Aber, ich habe … Jan, also Elias, war doch … Weshalb bist du …« Meine Suche nach den richtigen Worten endet in fassungslosem Kopfschütteln.

»Deine Aura wurde bereits im vergangenen Jahr von einem Team wahrgenommen. Sobald man sicher war, dass es sich bei dir um einen natürlichen Former handelt, wurde ein Leader auf dich angesetzt. Elias«, erklärt Raphael ruhig. Der kontrollierte Klang seiner Stimme bildet einen krassen Gegensatz zum Gefühlssturm in meinem Innern. Bevor ich mein Unbehagen formulieren kann, fährt er fort. »Er wurde unter falschem Namen an eurer Schule eingeschleust, damit er sich dir unauffällig nähern konnte. Sein ursprünglicher Auftrag war, deine Entdeckung der Gabe zu beschleunigen und dich bei der Nutzung zu unterstützen und anzuweisen. Elias sollte dein Vertrauen erlangen und dich der Akademie übergeben, ohne dass du Verdacht schöpfst. Zusätzlich durfte dir der Gedanke, mit der Gabe zu heilen, nicht mehr völlig fremd sein. Diese Vorbereitung sowie deine Auslieferung bei vollem Bewusstsein hätten Levanders Verjüngungsimpuls immens erleichtert.«

Ich presse die Lippen zusammen. Wie konnte ich so blöd sein und auf Elias' Gehirnwäsche reinfallen?

Raphael streicht mir beruhigend über den Arm. Als ich mich unter seiner Berührung versteife, zieht er die Hand wieder weg. »Mach dir keine Vorwürfe, dass du dich von ihm täuschen ließest. Wir wurden jahrelang in Manipulationstaktiken und psychologischer Beeinflussung geschult. Elias hatte keine Hemmungen, seine Pläne durchzusetzen. Sobald du dich in seiner Nähe befandest, hat er mit der Gabe nachgeholfen. Außerdem war er von Anfang an Ravins Favorit. Er war schon immer härter und skrupelloser als ich«, gibt er zu. »Allerdings war er auch deutlich ungeduldiger. Das wurde ihm zum Verhängnis. Er hatte deine Kraft gründlich unter- und sich selbst überschätzt. Immerhin warst du der erste natürliche Former, den er der Akademie ausliefern sollte.« Er atmet tief durch. »Eines Morgens klingelte mein Handy. Elias war völlig außer sich. Er lag mit schweren Verletzungen im Krankenhaus und hatte entsetzliche Angst, dass Ravin oder Levander etwas von seinem Versagen erfahren könnten. Natürlich bin ich zu Hilfe gekommen. Ich habe ihn in Sicherheit gebracht, die Erinnerungen des Krankenhauspersonals geringfügig verändert und seinen Platz eingenommen.«

Argwöhnisch beuge ich mich ein wenig nach vorne. »Wie lange hast du diese Rolle gespielt?«

»Die Zeit im Krankenhaus. Die Telefonate. Der Abend am Flussufer. Der Nachmittag im Zimmer. Ich war zwei Wochen lang Jan«, gesteht er leise.

Angestrengt bemühe ich mich um eine gleichmäßige Atmung. Mit einem Mal ergibt alles Sinn. Die Vertrautheit seiner Bewegungen. Das Gefühl, als würde ich ihn schon länger kennen. Seine Aura, die ich unterbewusst wahrnahm. Die starke Anziehungskraft ist nicht auf die Ähnlichkeit mit seinem Bruder zurückzuführen. Elias fand ich nur äußerst gut aussehend. Doch es war Raphael, in den ich mich im Verlauf zahlreicher Gespräche und Begegnungen verliebt hatte. Warum hat er mir das nicht früher gesagt? Es hätte die Dinge zwischen uns deutlich vereinfacht und mir manch schlaflose Nacht erspart. Zweifel schneiden wie Rasierklingen in meinen Magen. Kann es dafür einen harmlosen Grund geben? War alles eine wiederholte Täuschung, um mein Vertrauen zu erlangen? Um mich effektiver manipulieren zu können? Wenn mein Herz erneut gebrochen wird, kann ich es nicht mehr zusammensetzen. Gewaltsam kämpfe ich um Fassung. Die folgende Frage erfordert meinen gesamten Mut.

»Hast du mir etwas vorgespielt?«, hauche ich kaum vernehmbar und drehe mich komplett zu ihm um.

Raphael weicht meinem Blick aus. Unmittelbar wird mir kalt.

Als er endlich zu einer Antwort ansetzt, klingt seine Stimme rau. »Zuerst schon. Von Anfang an hatte ich Elias bei seinem Schauspiel unterstützt, seine Gesprächsführung und sein Verhalten mitgestaltet, auch wenn er die Umsetzung meistens verpatzt hat. Nach der Eskalation wollte ich die Angelegenheit professionell regeln. Für Elias einspringen, seine Fehler bereinigen, deine Empfindungen für ihn stärken, sodass er nach seiner Rückkehr leichtes Spiel gehabt hätte.«

»Okay«, unterbreche ich ihn erstickt. »Das genügt mir. Danke für deine Offenheit.«

»Hör mir zu«, verlangt er bestimmt. »Ich bin noch nicht fertig.«

»Bitte nicht«, wehre ich ab und dränge die Tränen zurück. »Ich habe verstanden, was du mir sagen willst. Tu mir nicht das Gleiche an wie dein Bruder. Ich ertrage das kein weiteres Mal. Insbesondere nicht von dir.«

Schwankend versuche ich, mich auf der weichen Matratze aufzurichten. Mit einer fließenden Bewegung packt mich Raphael an den Schultern und drückt mich aufs Bett zurück.

»Du wirst nicht erneut flüchten«, weist er mich scharf zurecht, und in seinem Tonfall schwingt der autoritäre Klang mit, der bisher der Maßregelung des Teams vorbehalten war. »Lass mich zumindest aussprechen. Das bist du mir schuldig.«

Resigniert sinke ich in die Decken zurück und bemühe mich um einen nichtssagenden Ausdruck. Er wird nicht sehen, wie sehr er mich verletzt. Diese Genugtuung werde ich ihm nicht geben. Mit Schaudern denke ich an das Verhör durch Elias, bei dem er mich erbarmungslos fertiggemacht hat. Am schlimmsten war seine offen gezeigte Schadenfreude, während er mir eine Demütigung nach der anderen zufügte.

»Na, dann los«, fordere ich Raphael scheinbar unbeeindruckt auf. »Bring es hinter dich. Richte mich zugrunde. Worauf wartest du?«

Er starrt mich entgeistert an. »*Zugrunde richten*?«, wiederholt er fassungslos. »Wie kannst du nach allem noch an mir zweifeln?«

Ich hebe die Schultern und wende mein Gesicht ab.

»Nachdem Elias seinen Platz wieder eingenommen hatte, wurde ich von Schuldgefühlen förmlich aufgefressen. Es war ein furchtbarer Fehler, dich unwissend und ungeschützt zurückzulassen. Stattdessen hätte ich dich warnen müssen. Ich hätte dir von Levanders Plan und von Elias' Manipulation erzählen sollen. Ich habe geschwiegen, weil ich zu schwach war, gleich die nötigen Konsequenzen zu ziehen. Wenn ich nicht derart feige gewesen wäre, hätte ich die Situation entschärfen können, ehe alles eskalierte. Während du betäubt warst, rief mich Elias an und bat mich erneut um Hilfe. Ich flehte ihn an, dich gehen zu lassen. Er war fest entschlossen seine Mission zu erfüllen. Er bestand darauf, dich an Levander zu übergeben. Erst in diesem Moment realisierte ich, dass ich endlich eine Entscheidung treffen musste. Dass ich nicht länger untätig bleiben durfte. Deine Zeit war fast abgelaufen.« Raphael schluckt gequält. »Ich wollte dich nicht verlieren. Ich konnte dich nicht dem sicheren Ende überlassen. Stattdessen überredete ich Elric, Gwendolin Merz zu beseitigen und dich aus der Gefahrenzone zu holen.«

Bei der Nennung dieses Namens versteife ich mich unwillkürlich. Damit schneidet Raphael ein Thema an, das ich bisher erfolgreich von mir geschoben habe. Auf Dauer wird das nicht funktionieren. Irgendwann muss ich mich mit Gwendolins Schicksal auseinandersetzen. Und mit der Rolle, die Raphael dabei gespielt hat.

»Darauf hat er sich eingelassen?«, lenke ich ab, obwohl die Antwort offensichtlich ist.

»Er hat es für mich getan«, entgegnet Raphael mit einem schmerzerfüllten Lächeln. »Geleitet durch die Hoffnung, ich könnte mit deiner Hilfe aus Levanders Klauen entkommen. Elric wünschte sich für Elias und mich immer ein anderes, besseres Leben, als es die Akademie für uns vorsah.«

»Weshalb habt ihr mich ausgerechnet dort versteckt?«, erkundige ich mich betont neutral und versuche, jeglichen Vorwurf aus meiner Stimme herauszuhalten.

Raphael seufzt. »Wir hätten dir am liebsten vor Levanders Ankunft zur Flucht verholfen und einem Mitglied des

Teams die Verantwortung dafür zugeschoben. Elias wäre dadurch verschont geblieben. Allerdings hätten dich andere Former in Levanders Auftrag mühelos aufgespürt. Durch deine Aura und die mangelnde Erfahrung mit der Gabe wärst du ein leichtes Ziel gewesen. Uns blieb keine andere Wahl, als dich vorerst an der Akademie zu verbergen. Als Elric ankam, hatten sich die Dinge bereits verselbstständigt. Er fand lediglich Elias' Leiche und dessen völlig aufgelöstes Team vor. Du warst verschwunden.« Raphael reibt sich müde über die Stirn. »Auf Elrics weitere Nachrichten zu warten, war die Hölle. Mein Bruder tot, du irgendwo allein und völlig verstört im Wald. Ich bin fast durchgedreht.«

Ich stoße zittrig den Atem aus. Ihm blieb keine Wahl, als mich an der Akademie zu verbergen? Ich verstehe noch immer nicht, warum er mich nicht ins Ausland gebracht hat. Dadurch wäre zumindest Gwendolins Leben verschont geblieben. Und Elias ... Plötzlich scheint es, als wäre sein Schicksal doch nicht unausweichlich gewesen. Vermutlich ist Elric kurz nach der Katastrophe eingetroffen. Wenn ich nur einige Minuten gewartet hätte ...

»Wie kannst du mir diese Tat verzeihen?«, flüstere ich und richte mich auf.

Raphael ergreift sanft meine Schultern und zwingt mich, seinen Blick zu erwidern. »Natürlich vermisse ich Elias. Aber die Schuld an seinem Tod trägt Levander. Wir waren nur Figuren in seinem Spiel und wurden gegen unseren Willen hineingezogen. Gerade du hattest mit der ganzen Sache nichts zu tun. Wer weiß, ob unser Plan funktioniert hätte. Ohne deine Gegenwehr wärst du vielleicht diejenige, die ich betrauern müsste. Ich habe dich im Stich gelassen, obwohl ich wusste, was dir droht.

Durch meine fehlende Initiative hätte ich dich fast verloren. Ich war feige und ängstlich, doch ich habe dich nie belogen. Von unserem ersten Zusammentreffen im Krankenhaus an warst du etwas Besonderes für mich. Wenn ich dich anschaue, wird mir klar, dass ich alles für dich tun würde.«

Sprachlos starre ich ihn an.

»Verdammt, Hannah! Willst du es nicht verstehen?«, fragt er verzweifelt und schüttelt mich leicht. »Am Flussufer habe ich dir die Wahrheit gesagt. Ich habe mich in dich verliebt! Schon vor Wochen! Und das Gefühl ist nicht schwächer geworden. Im Gegenteil.«

Ich reagiere mit überwältigtem Schweigen auf sein Geständnis. Zu viele Empfindungen schwirren in meinem Kopf umher.

Raphael zieht seine Hände zurück und legt sie stattdessen auf die Bettdecke. »Tut mir leid«, murmelt er peinlich berührt. »Das war zu direkt. Ich wollte dich nicht überfordern.«

Unwillkürlich muss ich grinsen. Vor einer halben Stunde küsst er mich fast um den Verstand und hat jetzt die Befürchtung, mich zu *überfordern*?

Raphael hebt irritiert die Brauen. »Ich wüsste zu gerne, was in dir vorgeht«, bemerkt er angespannt.

»Ich bin gleichzeitig verwirrt und erleichtert«, fasse ich mein Gedankenchaos zusammen. »Wir haben stundenlange Gespräche geführt. Du warst es, der mir damals seine größte Angst verraten hat. Alle diese besonderen Momente habe ich gemeinsam mit dir erlebt.«

Raphael nickt. »Elias nahm seinen Platz erst am Montag vor Laros Party wieder ein.«

Enttäuscht von meiner Unachtsamkeit beiße ich mir

auf die Zunge. Zweimal haben die beiden die Rollen getauscht, und mir fiel lediglich der andere Haarschnitt auf. Ich war so blind und habe nichts bemerkt. Deshalb war sein Verhalten derart gegensätzlich. Einerseits Elias, voller Verachtung und Spott. Elias, der mich manipulierte und dazu verführte, genauso eiskalt und skrupellos zu werden wie er selbst.

Auf der anderen Seite Raphael, einfühlsam und liebevoll. Raphael, dem ich vertrauen konnte, der mich akzeptierte und in mir das Beste zum Vorschein brachte.

»Du hast mich von Anfang an fasziniert«, gebe ich zu und sehe ihm in die Augen. »Nach unserem ersten Aufeinandertreffen bei Emilys Flucht war ich völlig neben der Spur. Zuerst dachte ich, es läge an der Ähnlichkeit zu deinem Bruder. Aber als ich dich besser kennenlernte, wurden meine Gefühle immer beängstigender. Ich versuchte mit allen Mitteln, dich als gnadenlosen Leader wahrzunehmen, welcher der Akademie absoluten Gehorsam entgegenbringt und für die Durchsetzung seiner Ziele über Leichen geht. Allerdings hat das nicht auf Dauer funktioniert. Stattdessen musste ich mir irgendwann eingestehen, dass du nicht nur verdammt attraktiv, sondern auch anständig bist. Ich habe alles getan, um die Empfindungen für dich zu unterdrücken. Es ist mir nicht gelungen. Ich hielt mich für oberflächlich und triebgesteuert. Wie konnte ich mich nach Elias erneut zu einem Leader der Akademie hingezogen fühlen? Wie konntest du mich dermaßen aus dem Konzept bringen? Ich habe mich für diese Schwäche gehasst. Jetzt ist mir klar, dass dich mein Unterbewusstsein sofort erkannt hat. Zumindest ist das die einzige Erklärung dafür, dass ich im Zelt über dich hergefallen bin, obwohl du anfangs versucht hast, mich abzuwehren«, füge ich mit einem schiefen Grinsen hinzu.

»Ich hatte dir versprochen, deine Wünsche und die von dir gesetzten Grenzen zu respektieren«, erinnert mich Raphael sanft.

»Dieses Versprechen hast du gehalten«, entgegne ich. »Elias gegenüber hatte ich immer Vorbehalte. Vermutlich hätte ich ihm ohne deine Unterstützung niemals mein Vertrauen geschenkt. Insbesondere nicht nach diesem grauenvollen Übergriff in seinem Zimmer. Erst als ich dich kennenlernte, wurde die belanglose Verliebtheit zu mehr. Dich wollte ich wirklich. Dich *will* ich wirklich«, verbessere ich mich. »Du bist einfach unglaublich, und ich genieße jede Sekunde in deiner Nähe.«

9 : abgehängt

Im Verlauf der nächsten Stunden bleiben wir ungestört, sodass wir ausreichend Zeit zum Reden haben. Obwohl es mir schwerfällt, berichte ich umfassend von Ravins Manipulation, von der Illusion der scheinbaren Vergewaltigung und von meiner doppelten Fokussierung. Raphael zeigt uneingeschränktes Verständnis, trotzdem quält mich die Erinnerung an den grenzenlosen Hass und die Abscheu, die ich vorübergehend für ihn empfand. Der Gedanke, dass meine Gefühle für Raphael nicht stark genug waren, Ravin zu widerstehen, lässt mich nicht los.

Nachdem wir uns ausgesprochen haben, zieht mich Raphael fest an sich. Einige Minuten später spüre ich, wie er langsam in den Schlaf gleitet. Im Gegensatz zu mir konnte er sich weder im Auto noch auf der Zugfahrt ausruhen. Zusätzlich hat er mir auf der Wanderung durch den Wald mit der Gabe Kraft gespendet. Es ist kein Wunder, dass er völlig erschöpft ist.

Angeleitet durch seine tiefen und gleichmäßigen Atemzüge schaffe ich es ebenfalls, meinen Körper zu entspannen und mich zu beruhigen. Endlich haben wir alles geklärt. Kein Geheimnis steht mehr zwischen uns. Die permanente, unterschwellige Angst, Raphael könnte erkennen, was ich seinem Bruder angetan habe, ist verblasst. Erst die Zeit wird enthüllen, ob er in der Lage ist, mir diese Tat vollständig zu verzeihen. Genauso wird sich zeigen, ob ich mir selbst vergeben kann. Zwar trägt Levander die eigentliche Schuld, dennoch war ich diejenige, durch deren Impuls das Messer geführt wurde.

Müde kuschle ich mich an Raphael und genieße die Wärme, die von ihm ausgeht. Zärtlich streichle ich über seine Wange. Er wirkt entspannt und friedlich. Am liebsten würde ich die ganze Nacht einfach neben ihm liegen und ihn betrachten. In diesem Moment bin ich fast glücklich. Obwohl mir meine Reaktion auf Ravins gefälschte Erinnerung zusetzt, hat die Offenbarung des Rollentauschs meine innere Zerrissenheit und mein schlechtes Gewissen besänftigt. Ich lächle leicht. Wir befinden uns auf der Flucht. Möglicherweise werden wir nicht nur von einem, sondern gleich von zwei Verrückten verfolgt. Trotzdem fühle ich mich geborgen und beschützt. Was immer jetzt auf uns zukommt, wir werden es schaffen. Gemeinsam.

Mitten in der Nacht wache ich mit einem unguten Gefühl auf. Die beim Einschlafen empfundene Wärme und Sicherheit sind verschwunden. Die Bettdecke ist mir bis zur Hüfte heruntergerutscht. Ich ziehe fröstelnd die Schultern hoch. Irgendetwas stimmt nicht.

Beunruhigt schlage ich die Augen auf und greife neben mich. Raphaels Betthälfte ist leer. Er ist weg. Schnell prüfe ich mit der Handfläche die Temperatur. Das Laken ist kalt. Ist er im Bad? Sofort konzentriere ich mich auf seine Aura. Nichts. Auch als ich den Radius auf die umliegenden Zimmer erweitere, erkenne ich nur die Präsenzen von Valentin, Lea, Dorian und Norwin, die sich gemeinsam im Nachbarraum einquartiert haben. Wo kann er sein mitten in der Nacht? Gibt es für sein Verschwinden eine harmlose Erklärung? Jäh erfüllt mich ein schrecklicher Verdacht. Hektisch springe ich aus dem Bett und streife meine Kleider über.

Wenig später stehe ich vor dem angrenzenden Zimmer.

Öffnen!

Die Tür springt so heftig auf, dass sie mit einem Knall an die dahinterliegende Wand prallt. Ich schalte das Licht an. Während Norwin in der plötzlichen Helligkeit blinzelt, springt Valentin mit einer fließenden Bewegung von der Couch, auf der er geschlafen hat.

»Hannah?«, ächzt er verständnislos, nachdem er sich von dem Schock erholt hat. »Was soll dieser Auftritt?«

Gleichzeitig fliegt die Verbindungstür zum Schlafzimmer auf, und Dorian und Lea betreten den Raum.

»Was ist los?«, fragt Dorian alarmiert und mustert mich besorgt.

»Raphael ist weg«, informiere ich knapp.

Valentin stöhnt genervt. »Das war klar.«

»Ich fürchte, er ist im Alleingang zu Elric aufgebrochen«, spreche ich unbeirrt weiter.

Norwin nickt zustimmend.

»Ich hatte gestern das Gefühl, dass er nicht ehrlich war«, bestätigt auch Dorian beklommen.

»Wieso hast du mir das nicht gesagt?«, fahre ich ihn an.

»Wann hätte er das tun sollen?«, verteidigt Norwin seinen Freund. »Als sich die beiden Leader in den Haaren hatten? Oder als du Raph so laut angebrüllt hast, dass man durch die Wand jedes Wort verstanden hat? Oder als ihr danach –«

»Okay! Es reicht!«, würge ich ihn ab, bevor er weiter ins Detail geht. »Tut mir leid.«

»Er muss mit unserer Reaktion gerechnet haben«, fährt Dorian fort, als habe es keine Unterbrechung gegeben. »Er hat den Termin absichtlich offen gelassen, um uns in Sicherheit zu wiegen. Wer weiß, ob der Treffpunkt stimmt.«

Ich knirsche mit den Zähnen. Raphael bezeichnet mich als impulsiv und leichtsinnig, bringt aber selbst eine solche Aktion?

»Wundert dich das wirklich?«, beantwortet Valentin meine unausgesprochenen Gedanken. »Er war entschlossen, Elric alleine zu retten. Meinst du, er gibt dieses Vorhaben widerspruchslos auf? Oder hast du gehofft, du hättest ihm das Gehirn rausgevögelt?« Perplex starre ich ihn an, woraufhin Valentin beide Hände hebt und entwaffnend lächelt. »Ich wollte nur darauf hinweisen, dass es offensichtlich war, wenn man ihn ein wenig kennt.«

Getroffen senke ich den Blick. Er hat recht. Und wenn ich das Problem nicht verdrängt hätte, wäre mir das ebenfalls klar gewesen. Na super. Resigniert prüfe ich meine Armbanduhr. Ganze vier Stunden war ich frei von Schuldgefühlen.

»Und nun?«, will Lea wissen.

»Wir müssen ihm folgen«, entgegne ich, ohne nachzudenken.

Valentin grinst freudlos. »Dann mach mal«, ermuntert er mich spöttisch. »Kannst du als natürlicher Former seine Fährte aufnehmen wie ein Hund, der einen Knochen sucht? Wenn ich mich erinnere, wie du ihn anschmachtest, ist der Unterschied gar nicht so gr–«

»Valentin«, zischt Dorian und schüttelt verärgert den Kopf.

Ich lasse mich hilflos in einen Sessel fallen. Wieso ist uns keine Ruhe vergönnt? Weshalb muss ständig eine Katastrophe die nächste jagen? Und weshalb findet die Eskalation immer mitten in der Nacht statt? Müde vergrabe ich die Hände in meinen Haaren. Ich fühle mich erschöpft und machtlos. Ich sitze untätig im Hotel herum, während Raphael mal wieder sein Leben riskiert. Denn zumindest *ich* bin mir sicher, dass am Treffpunkt nicht nur Elric auf ihn wartet.

»Valentin hat recht«, gebe ich widerstrebend zu. »Ich habe keine Ahnung, wie wir Raphael finden sollen. Er könnte überall sein.«

»Vielleicht ist er erst vor Kurzem aufgebrochen«, mutmaßt Dorian.

Ich richte mich auf und konzentriere mich auf die Umgebung. Obwohl ich bereits ahne, dass es erfolglos bleiben wird, dehne ich den Radius mit voller Kraft aus.

Enttäuscht sinke ich wenig später in den Sessel zurück.

»Im Umkreis von 100 Metern ist er nicht«, eröffne ich niedergeschlagen, woraufhin mir Norwin beifällig zunickt.

»Beeindruckende Reichweite«, bemerkt er anerkennend.

Verzweifelt lege ich meine Stirn auf die Knie und unterdrücke mühsam ein Schluchzen. Habe ich Raphael erneut verloren, obwohl wir uns gerade erst gefunden haben?

Dorian setzt sich auf die Lehne meines Sessels und legt mir einen Arm um die Schultern. Schweigend zermartern wir uns das Hirn über eine Möglichkeit, unseren Leader zu finden. Lediglich Valentin tippt desinteressiert auf seinem Handy herum. Wie kann er so gleichgültig sein?

»Valentin, du bist echt ein Psycho«, werfe ich ihm gereizt vor.

Er hebt erstaunt den Blick. »Was hast du jetzt für ein Problem?«

»Raphael ist in Gefahr«, rufe ich ihm anklagend ins Gedächtnis. »Wir suchen angestrengt nach einer Lösung, nur dir ist alles egal. Spielst du etwa?«, japse ich und starre schockiert auf sein Display. »Du bist –«

Bevor ich dem Leader mitteilen kann, was ich von ihm halte, unterbricht mich Dorian.

»Valentin!«, sagt er scharf und springt ruckartig auf. »Du hast Elrics Nummer!«

Ich zucke zusammen. In der allgemeinen Hektik hatte ich komplett vergessen, dass sich neben Raphael ein zweiter Leader der Akademie bei uns befindet. Angespannt mustere ich Valentin.

»Natürlich«, bestätigt dieser und wirkt im Gegensatz zu mir völlig locker. »Die Leader müssen die Nummern aller Ausbilder auswendig kennen.«

»Wir könnten Elric persönlich nach Ort und Zeit fragen«, überlegt Dorian, wirkt aber selbst nicht überzeugt von seiner Idee. »Allerdings ist das extrem riskant.«

Sein Vorschlag wird mit fassungslosem Schweigen aufgenommen. Langsam keimt in mir neue Hoffnung. Das könnte klappen.

Valentin beäugt unentschlossen das Telefon in seiner Hand.

»Worauf wartest du?«, dränge ich ungeduldig. »Mach schon!«

»Wenn sich Elric tatsächlich in Ravins Gewalt befindet, manövrieren wir uns in die Schusslinie«, wendet Valentin ein. »Wir sind endlich in Sicherheit. Die gesamte Flucht war ziemlich aufwendig. Willst du das gleich wieder aufgeben?«

»Was sollen wir stattdessen tun? Raphael im Stich lassen?«, schieße ich zurück. »Auf keinen Fall!«

Valentin zieht abwehrend die Schultern hoch. »Niemand hat ihn zu dieser hirnrissigen Aktion gezwungen. Es war Raphaels freie Entscheidung. *Er* hat beschlossen, dieses Risiko einzugehen. *Ich* hingegen beschließe, dass es sicherer ist, hierzubleiben. Ihm zu folgen wäre reiner Selbstmord.«

Widerwillig muss ich eingestehen, dass in Valentins Worten viel Wahrheit steckt. Ich stoße frustriert den Atem aus.

»Er würde das, ohne zu zögern, auch für uns tun«, argumentiere ich. Bevor die letzte Silbe verklungen ist, ahne ich, dass ich auf diese Art nicht zu ihm durchdringe.

Valentin mustert mich aus schmalen Augen. »Ich bin nicht Raphael«, sagt er kalt und verschränkt die Arme.

Heißer Zorn steigt in mir empor. Durch seine Weigerung verlieren wir kostbare Zeit.

»Verdammt, Valentin«, fluche ich. »Wenn du Elric nicht innerhalb der nächsten Sekunden anrufst, sorge ich dafür, dass du es tust.«

»Hannah –«, setzt Dorian an. Er verstummt abrupt, als er den unerbittlichen Blick registriert, mit dem ich den Leader durchbohre.

Valentin erwidert wütend mein Starren. »Diese Drohung wird dir noch leidtun«, warnt er mich und beginnt betont langsam mit dem Tippen der Zahlenfolge.

»Aktiviere die Mithörfunktion«, fordere ich knapp.

Valentin runzelt die Stirn, gehorcht jedoch umgehend.

Atemlos lauschen wir dem Freizeichen in der Leitung. Elrics Gerät ist nicht ausgeschaltet. In mir kämpfen Hoffnung und Angst. Das ist unsere einzige Chance.

Als ich die Stimme des Ausbilders vernehme, durchflutet mich immense Erleichterung.

»Ja?«

»Elric? Hier ist Valentin«, leitet dieser das Gespräch ein. »Raphael ist im Alleingang aufgebrochen, um Sie zu treffen. Wir *wollen* ihm folgen und brauchen dafür Informationen zu Ort und Zeit«, fasst er zusammen.

»Ihr solltet ihm nicht kopflos hinterherlaufen«, erwidert Elric schroff. »Insbesondere gilt das für Hannah. Ihr wisst, dass es unvernünftig ist, ausgerechnet sie diesem Risiko auszusetzen. Habt Vertrauen zu Raphael. Er wird das alleine erledigen. Verlasst euren Unterschlupf nicht. Begebt euch nicht in Gefahr.«

Dorian und Norwin nicken vielsagend, und auch Valentin sieht mich abwartend an.

»Keine Diskussion«, schmettere ich alle signalisierten Einwände ab und nehme Valentin das Telefon aus der Hand.

»Elric! Bitte!«, beschwöre ich den Ausbilder.

»Raphael würde nicht wollen, dass –«, fängt er an.

»Raphael riskiert alles für Sie!«, falle ich ihm ins Wort. »Hindern Sie mich nicht daran, dasselbe für ihn zu tun.«

Elric schweigt einen Moment lang, dann entscheidet er sich dafür, die Informationen preiszugeben. Mit zitternden Fingern schreibe ich Uhrzeit und genaue Adresse auf einen Block, den mir Norwin hinhält. Sofort öffnet Dorian den Routenplaner auf seinem Handy und sucht nach der besten Strecke.

»Elric, ich kann nicht prüfen, ob Sie selbstbestimmt handeln. Mir ist klar, dass Ravin oder Levander möglicherweise unser Gespräch führen. Wenn das ein Hinterhalt ist und Raphael etwas geschieht, werden Sie es bereuen. Sie alle«, drohe ich und lege auf, ohne ihm Gelegenheit zur Antwort zu geben. Ich reiche das Handy zurück an Valentin, der es unverzüglich ausschaltet.

»Toll«, knurrt er verärgert. »Hoffentlich ist es keine Falle, sonst muss ich schon wieder ein Neues anschaffen. Ich hatte gerade ein höheres Level freigespielt. Ob man den Stand übertragen kann?«

»Wenn das dein einziges Problem ist …«, kommentiert Norwin sarkastisch.

Ich blicke auf meine Armbanduhr. Bis zum vereinbarten Termin sind es noch gut drei Stunden.

»Die alte Fabrik ist fast komplett über die Autobahn zu erreichen«, meldet sich Dorian, der konzentriert sein Display betrachtet. »Erst für das letzte Stück müssen wir auf die Landstraße ausweichen. Außerdem befindet sich eine Bahnlinie direkt daneben, die lediglich für Güterzüge benutzt wird.«

Ich bin beeindruckt von der Recherche, die er innerhalb dieser kurzen Zeitspanne bewältigt hat.

»Wir hätten eine Chance, Raphael einzuholen. Aber nur, wenn wir deutlich schneller sind«, schließt er.

Ich schaue hoffnungsvoll in die Runde. Das könnte tatsächlich eine Lösung sein. Schlagartig wirkt die Situation nicht mehr völlig ausweglos.

»Wer hat einen Führerschein?«, frage ich, woraufhin alle außer Lea und mir die Hand heben.

»Wir haben keine Ahnung, wie lange Raphael schon unterwegs ist«, gibt Norwin zu bedenken.

»Wer weiß, welches Tempo er vorlegt«, ergänzt Dorian mit einem halben Grinsen.

Wieder herrscht ratloses Schweigen.

»Ich kann Motorrad fahren«, eröffnet Valentin seufzend. »Wenn wir eine entsprechende Maschine finden und Raphael nicht gerade einen Porsche geklaut hat, könnten wir ihn erwischen.«

»Du bist echt ein wandelndes Klischee. Hast du auch ein geheimes Tattoo und hörst Metal?«, erkundige ich mich trocken, woraufhin Dorian ein Lachen unterdrückt. Die Aussicht, nicht länger zur Untätigkeit verdammt zu sein, steigert meine Laune beträchtlich. Ohne auf etwaige Einwände der anderen zu warten, versetze ich dem Leader einen Stoß gegen den Oberarm. »Lass uns ein Motorrad klauen.«

»So etwas Romantisches hat noch niemand zu mir gesagt«, stellt er ironisch fest und steht auf. »Du weißt, was Männer hören wollen.«

10 : verärgert

Knappe zwanzig Minuten später kauere ich in Kapuzenpullover und Jeans hinter Valentin auf einer geklauten Suzuki. Durch die Gabe war die Maschine ebenso leicht kurzzuschließen wie unser Fluchtauto. Bis auf die Helme tragen wir keine Schutzkleidung, und selbst diese sind auf eine glückliche Fügung zurückzuführen. Das Motorrad stand vor einer Kneipe; der Besitzer und seine Begleitung hatten offensichtlich keine Lust, ihr Gepäck mit hineinzunehmen. Gestern ein Autodiebstahl, der Raubzug im Einkaufszentrum, das Einchecken im Hotel unter falschen Namen. Heute der spontane Aufbruch, natürlich ohne die Rechnung zu bezahlen, das Motorrad und ein weiteres Auto, in dem uns Dorian, Norwin und Lea samt unseren restlichen Sachen folgen. Innerhalb der letzten 24 Stunden gingen einige kriminelle Taten auf unser Konto. Ganz abgesehen davon, dass Valentin gerade dabei ist, sämtliche Tempolimits zu überschreiten.

Nach wenigen Minuten haben wir die anderen abgehängt. Da ich zum ersten Mal auf einem Motorrad sitze, bereiten mir die Kurven besondere Probleme. Ich kralle meine Hände in Valentins Pullover und gebe mein Bestes, um ihn durch meine Unbeweglichkeit nicht zu behindern. Trotzdem hocke ich steif wie ein Stück Holz auf der Maschine. Die Sache wird zusätzlich dadurch erschwert, dass ich krampfhaft versuche, durch Körperspannung den engeren Kontakt auf ein Minimum zu beschränken. Leider mit mäßigem Erfolg, denn sobald wir die Stadtgrenze verlassen und die Autobahn erreicht haben, gibt Valentin gnadenlos Gas. Ich habe den Eindruck, als würde das Motorrad gleich die Schallmauer durchbrechen.

Instinktiv verschränke ich meine Hände vor Valentins Bauch und rutsche so nah wie möglich an ihn heran. Meine Brust an seinem Rücken, meine Oberschenkel an seinen Beinen. Eine Position, die ich mit diesem Psycho niemals ausprobieren wollte. Wie soll ich bloß die vor uns liegende Fahrt überstehen?

Mir bleiben zwei Möglichkeiten. Entweder lasse ich wieder locker und laufe Gefahr, dass mich die nächste Beschleunigung rückwärts von der Maschine reißt. Bei der momentanen Geschwindigkeit würde ich mich allerdings nicht nur von Valentin, sondern auch von meinem Leben trennen. Weder empfehlenswert noch sinnvoll. Oder ich könnte über meinen Schatten springen, meinen Widerstand aufgeben und mich weiterhin ordentlich festhalten. Ich stöhne schicksalsergeben. Genaugenommen bleibt mir nur *eine* Möglichkeit.

Widerstrebend verharre ich in der Umarmung. Mein Verstand rebelliert mit jeder Faser gegen die erzwungene Nähe, sodass meine gesamte Selbstbeherrschung nötig ist, um den Griff nicht zu lockern. Meine Abneigung gegenüber Valentin liefert sich einen heftigen Kampf mit der Angst, von der Maschine geschleudert zu werden.

Am schlimmsten ist jedoch, dass mir meine dämliche Aura die gestrige Verbindung ins Gedächtnis ruft, zu der mich dieser Arsch gezwungen hat. Auf rein körperlicher Ebene fühle ich mich von ihm angezogen.

Dieses Eingeständnis macht den Trip nicht besser. Der Fahrtwind zerrt an meinen Kleidern, und bereits nach kurzer Zeit beginne ich erbärmlich zu frieren. Außerdem schmerzt mein Körper vor verkrampfter Anspannung, weil ich es nicht schaffe, mit mir selbst zu einer Einigung zu kommen. Ich hasse Valentin, aber auf diese Art halte ich keinen weiteren Kilometer und schon gar nicht die ganze Strecke durch.

Vielleicht wäre es tatsächlich einfacher, dem Drängen meiner Aura nachzugeben und zumindest für die nächsten Minuten zu vergessen, wer vor mir sitzt.

Ich atme einmal tief durch, schiebe alle Vorbehalte beiseite und schmiege mich eng an Valentin. Obwohl er erfreulicherweise nicht mit mir reden kann, fürchte ich, dass er später die Chance ergreifen wird, mich damit in Verlegenheit zu bringen. Dieser Typ ist genauso unmöglich wie undurchschaubar. Welche Ziele verfolgt er wirklich? Vorhin warnte er mich, dass mir meine Drohung noch leidtun würde. Wie ernst meinte er das? Auf welcher Seite stünde er, käme es zu einem Kampf gegen Ravin oder sogar Levander? Könnten wir dann auf seine Unterstützung zählen? Er ist berechnend und kennt kein Mitgefühl. Trotzdem bleibt mir nichts anderes übrig. Ich muss seine Hilfe in Anspruch nehmen und hoffen, dass er uns nicht in den Rücken fallen wird. Dieser zusätzliche Risikofaktor bereitet mir Bauchschmerzen. Wir haben auch ohne den zwielichtigen Leader genug Probleme. Verdrossen umschlinge ich Valentins Mitte dermaßen fest, dass es für ihn garantiert unangenehm ist, aber er macht keine Anstalten, sich zu wehren. Immerhin bietet seine Nähe einen willkommenen Schutz gegen den kalten Fahrtwind.

In regelmäßigen Abständen fokussiere ich die Umgebung auf eventuelle Auren. Seit wir Dorian, Norwin und Lea abgehängt haben, kann ich keine Präsenz mehr wahrnehmen. Angespannt beobachte ich die vorbeifliegende Landschaft und vertraue darauf, dass wir nicht zu spät kommen.

Ungefähr eine Stunde später, es muss gegen vier Uhr sein, spüre ich eine bekannte Aura. Raphael. Gott sei Dank. Die Höllenfahrt hat sich gelohnt. Wir haben es geschafft. Wir haben ihn eingeholt. Aufgeregt versuche ich, Valentin ein Signal zu geben. Mit einer Hand zeige ich vage auf die Straße vor uns, während ich mich mit der anderen weiterhin an ihn klammere. Eine vernünftige Entscheidung, denn der Leader nickt knapp und beschleunigt nochmals.

Kurz darauf erkennen wir die Rücklichter von Raphaels Auto. Ein Audi. Mal wieder. Unwillkürlich muss ich lächeln. Anscheinend hat er eine Vorliebe für diese Marke. Mittlerweile muss er uns bemerkt haben, selbst wenn er nicht aktiv nach Auren sucht. Valentin lenkt die Maschine so nah an den Wagen heran wie möglich. Glücklicherweise ist die Autobahn auf diesem Streckenabschnitt weitgehend leer, sodass er seitlich zu Raphael aufschließen kann. Mit einer spärlichen Geste deutet er nach rechts.

Raphael akzeptiert die Aufforderung mit einem Nicken, sieht jedoch eindeutig verärgert aus. Durch meine Aurenfokussierung hat er keine Chance, uns erneut abzuhängen. Ich riskiere einen weiteren Blick. Okay, eigentlich wirkt er nicht nur verärgert, sondern extrem aufgebracht. In meinem Magen macht sich ein ungutes Gefühl breit. Ein zornbebender Raphael ist nicht zu unterschätzen. Ich fürchte, ich kann mich auf eine üble Zurechtweisung gefasst machen.

Auf Höhe der nächsten Ausfahrt setzt Raphael den Blinker und verlässt die Autobahn. Valentin und ich folgen ihm in so geringer Entfernung, dass wir fast an seiner Stoßstange kleben. An einem nahe gelegenen Rastplatz stoppt Raphael den Wagen und würgt jäh den Motor ab. Anschließend reißt er die Autotür auf und springt ins Freie. Ich steige umständlich vom Sattel der Suzuki und nestle am Riemen meines Helms.

Mit verschränkten Armen baut sich Raphael vor uns auf. Sein Gesichtsausdruck ist dermaßen finster, dass ich erwäge, den Kopfschutz aufzubehalten. Wäre vielleicht sicherer. Valentin hingegen nimmt furchtlos seinen Helm ab und lässt ihn zu Boden fallen. Dann geht er einen Schritt nach vorne, sodass er zwischen Raphael und mir steht. Es sieht fast aus, als wolle er mich beschützen. Trotz der heiklen Situation unterdrücke ich ein Grinsen. Na klar.

»Wie habt ihr mich aufgespürt?«, fragt Raphael beherrscht, ohne sich mit einer Begrüßung aufzuhalten. Oh oh. Diese gezwungene Ruhe zeigt deutlich, dass er wütend ist. *Richtig* wütend.

Schnell informiere ich ihn über unser Telefonat mit Elric. Leider klingt meine Stimme nicht ansatzweise so fest, wie ich es gerne hätte.

»Ihr habt also Elric angerufen, obwohl ihr gestern Abend davon überzeugt wart, dass er unter dem Einfluss Ravins oder Levanders steht?«, vergewissert sich Raphael mit einem besorgniserregenden Unterton.

»Es war die einzige Möglichkeit, dich zu finden«, verteidige ich uns. Nur mit Mühe kann ich mich davon abhalten, den Kopf einzuziehen.

»Bist du schon mal auf die Idee gekommen, dass ich nicht von euch gefunden werden wollte?«, erkundigt sich Raphael gefährlich leise.

»Nein«, wirft Valentin ein. »Wir dachten, du hättest Spaß an einer kleinen Verfolgungsjagd.« Er verstummt, als ich ihm einen Stoß in die Seite versetze.

»Mach ihn nicht noch wütender«, zische ich in seine Richtung.

»Keine Sorge«, entgegnet Raphael trocken. »Ich glaube nicht, dass dies möglich ist.«

Ich schlucke und senke die Lider, um seinem eisigen Blick auszuweichen. Woah, ist der sauer.

»Was machst *du* überhaupt hier? Sagtest du nicht, du hättest kein Interesse, meine *Selbstmordmission* zu unterstützen?«, wendet er sich an Valentin.

»Deine Freundin hat mir keine Alternative gelassen«, erwidert dieser. »Nachdem sie mich zum Anruf bei Elric genötigt hat, hielt ich es für sicherer, sie nicht weiter zu reizen.«

Ich nicke zustimmend. Immerhin hat zumindest Valentin kapiert, dass es besser ist, mich nicht zum Feind zu haben.

Raphael seufzt missmutig. »Und jetzt?«

»Ist das nicht offensichtlich?«, gebe ich zurück. »Wir begleiten dich zu Elric.«

»Das werdet ihr nicht –«, beginnt er aggressiv, doch ich lasse ihn nicht zu Ende sprechen.

»Du hast keine Wahl«, eröffne ich kühl. »Entweder akzeptierst du unsere Gesellschaft oder ich zwinge dich dazu. Mir reicht's!«

Sowohl Raphael als auch Valentin mustern mich fassungslos.

»Tut nicht so überrascht, ihr Trottel. Ich habe keine Lust mehr auf diese ewigen Diskussionen. Wenn es sein muss, setze ich Raphael ebenfalls unter mentalen Zwang«, bestätige ich ihre unausgesprochene Frage, woraufhin die Leader synchron die Stirn runzeln.

»Okay«, lenkt Raphael nach einer Weile zähneknirschend ein. »Meinetwegen. Aber glaube nicht, dass ich dich gerne in meiner Nähe habe. Die Situation ist katastrophal, auch ohne dass ich zusätzlich auf dich achtgeben muss.«

Ich presse die Lippen aufeinander. Obwohl ich weiß, dass er mich bewusst von sich stößt, treffen mich seine Worte. Entschlossen straffe ich die Schultern. Er irrt sich, wenn er glaubt, mich durch seine Kälte vertreiben zu können.

Valentin zieht sein Handy hervor und gibt Dorian, Norwin und Lea unseren genauen Standpunkt durch.

»Sie sind in ungefähr dreißig Minuten da«, informiert er uns.

»Großartig«, knurrt Raphael, nachdem Valentin das Telefonat beendet hat. »Noch mehr uneinsichtige Idioten, die ihren Hals riskieren.«

»Wir werden weit vor der vereinbarten Zeit am Treffpunkt sein«, stellt Valentin nach einem Blick auf seine Armbanduhr fest.

»Das war beabsichtigt«, teilt ihm Raphael unfreundlich mit. »Ich wollte die Umgebung prüfen und das Gelände sichten, für den Fall, dass es zu einem Kampf kommt. Es ist lange her, dass ich zuletzt dort war.«

»Selbst wenn du mit dem Terrain vertraut bist; glaubst

du ernsthaft, du kämst alleine gegen Ravin oder Levander an?«, unterbreche ich ihn unüberlegt.

Raphael fixiert mich abweisend. In seiner Miene ist nicht die geringste Wärme zu erkennen.

»Nein«, fertigt er mich ab. »Ich *weiß*, dass ich keine Chance hätte. Und jetzt lass mich in Ruhe.«

Frustriert wende ich mich ab und setze mich an einen etwa zwei Meter entfernten Picknicktisch. Im Moment komme ich definitiv nicht an ihn heran. Hoffentlich ist Dorian bald da. Er wird die gereizte Stimmung entschärfen.

Nach einer knappen halben Stunde ungemütlichen Schweigens stoßen endlich die anderen zu uns.

Dorian mustert Raphael erleichtert und verzichtet auf jegliche Vorwürfe. Stattdessen lehnt er sich mit verschränkten Armen an die Tischplatte. »Im Falle eines Hinterhalts sind zwei Aspekte wichtig«, beginnt er übergangslos und klingt dabei völlig neutral. »Elrics Befreiung und Hannahs Schutz.«

Raphael schenkt ihm ein schwaches Lächeln, während ich ein Ächzen unterdrücke. Dorian hat lediglich Sekunden benötigt, um Raphael zu besänftigen. Er hat ein beneidenswertes Talent, Menschen einzuschätzen und in jeder Situation die passenden Worte zu finden.

»Wir brauchen einen Plan für eine eventuell erforderliche Rettung Elrics«, fährt er fort. »Außerdem sollten wir abklären, wie wir Hannah aus der Gefahrenzone heraushalten.«

Raphael nickt ihm freundschaftlich zu. Toll. Für mich sind ausschließlich finsteres Starren und fiese Seitenhiebe reserviert. Ich seufze niedergeschlagen, obwohl ich weiß, dass es die Angst um mich ist, die ihn derart kompromisslos macht. Dennoch wäre es schön, wenn er seine Zuneigung auf weniger aggressive Art zeigen würde.

»Hannah hat eine deutlich höhere Reichweite bei der Erkennung von Auren als wir anderen«, überlegt Norwin. »Sie sollte sich im Hintergrund halten, um uns Rückendeckung zu geben. Auf keinen Fall darf sie sich zeigen oder zu nahe herangehen. Wir müssen extrem vorsichtig sein.«

»Trotzdem ist nicht ausgeschlossen, dass Ravin oder Levander einen größeren Radius hat«, gibt Dorian zu bedenken.

»Deshalb sollte sie ja im Hotel bleiben«, wirft Raphael düster ein. »In *Sicherheit*.«

Ich ignoriere seine erneute Stichelei und verschränke die Arme. »Das Risiko müssen wir eingehen«, stelle ich ungerührt fest, woraufhin Raphael einen mörderischen Blick auf mich abfeuert.

»Vielleicht machen wir uns zu viele Sorgen. Vielleicht will sich Elric wirklich nur anschließen«, mischt sich Lea mit einem gezwungenen Lachen ein.

»Bestimmt«, versichert Valentin liebenswürdig. Lea schaut ihn überrascht an. »Am besten schicken wir dich als Kanonenfutter vor. Wenn es schiefgeht, haben wir keinen großen Verlust zu beklagen, du Dummhuhn«, schließt er gehässig.

Lea wird blass und starrt Valentin verletzt an. »Du bist echt gemein«, presst sie gekränkt hervor.

»Und wenn wir tatsächlich Ravin oder Levander gegenüberstehen?«, greift Norwin das ursprüngliche Problem wieder auf.

»Wir könnten ihn mittels Gruppenfokussierung kontrollieren«, schlägt Raphael vor, der sich anscheinend damit abgefunden hat, dass er diese Schlacht nicht alleine austragen wird. »Die einfachste Variante ist, dass einer den Befehl laut formuliert. Danach üben ihn alle gemeinsam aus. Ich werde –«

»Du?«, fragt Valentin gedehnt. »Wir haben in der Ausbildung gelernt, dass der stärkste Former die Kommandos geben soll, denn seine Fokussierung ist am effektivsten. Und du, perfekter Raphael, bist nicht der stärkste Former unserer Gruppe.«

»Von mir aus mache du es«, akzeptiert Raphael schulterzuckend.

Valentin mustert ihn grinsend. »Schön, dass du meine Überlegenheit anerkennst. Allerdings hatte ich auf Hannah angespielt.«

Schlagartig konzentriert sich die Aufmerksamkeit auf mich. Raphael fixiert mich mit unbarmherziger Härte. »Auf keinen Fall«, wehrt er entschieden ab.

»Du wiederholst dich.« Valentin schnaubt verächtlich. »Leg mal eine andere Platte auf. Mir scheint, als würde deine hochgelobte Leaderkompetenz außer Kraft gesetzt, sobald es um *sie* geht.«

»Wir hatten uns darauf geeinigt, Hannah aus der Gefahrenzone herauszuhalten«, beharrt Raphael.

»Aber nicht auf Kosten aller anderen«, hält Valentin entgegen. »Wenn du uns schon zu diesem Kamikaze-Trip zwingst, sollten wir zumindest das Bestmögliche aus unseren Mitteln herausholen.«

»Er hat recht«, bekräftige ich. »Kommt es zu einer Gruppenfokussierung, gebe ich die Befehle vor.«

Valentin nickt zufrieden, während sich Raphael verbittert abwendet.

»Moment noch«, fordert Dorian. »Wir müssen eine

Methode entwickeln, sodass wir im Ernstfall prüfen können, ob sich das Ziel der Fokussierung tatsächlich unter unserer Kontrolle befindet.«

Norwin nickt seinem Freund anerkennend zu. »Sinnvoller Gedanke. Etwas, das zufällig geschehen kann, aber nicht alltäglich ist.«

»Zweimaliges Husten?«, grübelt Dorian.

»Genauso gut wie alles andere«, bemerkt Raphael gleichgültig. Er wirkt von der ganzen Situation unglaublich genervt. »Lasst uns aufbrechen.«

Wenig später haben wir uns in Raphaels schwarzen Audi gequetscht. Die Leader auf den beiden Vordersitzen, wir anderen vier zusammengedrängt auf der Rückbank. Während der Fahrt herrscht unangenehme Stille. Raphaels Missfallen lastet derart schwer auf mir, dass ich fast bereue, gegen seinen Willen gehandelt zu haben. Am liebsten würde ich ihn mit der Gabe zur Umkehr zwingen, doch ich weiß, dass er mir dies niemals verzeihen würde. Ein Teil von mir hat sogar Verständnis für sein Bedürfnis, dem Ausbilder, dem er so viel verdankt, zu Hilfe zu kommen. Vermutlich der irre Teil, der auch für den Amoklauf mit den Elektroschockern und den Überfall in Raphaels Zelt verantwortlich war.

Nach einer halben Stunde verlässt Raphael die Autobahn und setzt den Weg über kleinere Straßen fort. Wir passieren das Dorf, das uns Elric als nächste Ortschaft genannt hat, und biegen auf einen Feldweg ein, dem wir für ungefähr acht Kilometer folgen. Als Raphael den Wagen schließlich stoppt, befinden wir uns mitten im Nirgendwo.

»Wir müssen ein Stück laufen«, informiert er uns. »Ich will vermeiden, dass man das Geräusch des Autos hört oder die Scheinwerfer sieht.«

Steif hieve ich mich von der Rückbank und schaue mich um. Wir sind umgeben von weitläufigen Feldern, Büschen und vereinzelten Bäumen. Glücklicherweise ist die Nacht endlich auf dem Rückzug. Es wird nicht mehr lange dauern, bis die Sonne aufgeht. Fröstelnd kuschle ich mich in meinen Kapuzenpullover. Es ist ziemlich frisch für einen Junimorgen.

Raphael deutet auf eine Baumreihe etwa 500 Meter vor uns. Dahinter zeichnet sich ein großes Gebäude gegen den heller werdenden Morgenhimmel ab.

»Dort ist die Fabrik. Direkt daneben befinden sich Gleise.« Wie um seine Worte zu bestätigen, ertönt das Dröhnen eines vorbeifahrenden Güterzugs. »Der Betrieb ist stillgelegt, die Gebäude stehen leer, lediglich die Bahnstrecke wird noch genutzt«, erläutert er. »Lasst uns gehen. Hannah?«

»Ich prüfe die Umgebung auf Auren«, stimme ich zu, erleichtert, dass er meinen Namen ohne fiesen Unterton ausgesprochen hat. Unmittelbar ärgere ich mich über meine Reaktion. Ich werde mich nicht von Raphael verunsichern lassen. Entschlossen richte ich mich auf. Schluss jetzt mit den Sorgen um seine Stimmung. Wir haben momentan dringendere Probleme.

»Mit etwas Glück können wir uns umschauen, bevor jemand auftaucht«, stellt Dorian fest. »Würde nicht nur Raphael das Terrain kennen, wäre das von enormem Vorteil.«

»Stimmt. Wenn er Vorsicht gegen hirnlosen Beschützerinstinkt tauscht, will ich nicht von ihm abhängig sein«, bemerkt Valentin sarkastisch. »Wir alle wissen, dass dieser Modus aktiviert wird, sobald es jemand wagt, Hannah schräg anzusehen.«

Ich verdrehe genervt die Augen, doch insgeheim muss ich ihm recht geben.

Wachsam laufen wir den schmalen Feldweg entlang. Dorian hat meinen Ellbogen ergriffen und leitet mich durch die schwindende Dunkelheit. Mit voller Konzentration halte ich meine Fokussierung aufrecht. Wie bei der Erkundung der gegnerischen Lager drei Tage zuvor vertraue ich mich auch jetzt blind der Führung meines Freundes an. Die gleiche Konstellation und dennoch ist alles anders. Dieses Mal ist die größte Gefahr kein gegnerisches Team, das uns eine Flagge abjagen will, sondern im schlimmsten Fall Ravin und Levander selbst.

Als wir uns dem kleinen Vorplatz bis auf wenige Meter genähert haben, halte ich inne.

»Elric. Er ist schon da«, offenbare ich mit zitternder Stimme und mache mich auf das Entsetzen gefasst, das meine folgenden Worte auslösen werden. »Ravin ist bei ihm.«

11 : aufgehalten

Raphael, der direkt vor mir läuft, bleibt abrupt stehen, sodass ich trotz Dorians Führung gegen seinen Rücken pralle. Er ignoriert meine gezischte Entschuldigung und dreht sich zu uns um.

»Wenn Hannah Ravins Aura wahrnimmt, kann er uns ebenfalls spüren«, warnt er. »Wir müssen für die Gruppenfokussierung näher heran. So schnell wie möglich.«

Ohne unser Einverständnis abzuwarten, wendet er sich ab und rennt los. Wir folgen ihm umgehend.

Nach einem kurzen Sprint hält er ruckartig an. »Ich habe ihn«, informiert er und blickt fragend in die Runde.

Valentin mustert ihn ungläubig. »Schon? Deine Reichweite ist echt –«

»Näher ran!«, fällt ihm Raphael ins Wort. »Alle müssen ihn fühlen.«

Erneut bewegen wir uns auf Ravin zu, dieses Mal jedoch deutlich langsamer. Als Nächster signalisiert Valentin die Wahrnehmung von Ravins Aura, wenig später Dorian und Norwin. Einzig Lea hebt unschlüssig die Schultern.

Valentin seufzt. »Wenn sie ihn jetzt noch nicht spürt, nutzt ihre Hilfe bei der Fokussierung sowieso nichts.«

Raphael nickt zustimmend, woraufhin Lea unglücklich zu Boden schaut.

Mit zusammengekniffenen Augen blinzle ich in Richtung der Aura. In der Morgendämmerung kann ich von den beiden Ausbildern nur die Silhouetten ausmachen. Sie befinden sich auf dem Bahnsteig des Fabrikgebäudes. Elric ist zur absoluten Bewegungslosigkeit erstarrt, wohingegen Ravin pausenlos auf und ab läuft. Ist das ein Zeichen von Unsicherheit?

»Hannah«, reißt mich Norwin aus meiner Beobachtung. »Worauf wartest du? Wir dürfen keine Zeit verlieren.«

»Unternimm nichts«, leite ich laut die Kontrolle an und gebe parallel den entsprechenden Befehl aus. Konzentriert fixiere ich Ravin, der jäh stehen bleibt, die helle Fläche seines Gesichts in unsere Richtung gewandt.

Während wir mit aller Kraft die Fokussierung aufrechterhalten, nähern wir uns langsam den Ausbildern. Irritiert stelle ich fest, dass sich Elric nicht rührt. Eigentlich müsste er uns erleichtert zuwinken oder zumindest irgendwie reagieren. Sein Ausdruck ist völlig leer. Es deutet nichts darauf hin, dass er uns erkennt. Was ist los? Ravins Manipulation muss gebrochen sein. Allerdings sieht Elric nicht aus, als habe er seinen freien Willen zurück.

»Es ist zu ruhig«, murmelt Valentin leise. »Gleich wird ein Sturm losbrechen.«

Ich entgegne nichts, fürchte aber, dass er richtigliegt. Besorgt widme ich mich wieder Ravin, der wie eingefroren wirkt. Unsere Fokussierung ist intakt. Wieso bewegt sich Elric nicht? Weshalb bringt er sich nicht in Sicherheit? Irgendetwas stimmt nicht. Was ist, wenn Ravin nicht alleine –

Bevor ich meine Überlegung beenden kann, eskaliert die Situation. Elric wird von einer unsichtbaren Kraft nach hinten geschleudert. Er taumelt unkontrolliert zurück und kippt über die Kante auf die Gleise und damit aus meinem Sichtfeld. Zu spät gestehe ich mir ein, dass definitiv *nichts* nach Plan läuft. Das hätte ich viel früher bemerken müssen. Ich habe mit meinen Grübeleien kostbare Zeit verschwendet.

Neben mir atmet Raphael scharf ein. »Fokussierung um jeden Preis aufrechterhalten«, stößt er gehetzt hervor.

»Unternimm nichts«, wiederhole ich den Befehl, mit dem wir Ravin zur Untätigkeit zwingen. Verbissen fixieren wir den Ausbilder, der noch immer wie versteinert ist. Die Manipulation funktioniert. *Er* kann Elric nicht auf die Gleise geschleudert haben. Wer war es dann?

Den Blick konstant auf Ravin gerichtet, gehe ich weiter auf ihn zu. Mittlerweile sind wir nahe genug, dass ich die Details seines Gesichts erkennen kann. Seine Miene ist konzentriert und angespannt. Vermutlich versucht er, sich gegen uns zur Wehr zu setzen.

Plötzlich verändert sich eine Winzigkeit in seinem Ausdruck. Seine Augen zucken in unsere Richtung. Scheiße. Wir stecken in echten Schwierigkeiten.

»Zweimaliges Husten«, fordere ich drängend, gebe den entsprechenden Impuls aus und beobachte Ravin argwöhnisch.

Nichts passiert. Unsere Fokussierung –

Abrupt bricht ein reißender Schmerz meine Aufmerksamkeit. Irgendjemand vergräbt die Hände in meinen kurzen Haaren, zieht meinen Kopf nach hinten und drückt mir mit voller Kraft das Knie in den Rücken. Mit einem schmerzerfüllten Stöhnen gebe ich nach und drehe mich seitlich weg. Ich keuche, als ich meinen Angreifer sehe.

»Lea?«, japse ich atemlos. »Bist du irre?«

Sie zeigt keine Reaktion auf meine Worte. Stattdessen nutzt sie meine Verwirrung, um mit gekrümmten Fingern nach meinen Augen zu krallen. Knapp entgehe ich ihrer Attacke und springe zurück, was sie eher anstachelt als zur Vernunft bringt. Im gleichen Moment ertönt in der Ferne der Signalton eines Güterzugs. Kurz darauf höre ich die summende Vibration der Schienen. Ich schlucke. Elric befindet sich noch mitten auf den Gleisen.

Leas nächster Angriff sorgt dafür, dass ich mich wieder ihr zuwenden muss. Wie eine Furie geht sie auf mich los. Dieses Mal wird sie jedoch von Raphael abgewehrt, der sich wie ein Schutzschild zwischen uns geworfen hat. Statt mich mit ihrem Schwung umzureißen, prallt sie gegen ihn und zischt wutentbrannt. Auch Dorian und Norwin kommen uns zu Hilfe und packen Lea an den Schultern, die wie im Wahn um sich schlägt und tritt. Valentin ergreift Leas Handgelenke, dreht ihr kurz entschlossen die Arme auf den Rücken und zieht sie fest zu sich.

Heftig atmend stehen wir in einem Halbkreis und starren einander entgeistert an. Leas Offensive hat unsere komplette Gruppe aus dem Konzept gebracht. Erst mit unverzeihlicher Verspätung wird mir vollends klar, was das bedeutet. Die Gruppenfokussierung auf Ravin ist gescheitert. Raphael scheint den gleichen Gedanken zu haben und schaut alarmiert in Richtung des Ausbilders, während Valentin damit beschäftigt ist, die tobende Lea zu bändigen. Und als hätten wir nicht genug Schwierigkeiten, kommt der Güterzug unaufhaltsam näher. Wie können wir Elric außer Gefahr bringen? Solange sich Lea in diesem durchgeknallten Zustand befindet, ist es aussichtslos, eine neue Fokussierung zu beginnen. Sie würde sofort wieder über uns herfallen. Wie konnte Ravin unserer Manipulation entgehen? Es muss in der Umgebung einen weiteren Former geben, der ihm den Rücken freihält. Levander? Ermöglicht er ihm seine Unabhängigkeit? Bevor ich diese beunruhigende Eingebung in aller Konsequenz durchdenken kann, wandelt sich Ravins Miene erneut. Voller Unbehagen erfasse ich das höhnische Lächeln, das der Ausbilder aufgesetzt hat. Es kann sich lediglich um Sekunden handeln, bis etwas Grauenhaftes passiert.

Der Güterzug ist mittlerweile so nah, dass sein durchdringendes Rattern die umgebende Luft erbeben lässt. Niemals werden wir schnell genug an den Schienen sein, um Elric in Sicherheit zu bringen. Er wird erbarmungslos überrollt werden, wenn er es nicht aus eigener Kraft von den Gleisen schafft.

Noch während ich im unausweichlichen Albtraumszenario gefangen bin, sehe ich hinter Ravin eine Bewegung. Elric hat sich schwankend aufgerichtet und zieht sich langsam über die Kante. Erleichterung überflutet mich, zumindest bis ich seinen Zustand erkenne. Er muss extrem ungünstig am Boden aufgeschlagen sein. Elrics Oberkörper ist blutüberströmt, und er benutzt nur einen Arm. Offensichtlich ist er nicht in der Lage, aufrecht zu stehen. Betroffen beobachte ich, wie er auf Ravin zukriecht, dessen komplette Aufmerksamkeit uns gilt.

Das Dröhnen des Zugs ist jetzt ohrenbetäubend laut. Er wird uns jeden Augenblick erreichen.

Elric stemmt sich auf die Knie und fasst mit einer Hand nach dem Stoff von Ravins Hemd. Mit einem Ruck reißt er den anderen Ausbilder zu sich. Dieser wird von dem Angriff gnadenlos überrascht und wankt nach hinten. Er stürzt rücklings auf die Gleise und greift im Fallen nach

Elric. Ich stöhne entsetzt, als beide Männer auf den Schienen landen, über die innerhalb der nächsten Sekunden der Zug rollen wird. Sie haben keine Chance.

Hastig kneife ich die Augen zusammen und wende mich ab, um die Katastrophe nicht mitansehen zu müssen. Ein ohrenzerreißendes Quietschen, das in mehrere explosionsartige, markerschütternde Einschläge mündet, lässt mich unmittelbar verkrampfen. Was ist geschehen?

Ich blicke auf, und um mich herum bricht die Hölle los. Funken sprühen, Metallteile fliegen durch die Luft, dichter Qualm steigt auf. Über allem schrillt ein derart greller und allgegenwärtiger Ton, dass ich gezwungen bin, beide Handballen auf die Ohren zu drücken. Vergeblich. Für einen Moment fürchte ich, dass gerade die Welt untergeht. Faustgroße Schottersteine pfeifen als tödliche Geschosse durch die Luft, und in das unerträgliche Quietschen mischt sich das Kreischen zerberstenden Metalls. Ein beißender Gestank liegt in der Luft. Es riecht verbrannt, nach Feuer und glühendem Stahl. Ich zucke zusammen, als mich ein scharfer Splitter im Gesicht trifft. Blut fließt über meine Wange. Ich sinke furchtsam auf die Knie, bedecke schützend den Kopf mit den Armen und bete darum, dass mich das tobende Inferno nicht verschlingt.

Hoffentlich bleiben die anderen in diesem Hexenkessel unversehrt. Wo sind sie? Wo ist Raphael? Die Angst um meine Freunde sorgt dafür, dass ich meine Deckung wieder aufgebe. Im vernichtenden Chaos kann ich kaum etwas erkennen. Trotz der herumfliegenden Trümmer richte ich mich auf und prüfe die Umgebung.

Dorian und Norwin kauern ebenfalls geduckt am Boden, um möglichst wenig Angriffsfläche zu bieten. Valentin hat sich mit Lea hinter einer hüfthohen Mauer in

Sicherheit gebracht. Lediglich Raphael steht aufrecht inmitten der Zerstörung. Er schirmt seine Augen mit dem Unterarm ab und geht langsam auf die Gleise zu. Während der Sturm unverändert wütet, versucht er, zu Elric vorzudringen. Obwohl es an Selbstmord grenzt, schließe ich mit wenigen Schritten zu ihm auf und nehme meinen Platz an seiner Seite ein. Gemeinsam stellen wir uns dem Inferno.

Die scheinbare Apokalypse endet so schnell, wie sie begonnen hat. Vorsichtig riskiere ich einen Blick auf die Schienen vor uns und schnappe nach Luft. Die Lok des Güterzugs steht quer und hat einen Teil der Schienen und des Bahnsteigs weggebrochen. Die angehängten Waggons, es müssen drei oder vier gewesen sein, haben sich auf brutale Weise ineinander geschoben. Die Verschalung der Wagen wurde abgerissen und zerquetscht. Anscheinend hatte der Zug Werkstoffe geladen, denn der komplette Streckenabschnitt ist mit Eisenstangen, Stahlblechteilen und anderen Metallstücken übersät. Der Schotter, der zwischen den Bahnschwellen lag, hat sich in alle Himmelsrichtungen verstreut. Es sieht aus, als sei eine Bombe detoniert oder als habe eine unerbittliche Faust den Zug gestoppt.

Widerstrebend wende ich mich dem Bereich zu, an dem sich die beiden Ausbilder befunden haben. Ich muss über das volle Ausmaß des Unglücks Bescheid wissen. Erschüttert halte ich inne. Ringsum pure Verwüstung, doch ihre Position ist völlig unberührt. Obwohl unmittelbar neben ihnen die Hölle ausgebrochen ist, leben sie beide.

»Wir müssen Elric da wegholen!« Raphael keucht und starrt ebenfalls fassungslos auf das Horrorszenario.

Der Ausbilder kniet am Boden und verbirgt sein Gesicht in den Handflächen. Ravin hingegen steht hochaufgerichtet da und fixiert verächtlich den Zug. Im nächsten Moment wird der unnachgiebige Stahl mit einem lauten Knall eingedrückt. Wie von einem riesigen Hammer getroffen, faltet sich das robuste Metall zusammen, als wäre es aus Papier. Selbst wenn der Lokführer den Aufprall überstanden haben sollte, wird sein Leben spätestens jetzt ausgelöscht sein. Ungläubig beobachte ich, wie Ravin seinem Zorn weiterhin freien Lauf lässt. Das Reißen von Stahl und das Splittern von Glas ertönen, als der Zug erneut Ziel seiner unbändigen Wut wird. Wieder fliegen Metallfragmente und scharfkantige Bruchstücke durch die Gegend. Aggressiv zerlegt er die Wagen in ihre Einzelteile. Er wirkt völlig wahnsinnig.

Elric nutzt die Raserei des anderen Ausbilders, um komplett auf die Füße zu kommen. Unsicheren Schrittes taumelt er über die Gleise auf den zerrütteten Bahnsteig zu. Ohne zu zögern, läuft ihm Raphael entgegen, aber Elric stoppt ihn mit einer abwehrenden Geste.

»Haut ab«, krächzt er. »Das war ein unterbewusster Befehl. Ravin hat den Zug intuitiv gestoppt. Mit Sicherheit ist er –«

Elric erhält keine Gelegenheit, seinen Satz zu vollenden. Im selben Moment, in dem Ravin seine Stimme hört, stoppt er das Werk sinnloser Zerstörung und dreht sich um.

Als Elric heftig emporgerissen wird, höre ich Raphael aufstöhnen. Ein Blick auf Ravin zeigt, dass er keine Anzeichen von Erschöpfung aufweist, obwohl er zuvor Übermenschliches zustande gebracht hat.

»Nun zu dir«, wendet er sich an Elric, der bewegungslos in etwa zwei Metern Höhe über dem Boden schwebt. Er klingt dermaßen kalt und bedrohlich, dass sich mein gesamter Körper mit Gänsehaut überzieht. Ich spüre, wie sich Raphael neben mir versteift, doch gegen den folgenden Albtraum können wir nichts ausrichten.

»Das ist dafür, dass du die Akademie hintergangen hast«, eröffnet Ravin hart. Ein leises Knacken ertönt, und gleichzeitig schreit Elric schmerzerfüllt auf. Instinktiv kneife ich die Lider zusammen.

»Das ist dafür, dass du weich und nachgiebig bist«, fährt Ravin ungerührt fort. »Du hast Raphael und Elias verzogen. Durch deine Schuld hat die Akademie beide verloren.«

Innerhalb von Sekunden formuliere ich einen Impuls.

Lass von ihm ab!

Elrics gequältes Brüllen macht deutlich, dass mein Kontrollversuch erfolglos war. Ist Ravin so viel stärker als ich? Kann er meine Manipulation derart mühelos abschmettern? Fieberhaft suche ich nach einer Lösung. Mir fällt nichts ein. Raphael steht wie versteinert neben mir und starrt Ravin entsetzt an.

»Gruppenfokussierung«, rufe ich halblaut. Sofort sind Dorian, Norwin, Lea und Valentin an unserer Seite.

»Das ist dafür, dass du Elias' Tod zugelassen hast«, führt Ravin seine Folter weiter. »Du wusstest, dass er der vielversprechendste Schüler seit Langem war.«

»Lass von ihm ab!«, presse ich hervor und kanalisiere mit aller Kraft den entsprechenden Befehl. Wir *müssen* ihn aufhalten. Der Ausbilder hängt mittlerweile wie eine Marionette in der Luft. Sein Gesicht ist schmerzverzerrt, und sein Atem geht in flachen Stößen. Verzweifelt schüttle ich den Kopf. Es ist zwecklos. Wir haben keine

Chance. Ravin ist unfassbar stark. Das *kann* nicht sein. Erneut prüfe ich die Auren in der Umgebung. Außer uns ist niemand hier.

»Das ist dafür, dass du den natürlichen Former vor mir verborgen hast«, erklärt Ravin unbeeindruckt von Elrics Leid. »Hast du gedacht, du könntest mich hinters Licht führen?«

»Aufhören!«, vereinfache ich den Befehl für unsere Gruppe, obwohl ich weiß, dass es sinnlos ist.

Elric keucht voller Pein, doch Ravin nickt zufrieden. Mit einem Mal steht mir mit schrecklicher Gewissheit vor Augen, welchen letzten Schritt er gleich vollziehen wird. Raphael erreicht die Erkenntnis im selben Moment. Er hebt abwehrend die Hände, als könne diese Geste das Unvermeidliche verhindern.

»Und das ist dafür, dass du mich vor den Zug geworfen hast«, schließt Ravin mit einem teuflischen Lächeln.

»Aufhören!«, schreie ich so laut, dass mein Hals schmerzt. Ich grabe meine Fingernägel in die Handflächen und wende ein letztes Mal meine volle Konzentration auf.

Aufhören!

Mit einem trockenen Knacken bricht Elrics Genick.

»Nein«, schluchzt Raphael und fällt neben mir auf die Knie.

Elric ist tot, bevor sein Körper den Boden erreicht.

Unser Plan hat versagt.

Unmittelbar nach seinem Rachefeldzug scheint sich Ravin nicht mehr für Elric zu interessieren. Stattdessen mustert er uns hasserfüllt.

»Eure Zeit ist abgelaufen«, wiederholt er unbarmherzig die Worte, die er damals in der furchtbaren VISS-Stunde an Emily richtete.

Schlagartig kommt Leben in unsere Gruppe. Geschlossen weichen Dorian, Norwin, Lea und Valentin zurück. Nur Raphael kniet am Boden und hat die Hände zu Fäusten geballt. Er wirkt völlig außer sich.

»Raphael«, bemühe ich mich, zu ihm durchzudringen. »Wir müssen weg.«

Ich beuge mich vor und ergreife ihn an der Schulter. Unter Aufwendung aller verfügbarer Kraft versuche ich, ihm eine Reaktion zu entlocken. Vergeblich. Wie betäubt starrt er auf Elrics Leiche wenige Meter vor uns. Mit keiner Miene lässt er erkennen, dass er mich gehört hat. Nervös spähe ich zu Ravin. Wir haben bestenfalls Sekunden.

Gerade will ich Raphael mit einem Impuls zur Flucht zwingen, als Ravins seelenlose Stimme die angstvolle Stille durchschneidet und jegliche Hoffnung im Keim erstickt. Zu spät.

»Raphael«, beginnt er. »Du bist genauso tief in die Angelegenheit verwickelt wie dein Mentor. War dir das Leben deines Bruders gar nichts wert?«

Ich schlucke hart und richte mich auf. Bereit, meinen Freund bis zum Äußersten zu verteidigen. Es ist nicht einmal zwei Tage her, dass ich Ravin zuletzt gegenüberstand. Erneut bedroht er, was mir wichtig ist. Erneut habe ich keine Chance. Ich zweifle nicht im Geringsten daran, dass er Raphael ebenso gnadenlos und effektiv exekutieren wird, wie er es bei Elric getan hat. Entschlossen trete ich einen Schritt vor meinen Freund. Ich werde mein Bestes geben, um ihn abzuschirmen. Selbst wenn ich weiß, dass mein Körper keinen Schutz vor der Gabe bietet. Gefasst warte ich auf den unweigerlich folgenden Impuls.

»Ravin«, ruft Dorian plötzlich laut. »Wissen Sie, wer Sie vorgestern niedergestreckt hat?«

Unstet flackert Ravins Blick zu der Gruppe meiner Freunde.

»Das war ich«, informiert Dorian bemüht gelassen, aber an seinem angespannten Unterton erkenne ich, dass es in ihm ganz anders aussieht. »Würde ich jederzeit wieder tun. Ihre Aurenwahrnehmung ist Glückssache, oder?«

Ravins dunkle Augen glitzern vor Zorn, als er Dorian fixiert. Sein Gesichtsausdruck verrät, dass er abwägt, mit welcher Grausamkeit er diese Provokation beantworten könnte. Noch ist er unschlüssig, wie er reagieren soll. Sofort erfasse ich Dorians Strategie. Wir spielen auf Zeit, ohne zu wissen, was sich am Ende dieses Weges befindet.

»Zwei künstliche Former schleichen sich an, und Sie bemerken es nicht?«, übernimmt Norwin heiser, um Ravin auf sich aufmerksam zu machen. »Wirklich armselig. Bei so viel Nachlässigkeit nutzt das größte Formertalent nichts.«

Der Ausbilder runzelt wütend die Stirn und starrt nun Norwin feindselig an. Weshalb ist er derart leicht ablenkbar? Ravin ist scharfsinnig und raffiniert. Wieso durchschaut er Dorians Taktik nicht? Völlig egal. Es ist unsere einzige Chance.

»Ravin«, führe ich mit belegter Stimme Dorians Plan weiter. »Ich habe Sie ausgetrickst. Mit einer Doppelfokussierung. Dadurch konnte ich parallel heilen und verjüngen. Hätte nicht gedacht, dass eine Täuschung so einfach sein würde. Ziemlich schwach für einen Ausbilder.«

Wieder springt Ravins Blick zwischen uns hin und her. Ich überlege krampfhaft, wie wir seine offensichtliche Verwirrung für uns nutzen können. Dann dringt eine Aura in mein Bewusstsein, die allem Hoffen ein Ende bereitet. *Levanders* Aura. Ist er der Grund, dass Ravin so stark ist? Ausgeschlossen. Ich hatte in regelmäßigen Abständen die Umgebung auf Auren überprüft. Er ist erst vor Kurzem näher gekommen, sonst hätte ich ihn früher bemerkt.

Das war's. Ich konnte Ravin nicht daran hindern, Elric zu foltern und zu töten. Jetzt wird mir Levander Raphael und meine Freunde nehmen und anschließend mich selbst ausschalten.

Valentins sprödes Lachen reißt mich aus der Erstarrung. Klar, außer mir hat niemand Levanders Anwesenheit wahrgenommen. Keiner ahnt, dass endgültig alles verloren ist.

»Sie sind ungeeignet als Ausbilder, Ravin«, sagt er in seinem üblichen spöttischen Tonfall. »Enttäuschend berechenbar und ohne die geringste Menschenkenntnis. Fällt Ihnen nicht auf, dass ich als Ihr Favorit für die andere Seite kämpfe? Anscheinend hat Ihre Ausbildung bei mir versagt. Sie sind ein Verlierer, der sich im Glanz Levanders sonnt. Immer darauf bedacht, ein paar Strahlen für sich selbst einzuheimsen, aber unfähig, erfolgreich die Initiative zu ergreifen.«

Ravin dreht den Kopf und funkelt seinen Leader hasserfüllt an. Valentins Provokation trifft genau ins Schwarze. Ravin ist deutlich anzusehen, dass er bloß einen Wimpernschlag davon entfernt ist, einen tödlichen Befehl auszugeben. Es ist lediglich eine Frage der Zeit, bis unsere Hinhaltetaktik scheitern wird. Nicht nur Valentin, sondern wir alle schweben in akuter Gefahr. Es ist unwahrscheinlich, dass wir die nächsten Minuten überleben werden.

Ravin mustert uns konzentriert. Ich bin sicher, dass er zu einem vernichtenden Impuls ansetzt. Doch dann zuckt er zusammen und reißt ungläubig die Augen auf. Mit einem gequälten Ächzen neigt er sich nach vorne. Ein Zittern geht durch seinen Körper. Er öffnet leicht die Lippen, und ein dunkles Rinnsal fließt aus seinem Mundwinkel. Kurz darauf krümmt er sich zusammen und spuckt Blut. Erst jetzt erkenne ich das lange Metallrohr, das sich auf Höhe seiner Lunge komplett durch den Brustkorb gebohrt hat. Hustend, würgend und vergeblich nach Luft schnappend fällt Ravin auf die Knie und sinkt langsam zu Boden.

Wir verfolgen fassungslos seinen letzten Kampf, bis er schließlich still liegt. Sein lebloser Körper befindet sich so nahe bei Elric, dass sich die Hände der beiden Ausbilder im Tod fast berühren.

12 : verlassen

»Das war verdammt knapp«, stellt Valentin fest und stützt die Hände auf den Oberschenkeln ab. Von seiner gewohnten Überheblichkeit ist nichts zu spüren. »Ich war mir sicher, dass er mich gleich grillen würde.«

Ich nicke beklommen und mustere besorgt meine Freunde. Norwin hat Dorian einen Arm um die Schultern gelegt und spricht leise auf ihn ein. Lea stochert einige Schritte von uns entfernt mit einem Stock im grobkörnigen Sand herum. Raphael kniet weiterhin am Boden. Zum ersten Mal sehe ich meinen Freund völlig niedergeschlagen. Er sieht so verzweifelt aus, dass ich mich nicht einmal traue, ihn zu berühren. Am liebsten würde ich Elric mit einem Impuls zurückholen. Widerstrebend muss ich eingestehen, dass ein Versuch aussichtslos wäre. Durch Ravins Ablenkung ist zu viel Zeit vergangen.

»Ziemlich wagemutiges Manöver«, wendet sich Valentin an Dorian, woraufhin sich Norwin räuspert.

»Das hätte auch schiefgehen können. Wenn Hannah nicht ...«

»Das war ich nicht«, widerspreche ich und erinnere mich erst in diesem Augenblick wieder an Levander. Mit unverzeihlicher Verspätung taste ich nach seiner Aura. Das hätte ich schon viel früher tun müssen. Wenn er jetzt zuschlägt, erwischt er uns absolut unvorbereitet. Andererseits hätte er unseren Tod einfach Ravin überlassen können. Eilig prüfe ich zuerst die nähere Umgebung, dann dehne ich die Fokussierung auf den größtmöglichen Radius aus. Nichts. Unwillkürlich atme ich auf. Seine Aura ist verschwunden. Levander ist weg. Hat tatsächlich *er* uns vor Ravin gerettet?

»Hannah?«, reißt mich Dorians Stimme aus meinen Gedanken. »Ist alles okay?«

Ich sehe auf. Alle beobachten mich irritiert. Verständlich. Statt meine Antwort zu erklären, habe ich lediglich ins Leere gestiert.

»Hannah?«, wiederholt Dorian vorsichtig.

»Levander war hier«, eröffne ich.

Diese Information schlägt ein wie eine Bombe. Dorian keucht erstickt, während mich Norwin und Valentin anstarren, als hätten sie einen Geist gesehen. Lea hat aufgehört, den Boden zu bearbeiten, nur Raphael zeigt keine Reaktion.

»Wo ist er jetzt?«, drängt Dorian alarmiert. »Ist er noch da?«

Ich hebe beruhigend die Hände. »Seine Aura ist weg.«

»Wann hast du ihn wahrgenommen?«, will Norwin wissen.

»Nachdem Elric –« Ich stocke. »Keine Ahnung, wie lange er sich schon in der Nähe herumgetrieben hat. Auf jeden Fall war er vor dem Zugunglück nicht innerhalb meiner Reichweite, sonst hätte ich ihn bemerkt. Ich habe die Aurenfokussierung erst unterbrochen, als wir den Gruppenbefehl auf Ravin starteten.«

Mit einem grimmigen Lächeln schaue ich in die Runde. »Ich nehme an, dass keiner von euch den Angriff ausgeführt hat?« Alle verneinen, sogar Raphael schüttelt fast unmerklich den Kopf.

»Dann muss es Levander gewesen sein, der Ravin getötet und uns damit gerettet hat«, ziehe ich den einzig logischen Schluss.

»Wieso sollte er das tun?«, entgegnet Valentin verständnislos.

»Lasst uns später darüber reden«, wehrt Dorian ab. »Wir sollten hier schnellstmöglich weg. Raphael?«, fragt er mit einem Blick auf den Leader.

Raphael richtet sich auf. Der Ausdruck auf seinem Gesicht zerreißt mir das Herz. Er wirkt vollständig gebrochen.

»Wir müssen Elric mitnehmen«, fordert er heiser. Der raue Klang seiner Stimme verrät ansatzweise, wie es in seinem Innern aussehen muss.

Sofort kommen mir unzählige Einwände in den Sinn. Wir haben keine Zeit zu verlieren. Ohne ihn sind wir deutlich schneller. Wir wären zu auffällig. Er merkt sowieso nichts mehr. Ich spreche keinen davon aus.

Valentin ist weniger mitfühlend. »Das ist viel zu riskant«, sagt er schroff, woraufhin Norwin und sogar Dorian zustimmend nicken.

Raphael fixiert sie ungläubig. »Er hat sich für uns *geopfert*, und ihr wollt ihn einfach liegen lassen?«

»Was sollen wir mit ihm machen?«, hält ihm Valentin entgegen. »Willst du ihn in den Kofferraum falten und in den nächsten Fluchtwagen umladen?«

Raphael schweigt und reibt sich mit der Handfläche über das Gesicht.

»Und danach?«, fährt Valentin fort, als der andere Leader nicht antwortet. »Wohin mit Elric? Willst du ihn irgendwo vergraben?«

»Levander könnte jede Sekunde mit Verstärkung auftauchen«, mischt sich Dorian ein.

»Sein Opfer hat nichts genutzt, wenn sich Levander dazu entschließt, jetzt zurückzukommen«, ergänze ich behutsam. »Wir müssen uns in Sicherheit bringen.«

Raphaels helle Augen zucken zu mir. Sie sind gerötet von ungeweinten Tränen. In diesem Moment wirkt er so hoffnungslos und verletzlich, dass ich umgehend fürchte, auf der falschen Seite zu stehen. Andererseits haben wir auch ohne die Entsorgung einer Leiche ausreichend Probleme.

»Elric hat dich damals aus dem Wald geholt«, erinnert mich Raphael tonlos. »Er hat viel für dich riskiert.«

Ich öffne den Mund zu einer Erwiderung, doch er winkt ab. Seine Miene wird undurchdringlich. »Ihr habt recht«, bestätigt er scheinbar gleichgültig. »Ich habe euch zur Genüge in Gefahr gebracht.«

Stumm schaue ich zu, wie er sich abwendet und schnellen Schrittes den Ort der Zerstörung verlässt. Wir anderen folgen ihm in unbehaglichem Schweigen.

Lediglich Lea fixiert noch immer unentschlossen ihre Fußspitzen.

»Lea?« Irritiert halte ich an und schaue ebenfalls auf den Boden. Unmittelbar vor uns befinden sich gekrümmte Linien und Kreise.

Valentin stellt sich neben mich und stößt entgeistert die Luft aus. »Wir kämpfen um Leben und Tod, während das Dummhuhn hübsche Bilder in den Sand zeichnet«, murmelt er belustigt. »Warum wundert mich das nicht?«

Auch Dorian und Norwin sind stehen geblieben und betrachten Leas Kunstwerk.

»Das sind keine Bilder«, erklärt Norwin, während er die geschwungenen Linien genau mustert. »Das sieht eher aus wie …«

»… eine Telefonnummer«, beende ich seinen Satz, woraufhin er bestätigend nickt.

»Wessen Nummer ist das?«, frage ich skeptisch.

Lea hebt die Schultern. »Ich weiß es nicht«, offenbart sie leise und schielt ängstlich zu Valentin, als würde sie eine weitere Gemeinheit erwarten. Er öffnet den Mund, schließt ihn aber nach einem Blick auf mich wieder, ohne etwas zu sagen.

»Wieso hast du sie dann in die Erde geritzt?«, erkundige ich mich verwirrt.

»Keine Ahnung.«

»Ich schreibe die Nummer auf«, beschließt Dorian, während er die Ziffern bereits in sein Handy eintippt. »Darum können wir uns später kümmern.«

Nachdem wir die Zahlenfolge verwischt haben, laufen wir gemeinsam zum Auto zurück. Alle sind gleichermaßen aufgewühlt und erschöpft von den heutigen Ereignissen. Insbesondere Raphael sieht dermaßen fertig aus, dass ich mir große Sorgen mache. Mehrfach versuche ich, zu ihm aufzuschließen und ihm Trost zu spenden. Er gibt mir jedoch deutlich zu verstehen, dass er alleine sein will.

Erst nachdem wir unseren schwarzen Audi gegen einen neuen Fluchtwagen getauscht und unzählige Kilometer zwischen uns und das alte Fabrikgelände gebracht haben, kommen die Gespräche langsam in Gang. Norwin unterhält sich mit Lea, die mit ihm, Valentin und mir auf der Rückbank sitzt. Raphael, der größtenteils geschwiegen und sich auf die Straße konzentriert hat, redet seit einigen Minuten leise auf Dorian ein. Eigentlich wollte ich mir den Beifahrersitz sichern. Allerdings hatte mich

Raphael derart finster gemustert, dass ich freiwillig nach hinten flüchtete und es sogar in Kauf nahm, Valentin als direkten Nachbarn zu haben. Angestrengt bemühe ich mich, einige Wortfetzen zu erfassen. Ich habe keine Chance. Die Fahrtgeräusche sind zu laut. Missmutig verlege ich mich darauf, Mimik und Gestik zu analysieren. Was ich sehe, gefällt mir ganz und gar nicht. Raphael hat die Hände so fest ums Steuer geschlossen, dass seine Knöchel weiß hervortreten. Seine Miene ist unergründlich. Dorians Verhalten ist noch alarmierender. Wiederholt beobachtet er mich verstohlen über die Schulter. Glaubt er wirklich, ich würde seine Anspannung nicht bemerken? Beunruhigt lehne ich mich nach vorne und starte einen neuen Versuch, Bruchstücke des Gesprächs aufzuschnappen.

Valentin schnippst mir aufmunternd gegen das Knie. »Kein Glück bei deinem Lauschangriff?«, erkundigt er sich gespielt mitleidig, woraufhin ich genervt die Augen verdrehe.

»Du hast echt ein Problem«, fertige ich ihn ab.

»Es scheint eher, als hättest *du* ein Problem«, verbessert er mich mit einem Blick auf die vorderen Sitze. »Gerade geht es eindeutig um dich, und Raphael wirkt nicht sonderlich erfreut.«

Das ist die Untertreibung des Tages. Raphael sieht eher aus, als würde er meine Verbannung planen. Was habe ich falsch gemacht? Ich kauere mich auf meinem Platz zusammen und verharre in bangem Schweigen. Etwas anderes bleibt mir ohnehin nicht übrig. Trotzdem nimmt das ungute Gefühl, das bisher unterhalb der Oberfläche gelauert hat, beständig zu.

Als wir zwanzig Minuten später eine kurze Rast einlegen, bin ich ein nervliches Wrack. Der Tod der beiden Ausbilder ist ein weiterer Punkt auf einer Liste von Dingen, die mir Albträume bereiten werden. Die Sorge um Raphael tut ihr Übriges.

Ich steige aus dem Auto und ächze erleichtert, als ich Beine und Arme ausstrecken kann. Vier Personen auf einer Rückbank sind einfach zu viel. Vorsichtig senke ich den Kopf und lege die Handflächen mit verschränkten Fingern in den Nacken, um meine Wirbelsäule zu dehnen. Als ich wieder aufsehe, steht Raphael vor mir und fordert mich wortlos auf, ihm zu folgen. Schlagartig wird mir kalt, und mein Herz beginnt heftig zu klopfen. Worum ging es in dem blöden Gespräch? Wird er mich mit einbeziehen oder vor vollendete Tatsachen stellen? Weshalb hat er sich zuerst Dorian anvertraut? Innerlich mahne ich mich zur Ruhe. Schon auszuflippen, bevor Raphael irgendetwas gesagt hat, ist idiotisch. Aber ich fühle mit jeder Faser meines Körpers, dass ich das Ergebnis seiner Diskussion mit Dorian nicht hören will. Nichtsdestotrotz begleite ich ihn gehorsam und ignoriere die kritischen Blicke meiner Freunde, die ich deutlich in meinem Rücken spüre.

Raphael führt mich in den Schatten einer kleinen Baumgruppe, etwa fünfzig Meter von den anderen entfernt. Er lehnt sich an einen Stamm und verschränkt die Arme. Ich nehme meinen Mut zusammen und schaue ihm ins Gesicht. Seine beherrschte Miene lässt mich frösteln. Während ich mir das Hirn zermartere, um zu ergründen, was los ist, versetzt er mir den befürchteten Tiefschlag.

»Ich werde gehen«, eröffnet er übergangslos.

Bestürzt starre ich ihn an und bin nicht fähig, auch nur eine Silbe über die Lippen zu bringen. Einige Sekunden stehen wir uns stumm gegenüber, bis Raphael schließlich das Schweigen bricht.

»Ravin ist tot. Die unmittelbare Bedrohung durch Levander ist gebannt«, fasst er mit verstörender Gelassenheit zusammen. »Du bist für den Moment in Sicherheit.«

Ungläubig drehe ich die Handflächen nach oben. »Weshalb willst du dann weg?«

»Ich brauche Abstand«, entgegnet Raphael schlicht, woraufhin mein Herz noch schwerer wird.

»Abstand von ... mir?«, hake ich zögerlich nach.

Als er nickt, habe ich das Gefühl, dass etwas in mir zerbricht. Ich bin es leid, ständig um unsere Beziehung zu kämpfen. Mit voller Kraft konzentriere ich mich darauf, mir meine Qual nicht anmerken zu lassen, obwohl mein Inneres schmerzt, als sei es voller scharfkantiger Scherben. Reicht es nicht, dass wir gerade diesen Albtraum durchleben mussten? Ist es wirklich nötig, dass Raphael zusätzlich das Einzige infrage stellt, dessen ich mir sicher war?

»Ich muss mir über einiges klar werden«, erklärt er nach einer scheinbar unendlichen Pause. »Ich habe zu viele Fehler gemacht.«

»Was willst du damit andeuten?«, krächze ich, während Übelkeit in mir emporsteigt. »Meinst du ... *uns*?«

»Ich weiß es nicht«, erwidert Raphael müde. »Ich bin am Ende. Ich kann nicht mehr. Gib mir Zeit.«

»Ich soll dir Zeit geben?«, wiederhole ich so laut, dass mich bestimmt die ganze Gruppe hören kann. »Nachdem es ewig gedauert hat, bis wir uns gefunden haben?

Nachdem zwischen uns für wenige Stunden mal alles okay war, willst du mich verlassen?«

»Dorian hatte schon geahnt, dass du das falsch verstehen würdest«, murmelt er mehr zu sich selbst als zu mir.

»Und mit welcher Reaktion hattest du gerechnet?«, stoße ich aufgebracht hervor. »*Ja, Raphael, hau doch ab! Du bist mir sowieso egal.* Wäre dir das lieber gewesen? Oder vielleicht *Gute Idee, Raphael! Ich habe sowieso Lust auf einen neuen Typ!*«

Meine harten Worte verfehlen ihre Wirkung nicht. Raphael zuckt zusammen, als hätte ich ihm einen Schlag versetzt. Sofort überfällt mich das schlechte Gewissen. Das war unfair und unnötig grausam. Zumal Raphael gerade einen nahestehenden Freund verloren hat.

»Ich will bloß an deiner Seite sein. Es kränkt mich, dass du mich immer wieder ausschließt«, lenke ich ein und lege meine Hand auf seinen Arm.

»Lediglich, um dich nicht in Gefahr zu bringen. Das ist kein Hinweis auf fehlende Gefühle. Im Gegenteil«, versichert Raphael unglücklich. Ich stöhne frustriert. Zwecklos. Er ist unverbesserlich.

»Ist dir klar, wie gravierend dieser Vertrauensbruch war?«, unternehme ich einen weiteren Versuch, den wesentlichen Punkt zu verdeutlichen. »Wir haben heute Nacht nicht nur miteinander geschlafen, wir haben *alles* geteilt! Wenige Stunden darauf hintergehst du mich und willst jetzt erneut einen Alleingang starten? Verdammt, Raphael! Wann wirst du verstehen, dass es manchmal nötig ist, *gemeinsam* eine Entscheidung zu fällen? Du kannst mich nicht vor der ganzen Welt beschützen. Akzeptiere das endlich!«

»Ich wollte dich in Sicherheit –«, setzt er an.

Es reicht. »Ausgerechnet *du* führst meine Sicherheit an?«, unterbreche ich ihn. Raphael blickt beschämt zu Boden, doch ich spreche unbarmherzig weiter. »Du warst derjenige, der nach Elrics Tod völlig apathisch und zu nichts zu gebrauchen war! Ich verstehe, dass dir diese Tragödie nahegegangen ist, aber du warst nicht einmal in der Lage, dich zu bewegen! Ohne Dorians Geistesgegenwart hätte uns Ravin der Reihe nach hingerichtet. Vermutlich wäre sogar Levander zu spät gekommen!«

»Du hast recht«, gibt er gefasst zu. Der Schmerz in seinen Augen enttarnt die vermeintliche Ruhe als Lüge. »Ich habe in den letzten Stunden so viele falsche Entscheidungen getroffen, dass es für ein ganzes Leben reicht.« Niedergeschlagen senkt er den Kopf. »Ich hatte mir Elrics Befreiung so sehr gewünscht, dass ich dafür alles aufs Spiel gesetzt habe. Ich ließ mich von der Hoffnung hinreißen und habe das logische Denken vollständig ausgeblendet. Seine Folterung hat mich derartig verstört, dass ich wie gelähmt war. Obwohl wir von Ravin bedroht wurden, habe ich nicht reagiert. Ebenso wenig habe ich mich beteiligt, als ihr eure Ablenkung eingeleitet habt, um mich zu retten. Mir war alles gleichgültig. *Ihr* wart mir gleichgültig. Das ist unverzeihlich. Sogar Valentin war loyal und stark. Er hat an eurer Seite gekämpft. Und deine Rolle dabei …« Seine Stimme bricht, und er schluckt mehrmals. »Du hättest flüchten können«, fährt er heiser fort. »Du hättest die Zeit nutzen können, in der er meinen Tod geplant hat. Stattdessen hast du dich vor mich gestellt, um mich zu verteidigen. Du warst bereit, dein Leben für mich zu opfern.«

Sein verzweifelter Tonfall lässt mir Tränen in die Augen steigen. Am liebsten würde ich meine gnadenlose Anklage zurücknehmen.

»Deine Vorwürfe sind berechtigt«, wiederholt er. »Ich hatte mir geschworen, dich bis zum Äußersten zu schützen. Heute habe ich das Gegenteil getan. Ich habe dich in Gefahr gebracht, weil ich leichtsinnig und dumm war und dachte, ich könne euch täuschen. Zudem habe ich die Nerven verloren und damit im ausschlaggebenden Moment versagt.«

Ich mustere ihn still, erschüttert darüber, wie hart er mit sich ins Gericht geht.

»Ihr hättet mir nicht folgen sollen. Die gesamte Aktion war zum Scheitern verurteilt, bevor sie überhaupt begann.«

»Wir hätten gemeinsam nach einer Lösung suchen können«, wende ich ein.

»Wir *hätten* dich unmittelbar nach der Eskalation mit Elias ins Ausland schicken können. Ich *hätte* dich rechtzeitig warnen können. Ich *hätte* mich von dir fernhalten können. Doch wir *haben* dich an die Akademie gebracht. Ins Zentrum des ganzen Dramas. Zu mir«, erwidert Raphael resigniert. »Vielleicht ist das mit uns ein riesengroßer Fehler.«

Seine Worte schneiden wie Messer in meine Eingeweide. Ich ziehe scharf den Atem ein und will aufbegehren.

Raphael hebt abwehrend die Hände. »Sag nichts«, bittet er. »So war das nicht gemeint. Ich will mich nicht von dir trennen. Meine Gefühle für dich lassen mir keine Wahl. Aber ich brauche eine Auszeit.«

»Du entscheidest dich zur Flucht?«, flüstere ich erstickt. »Du gibst einfach auf? Du gibst *uns* einfach auf, nach allem, was wir gemeinsam durchgestanden haben? Nachdem wir *alles* füreinander riskiert haben?«

Raphael schüttelt den Kopf. »Ich muss mit mir selbst ins Reine kommen. Valentin hat es treffend analysiert. Sobald es um dich geht, kann ich nicht klar denken. In deiner Gegenwart habe ich mich nicht im Griff. Deine Nähe beeinträchtigt mein Urteilsvermögen.«

»Aber dafür kannst du mich nicht verantwortlich machen!«, unterbreche ich und hasse mich für den trotzigen Ton in meiner Stimme. »Ich habe heute mein Bestes gegeben! Ich kann nichts dafür!«

»Es liegt nicht an dir«, widerspricht er. »Es liegt an –«

»Wage es nicht, diesen Klischeesatz zu beenden! Du musst dauernd deinen Willen durchsetzen! Du bist ein Kontrollfreak! Und bei der geringsten Schwierigkeit rennst du weg«, werfe ich ihm vor. Hoffentlich merkt Raphael nicht, dass ich kurz davor bin, in Tränen auszubrechen. »Du bist ein solcher Waschlappen, Raphael!«

»Hannah«, fleht er erschöpft und schließt kurz die Augen.

Was seine gesamten Erklärungen nicht geschafft haben, erreicht er durch das Aussprechen meines Namens. In diesem einen Wort klingt so viel Trauer, so viel Resignation und Schmerz.

Jäh weichen Kampfgeist und Wut aus meinem Körper. Ich werde ihn nicht umstimmen. Ich werde kein Argument finden, das ihn aufhält. Ich kann nichts tun. Er wird mich verlassen.

»Okay«, bringe ich tonlos hervor und presse schnell die Lippen aufeinander, bevor ein Schluchzen meine Kehle emporsteigt.

Er sucht ein letztes Mal meinen Blick, dann wendet

er sich ab. Unter Aufbietung aller verfügbarer Willenskraft schaffe ich es, die Tränen zu unterdrücken, bis er sich umgedreht hat. Während mich mein Freund ohne ein Wort des Abschieds zurücklässt, sinke ich zu Boden. Schon nach wenigen Metern verschwimmt seine Gestalt in einem Tränenschleier.

13 : entfernt

Von heftigen Schluchzern geschüttelt kauere ich am Fuß eines Baumes. Die harte Rinde in meinem Rücken gibt mir Halt, damit ich nicht komplett zusammenbreche. Ich habe die Stirn auf die Knie gelegt, und die Tränen strömen ungehindert über meine Wangen. Meine Kraft ist erschöpft. Unablässig habe ich gekämpft, obwohl ich eine Niederlage nach der anderen einstecken musste. Nachdem mich Raphael alleingelassen hat, kann ich meine Verzweiflung nicht mehr unterdrücken.

Zum ersten Mal seit Beginn dieses Albtraums erlaube ich mir einen vollständigen Zusammenbruch. Ich weine um Elric, der meinen Schutz mit dem Tod bezahlen musste. Um unsere Gruppe, die sich durch die Freundschaft zu mir weiterhin auf der Flucht vor Levander befindet. Um Emily. Um meine Familie und meine Freunde, die ich zurücklassen musste. Um mein Leben, in dem seit der Entdeckung der Gabe eine Katastrophe die nächste jagt. Aber vor allem weine ich um Raphael, der durch die Gefühle zu mir nicht nur seinen Bruder, sondern auch seinen Mentor verloren hat, und dessen Glaube an sich selbst nachhaltig erschüttert ist.

Schon nach wenigen Minuten fühle ich mich völlig leer und ausgelaugt, doch die Tränenflut ebbt nicht ab. Nachdem ich meinen Emotionen einmal freien Lauf gelassen habe, kann ich sie nicht mehr stoppen.

Jemand berührt mich am Arm. Ich zeige keine Reaktion. Mit Sicherheit Dorian, der mich trösten will. Er ist der Letzte, den ich jetzt in meiner Nähe haben möchte. Ihm hat sich Raphael zuerst anvertraut. Hat er ihm zur Trennung geraten? Wieso hat er ihn nicht davon abgehalten? Statt den Kopf zu heben, taste ich nach der Aura und versteife mich unwillkürlich. Valentin.

Er wartet nicht auf mein Einverständnis, sondern lässt sich direkt neben mich fallen. Obwohl ich ihn nach Kräften ignoriere, macht er keine Anstalten, wieder abzuhauen. Für eine Weile sitzen wir stumm nebeneinander, bis meine Tränen langsam versiegen.

»Na los«, bringe ich hervor, als ich meine Fassung leidlich zurückgewonnen habe. Meine Stimme klingt zittrig und dünn. »Die perfekte Gelegenheit für eine Gemeinheit. Mach mich fertig.«

Valentin schüttelt den Kopf. »Nicht nötig«, erwidert er mit einem halben Lächeln. »Das hat Raphael gründlicher erledigt, als ich es jemals vermocht hätte.«

»Arschloch«, zische ich.

Valentin hebt beide Hände. »Wenn's dir hilft, mich zu beleidigen, nur zu«, sagt er schulterzuckend. »War nicht böse gemeint.«

Ja, sicher. Diese Lüge ist keine Antwort wert.

Schwankend richte ich mich auf, klopfe mir den Staub von der Hose und gehe mit gesenktem Kopf zu den anderen. Dorian, Norwin und Lea sitzen im weichen Gras und unterhalten sich leise. Glücklicherweise verfügen alle über ausreichend Taktgefühl, um mich nicht auf Raphael anzusprechen. Ganz sicher will ich meinen Liebeskummer nicht mit unserer Gruppe diskutieren.

Als ich aufschaue, fällt mein Blick auf unseren Fluchtwagen. Sofort steigt die unsinnige Hoffnung, Raphael könnte sich doch anders entschieden haben, in mir auf. Anscheinend zeichnen sich meine Gedanken deutlich auf meinem Gesicht ab, denn Dorian lächelt mir zaghaft zu.

»Raph hat uns das Auto überlassen«, erklärt er entschuldigend. »Er ist per Anhalter weitergereist.«

Erneut schnürt sich meine Kehle zu. Er hat es tatsächlich ernst gemeint. Er hat mich wirklich verlassen.

»Wir sollten zusehen, dass wir uns einen eigenen Wagen organisieren«, schlägt Norwin vor. »Diese dauerhaften Diebstähle sind kriminell und außerdem unnötig riskant.«

Valentin, der mir gefolgt ist, nickt zustimmend. »Aber zuerst suchen wir ein geeignetes Quartier. Sosehr ich eure Gesellschaft schätze, wäre ich gerne mal wieder alleine, um richtig auszuschlafen.«

»Hast du einen Vorschlag?«, erkundigt sich Dorian.

»Ich war seit Jahren nicht mehr ohne einen Auftrag für die Akademie unterwegs«, wehrt Valentin ab und ich könnte schwören, einen Anflug von Bedauern in seiner Stimme zu hören. »Ich kenne kaum einen Platz, der nicht auch Levander geläufig ist.«

»Freunde meiner Eltern haben ein Ferienhaus am Waldrand«, wirft Norwin ein. »In der Nähe befindet sich eine kleinere Ortschaft. Die nächste größere Stadt ist ungefähr eine halbe Stunde Fahrt entfernt.«

»Das klingt nicht schlecht«, bemerkt Valentin. »Zumindest reduzieren wir damit die Gefahr, auf irgendwelche Teams zu stoßen.«

»Könnten die Bekannten deiner Eltern nicht selbst dort sein?«, wende ich ein und bemühe mich krampfhaft, Raphaels Verschwinden auszublenden und sinnvoll mitzudenken. »Immerhin haben wir Juni. Die Urlaubssaison startet.«

Norwin schüttelt den Kopf. »Sie verbringen die Sommermonate auf ihrer Jacht. Das hat sich mittlerweile zu einem festen Ritual entwickelt.«

»Dann wäre das ein geeigneter Unterschlupf, um unser weiteres Vorgehen zu planen«, schließt Dorian zufrieden.

Alle signalisieren erleichtert ihr Einverständnis, nur ich zögere. Am liebsten würde ich genau hier an dieser Position bleiben, wo uns Raphael zurückgelassen hat. Während sich die anderen auf den Weg zum Auto machen, starre ich unentschlossen auf den Boden.

»Er wird uns wiederfinden, wenn er es möchte«, tröstet mich Dorian und legt mir sanft die Hand auf den Oberarm. »Er hat unsere Nummern. Gib ihm Zeit. Er muss mit sich selbst ins Reine kommen.«

Ich presse verärgert die Zähne aufeinander. Dorian nutzt exakt die gleichen Worte wie Raphael eine knappe Stunde zuvor.

Zorn steigt in mir hoch. Wieso hat Raphael ihn um Rat gefragt, mich aber ausgeschlossen? Aufgebracht schlage ich seine Hand von meinem Arm. »Misch dich nicht ein«, fertige ich ihn gereizt ab. Wie kann er sich auf Raphaels Seite stellen? Wie kann er ihn in Schutz nehmen?

Dorian schweigt betroffen. So grob war ich zuletzt bei unserem Streit an der Akademie, der meine natürliche Formergabe und seine Gefühle für Norwin zum Inhalt hatte. Dorians verletzte Miene macht mich noch aggressiver. Er soll mich einfach in Ruhe lassen. »Du warst von Anfang an vernarrt in Raphael. Du würdest alles für ihn tun«, unterstelle ich, obwohl ich tief in meinem Innern weiß, dass ihn keine Schuld trifft. »Hast du vielleicht den falschen Mann gewählt und bist jetzt eifersüchtig auf mich?«

Norwin blitzt mich erzürnt an und öffnet den Mund, um seinen Freund zu verteidigen, doch Dorian schüttelt abwehrend den Kopf. »Ich verstehe, dass du durcheinander bist«, lenkt er ein. Seine Stimme zittert verdächtig.

»Du bist so verflucht einfühlsam und verständnisvoll«, gehe ich auf ihn los. »Hast du überhaupt kein Rückgrat? Bist du so feige? Oder glaubst du, dass man dir deine eigenen Fehler und Schwächen dadurch eher verzeiht? Du bist –«

Plötzlich wird mir klar, was ich gerade tue. Ich lasse meine Wut auf Raphael, auf Levander, auf die ganze verfahrene Situation an der Person aus, die es am wenigsten verdient hat. Unmittelbar steigen heftige Schuldgefühle in mir auf. Wie kann ich ausgerechnet Dorian auf eine derart gemeine und unfaire Weise attackieren? Dorian, der meine gesamte Geschichte kennt und mich nie verurteilt hat. Der von Anfang an loyal hinter mir stand und der die Gelegenheit zur Flucht nie ergriffen hat, egal wie gefährlich es wurde. Der vor einigen Stunden durch sein Ablenkungsmanöver unser aller Leben gerettet hat.

»Dorian, es –«, setze ich an, doch Norwin würgt mich mit einer schroffen Geste ab.

»Du hast schon zu viel gesagt«, stößt er hervor, während Dorian mit zusammengepressten Lippen auf den Boden starrt.

»Aber ich –«, beginne ich erneut.

»Ein weiteres Wort und du wirst es bereuen«, warnt er und klingt dabei so kalt, dass ich keine Zweifel an dem Wahrheitsgehalt seiner Drohung habe.

Niedergeschlagen wende ich mich ab und laufe zum Parkplatz.

»Du kannst ganz schön austeilen«, stellt Valentin fest, der neben dem Wagen wartet. »Fraglich, ob es den Richtigen getroffen hat.«

»Hat es nicht«, erwidere ich traurig und öffne die Autotür.

Wenige Minuten später befinden wir uns auf der Schnellstraße. Da wir nur noch zu fünft sind, ist auf der Rückbank deutlich mehr Platz. Obwohl ich nun meine Ellbogen bewegen kann, ohne sie jemandem schmerzhaft in die Seite zu bohren, würde ich diese Bequemlichkeit sofort gegen Raphaels Anwesenheit tauschen.

Dieses Mal sitze ich hinten rechts am Fenster, worüber ich ausgesprochen froh bin. Die Kopfstützen der Vordersitze geben mir etwas Deckung. Norwin kocht vor Wut und fixiert mich immer wieder feindselig im Rückspiegel. Zum Glück muss er sich auf den Verkehr konzentrieren. Auf Dorians Gesicht zeigen sich eher Trauer und Enttäuschung, während Leas Miene neutral ist. Von der lockeren Freundschaft, die uns beide an der Akademie verbunden hat, ist nichts mehr zu spüren. Lediglich Valentin benimmt sich wie üblich und trägt seinen leicht amüsierten Ausdruck zur Schau. Er zuckt gleichmütig mit den Schultern, als er meinen Blick auffängt.

Nach einiger Zeit wage ich einen weiteren Versuch, mich zu entschuldigen. Zögerlich lege ich die Hand auf den Sitz vor mir und hole tief Luft.

Leider reagiert Norwin auch dieses Mal unverzüglich. »Verflucht, Hannah«, fährt er mich an. »Halt deine verdammte Klappe und lass Dorian in Ruhe.«

Deprimiert wende ich mich ab. Die beiden haben jedes Recht, sauer auf mich zu sein.

In ungemütlichem Schweigen legen wir die restliche Strecke zurück und stellen den Fluchtwagen auf einem großen Parkplatz in der Nähe eines Bahnhofs ab. Auch auf der anschließenden Zugfahrt kommt kein Gespräch in Gang, an dem alle beteiligt sind. Zwar unterhält sich Dorian mit Norwin und selbst Lea wirft gelegentlich eine Bemerkung ein, aber ich werde nicht mit einbezogen. Verdienterweise, wie ich zugeben muss. Ich weiß, dass ich meine beiden Freunde ernsthaft verletzt habe, und zumindest für den Moment sind sie nicht bereit, mir zu verzeihen. Mir bleibt nichts anderes übrig, als ihre Entscheidung zu akzeptieren und ihnen Zeit zu geben. Ich hätte meine negativen Gefühle niemals auf Dorian projizieren dürfen.

Ich war einfach zu verstört von der Tragödie am Bahndamm und dem Tiefschlag, den mir Raphael versetzt hat. Zuerst hintergeht er mich, dann ergreift er die Flucht. Bei seinem Aufbruch schien es, als sei ich das Problem und Abstand zu mir die einzige Lösung.

Am späten Nachmittag beenden wir zur allgemeinen Erleichterung unseren wilden Zickzackkurs durchs Land. Von einem kleinen Stadtbahnhof aus fahren wir mit dem Bus. Anschließend laufen wir das letzte Stück bis zum Ferienhaus von Norwins Bekannten, das tatsächlich direkt am Rand eines Waldgebiets liegt. Von den Erzählungen ausgehend hatte ich eine kleine, bescheidene Hütte im Kopf. Stattdessen erhebt sich vor uns ein modernes Gebäude, das über drei Stockwerke mit großen Panoramafenstern verfügt. Es ist komplett in gedecktem Weiß gestrichen und wirkt hell und einladend.

Mit einem Impuls öffnet Valentin die Tür, und wir betreten samt unserem spärlichen Gepäck die neue Unterkunft. Das Innere des Hauses hält, was der äußere Eindruck verspricht. Ein großer Wohn- und Essbereich, in den außer uns mindestens zehn weitere Personen problemlos hineinpassen würden. Eine moderne Küche, die vom übrigen Raum durch eine glänzende Theke getrennt ist. Viel Fläche und eine gehobene Einrichtung.

»Echt eine Schande, dass dieses Haus so selten genutzt wird.« Norwin seufzt. »Dermaßen riesig hatte ich es nicht in Erinnerung. Ist bestimmt zehn Jahre her, dass ich hier war.«

Auch die Obergeschosse bieten Platz im Überfluss, wodurch jeder von uns ein eigenes Zimmer beziehen kann. Valentin sichert sich einen Raum unter dem Dach mit bodentiefen Fenstern, während Lea und ich Räumlichkeiten im ersten Stock bevorzugen. Lediglich Dorian und Norwin teilen sich einvernehmlich ein Zimmer, was Valentin mit einem Zwinkern zur Kenntnis nimmt.

Nach einem frühen Abendessen, bestehend aus den verschiedenen Resten der Fluchtverpflegung, verschwinde ich nach oben; dankbar, den kritischen und anklagenden Blicken der anderen entgehen zu können. Ich lege mich nach einer ausgiebigen Dusche gleich ins Bett, obwohl es draußen lange nicht dunkel ist. Die Dunkelheit in meinem Innern hingegen kann ich nicht länger zurückdrängen. Sobald ich die Augen schließe, sehe ich Raphael vor mir, wie er gebrochen durch den Tod seines Ausbilders am Boden kniet. Sein gequälter Ausdruck, als er sein Versagen eingesteht. Seine gefasste Miene, als er mich ohne Abschied verlässt. Zum zweiten Mal wurde meinem Herzen ein empfindlicher Hieb versetzt, aber das macht es nicht leichter. Raphael beherrscht diese Disziplin genauso gut wie sein Zwillingsbruder. Neben der Niedergeschlagenheit regt sich jedoch eine weitere Emotion, die immer weiter an die Oberfläche dringt. Zorn. Ich bin unglaublich wütend auf Raphael und seine wiederholten Alleingänge. Ständig übernimmt er für alles die Verantwortung und sucht die Schuld bei sich. Verärgert knirsche ich mit den Zähnen. Er sollte jetzt nicht alleine sein. Ich gehöre an seine Seite, um ihm beizustehen. Er hat mich ausgeschlossen, und ich kann nichts dagegen tun.

Ich seufze und versuche, die Gedanken an meinen kontrollwütigen Freund und den vergangenen Horror-Tag auszublenden. Resigniert umarme ich mein Kissen und warte auf den Schlaf.

Am nächsten Morgen fühle ich mich etwas besser. Ein widerwilliger Blick in den Spiegel zeigt, dass ich leider nicht so aussehe. Immerhin erscheint mir die allgemeine Situation weniger hoffnungslos als gestern Abend. Vermutlich machten Erschöpfung und Schlafmangel Raphael ebenso zu schaffen wie mir selbst. Seine Reaktion kann ich dennoch nicht nachvollziehen.

Müde und schlecht gelaunt schleppe ich mich gegen neun Uhr in den großen Essbereich, wo die anderen bereits zusammensitzen und Pläne schmieden. Ich brauche dringend Kaffee. Leider gibt es keine Bohnen für den Vollautomaten in der Küche. Toll.

»Gut geschlafen?« Grinsend mustert Valentin meine verquollenen Augen, die wahrscheinlich die gleiche Farbe aufweisen wie sein rotes Shirt. Dämlicher Blödmann.

»Wie geht's dir?«, erkundigt sich Dorian vorsichtig.

»Alles okay«, versichere ich und schaue ihm offen ins Gesicht. »Das gestern tut mir wahnsinnig leid«, schiebe ich eilig hinterher, bevor sich Norwin einmischen kann.

Dorian sieht aus, als wolle er etwas sagen. Schnell legt ihm Norwin die Hand auf den Arm und schüttelt unversöhnlich den Kopf. Er scheint viel aufgebrachter zu sein als Dorian selbst, obwohl ich ihn nicht attackiert habe. Zumindest nicht direkt.

»Wie wäre es, wenn wir weiterdiskutieren würden?«, schlägt Lea zickig vor. »Hannahs Erscheinen hat die komplette Unterhaltung gekillt. Tut mir leid für sie, dass Raphael letztendlich die Flucht ergriffen hat, aber wir haben andere Probleme.«

Das klingt, als sei es nur eine Frage der Zeit gewesen, bis Raphael es nicht mehr mit mir ausgehalten hätte. Niemand reagiert auf Leas Provokation. Ich balle unter der Tischplatte die Hände zu Fäusten und atme tief durch.

»Lea hat recht«, bekräftigt Norwin. »Wir sollten uns dringend überlegen, wie wir vorgehen.«

»Wie meinst du das?«, hake ich verwirrt nach.

Norwin wirft mir einen abweisenden Blick zu. »Wie stellst du dir unser zukünftiges Leben vor?« Seine Stimme klingt unbeteiligt und desinteressiert. »Dauerhaft von Stadt zu Stadt reisen, niemals in Sicherheit sein und in ständiger Angst vor dem Zorn Levanders leben?«

Hilflos hebe ich die Schultern. »Ehrlich gesagt habe ich mir darüber keine Gedanken gemacht«, gebe ich zu.

»War ja klar.« Norwin schnaubt genervt. Ich starre ihn sprachlos an. So bösartig kenne ich ihn nicht.

»Ich würde gerne zu meiner Familie und zu meinen Freunden zurück«, mischt sich Lea ein, woraufhin Valentin die Augen verdreht.

»Um ihnen Levander auf den Hals zu hetzen, ja?«, versetzt er hart.

Lea blinzelt ihn irritiert an. »Es ging doch darum, wie wir uns das weitere Leben vorstellen«, rechtfertigt sie sich.

»Nicht ganz«, korrigiert Valentin. »Es war lediglich *Hannah*, die danach gefragt wurde.«

»Ich ...«

»*Du* solltest dich raushalten«, empfiehlt er kühl. »Deine Antwort zeigt, dass dein Vorstellungsvermögen zu eingeschränkt ist, um die Gefahr, in der wir schweben, überhaupt zu erfassen.«

Lea verschränkt die Arme und schnieft beleidigt.

Ich mustere Valentin nachdenklich. Seine exakt formulierte und gnadenlos destruktive Kritik ruft mir ins Gedächtnis, dass er von Ravin ausgebildet und geprägt wurde. Obwohl er mittlerweile die Seite gewechselt hat, sollte ich den Einfluss der Akademie, dem er jahrelang ausgesetzt war, nicht unterschätzen.

»Wenn wir tatsächlich wieder Kontakt zu Freunden und Familie suchen wollen, gibt es nur zwei Alternativen«, führt Dorian Leas Wunsch weiter. »Entweder stecken wir den Kopf in den Sand, kehren in unser altes Leben zurück und hoffen darauf, dass Levander weder uns noch unsere Angehörigen findet. Oder wir werden selbst aktiv.«

»Wir sollten Levander eine Falle stellen«, fordert Norwin mit Nachdruck.

Skeptisch zieht Valentin eine Augenbraue hoch. »Und wie soll das funktionieren?«

»Keine Ahnung«, entgegnet Dorian. »Er wird sich kaum alleine aus seiner Deckung locken lassen. Wenn er auftaucht, dann vermutlich mit einem Haufen Former.«

Norwin nickt grimmig. »Fassen wir zusammen, was wir wissen. Möglicherweise bringt uns das voran.«

»Levander befand sich gestern in unmittelbarer Nähe, richtig?«, wendet sich Dorian an mich.

»Da bin ich mir absolut sicher«, bestätige ich. »Allerdings kann ich nicht sagen, wie lange er sich in der Umgebung aufgehalten hat. Bemerkt habe ich ihn, nachdem Elric ausgeschaltet wurde. Garantiert verschwunden war er wenige Minuten nach Ravins Tod.«

»Okay.« Dorian starrt ins Leere, während er seine Gedanken ordnet. »Nehmen wir an, Ravin hat Levander nach unserer Flucht aus dem Wald alles erzählt und ihm ebenfalls anvertraut, dass er selbst ein natürlicher Former ist. Beide zusammen haben Elric geschnappt. Sie wollten ihn als Köder missbrauchen, um über Raphael an Hannah heranzukommen. Am Treffpunkt hat sich Levander im Hintergrund versteckt. Die Gleise sind nur aus einer Richtung gut zu erreichen. Er wusste also, welchen Weg wir nehmen würden. So konnte er seine Aura vor Hannah verbergen und dennoch Ravin in seiner Reichweite behalten.«

»Als wir ankamen, ist Ravin stetig auf- und abgelaufen«, erinnert sich Norwin. »Im Moment unserer Fokussierung blieb er ruckartig stehen.«

Auf Dorians Zügen zeichnet sich plötzliche Erkenntnis ab. »Dadurch konnte Levander mühelos erkennen, dass sich Ravin unter mentalem Zwang befand! Er beseitigte Elric, indem er ihn auf die Gleise warf. Anschließend konnte er sich darauf konzentrieren, Ravin seinen freien Willen zurückzugeben, und dieser sorgte für Leas Angriff.«

»Vielleicht war es auch Levander, der unser Dummhuhn manipuliert hat«, gibt Valentin zu bedenken.

»Unwahrscheinlich«, erwidert Norwin an Dorians Stelle. »Er kennt Hannahs Aurenreichweite nicht. Sich Lea für die Fokussierung zu nähern, wäre ein unnötiges Risiko gewesen. Ravin konnte das genauso gut erledigen.«

Beeindruckt bewundere ich die Kombinationsgabe meiner Freunde. Die beiden schaffen es regelmäßig, mich in Staunen zu versetzen.

»Er hat also heimlich Ravin geholfen, sodass uns dieser Lea auf den Hals hetzen konnte. Dadurch sollte nach und nach unsere gesamte Gruppe ausgeschaltet werden«, fasse ich zusammen.

»Das hätte reibungslos funktioniert, wenn ihnen nicht Elric einen Strich durch die Rechnung gemacht hätte«, bestätigt Dorian unbehaglich.

»Im Moment seines Eingreifens eskalierte die Situation. Levander musste sich entscheiden«, übernimmt Norwin. »Entweder untätig bleiben und zuschauen, wie Ravin die Gruppe dem Erdboden gleichmacht. Diese Variante hätte zwei unerfreuliche Konsequenzen nach sich gezogen. Hannah, der eigentliche Grund für den gesamten Aufwand, wäre Ravins Zorn wahrscheinlich auch zum Opfer gefallen. Außerdem müsste Levander mit der Bedrohung durch einen erfahrenen natürlichen Former weiterleben, der ihn noch dazu sehr gut kennt. Kein Wunder, dass er die Alternative gewählt hat. Er nutzte die Gunst der Stunde, ließ Hannah entkommen und schaltete dafür die größte Konkurrenz in Form von Ravin aus.«

Dorian nickt zustimmend. »Keine Ahnung, ob Levander so tickt, aber es ergibt Sinn.«

»Und was ist mit Ravins seltsamem Verhalten?«, werfe ich dazwischen. »Er hat sich aufgeführt, als sei er nicht mehr ganz dicht. Völlig unzurechnungsfähig.«

»Ein solch unkontrollierter Wutanfall ist für ihn extrem atypisch«, unterstützt Valentin meine Einschätzung. Wir tauschen einen besorgten Blick.

»Er hat den Zug zusammengefaltet, obwohl die Gefahr gebannt war. Als wolle er ihn für den Schreck bestrafen, den er ihm eingejagt hat. Habt ihr dafür eine schlüssige Begründung?«, erkundige ich mich in Dorians und Norwins Richtung.

Beide heben die Schultern und schütteln synchron den Kopf.

»Er könnte wegen der Manipulation durcheinander gewesen sein«, wagt Dorian einen halbherzigen Erklärungsversuch. »Immerhin ist er knapp dem Tode entronnen. Dass er in diesem Moment die Geistesgegenwart besessen hat, diesen Impuls zu formulieren, ist ohnehin außergewöhnlich. Ganz abgesehen davon, dass er stark genug war, einen kompletten Zug zu stoppen.«

Valentin lehnt sich entspannt zurück. »Im Prinzip haben wir gestern einen großen Erfolg verbucht«, stellt er gelassen fest.

Totenstille am Tisch. Alle starren ihn mit offenem Mund an.

»Ihr müsst mich nicht schief ansehen«, verteidigt er sich. »Natürlich ist die Sache mit Elric blöd gelaufen, aber immerhin ist uns nur noch *ein* Verrückter auf den Fersen. Wollt ihr mir ernsthaft erzählen, dass ihr diesen Gedanken nicht hattet? Oder habt ihr ihn euch nicht eingestanden? Seid mal ehrlich zu euch selbst, ihr scheinheiligen Heuchler.«

»Tut es dir gar nicht leid um Ravin?«, frage ich brutal, um mich vom Wahrheitsgehalt seiner Vorwürfe abzulenken. »Immerhin hat er dich jahrelang ausgebildet.

Raphael ist zusammengebrochen, als er Elrics Tod mit ansehen musste.«

»Das werde ich nicht mit euch besprechen«, schmettert Valentin feindselig ab, woraufhin ungemütliches Schweigen einkehrt.

Ich seufze verhalten und unterdrücke einen Anflug schlechten Gewissens. Es war fies, ihn dermaßen zu provozieren, insbesondere da er deutlich gemacht hat, wie er zu Ravin steht. Andererseits ist es *Valentin*. Er hat nichts anderes verdient.

»Was ist mit der Nummer?« Norwin richtet sich unvermittelt auf.

»Nummer?«, wiederhole ich verwirrt und brauche einige Sekunden, bis ich den Themenwechsel nachvollziehen kann. »Ah. Die Ziffern, die Lea in den Sand geritzt hat.«

»Ich gehe auch davon aus, dass es sich um eine Handynummer handelt«, stimmt Dorian zu, der das Display seines Telefons prüft. »Die Zahlenfolge ist typisch. Kannst du dich erinnern, was während des Zeichnens in dir vorging?«, wendet er sich direkt an Lea.

Diese schüttelt den Kopf. »Keine Ahnung.«

»Wie überraschend«, bemerkt Valentin.

Dorian ignoriert die Äußerung und legt das Handy vor sich auf den Tisch. »Ich denke, es ist Levanders Nummer.«

»Wie kommst du darauf?«, stoße ich entgeistert hervor, während Lea erschrocken die Luft einzieht und Valentin die Stirn runzelt. Lediglich Norwin nickt, als sei dieser Verdacht absolut naheliegend.

»Wenn Lea die Ziffern nicht aus eigenem Antrieb in den Sand geschrieben hat, muss sie unter mentaler Kontrolle gestanden haben«, erläutert Dorian. »Du sagtest selbst, dass sich Levander zu dieser Zeit in der Nähe befand. Wir kommen nicht infrage. Zudem hätte keiner von uns einen Grund, Lea in der Erde herumstochern zu lassen.«

»Levander bietet uns eine Kontaktaufnahme an«, schlussfolgert Norwin.

»Vielleicht will er, dass wir uns bei ihm für die spektakuläre Rettung bedanken«, mutmaßt Valentin sarkastisch.

»Wir könnten die Nummer einfach mal anrufen?«, äußert Lea schüchtern.

»Großartige Idee. Vielleicht hat er Lust, einen Kaffee mit uns zu trinken!«, lobt Valentin mit vor Ironie triefender Begeisterung.

»Zu gefährlich«, erklärt Dorian mit einem strafenden Seitenblick auf den Leader. »Wenn es sich wirklich um Levander handelt, wird er nicht nur plaudern wollen. Wir sollten mit der Kontaktaufnahme warten, bis wir einen Plan haben. Nicht auszuschließen, dass er uns unter Druck setzt oder sogar ein Ultimatum stellt. Wir sollten keine Zeit verlieren.«

»Endlich passiert mal wieder was«, murmelt Valentin. »Ich hatte schon Angst, wir könnten uns langweilen.«

14 : betrunken

Direkt nach der Besprechung der gestrigen Vorfälle ändert sich Norwins geschäftsmäßige Distanz mir gegenüber erneut zu unterschwelliger Aggressivität, die deutlich macht, dass mein unbedachter Angriff auf Dorian lange nicht verziehen ist.

Nachdem wir uns zum Abendessen um 19 Uhr verabredet haben, brechen die anderen auf, um Lebensmittel und diversen Kleinkram zu besorgen. Da mich niemand fragt, ob ich am Einkaufstrip teilnehmen will, verschwinde ich in meinem Zimmer. Jetzt ist es schon so weit gekommen, dass man mich zurücklässt, während Valentin ein willkommener Begleiter ist. Allmählich würde ich gerne wieder in die Runde meiner Freunde aufgenommen werden.

Deprimiert lege ich mich auf das Bett und nutze die Gelegenheit, Schlaf nachzuholen. In den letzten Tagen ist dieses Bedürfnis deutlich zu kurz gekommen, und abgesehen davon kann ich mich schlafend nicht über Raphael ärgern.

Am späten Nachmittag halte ich es nicht mehr in meinem Zimmer aus. Die Decke fällt mir auf den Kopf. Ich könnte frische Luft gebrauchen. Vielleicht gelingt es der Junisonne, mich etwas aufzuheitern. Im Wohnzimmer treffe ich auf Dorian und Norwin, die in eine angeregte Diskussion verstrickt sind. Ich winke ihnen kurz zu und verlasse das Haus.

Alleine und ziellos schlendere ich in der Gegend umher und folge schließlich einem schmalen Bach, der sich am Waldrand entlangschlängelt. Unter der glitzernden Wasseroberfläche schimmern bunte Steine, doch ich habe keinen Sinn für die Schönheit der Umgebung. Die hellen Reflexionen blenden mich, und mir ist zu warm, obwohl die Waldluft angenehm frisch ist. Ich bin unfassbar genervt von meiner eigenen schlechten Laune.

Nach kurzer Zeit setze ich mich in den Schatten eines Baumes und versinke erneut in fruchtlosen Grübeleien.

Als ich aus meinen Gedanken auftauche, steht die Sonne merklich tiefer. Eilig mache ich mich auf den Rückweg, bin aber trotzdem weit nach der verabredeten Uhrzeit zurück. Die anderen sitzen gemeinsam am gedeckten Tisch und sind in lebhafte Gespräche vertieft, die schlagartig erlöschen, als ich zu ihnen stoße. Anscheinend reicht meine bloße Anwesenheit aus, um ihnen die Stimmung zu verderben. Vielleicht sollte ich sofort in mein Zimmer gehen.

»Setz dich«, fordert mich Valentin auf. Ausgerechnet er erkennt meine Unsicherheit und kommt mir entgegen. Super. Verärgert lasse ich mich auf einen Stuhl fallen. Die Krümel auf den Tellern zeigen, dass man mit dem Essen nicht auf mich gewartet hat. Ohne aufzusehen, schmiere ich mir ein Käsebrot und garniere es, passend zu meinem Gemütszustand, mit sauren Gurken. Schweigend wende ich mich meiner Mahlzeit zu und versuche dabei, den Blicken der anderen auszuweichen.

Valentin steht auf und nimmt ein Bier aus dem Kühlschrank. »Noch jemand?«, fragt er in die Runde.

Im ersten Moment will ich ablehnen. Spätestens seit der Bowle auf Laros Party weiß ich, dass ich nichts vertrage. Andererseits erscheint es mir äußerst verlockend, meine Sorgen zumindest für einen Abend im Alkohol zu ertränken.

»Bin dabei«, beschließe ich knapp, während Dorian, Norwin und Lea abwinken.

»Trinkt ihr generell keinen Alkohol?«, erkundigt sich Valentin interessiert. »Vielleicht aus Angst, dass ihr euch danebenbenehmt und euer Geheimnis ans Licht kommt?« Spöttisch prostet er mir zu und nimmt einen Schluck.

»Zum einen ist das längst kein Geheimnis mehr«, kontert Norwin, beugt sich zu Dorian und küsst ihn fest auf den Mund, woraufhin Valentin die Augen verdreht. »Zum anderen trinke ich nichts, weil Alkohol die Formergabe beeinträchtigt. Ein Impuls benötigt mentale Konzentration und Fokussierung. Außerdem wird man unter Alkoholeinfluss zum leichten Ziel für andere Former. Darauf kann ich verzichten.«

Dorian hat die Erklärung mit einem Grinsen verfolgt. »Wenn ihr beide euch die Kante gebt, ist es besser, dass wir bei klarem Verstand bleiben«, fügt er scherzhaft hinzu. Als er mich anschaut, verliert sein Lächeln etwas an Kraft.

Angespannt widme ich mich meinem Bier. So kann das nicht weitergehen.

»Dorian, was ich gestern gesagt habe, tut mir wirklich leid«, formuliere ich eine erneute Entschuldigung. »Das war absolut daneben.«

»Ist in Ordnung«, versichert er großzügig.

»Nein!«, widerspricht Norwin forsch. »Es ist *nichts* in

Ordnung. Du bist zu gutmütig.« Angriffslustig funkelt er mich an. »Weißt du, wer gestern völlig fertig war? Wer seit deinen haltlosen Vorwürfen total verunsichert ist und ständig an sich zweifelt?«

Meine Augen zucken zu Dorian, der beschämt seine Hände auf der Tischplatte betrachtet.

»Genau«, bestätigt Norwin unbarmherzig. »Und das nur, weil du deine Laune an ihm auslassen musstest.«

Unbehaglich weiche ich seinem Blick aus und nehme mehrere große Schlucke, während mich nagende Schuldgefühle quälen.

»Dorian war immer an deiner Seite!«, geht Norwin weiter auf mich los. »Egal, welchen Blödsinn du fabriziert hast, du konntest dich auf ihn verlassen. Du dankst es, indem du ihm Beleidigungen an den Kopf knallst? Wir wissen beide, dass dein eigentliches Problem einen anderen Namen trägt!«

»Norwin ...«, beginnt Dorian zaghaft. Als er den unversöhnlichen Ausdruck seines Freundes sieht, verstummt er abrupt.

»Ich habe mich doch entschuldigt!«, verteidige ich mich und stürze den Rest meines Biers in einem Zug hinunter, woraufhin mich Valentin anerkennend mustert. Norwins selbstgerechtes Auftreten nervt mich ungemein. »Mehrfach! Ich habe den Eindruck, du hetzt Dorian gegen mich auf.« Ich knalle meine Flasche auf den Tisch. »Ja! Ich habe etwas Saublödes gesagt, und es tut mir leid! Aber kannst du endlich aufhören, dich wie ein Arsch aufzuführen? Dorian hätte mir längst verziehen, wenn du nicht wärst!«

Norwin presst die Lippen aufeinander. Seine Nasenflügel beben vor Zorn. »Weißt du was, Hannah?«, stößt er unbeherrscht hervor. »Du bist egoistisch und rücksichtslos. Du denkst bloß an dich! Um andere kümmerst du dich lediglich, wenn sie dir Nutzen bringen. Du hast einen Freund wie Dorian nicht verdient.«

»Mach mal langsam«, bremst ihn Valentin. »Wir alle sind nervlich am Ende. Da können einem Worte rausrutschen, die man nicht so meint.« Er steht auf und holt zwei neue Flaschen aus dem Kühlschrank.

»Das sagst gerade du«, fährt ihn Norwin aggressiv an. »Derjenige, der mit Freuden nachtritt, wenn jemand am Boden liegt.«

Dorian blickt nur unglücklich von einem zum anderen.

Lea verschränkt missbilligend die Arme. »Ich verstehe sowieso nicht, dass sich ständig alles um Hannah drehen muss.«

»Neidisch?«, vermutet Valentin trocken.

»Quatsch«, wehrt Lea beleidigt ab, aber ich habe meine Zweifel. »Sie macht die ganze Zeit irgendwelchen Mist. Andauernd spielt einer von euch ihren Ritter in schimmernder Rüstung, der sie auffängt und für sie die Konsequenzen trägt.«

Sprachlos starre ich meine *Freundin* an. Ich wusste, dass sich unsere Beziehung seit dem Streit am Seeufer merklich abgekühlt hat, doch die Realität schlägt sämtliche Befürchtungen.

»Wann werdet ihr kapieren, dass sie eine eiskalte und berechnende Schlampe ist?«, legt Lea nach.

»Ist das dein Ernst?«, krächze ich fassungslos. »Wieso bist du nicht mit den anderen ins Ausland geflüchtet, wenn du mich so sehr hasst?«

Lea fixiert mich böse. »Ist das nicht offensichtlich?«

Verständnislos hebe ich die Schultern.

»Gott, bist du schwer von Begriff«, ätzt sie schnippisch und verdreht die Augen.

Mit einem unguten Gefühl warte ich auf Leas Erklärung.

»Weil ich mich gedulde, bis du Raphael endlich aus deinen Fängen entlässt«, enthüllt sie nach einer kunstvollen Pause zufrieden.

»Bis ich Raphael ... was?«, stammle ich entgeistert, während Valentin laut auflacht.

»Du hast mich schon richtig verstanden«, sagt sie mit einem boshaften Lächeln. »Keiner von uns glaubt, dass er *freiwillig* bei dir bleibt! Welche Befehle hast du ihm eingegeben? Es ist glasklar, dass ihn eine Mischung aus Manipulation und Angst an dich fesselt.« Sie hält inne, als würde sie überlegen. »Wie viel Zwang war nötig, damit er mit dir schläft?«

In diesem Moment sehe ich rot. Ich schnelle von meinem Platz hoch und versetze Lea eine schallende Ohrfeige.

»Du spinnst doch!«, fahre ich sie an. »Wie kommt dein Verstand auf solch haarsträubenden Mist? Ich sollte *dich* manipulieren! Mit einem Befehl, der dafür sorgt, dass deine Gehirnzellen zur Arbeit gezwungen werden!«

Lea starrt mich schockiert an und hält sich die Wange.

»Hannah«, mahnt Dorian vorwurfsvoll. »Das war echt daneben. Mit Gewalt –«

»Hast du gehört, was sie mir unterstellt hat?«, unterbreche ich ihn aufgebracht.

»Lass dich nicht so leicht provozieren«, tut Dorian meine Verteidigung ab. »Und *du* solltest es nicht ausnutzen, dass sie wegen Raphael neben der Spur ist«, fährt er an Lea gewandt fort.

»Schlägst du dich wieder auf ihre Seite? Die regt sich nur auf, weil es die Wahrheit ist!«, behauptet Lea, geht aber in Deckung, als ich sie wütend anfunkle.

»Schluss jetzt!«, verfügt Norwin hart. »Ihr benehmt euch wie im Kindergarten. Lea, lass diese Sticheleien. Hannah, du solltest akzeptieren, dass Raph Abstand braucht und deinen Unmut nicht an uns auslassen.«

»Trotzdem –«, wende ich ein.

»Mir reicht's«, zischt Lea und steht ruckartig auf. »Ich verzichte auf eure Gesellschaft. Hannah, diese Ohrfeige wirst du bereuen! Das verzeihe ich dir nicht!«

»Klingt gefährlich«, bemerkt Valentin beeindruckt. »Ich weiß nicht, ob es klug ist, das mächtige Dummhuhn gegen dich aufzubringen.«

Lea umfasst die Tischkante in hilflosem Zorn. »Du kannst mich mal, du selbstherrliches Arschloch! Schade, dass Hannah nicht *dich* als Opfer ausgewählt hat. Ihr beide wärt das perfekte Paar. Überheblich, eigennützig und skrupellos!«

Bevor er etwas entgegnen kann, ist Lea wutschnaubend aus dem Raum gestürmt. Wortlos schiebt mir Valentin die nächste Flasche hin.

»Ich hab's drauf, Dinge eskalieren zu lassen«, ächze ich erschöpft, nehme einen großen Schluck und proste Valentin zu.

Norwin mustert uns mit gerunzelter Stirn. »Sorry, Leute. Ich habe keine Lust, zuzuschauen, wie ihr euch sinnlos betrinkt. Hannah, du bist momentan auch ohne Alkohol unausstehlich. Hoffentlich ist morgen mehr mit dir anzufangen. Vielleicht übernimmst du dann zur Abwechslung mal Verantwortung für dein Tun.«

Er springt auf und verlässt den Tisch, ohne uns eines

weiteren Blickes zu würdigen. Dorian erhebt sich ebenfalls und sieht seinem Freund unschlüssig hinterher.

»Er meint es nicht so«, flüstert er mir entschuldigend zu.

Kurz darauf sind beide verschwunden, und nur noch Valentin und ich bleiben am Tisch zurück.

Abwesend fahre ich den Flaschenhals nach. Schon halb leer. Das Zeug kann man mühelos wegkippen. Immerhin versorgt mich Valentin zuverlässig mit Nachschub. Zumindest dafür ist er gut. Geistesabwesend betrachte ich den Blödmann gegenüber und seufze deprimiert. Alle anderen habe ich erfolgreich in die Flucht geschlagen. Bin ich derart furchtbar, dass es allein der knallharte Zyniker mit mir aushält? Valentin ist rücksichtslos, kalt und hat hauptsächlich sein persönliches Wohl im Sinn. Exakt diese Eigenschaften wurden auch mir vorgeworfen. Ich lege die Stirn in Falten und verdränge die Erinnerung an den vergangenen Streit. Missmutig trinke ich einen Schluck.

»Da hat ja jemand großartige Laune.« Valentin zieht eine Augenbraue hoch und mustert mich belustigt.

»Die ganze Situation ist dämlich«, schimpfe ich und knalle das Bier auf den Tisch. Es schäumt hoch, erreicht aber nicht den Flaschenhals.

»Ich verstehe dich«, versichert mir Valentin ernsthaft.

Ich schaue überrascht auf. »Tatsächlich?«, äußere ich vage und wappne mich für die gehässige Bemerkung, die unweigerlich folgen wird.

Valentin nickt. »Du versuchst bloß, dich selbst und alle, die dir wichtig sind, zu schützen. Oft weiß man nicht, welche Entscheidung die richtige ist. Manchmal hat man keine Wahl. Niemand ist perfekt.« Ich hebe irritiert den

Kopf und suche vergeblich in seinen Augen nach Spuren von Hinterlist oder Schadenfreude. Er wirkt völlig aufrichtig.

»Mit so viel Einfühlungsvermögen hätte ich nicht gerechnet«, gebe ich nach einer kurzen Pause zu.

»Warum?«, fragt er müde. »Weil ich für euer merkwürdiges Freundschaftsding kein Verständnis habe? Oder weil du mich für gleichgültig und herzlos hältst?«

»Eher weil du bisher noch keinen Satz gesagt hast, der nicht in irgendeiner Weise eine Beleidigung oder eine Provokation beinhaltet hätte«, erkläre ich und leere mein Bier.

Valentin reibt mit dem Daumen über das Etikett seiner Flasche und schweigt, als würde er über meine Worte nachdenken. Mittlerweile spüre ich eine angenehme Schwere in meinem Gehirn. Wahrscheinlich sollte ich nichts mehr trinken.

»Warum bist du so?« Es muss der Alkohol sein, der mir den Mut verleiht, eine solch private Frage zu stellen. »Selbstschutz?«

Valentin weicht meinem Blick aus. »Kann sein.«

»Wieso glaubst du, dich verteidigen zu müssen?«, hake ich nach.

»Meinst du, das Leben an der Akademie, insbesondere als Favorit von Ravin, hält viel Positives bereit?«, antwortet Valentin mit einem bitteren Lachen.

»Seit wann bist du an der Akademie?«, wechsle ich das Thema.

»Ich war vierzehn, als sie mich einkassiert haben«, erzählt er, ohne mich anzusehen. »Es sind mittlerweile fast sieben Jahre. Fünf davon als Ravins Favorit.«

»Das muss hart gewesen sein«, murmle ich und erinnere mich unwillkürlich an die brutale Folter, mit der Ravin seinen Leader bestraft hat. Und ich habe heute Morgen Valentins fehlende Anteilnahme am Tod seines Ausbilders kritisiert. Ganz toll.

»Ich brauche dein Mitleid nicht«, erwidert er schroff. »Bevor du kamst, lief es gut für mich – so gut, wie es an der Akademie eben laufen kann.«

Auf diesen Vorwurf weiß ich nichts zu entgegnen. Mangels Alternativen stehe ich auf und besorge Getränkenachschub. Leider ist das Kühlfach leer, sodass wir uns mit zimmerwarmem Bier begnügen müssen. Ist das jetzt meine dritte oder vierte Flasche? Irgendwann habe ich den Überblick verloren. Auf dem Rückweg zum Tisch breche ich zur Seite aus, was ich aber durch eine elegante Pirouette auffangen kann.

Valentin beobachtet mich skeptisch. »Bist du sicher, dass du das noch trinken willst?«, vergewissert er sich. »Du siehst nicht aus, als würdest du viel vertragen.«

»Soll ich dir was sagen?«, beginne ich angriffslustig, woraufhin sich Valentin mit einer beschwichtigenden Geste zurücklehnt. »Ich habe genug davon, dass ihr alle meint, mich bevormunden zu müssen.«

Herausfordernd trinke ich einen großen Schluck aus seiner Flasche und knalle sie anschließend vor ihm auf den Tisch. Geistesgegenwärtig zieht Valentin den Arm weg, um nicht vom überschäumenden Bier erwischt zu werden.

»Musst du wohl sauber machen«, stelle ich fest und beäuge hämisch die Pfütze neben seinem Ellbogen. Valentin starrt mich an, während ich mich zufrieden meinem eigenen Getränk widme.

»Von unserer blöden Gruppe denkt jeder, er wüsste,

was das Beste für mich ist«, nehme ich meine Klage wieder auf und bemerke nur am Rande, dass meine Sprache spürbar unter dem Alkoholeinfluss leidet. »Dorian und Norwin sind immer so wahnsinnig schlau! Das nervt! Immer wissen sie alles besser. Immer sind sie so *vernünftig*. Und dann liegen sie mit ihren blöden Theorien immer richtig! Wenn sie wenigstens nicht so nett wären! Okay, Norwin kann echt gemein sein. Aber Dorian ist so gutherzig und verständnisvoll, dass man sich neben ihm wie ein Unmensch fühlt! Ganz zu schweigen von Raphael! Der ist der Schlimmste überhaupt mit seinem Kontrollzwang!«, beende ich meine Aufzählung voller Überzeugung.

Valentin grinst. »Ich habe mich schon gefragt, wann mit unserem Moralapostel abgerechnet wird.«

»Ich habe mir einige Fehler geleistet«, sage ich eher zu mir selbst als zu Valentin. »Aber verdammt! Am Wochenende war ich echt vorbildlich und umsichtig. Okay, vielleicht hätte ich vorletzte Nacht nicht mit ihm schlafen sollen. Aber er war so süß, als er sich aufgeregt hat.«

Valentin gibt ein ersticktes Schnauben von sich, das als Lachen oder als Stöhnen gedeutet werden könnte.

»Unter Alkoholeinfluss wirst du ziemlich mitteilsam«, äußert er vergnügt.

»Wie auch immer«, tue ich seine Worte ab. »Er kann mir doch nicht vorwerfen, dass ich bei ihm sein wollte. Und auch während des aussichtslosen Kampfes gegen Ravin war ich reaktionsschnell und aufmerksam. Anders als er! Ich habe die Gruppenfokussierung angeleitet und alles in meiner Macht Stehende getan, um uns zu retten. Was kann ich dafür, dass Ravin Elric hingerichtet hat?« Verärgert trinke ich einen weiteren Schluck. »Natürlich tut es mir leid um den Ausbilder. Immerhin hat er mich an der Akademie verborgen. Aber weshalb muss mich Raphael deshalb verlassen? Weil er mich nicht damit belasten will? Ich hätte das mit ihm durchgestanden! Ich hätte *alles* mit ihm durchgestanden! Wofür bitte braucht er Zeit? Um sich selbst in seinem Schmerz zu suhlen? Um in Selbstmitleid zu versinken? Davonrennen ist keine Lösung! Der soll sich mal selbst auf die Reihe kriegen, der Arsch!«, schließe ich fast hysterisch.

»Schön, dass wir das geklärt haben«, stellt Valentin mit einem eindeutig amüsierten Unterton fest.

»Außerdem hat er mit Dorian über seine Probleme gesprochen. Nicht mit mir! Ich fühle mich verraten«, vertraue ich ihm spontan an. »Ich bin seine *Freundin*! Wieso hat er mich nicht mit einbezogen? Zuerst macht er einen riesigen Aufriss, zweifelt an uns und verunsichert mich extrem. Dann haut er einfach ab!«

»Möglicherweise misst du alldem zu viel Bedeutung bei –«, wendet Valentin ein.

»Nimmst ausgerechnet *du* ihn in Schutz?«, würge ich ihn empört ab. »Genau wie Dorian! Statt Partei für mich zu ergreifen, schlägt er sich auf seine Seite!«

Valentin zuckt mit den Schultern. »Dorian ist Raphael treu ergeben. Norwin ebenso. Ich muss anerkennen, dass er mit den beiden eine gute Wahl getroffen hat. Was allerdings das Dummhuhn in seinem Team zu suchen hat, ist mir schleierhaft. Sie stapft übrigens seit ein paar Minuten draußen herum. Wer weiß, was sie ausheckt. Du hast nicht nur ihrer Wange, sondern auch ihrem Selbstbewusstsein einen ziemlichen Schlag verpasst. Respekt.«

»Mir egal«, blocke ich missmutig ab. »Lass mich mit dem Miststück zufrieden.«

Fasziniert beobachte ich eine Fliege, die um die Zimmerlampe kreist. Sie ist so schnell, dass ich lediglich einen schwarzen Schatten sehe. Beeindruckend, welches Tempo diese Biester erreichen können.

»Ich will noch ein Bier«, beschließe ich.

»Äh –«, setzt Valentin an, steht aber auf, nachdem ich ihm einen drohenden Blick zugeworfen habe.

Kurz darauf ist er mit zwei Flaschen zurück und lässt sich auf seinen Platz fallen.

»Ich hätte nicht erwartet, dass du diese Menge schaffst.«

»Ich auch nicht.« Ich kichere. »Lass uns ein Trinkspiel ausprobieren.«

Valentin verdreht die Augen. »Dein Ernst?«

»Klar«, bekräftige ich nickend. Unmittelbar dreht sich die komplette Umgebung. Schnell lege ich meine Stirn auf die Tischplatte, um die Welt zum Anhalten zu zwingen. Gleichzeitig schließe ich die Hände um die Sitzfläche. Nur zur Sicherheit.

»Ich habe den Eindruck, nicht vom Stuhl zu fallen, fordert dich bereits genug«, bemerkt Valentin spöttisch.

»Kennst du *Ich hab noch nie*?«, frage ich und ignoriere seine Stichelei.

Valentin seufzt. »Kennt das irgendjemand nicht?«

»Also. Einer sagt etwas. Zum Beispiel *Ich habe noch nie einen Zug angehalten.* Wenn der andere das schon getan hat, muss er tr–«

»Hannah«, unterbricht mich Valentin. »Ich sagte gerade, dass *jeder* dieses blöde Spiel kennt.«

»Ah? Sagtest du das?«, wiederhole ich verwirrt. »Umso besser.« Bevor er widersprechen kann, positioniere ich unsere Flaschen und eröffne das Spiel.

»Ich habe noch nie von Alkohol kotzen müssen.«

Valentin trinkt einen Schluck und mustert mich kritisch. »Wenn du so weitermachst, wirst du bei dieser Aussage zukünftig ebenfalls trinken müssen.«

»Quatsch«, entgegne ich schlagfertig.

»Du warst bestimmt ein braves Kind«, mutmaßt er. »Gehorsam, höflich und immer pünktlich.«

»Zumindest bevor ich die Gabe entdeckt habe«, stimme ich zu. »Danach war nichts mehr normal. Irgendwie ging ab diesem Zeitpunkt alles den Bach runter.«

Valentin schweigt für einige Sekunden, formuliert dann aber mit einem verschmitzten Funkeln in den Augen die nächste Information. »Ich habe noch nie einen Mann geküsst.«

»Sehr raffiniert.« Ich nehme einen großen Schluck Bier. »Und unfair. Das weißt du ganz genau.«

»Stimmt«, bestätigt Valentin zufrieden. »Selbst wenn man das Weichei Raphael nicht als Mann bezeichnet, hast du dich immerhin *mir* an den Hals geworfen.«

»Oh Gott.« Ich schließe kurz die Lider. Das hatte ich völlig verdrängt.

»Ich stand unter mentaler Kontrolle«, rufe ich ihm sicherheitshalber ins Gedächtnis.

»Klar. Das ist eine dankbare Ausrede«, unterstellt er mir dreist. »Funktioniert leider nicht uneingeschränkt. Ich erinnere mich, wie du dich auf dem Motorrad an mich geschmiegt hast. Kein Blatt Papier hätte zwischen uns gepasst. Ich hatte schon einige Mitfahrer, aber keiner war so … *aufdringlich*. Dabei hattest du nicht mal zwölf Stunden zuvor mit meiner Verbannung gedroht, sollte ich es erneut wagen, dich anzufassen. Oder lag das nur daran, dass Raphael plötzlich im Raum stand?«

Krampfhaft bemühe ich mich, nicht auf seine Provokation einzugehen. Dieser Typ hat es echt drauf, mich auf die Palme zu bringen.

»Ich habe mir noch nie ein Tattoo stechen lassen«, fordere ich ihn heraus.

Valentin nimmt einen tiefen Schluck.

»Ha!«, stoße ich triumphierend hervor. »Ich wusste es! Klischee!« Spontan beuge ich mich ein wenig nach vorne und ziehe am Saum seines T-Shirts, wobei ich fast vom Stuhl falle. »Wo denn?«

»Gehst du mir an die Wäsche?«, fragt Valentin mit hochgezogenen Brauen. »Das wird Raphael nicht gefallen.«

»Träum weiter«, fertige ich ihn ungerührt ab und versuche wieder, einen Blick auf die Tätowierung zu erhaschen.

»Da wirst du nicht fündig werden.« Valentin grinst vielsagend. »Das müsstest du eigentlich wissen.«

Stimmt. Im Hotel habe ich ihn mit bloßem Oberkörper gesehen. Da war keine Spur eines Tattoos. Wo ist es dann?

Prüfend lasse ich meine Augen an ihm herabwandern und bedaure, dass die Jeans so viel Haut verbirgt. Oberschenkel? Schienbein? Knöchel? Oder weiter oben? Hüfte ... Umgehend erröte ich, als mir bewusst wird, welche Körperstelle ich ebenfalls in Betracht ziehe.

Schnell gebe ich sein Shirt frei und kehre auf meine Seite des Tisches zurück. Gott, ich habe echt zu viel getrunken.

Valentin beobachtet mich aufmerksam. »Kopfkino?«, hakt er belustigt nach. »Auch das wird Raphael nicht gefallen.«

Bevor ich das Offensichtliche abstreiten kann, leitet Valentin den nächsten Angriff ein. »Ich habe noch nie auf einer Flucht Kondome gekauft«, eröffnet er mir unschuldig. Verdammt. Er hat es also doch mitbekommen. Peinlich berührt trinke ich einen Schluck und hoffe, dass er dieses Thema nicht vertiefen wird.

»Schade, dass es sich kaum gelohnt hat, die Packung anzubrechen. Aber die Dinger sind ja lange haltbar«, tröstet er mich.

Wenn er wüsste, dass ich mich nicht einmal getraut habe, Raphael von meinem Einkauf zu erzählen …

Ich knirsche mit den Zähnen und suche angestrengt nach einer passenden Aussage, die ihn auf andere Gedanken bringt und mich aus der unangenehmen Situation rettet.

»Ich wurde noch nie mit meiner größten Angst konfrontiert«, taste ich mich absichtlich auf gefährliches Gebiet vor.

Valentin trinkt wortlos.

»Feuer?«, frage ich, obwohl mir die Antwort klar ist.

Valentin nickt stumm.

»Das hat was mit deiner Schwester zu tun«, äußere ich unüberlegt, als mir Ravins gefühllose Ansprache bei Valentins Bestrafung in den Sinn kommt.

Valentin zuckt zusammen und haut die Flasche dermaßen fest auf den Tisch, dass das vom Abendessen übrige Besteck heftig klirrt.

»Das will ich nicht mit dir erörtern«, wehrt er grob ab.

»Tut mir leid.« Beschwichtigend hebe ich die Hände, aber Valentins Miene ist eiskalt. Ich habe eine Grenze überschritten, und er wird zurückschlagen.

»Ich habe noch nie einen Menschen getötet«, revanchiert er sich und zeigt damit deutlich, dass wir die freundschaftliche Ebene verlassen haben.

Beschämt trinke ich.

»Müsstest du nicht zweimal trinken?«, erkundigt sich Valentin bösartig. »Einmal für Elias, einmal für Raphael?«

Ich umfasse meine Flasche so fest, dass sie nur durch ein Wunder dem Druck standhält. Dieser Seitenhieb tut weh. Erneut muss ich mir eingestehen, dass ich die vergangenen Geschehnisse längst nicht verarbeitet habe.

»Das war unter der Gürtellinie«, flüstere ich tonlos. Irgendwie hatte ich mir das Spiel lustiger vorgestellt.

»Tut mir leid«, wiederholt Valentin absichtlich meine Worte von gerade eben. In seinen Augen erkenne ich, dass die Entschuldigung nicht ernst gemeint ist.

Ich streiche mir fahrig eine Haarsträhne aus der Stirn, damit ich Valentins kompromisslosem Blick nicht standhalten muss. Im Verlauf der letzten halben Stunde hatte es sich angefühlt, als würde ich mit einem Freund sprechen. Entspannt und vertraut. Selbst schuld. Ich hätte nicht vergessen dürfen, mit wem ich hier zusammensitze.

»Mir reicht's«, krächze ich und stelle meine Flasche mit dem letzten Rest Bier unsanft auf den Tisch. »Ich brauche frische Luft.«

Ohne auf Valentins Reaktion zu warten, stemme ich mich hoch. Da ich einige Sekunden brauche, um mein Gleichgewicht wiederzufinden, hat er ausreichend Zeit, ebenfalls aufzustehen. Mein benebeltes Gehirn leitet eine neue Schwindelattacke ein, und ich will mich an der Küchentheke festhalten. Überraschenderweise hat das Teil innerhalb von Sekunden den Standort gewechselt, sodass ich ins Leere fasse. Durch einen beherzten Griff bewahrt mich Valentin vor dem unausweichlichen

Sturz. Unsere Auren knistern. Für einen Moment erstarren wir in der Bewegung und schauen einander in die Augen. Dann wische ich aggressiv seine Hand von meinem Oberarm. »Fass mich nicht an, du Idiot«, fahre ich ihn gereizt an.

Entlang der verschiedenen Einrichtungsgegenstände des Wohnzimmers taste ich mich zur Tür entlang und hoffe, dass mir die frische Luft zu einem halbwegs klaren Kopf verhelfen wird.

15 : gezwungen

Zwei Minuten später muss ich mir eingestehen, dass der Aufenthalt im Freien nicht hilft. Im Gegenteil. Der Sauerstoff sorgt dafür, dass sich die Umgebung schneller dreht als zuvor. Unsicher wanke ich einige Meter den schmalen Weg entlang und strande schließlich an einem Baum, der seltsamerweise mitten auf der Straße steht. Erleichtert lehne ich mich an die harte Rinde und lasse mich langsam zu Boden rutschen. Sobald ich sitze, hält auch die Drehbewegung der Umwelt an. Das war ja einfach.

»Weiter solltest du dich nicht vom Haus entfernen«, erklingt Valentins amüsierte Stimme vom Eingang. »Ich habe keine Lust, dich zu suchen, weil du im Vollrausch in den Wald torkelst.«

»Ich bin nur etwas angeheitert«, kontere ich schnippisch. »Nicht dein Problem. Es kann dir völlig egal sein, wenn ich verloren gehe.«

Valentin seufzt und kommt auf mich zu. »Du hättest nicht so viel trinken sollen«, sagt er gereizt. »Unter Alkoholeinfluss wirst du echt zickig.«

»Ich wollte dir nicht den Abend verderben«, entschuldige ich mich. Dann erinnere ich mich an den Tiefschlag, den er mir vorhin verpasst hat. »Wobei … eigentlich verdienst du nichts anderes. Ich genieße es, dir den Abend zu verderben!«

»Schon klar«, winkt Valentin ab und lässt sich neben

mich fallen. »Hätte mich gewundert, wenn nicht.« Er hat sein übliches Grinsen aufgesetzt, aber in seinen Augen erkenne ich Resignation.

»Bist du doch traurig wegen Ravin?«, spreche ich den ersten Gedanken aus, der mir durch den Kopf schießt.

Valentin starrt mich ausdruckslos an. »Wie kommst du darauf?«, will er wissen.

»Du hast eben ziemlich verloren ausgesehen«, erkläre ich und gestehe mir ein, dass ich eindeutig zu viel Bier hatte. Vermutlich sollte ich mir die Hobbypsychologie sparen. Auch Valentins harte Antwort lässt mich meine Offenheit umgehend bereuen.

»Du meinst, ich würde ausgerechnet *dir* mein Herz ausschütten?«, erkundigt er sich hämisch. »Du bist genauso kaputt wie ich. Du kriegst nicht einmal deine eigenen Angelegenheiten auf die Reihe.«

Verletzt fixiere ich den Boden. »Das war eine ernst gemeinte Frage«, murmle ich undeutlich. »Ich wollte wirklich wissen, wie es dir geht.«

»Gut«, knurrt Valentin herausfordernd und stützt die Ellbogen auf die Knie. »Wenn du darauf bestehst: Es geht mir beschissen.« Er wirft mir einen prüfenden Seitenblick zu. Als ich nichts entgegne, spricht er weiter. »Ich bin völlig ziellos. Keine Ahnung, was ich mit meinem Leben anfangen oder wohin ich gehen soll. Ich habe nichts, wofür es sich zu kämpfen lohnt. Zusätzlich seid ihr ein echter Stressfaktor. Gegenseitiges Vertrauen. Gemeinsame Entscheidungen. Es ist unfassbar kraftraubend, sich gegen dieses Freundschaftsding zu wehren.« Er schweigt für einige Sekunden. »Vielleicht will ich das gar nicht mehr«, fügt er leise hinzu.

»Also sind Sarkasmus und Ironie doch nur die Fassade, hinter der du dich versteckst«, äußere ich vorsichtig, nachdem in meinem alkoholgeschwängerten Gehirn die Bedeutung seiner Worte angekommen ist.

Valentin lacht verächtlich. »Du denkst, du würdest mich durchschauen? Bilde dir bloß nicht ein, ich sei ein netter Typ wie dein *perfekter* Raphael. Ich bin weder ehrenhaft noch anständig.«

»Wieso vergleichst du dich dauernd mit ihm?«, frage ich verständnislos. »Es ist gut, dass ihr verschieden seid. Keiner erwartet von dir, zu sein wie Raphael.«

»Nicht wie Raphael, aber dafür wie sein Zwillingsbruder«, erwidert er fast unhörbar. Ich beuge mich ein wenig nach vorne, damit ich nichts von seiner Erklärung verpasse. Dabei muss ich höchste Konzentration aufwenden, um nicht umzukippen.

»Bei jeder Gelegenheit betonte Ravin, welch großes Potenzial Elias hatte«, erzählt Valentin, ohne mich anzusehen. »Im gleichen Atemzug ließ er mich wissen, dass ich eine einzige große Enttäuschung sei. Es war ein schmerzhafter Prozess, zu lernen, dass man nie genügen kann. Dass alle Anstrengungen, die man unternimmt, nicht ausreichen. Als Elias starb, dachte ich für kurze Zeit, dass sich alles zum Besseren wenden könnte.« Er schlägt mit der Faust auf den weichen Waldboden. »Ja! Ich war nicht traurig über seinen Tod! Ich habe mich gefreut! Endlich erhielt ich die Chance, aus seinem Schatten zu treten und seinen Einfluss hinter mir zu lassen. Ein Irrtum. Das Gegenteil war der Fall. Ravin wurde noch grausamer, noch gnadenloser. Als würde er mich dafür bestrafen, dass ich weiterhin am Leben und in seiner Reichweite war.«

Erschüttert lausche ich seiner Erzählung, traue mich aber nicht, ihn zu unterbrechen. Durch den trüben

Schleier, der dummerweise nach wie vor meinen Verstand vernebelt, würde mir ohnehin nichts Sinnvolles einfallen.

Valentin streckt fast unmerklich die Finger seiner vernarbten Hand. »Sich als Ravins Favorit zu behaupten, funktioniert nur, wenn man genauso hart und mitleidslos ist wie er selbst.«

»Ich verstehe allmählich, weshalb du so geworden bist«, bemerke ich unüberlegt. Unmittelbar beiße ich mir auf die Zunge. »Sorry. Das war richtig bescheuert.«

»Suche keine Entschuldigungen für mich«, wehrt Valentin ab. »Ich denke in erster Linie an mein eigenes Wohl. Vielleicht sind wir uns in dieser Hinsicht ähnlicher, als du dir eingestehen willst.«

»Du –« Ich halte abrupt inne und reiße die Augen auf. Der Wunsch, der mich in diesem Moment überflutet, bringt mich völlig aus dem Konzept. Bestürzt lausche ich in mich hinein. Kein Zweifel. Der Gefühlsansturm nimmt stetig zu und erfüllt mein gesamtes Bewusstsein. Und er ist so abartig, dass er nicht von mir kommen kann.

»Äh … Valentin?«, krächze ich gepresst.

»Hm?«, macht er und schaut mich aufmerksam an.

Ich starre zurück und suche krampfhaft nach einer Möglichkeit, ihm mein Problem mitzuteilen.

Valentin runzelt die Stirn. »Ich wollte dir nicht zu nahe treten«, lenkt er unbehaglich ein. Mit meinen verstörenden Empfindungen beschäftigt, nehme ich seine Beinahe-Entschuldigung nur am Rande wahr.

Irritiert dreht er die Handflächen nach oben. »Hat es dir die Sprache verschl–«

»Ich will dich küssen«, unterbreche ich ihn, verärgert über meine kindische Verlegenheit.

Valentin gibt einen unterdrückten Laut von sich und mustert mich ungläubig. Im Gegensatz zu mir braucht er lediglich Sekundenbruchteile, um sich von der unverhofften Offenbarung zu erholen.

»Okay«, akzeptiert er ungerührt. »Keine Einwände. Ich hätte dich zwar weniger direkt eingeschätzt, aber ich mag Frauen, die die Initiative ergreifen.« Er grinst vielsagend. »Unser letzter Kuss hatte ohnehin Luft nach oben.«

»Tu nicht so unschuldig!«, fahre ich ihn genervt an. »Manipulierst du mich?«

»Warum sollte ich das tun?« Valentin hebt die Schultern. »Das habe ich nicht nötig. Du überschätzt deine Anziehungskraft. Abgesehen davon hatte ich ebenso viel Alkohol wie du. Obwohl ich deutlich trinkfester bin, kann ich garantiert keinen Impuls mehr ausgeben.«

»Wer ist es dann?«

»Du schließt sicher aus, dass dieses Verlangen mit meinem grandiosen Aussehen oder der Neugier auf die genaue Position meines Tattoos zu tun hat?«, vergewissert sich Valentin mit einem verschmitzten Glitzern in den Augen.

»*Ganz* sicher«, bestätige ich knapp und versuche, den Gedanken an einen Kuss weit wegzuschieben.

»Das Dummhuhn war vorhin hier unterwegs«, überlegt er. »Eventuell treibt sie sich weiterhin in der Nähe herum und nutzt die Gelegenheit, dir eins auszuwischen. Immerhin bist du gerade wehrlos und noch unfähiger als sie. Wobei sie dir damit eher einen Gefallen tun würde …« Er verstummt und verzieht den Mund zu einem schiefen Lächeln. Wie hypnotisiert starre ich auf seine schön geschwungenen Lippen. Unwillkürlich rutsche ich ein wenig näher an ihn heran. Als mir bewusst wird, was ich tue, entferne ich mich schnell wieder. Valentin beobachtet meinen inneren Kampf mit offensichtlichem Vergnügen. Verzweifelt bemühe ich mich, den Zwang in die hinterste Ecke meines Verstandes zu drängen. Leider sorgt der Alkohol dafür, dass es unmöglich ist, die abschirmende Mauer hochzuziehen. Mein ganzer Körper verzehrt sich nach Valentins Kuss. Am liebsten würde ich mich auf ihn stürzen und dem Verlangen nachgeben.

»Verflucht, Valentin«, stammle ich hilflos. »Mach irgendwas!«

»Was hast du dir denn vorgestellt?«, fragt er mit dunkler Stimme und schaut mir dabei tief in die Augen. Gleichzeitig erreicht der Wunsch, ihn zu küssen, eine neue Intensitätsstufe. Ich bin kurz davor, mich einfach auf seinen Schoß zu setzen und die Hände in seinen Haaren zu vergraben. Ich hasse diesen Kerl.

»Das ist nicht witzig, du Vollidiot«, fluche ich, woraufhin Valentin schadenfroh lacht.

»Doch«, widerspricht er gut gelaunt. »Das ist sogar ziemlich witzig.«

»Bitte!«, flehe ich, während ich erneut meine komplette Selbstbeherrschung aufwenden muss, um ihm zu widerstehen. »Hilf mir! Du musst das verhindern! Lass dir was einfallen! Hau ihr einen Impuls um die Ohren!« Mit Verspätung fällt mir ein, dass Valentin ebenfalls keinen Zugriff auf seine Gabe hat. »Wir könnten laut rufen, dass wir sie erkannt haben!«

»Wie du meinst«, stimmt Valentin zu und richtet sich auf.

»Warte!« Spontan ergreife ich seinen Oberarm. Unmittelbar durchzucken mich glühend heiße Blitze. Verdammte Formerauren! Verdammte Lea! Verdammter Valentin!

»Sie will sich an mir rächen. Das ist garantiert ein Plan, um Raphael und mich auseinanderzubringen. Wenn sie merkt, dass ihr Vorhaben scheitert, wird sie sich etwas Neues ausdenken.«

Valentin legt den Kopf schräg. »Kann sein.«

»Vielleicht sollten wir uns dem Impuls beugen«, erwäge ich unschlüssig und ignoriere die Stimme in meinem Innern, die mich lautstark anfeuert.

»Du willst rumknutschen?«, hakt Valentin zweifelnd nach. Seine Worte entfachen ein Feuerwerk in meinem Magen. Diese Fokussierung macht mich fertig.

»Lediglich, um Lea in dem Glauben zu lassen, ihr Plan habe funktioniert«, sage ich schnell und verschränke die Arme. Nicht anfassen.

»Und wenn sie es nicht bei einem Kuss belässt?«, wendet er skeptisch ein.

Ich schlucke. »Dann spielen wir mit, soweit es unser Gewissen erlaubt.«

»Dein Gewissen oder meines?«, erkundigt sich Valentin provozierend. Ich verdrehe die Augen, nähere mich ihm jedoch, sodass sich unsere Beine berühren. Vorsichtig lege ich eine Hand auf seinen Oberschenkel und verfluche meine Schwäche. Ich will ihn unbedingt küssen. Ich will ihn auf keinen Fall küssen. Sicher ist nur eins. Ich hasse Lea.

»Tu dir keinen Zwang an«, bemerkt Valentin spöttisch. »Ich unterstütze dich gerne bei der Erfüllung deiner Träume.«

Mehr Ermunterung ist nicht nötig. Ohne zu zögern, rücke ich zu ihm auf und ziehe seinen Nacken mit der linken Hand zu mir heran. Die rechte Hand lege ich auf seine Brust.

Dann gebe ich endlich dem brennenden Bedürfnis nach und streife seine Lippen mit meinen. Zuerst zaghaft und schüchtern. Als Valentin mit einem unterdrückten Seufzen reagiert, kann ich mich nicht weiter beherrschen. Ich küsse ihn heftig und temperamentvoll. Schon nach wenigen Sekunden habe ich vergessen, dass diese Annäherung nicht aus freiem Willen geschieht. Ich genieße das Aufgeben des Widerstands in vollen Zügen und würde am liebsten ewig in dieser Verbindung verharren. Als sich unsere Zungen berühren, rechne ich damit, dass er mich zurückstoßen wird, doch er macht keine Anstalten, sich zu wehren. Stattdessen vergräbt er die Hand in meinen Haaren und zieht mich näher an sich heran. Er erwidert den Kuss entschlossen und vorbehaltlos. Ich schließe die Augen und vergesse die Zeit.

Viel zu früh verschwindet der Wunsch, Valentin zu küssen, und wird durch etwas Stärkeres ersetzt. Widerwillig trenne ich mich von ihm.

»Nicht schlecht«, stellt Valentin atemlos fest. »Sollten wir bei Gelegenheit wiederholen.«

Ich schnaube resigniert. Natürlich ist er nicht um eine Provokation verlegen. Als ich ihn geküsst habe, hielt er zumindest die Klappe.

»Lass uns auf dein Zimmer gehen«, fordere ich übergangslos.

»Bitte?«, stößt er hervor und sieht mich derart entgeistert an, dass ich ein Kichern nicht zurückhalten kann.

»Lea ist bereit, die Sache ohne Limits durchzuziehen«, erkläre ich gespielt ernsthaft.

Als er mich nach einer gefühlten Ewigkeit noch immer fassungslos fixiert, überwiegt mein Mitleid.

»Keine Angst. Bei mir gibt es sehr wohl Grenzen«, erlöse ich ihn aus seiner Schockstarre. »Wenn wir gemeinsam in deinem Raum verschwinden, wird sie davon ausgehen, dass ihr Plan funktioniert. Ich muss nur diesem bescheuerten Zwang widerstehen.«

Valentin nickt und sieht völlig überfordert aus. Endlich ist der selbstsichere Leader mal ruhiggestellt. Schade, dass ich diese Karte nicht beliebig ausspielen kann.

»Na los«, dränge ich, ergreife seine Hand und ziehe ihn hinter mir her. Ich bete, dass Lea ihre Fokussierung beenden wird, wenn wir in seinem Zimmer sind. Alleine für den Kuss werde ich mich morgen verabscheuen.

So schnell, wie es uns im betrunkenen Zustand möglich ist, schwanken wir zum Haus und kämpfen uns die Treppen bis zum Dachgeschoss hoch.

In Valentins Zimmer lasse ich mich erschöpft auf das breite Bett fallen. Er legt sich neben mich und verschränkt die Arme hinter dem Kopf. Seine entspannte Körperhaltung sorgt dafür, dass sein Shirt ein Stück hochrutscht. Ich betrachte seine Bauchmuskeln, die sich unter der glatten Haut abzeichnen, und beiße mir auf die Lippen. Gott, er ist echt heiß. Ich werde Lea den Hals umdrehen.

Angestrengt konzentriere ich mich darauf, meine Hände bei mir zu behalten. Den Kuss könnte mir Raphael vielleicht verzeihen. Alles, was darüber hinausgeht, mit Sicherheit nicht. Ich seufze.

»Wie läuft's?«, fragt Valentin mit einem scheinheiligen Grinsen.

»Ich übe mich in Selbstbeherrschung, damit ich nicht über dich herfalle«, murmle ich ungehalten.

»Du würdest es nicht bereuen«, informiert mich Valentin und rückt ein Stück näher, was meine Hormone in noch größeren Aufruhr versetzt. Offenbar hat er zu seiner üblichen Arroganz zurückgefunden. »Du wolltest sowieso herausfinden, wo sich das Tattoo befindet. Ich gebe dir einen Tipp. Du musst mir dafür die Hose ausziehen.«

»Valentin«, fauche ich erstickt und bemühe mich krampfhaft, die Erregung, die mich bei seinen Worten durchflutet, zu ignorieren. »Bleib weg. Dazu wird es nicht kommen.«

Mit aller Kraft ringe ich um Kontrolle, während sich Valentin wegdreht und mir seine zugegebenermaßen gut aussehende Rückseite zuwendet. Das macht die Sache nicht besser. Ganz im Gegenteil. Ob das Kondom noch in meinem Geldbeutel steckt? Argh. Das ist ein Albtraum. Aber seine Jeans sitzt perfekt. Ich stöhne verzweifelt, woraufhin Valentin leise lacht.

»Starrst du mir auf den Hintern?«, erkundigt er sich betont unschuldig.

»Ich hasse dich«, erwidere ich zähneknirschend und strecke gleichzeitig den Arm nach ihm aus.

»Sieht nicht gerade nach Hass aus«, stellt Valentin amüsiert fest, doch seine Stimme klingt rau.

Ich spare mir eine Entgegnung und rutsche so nah, dass ich mich in ganzer Länge an ihn schmiegen kann. Als ich meine Hand unter sein Shirt schiebe, holt er zittrig Luft. Sanft streiche ich über seine Brust und verlängere den Weg über die harten Bauchmuskeln bis zum Bund seiner Jeans. Umgehend spüre ich, wie er erstarrt.

»Hannah«, sagt er heiser. »Reiß dich zusammen. Du willst das nicht wirklich. Das darf nicht passieren.«

Ich atme tief durch. Er hat recht. Ich will ihn nicht wirklich. Obwohl sich jede Faser meines Körpers dagegen wehrt, ziehe ich meine Finger Zentimeter um Zentimeter zurück. Ich wende mich ab, stecke die Hände in die Hosentaschen und fixiere verbissen die Zimmerdecke. Stark bleiben. Es ist nur eine mentale Fokussierung. Ich muss widerstehen. Für Raphael. Wie ein Mantra wiederhole ich seinen Namen im Stillen. Raphael. Raphael. Raphael.

Irgendwann spüre ich, wie das Verlangen auf Valentin nachlässt. Endlich kann ich mich entspannen.

Valentin spürt meine Erleichterung. »Vorbei?«

Ich nicke schwach und schließe die Augen. Ich bin völlig fertig.

»Schade«, höre ich ihn tonlos flüstern, während ich in den Schlaf gleite.

16 : geplant

Als ich am nächsten Morgen erwache, habe ich Mühe, mich zu orientieren. Ich bin nicht in meinem Zimmer. Neben mir im Bett befindet sich eine weitere Person. Ihr Arm liegt schräg über meinem Oberkörper. Verschlafen taste ich nach der Aura und zucke erschrocken zusammen. Valentin. Mit einem Satz springe ich vom Bett und lasse mich nur Sekunden später wieder auf die Matratze sinken. Mein Kopf hat die sportliche Einlage mit bösartigem Hämmern und Dröhnen beantwortet. Gequält massiere ich Stirn und Schläfen mit den Fingerspitzen.

»Kater?«, fragt Valentin gespielt mitleidig. Er klingt zwar etwas heiser, aber nicht halb so schlecht, wie ich mich fühle.

»Ich hasse dich«, stelle ich fest.

»Das hast du heute Nacht ebenfalls behauptet. Unmittelbar bevor du mir fast die Kleider vom Leib gerissen hättest.«

Ich reibe mir schweigend über das Gesicht.

»Noch irgendein Zwang, der zu einem heißen Kuss führen könnte?«, erkundigt sich Valentin mit einem verschmitzten Lächeln. »Oder wurden dir gestern Abend die Augen geöffnet, sodass keine Manipulation mehr nötig ist?«

»Hör mit dem Blödsinn auf, du Idiot! Dieser Kuss erfüllte lediglich den Zweck, Lea in Sicherheit zu wiegen!«, wehre ich ab. Gleichzeitig fällt mir auf, wie absurd meine Worte wirken. Verdrossen bearbeite ich meine Unterlippe mit den Zähnen. Weshalb habe ich Leas Impuls nachgegeben? Gestern Abend schien mir diese Reaktion völlig logisch. Ich stöhne entnervt.

»Ist dir gerade die Sinnlosigkeit deiner Argumentation klar geworden?«, stichelt Valentin boshaft.

»Ich bin Leas Fokussierung voll auf den Leim gegangen«, beklage ich mich verärgert. »Obwohl ich *wusste*, dass ich unter mentalem Zwang stand. Wie dumm kann man sein?«

Valentin mustert mich nachdenklich und setzt zu einer Erwiderung an, doch ich lasse ihn nicht zu Wort kommen.

»Wie konnte ich ausgerechnet *dich* küssen? Wir hätten Leas Befehl ignorieren können, ohne ein Risiko einzugehen! Sie wäre davon ausgegangen, sie sei trotz meines betrunkenen Zustands nicht stark genug, um mich zu manipulieren! Ich habe mich für raffiniert gehalten, dabei habe ich mich selbst ausgetrickst! Es gab überhaupt keinen Grund für den Kuss!«

Valentin grinst. »Stimmt.«

»Wieso hast du mich nicht aufgehalten?«, fahre ich ihn an. »Du weißt, dass ich dich nicht küssen wollte!«

»Sah gestern anders aus. Vergiss nicht, dass *du* es warst, die *mich* überzeugt hat. Nicht umgekehrt«, erinnert er mich schadenfroh. Ich funkle ihn voll ohnmächtigen Zorns an und balle die Hände zu Fäusten. Wenn mir nicht so schlecht wäre, würde ich mich auf ihn stürzen.

»Wieso hast du das zugelassen?«, wiederhole ich hilflos. »Du warst bei klarem Verstand! Du hättest mich daran hindern müssen!«

»Warum hätte ich das tun sollen?«, entgegnet Valentin und richtet sich auf, sodass die Decke bis zur Hüfte hinunterrutscht und seinen bloßen Oberkörper freigibt. Das Möbiusband glänzt in der Morgensonne. Wann hat der Psycho sein Shirt ausgezogen? Egal.

»Wir hatten noch eine Rechnung offen«, erklärt er kühl. »Du hast am Sonntag im Hotel auch keine Rücksicht auf meine Wünsche genommen, als du mich zum Telefonat mit Elric gezwungen hast.« Ich starre ihn fassungslos an, doch er spricht ungerührt weiter. »Als erfreulicher Nebeneffekt wird unser lieber Raphael kochen vor Wut. Wie wird dein *Freund* reagieren, wenn er erfährt, dass du dich in seiner Abwesenheit ausgerechnet *mir* an den Hals geworfen hast? Hoffentlich nimmt er dir die Geschichte von der mentalen Fokussierung ab.«

Seine Worte fühlen sich an wie ein Schlag in die Magengrube. Gestern Nacht bildete ich mir ein, wir hätten uns durch die langen und persönlichen Gespräche angenähert. Umso härter ist die Realität. Frustriert versuche ich, in seinen Augen einen Funken der Vertrautheit zu erkennen, die uns gestern verbunden hat. Nichts.

Gelassen erwidert Valentin meinen Blick. »Enttäuscht?«, fragt er höhnisch. »Ich sagte dir gestern doch, dass ich kein netter Typ bin.«

»Du bist echt …« Ich suche verzweifelt nach dem passenden Ausdruck. Was für eine grausame Aktion. »… eiskalt und skrupellos«, beende ich schließlich meinen Satz.

»Und das merkst du erst jetzt?«, gibt Valentin fast gelangweilt zurück. »Ich dachte, das hättest du längst begriffen.«

Getroffen wende ich mich ab und schließe kurz die

Augen. Ich hatte in seiner Nähe meine Deckung aufgegeben, und er hat es gnadenlos ausgenutzt. Und zumindest für den Moment bin ich nicht fähig, mich zu verteidigen. Ich hätte nicht gedacht, dass mir seine Ablehnung derart nahegeht.

»Warum bist du so bösartig?«, frage ich. Meine Stimme klingt belegt. »Ist dir deine Rache so wichtig? Bedeutet es dir so viel, mich zu verletzen?«

»Verletzen?«, wiederholt Valentin irritiert.

»Wir haben gestern über viele persönliche Dinge geredet«, beginne ich unbeholfen. »Wir haben Vertrauen aufgebaut. Ich dachte, wir wären … Ich dachte, zwischen uns …« Ich verstumme peinlich berührt.

Valentin legt den Kopf schräg und betrachtet mich prüfend. »Vorgestern wollte dich Raphael mit einem Impuls dazu bringen, ins Ausland zu flüchten«, sagt er scheinbar zusammenhanglos. »Erinnerst du dich, wie es war, als du es anschließend realisiert hast?«

Ich nicke und ahne plötzlich, worauf sein Frage hinausläuft. »Verdammt unangenehm«, gebe ich betreten zu.

»Ich kenne das Gefühl ebenfalls«, bestätigt Valentin meine Vermutung. »Ich weiß, wie es ist, etwas zu tun und erst danach zu bemerken, dass es nicht aus eigenem Willen war. Und ich weiß, wie es ist, wenn man sich der Manipulation bewusst ist, aber trotzdem keine Wahl hat. Beide Varianten sind übel. Jede auf ihre Art. Man fühlt sich hilflos, ohnmächtig und ausgeliefert.«

Mein Blick streift seine rechte Hand, die für immer die verblassten Spuren von Ravins Folter tragen wird. Erschüttert wird mir klar, dass ich mit meinem Verhalten nahtlos an die Akademiemethoden angeknüpft habe. Rücksichtslos und kaltblütig. Für mich war die Drohung lediglich eine Maßnahme, um Zeit zu sparen. Für ihn war sie das Echo seines Alltags der letzten Jahre.

»Wahrscheinlich hätte ich Elric freiwillig angerufen«, sagt er leise. »Aber die Entscheidung hast du mir genommen, indem du diese Drohung ausgesprochen hast.«

Für einige Sekunden ist es still. Ich spüre deutlich, dass er mir einen Teil seines Selbst anvertraut hat, den er sonst konsequent verborgen hält. Mit Sicherheit ist ihm diese Aufrichtigkeit nicht leicht gefallen. Valentin handelt nicht aus reiner Böswilligkeit, sondern um sich selbst zu schützen. Es ist schwierig, ihn unter diesen Umständen zu verabscheuen. Vielleicht sollte ich mir eingestehen, dass ich das nie wirklich getan habe.

»Es tut mir leid«, stoße ich hervor. Bevor er etwas erwidern kann, stehe ich auf und verlasse den Raum.

Im Bad nehme ich mir Zeit für eine ausgiebige Dusche. Währenddessen bemühe ich mich um eine neutrale Beurteilung der letzten Nacht. Je länger ich grüble, desto heftiger werden meine Schuldgefühle. Es war dämlich und verantwortungslos, diese Menge an Alkohol zu trinken. Norwin hatte noch von den Auswirkungen auf die Formergabe gesprochen. Wie konnte ich so blöd sein und seine Warnung einfach ignorieren? Das Dilemma mit Valentin habe ich mir selbst zuzuschreiben. Was wird Raphael sagen? Auch wenn es nicht zum Äußersten kam, habe ich ausgerechnet mit seinem ärgsten Konkurrenten rumgeknutscht. Er hat mich gebeten, ihm Zeit zu geben. Damit meinte er sicherlich nicht, dass ich mich unterdessen mit Valentin trösten soll. Ich habe gründlich Mist gebaut. Und leider nicht zum ersten Mal.

Es ist kurz vor halb zehn, als ich den Wohnbereich betrete. Im gesamten Haus riecht es nach Rührei mit Speck. Hungrig fahnde ich nach der Quelle des Geruchs und habe tatsächlich Glück. In der Pfanne befindet sich eine ausreichende Portion. Ob mir Dorian und Norwin mittlerweile verziehen haben? Dankbar stelle ich fest, dass der Vollautomat mit Bohnen befüllt wurde. Heißer Kaffee könnte mich über den Tag retten.

Die dampfende Tasse in der Hand setze ich mich zu Dorian, Lea und Norwin. Am Rande nehme ich wahr, dass Valentin noch nicht da ist.

»Morgen«, grüße ich in die Runde. »Habt ihr gestern zufällig Schmerztabletten gekauft?«

Dorian schüttelt bedauernd den Kopf. Norwin runzelt die Stirn. »Wir hatten nicht damit gerechnet, dass du dich volllaufen lässt und alle Vorsicht in den Wind schießt«, kritisiert er mich spitz. Okay. Diesen Hieb habe ich wohl verdient.

Lea lächelt mir nur mitleidig zu. Diese falsche Schlange.

»Du hast mir verziehen?«, frage ich ungläubig. Gibt es einen eindeutigeren Beweis für ihre Beteiligung letzte Nacht?

Lea nickt freundlich. »Bringt ja nichts, wenn wir uns gegenseitig an die Kehle gehen. Ich bin froh, dass dir der Streit immerhin dabei geholfen hat, deine Gefühle zu klären«, schließt sie munter, woraufhin ich sie verständnislos anstarre.

Am Tisch herrscht verlegenes Schweigen. Norwin widmet sich voller Interesse einem Marmeladenbrötchen, während Dorian in seinem Kaffee rührt. Lea sieht unfassbar selbstzufrieden aus.

»Ähm –«, mache ich überfordert. Ich hatte nicht erwartet, so schnell mit letzter Nacht konfrontiert zu werden. Fieberhaft suche ich nach den richtigen Worten, während ich gleichzeitig glühend rot anlaufe. Dass Valentin in diesem Moment den Raum betritt, verbessert die Situation nicht gerade. Er macht sich einen Kaffee und lässt sich auf den Stuhl neben mir fallen.

»Was ist hier los?«, erkundigt er sich, nachdem er genüsslich einige Schlucke getrunken hat. »Hängt der Haussegen noch immer schief?«

Norwin fixiert zuerst ihn, dann mich und zieht unmissverständlich eine Augenbraue hoch.

»Lea hatte sich Sorgen gemacht, weil Hannah heute Morgen nicht in ihrem Zimmer war«, erklärt Dorian, ohne mich dabei anzusehen. »Deshalb haben wir nach ihrer Aura gesucht.«

Sein unglücklicher Gesichtsausdruck zeigt deutlich, wo sie meine Präsenz entdeckt haben. Ich drücke mir kurz die Handballen gegen die geschlossenen Lider. Anhand der Position unserer Auren konnten sie nachvollziehen, dass wir in einem Bett lagen. Hervorragend. Ich habe keine Ahnung, wie ich reagieren soll. Blöderweise haben Valentin und ich keinen Plan für dieses Szenario entworfen. Den Irrtum aufklären und Lea konfrontieren? Oder besser das Missverständnis aufrechterhalten? Hilflos wende ich mich Valentin zu, der meinen Blick mit einem trägen Lächeln beantwortet.

»Hannah«, bittet Dorian unvermittelt. »Kann ich dich alleine sprechen?«

Ich bejahe und folge meinem Freund nach draußen. Die hellen Strahlen der Morgensonne sorgen für einen stechenden Schmerz in meinen Schläfen. Geblendet schließe ich die Augen.

Nebeneinander setzen wir uns auf die Stufen vor der Eingangstür.

»Ich will mich nicht einmischen«, beginnt er stockend. »Ich verstehe, dass du durcheinander bist. Ich verstehe auch, dass du traurig bist, weil Raphael nicht da ist. Aber er wollte sich weder von dir trennen noch hat er uns auf Dauer verlassen. Er hat dich lediglich um etwas Zeit gebeten, weil er dich nicht mit seinem Schmerz belasten wollte.«

Ich verknote unschlüssig die Finger ineinander, erwidere jedoch nichts.

»Er hat mir auf der Autofahrt eure gesamte Geschichte erzählt. Er hat sogar darauf bestanden, dass ich Valentin ebenfalls einweihe, damit dieser erkennt, dass ihr beide zusammengehört. Raphael liebt dich. Seine Gefühle sind stark und echt. Deine Reaktion bei eurem Streit hat ihn völlig fertiggemacht. Hinzu kommt die Tragödie mit Elric, die er verarbeiten muss. Er hat mich gestern Abend angerufen und wird heute oder morgen wieder zu uns stoßen. Zu hören, dass du etwas mit Valentin angefangen hast, wird ihm das Herz brechen.«

Ich schweige erschüttert. Ich muss diesen Irrtum aufklären, bevor Raphael zurückkehrt.

»Ihr habt gemeinsam alle Schwierigkeiten gemeistert. Ich hatte nie den geringsten Zweifel an der Aufrichtigkeit deiner Gefühle. Valentin ...«, Dorian verstummt und hebt die Schultern. Ich schaue auf und sehe direkt in seine blauen Augen, die trotz meiner zahlreichen Fehltritte warm und mitfühlend sind.

»Warum?«, fragt er schlicht und berührt mich leicht am Arm. In diesem Moment entscheide ich mich dazu, ihn einzuweihen.

»Ich wurde manipuliert«, vertraue ich ihm leise an.

Dorian gibt einen erstaunten Laut von sich. »Von wem?«

»Lea«, behaupte ich, ohne zu zögern.

»Was macht dich so sicher? Konntest du ihre Aura spüren?«

Resigniert verneine ich. »Dank des Biers habe ich gar nichts bemerkt. Ich hätte eurem Beispiel folgen und mich vom Alkohol fernhalten sollen«, gebe ich zu. »Valentin hat vor unserem Trinkspiel ihre Präsenz in der Nähe wahrgenommen.«

»Trinkspiel?«, wiederholt Dorian irritiert, schüttelt jedoch abwehrend den Kopf, als ich zu einer Erklärung ansetze.

»Woher weißt du, dass er die Wahrheit sagt?«, hakt er stattdessen nach.

Ich stutze. »Äh. Keine Ahnung?«

»Norwin und mich kannst du ausschließen. Wir waren die ganze Nacht über zusammen«, offenbart er und wird unmittelbar flammend rot. Ich übergehe taktvoll seine Verlegenheit und runzle die Stirn.

»Beide kämen infrage. Valentin, weil er ein gefühlskalter Psycho ist. Lea, weil sie einen Keil zwischen Raphael und mich treiben will«, fasse ich zusammen. »Ich weiß es nicht.«

»Vielleicht wäre es am besten, vorläufig Stillschweigen über die Sache zu bewahren. Zumindest bis wir sicher sind, wer die Manipulation ausgeführt hat. Wir sollten das mit Raphael besprechen, sobald er wieder da ist.«

Ich nicke beklommen.

»Habt ihr …« Er hält peinlich berührt inne.

»Ich habe ihn geküsst«, bekenne ich düster. »Anschließend sind wir auf sein Zimmer gegangen. Wir wollten Lea in dem Glauben lassen, ihr mentaler Zwang habe funktioniert. Ich hatte keine Zweifel, dass Valentin die Wahrheit sagt. Wenn doch er es war, der mich manipuliert hat, bringe ich ihn um.« Ich atme tief durch und versuche, die aufsteigende Wut zu verdrängen. »Wir haben nur nebeneinander im Bett geschlafen. In voller Bekleidung.« Ich erinnere mich an Valentins nackten Oberkörper. »Ich zumindest. Es ist nichts passiert! Wirklich!«

»Ich glaube dir«, versichert Dorian. »Wir sollten Augen und Ohren offen halten und herausfinden, wer für diesen Vertrauensbruch verantwortlich war. Ich weiß nicht, wie Raph diese Geschichte aufnehmen wird. Aber ich denke, auch das kriegt ihr gemeinsam hin.«

Bevor er aufstehen kann, ergreife ich seinen Oberarm.

»Dorian«, beginne ich und hole Luft. »Bitte verzeih mir. Was ich vorgestern zu dir gesagt habe, war nicht ernst gemeint. Ich war verunsichert, gekränkt und außerdem unglaublich eifersüchtig, weil Raphael dich ins Vertrauen gezogen hat. Ich habe absichtlich nach deinen Schwachstellen gesucht, um dich zu verletzen. Nichts davon entsprach der Wahrheit. Du bist weder rückgratlos noch feige. Im Gegenteil. Du bist der beste Freund, den man sich wünschen kann.«

»Schon okay«, akzeptiert Dorian meine Entschuldigung. »Verständlich in dieser Situation.«

»Du bist mir wahnsinnig wichtig«, gestehe ich, woraufhin er mich offen anlächelt und fest in seine Arme schließt.

Einträchtig kehren wir zu den anderen zurück. Norwin erkennt sofort, dass zwischen uns wieder alles in Ordnung ist. Er schenkt mir ein freundliches Lächeln, was immense Erleichterung in mir auslöst. Einen aufgebrachten Norwin will ich nicht zum Feind haben. Das musste ich in den letzten beiden Tagen schmerzvoll lernen.

Nachdem ich eine zweite Tasse Kaffee in mich hineingekippt habe, ist mein Gehirn wenigstens halbwegs nutzbar. Mit Verspätung wird mir klar, dass wir uns dringend über unser weiteres Vorgehen unterhalten müssen. Die Intrigen und die unnötigen Streitereien haben viel Zeit gekostet.

»Norwin und ich haben heute Nacht über Levander geredet«, leitet Dorian ein, als hätte er meine Gedanken gelesen.

»Da hatten *wir* mehr Spaß«, unterbricht ihn Valentin mit einem vielsagenden Blick zu mir.

»Wir hatten eine Idee oder zumindest einen Ansatzpunkt«, fährt Dorian ungerührt fort. Gespannt lehne ich mich vor und stütze die Ellbogen auf der Tischplatte ab.

»Wir sind Levander in einem Kampf hoffnungslos unterlegen«, stellt er fest, was Valentin mit einem zustimmenden Brummen kommentiert. »Er hat nicht nur mehr Ressourcen als wir, sondern auch die Zeit auf seiner Seite. Zudem ist er deutlich skrupelloser.«

Ich nicke bedrückt. So weit waren wir gestern schon.

»Der Versuch der Kontaktaufnahme zeigt, dass er sein Vorhaben nicht aufgegeben hat, zumal du sein Ego beleidigt hast«, spricht Dorian weiter. »Wochenlang bist du direkt vor seiner Nase herumspaziert, und er hat nichts bemerkt. Er wird dich nicht in Ruhe lassen.«

»Früher oder später wird er uns finden«, spreche ich das Offensichtliche aus.

»Das befürchte ich ebenfalls«, bestätigt Dorian. »Da

wir bei einer unmittelbaren Konfrontation keine Chance haben, müssen wir in eine andere Richtung denken. Wir müssen ihn überlisten.«

»Wie soll das gehen?«, mischt sich Valentin ein.

»Mit Nicht-Formern«, erwidert Dorian, als sei damit alles klar. Zur Abwechslung spiegelt sich nicht nur in Leas Miene, sondern auch in Valentins und meinen Gesichtern völlige Verständnislosigkeit wider.

»Nicht-Former verankern unbewusst die Wirklichkeit«, erläutert Norwin. »Wenn sich Menschen in der Nähe befinden, die nicht an das Ergebnis glauben, ist es schwieriger, einen Impuls zu wirken und die Realität zu beugen. Sind hingegen Former dabei, die um die Möglichkeiten der Gabe wissen, wird der Befehl leichter.«

»Richtig«, sagt Valentin. »So funktioniert auch die Erweckung.«

Dorian mustert ihn interessiert. »Ja?«

»Hat euch das euer geliebter Raphael nicht erzählt?«, fragt Valentin missmutig. Als wir die Köpfe schütteln, seufzt er entnervt. »Ihr habt das doch alle mitgemacht. Außer dir«, fügt er mit einem Blick auf mich hinzu. »Die künstlichen Former werden isoliert und jeweils von einem Ausbilder betreut. Wenn sie ausreichend verstört sind, beginnt die Erweckung.« Ich runzle die Stirn. Er spricht derart emotionslos von uns, als wären wir lediglich Versuchsobjekte. Irritiert verfolge ich den weiteren Bericht. »Der Ausbilder animiert die Former dazu, etwas in ihren Augen Unmögliches mithilfe der Gabe zu bewirken. Das funktioniert natürlich nicht. In erster Linie, weil die Former nicht daran glauben. Beim nächsten Schritt weist der Ausbilder die Former an, sich den Sachverhalt genau vorzustellen und fokussiert gleichzeitig den entsprechenden Impuls. Nachdem sich der Former vom Schock erholt hat – und ein Schock ist es immer –, wird der Vorgang mehrfach wiederholt. Der Ausbilder gibt den entsprechenden Befehl so lange, bis der Former glaubt, er habe ihn selbst zustande gebracht. Dann beginnt die zweite Phase. Erneut verlangt der Ausbilder die Nutzung der Gabe. Dieses Mal fokussiert er aber nicht, sondern hilft dem Former nur mit seinem Glauben an dessen Erfolg. Er verankert damit die Realität neu, wodurch der Former weniger Kraft aufbringen muss. Nach und nach lässt der Ausbilder die Unterstützung schwächer werden, bis der Former allein und ohne fremde Hilfe auf seine Gabe zugreifen kann. Abhängig vom Talent zieht sich die Erweckung über einige Tage oder gar Wochen. Bei dir hat es sicher ewig gedauert«, schließt er mit einem Blick auf Lea, die ihn zwar böse anfunkelt, jedoch nicht widerspricht.

»Interessant«, gibt Dorian beeindruckt zu. »Ich hatte mich bereits gefragt, wie es zu den Verbesserungen kam.«

»Schon klar«, winkt Valentin ungeduldig ab. »Könntet ihr jetzt zur Sache kommen?«

»Levander weiß genau, was er kann und wie viel seiner Kraft er aufwenden muss«, nimmt Norwin die Argumentation wieder auf. »Was wäre, wenn wir ein Team von zehn bis fünfzehn Nicht-Formern hätten, welche die Realität anders verankern, als Levander erwartet?«

Langsam verstehe ich, worauf er hinauswill.

»Du meinst, eine Gruppe, die in die Funktion der Formergabe eingeweiht ist und daher einen Impuls unterstützen kann, sich aber im Gegensatz zu uns …«

»… nicht durch ihre Aura verrät. Genau«, beendet

Norwin meinen Gedanken und nickt mir anerkennend zu.

»Levander würde nicht mit einer absichtlich durch Nicht-Former veränderten Realitätsverankerung rechnen«, überlege ich.

»Er ist so überheblich, dass er *normale Menschen* für überflüssig und ungefährlich hält«, stimmt Dorian zu. Bei seiner Formulierung zucke ich zusammen und denke automatisch an Viv, die mir damals das Aufgeben aller Moralvorstellungen vorgeworfen hatte.

Valentin hat den letzten Teil der Unterhaltung stumm verfolgt. »Woher sollen diese grandiosen Nicht-Former kommen?«, wendet er skeptisch ein. »Wie kriegen wir sie in Levanders Nähe? Woher sollen wir überhaupt seinen Aufenthaltsort kennen? Dieser *Plan* ist völlig unausgegoren.«

»Immerhin ist es ein Ansatzpunkt und damit besser als alles, was wir bisher hatten«, verteidige ich die Idee. Aber er hat recht. Wir haben keine Ahnung, wo sich Levander befindet. Es sei denn … »Ich weiß, wie wir an ihn rankommen.«

Stille. Alle warten gespannt auf meine Erklärung. Zum ersten Mal bin ich froh, dass Raphael nicht in der Nähe ist. Er würde meinen Vorschlag abschmettern, bevor ich ihn aussprechen könnte.

»Es gibt eine Person, die Levander aus der Reserve locken würde. Mich«, behaupte ich. »Nehmen wir an, ich würde mich ihm ausliefern – aus welchen Gründen auch immer. Er könnte nicht widerstehen.«

»Vermutlich wird er ein Team schicken«, mutmaßt Valentin.

»Und das wird die Chance der Nicht-Former sein«, bestätige ich. »Wir setzen Levanders Leute unter mentale Kontrolle und erlauben ihnen, mich mitzunehmen. Die Nicht-Former folgen und werden für ihn unsichtbar sein. Wir brauchen lediglich einen Plan, wie wir ihn anschließend durch den Überraschungseffekt ausschalten.«

»Die Idee, dich als Lockvogel zu benutzen, gefällt mir ganz und gar nicht«, murmelt Dorian abwehrend.

»Das ist Selbstmord«, stellt auch Valentin fest.

»Aber zumindest eine vielversprechende Möglichkeit«, entgegne ich entschlossen.

Dorian runzelt die Stirn. »Darüber reden wir noch.«

»Auf jeden Fall sollten wir schnellstmöglich anfangen, Nicht-Former um uns zu scharen«, kommt Norwin wieder zum Thema zurück.

»Wie wäre es mit unseren Freunden daheim?«, überlegt Dorian. »Wenn bei jedem zwei oder drei bereit wären zu helfen, würde das ausreichen.«

Ich atme scharf ein. »Du willst unsere *Freunde* mit hineinziehen?«

»Wenn wir einen durchdachten Plan entwerfen, werden sie nicht in Gefahr geraten«, beschwichtigt mich Dorian. »Sie haben keine Aura. Zusätzlich sind sie Levander völlig egal. Wenn wir sie nicht gerade in die Akademie schleppen, werden sie ihm wie ganz normale – und damit unwichtige – Personen erscheinen. Wir müssen bloß darauf achten, dass ihr gleichzeitiges Verschwinden nicht zu verdächtig ist, falls Levander unsere alten Wohnorte überwacht.«

Valentin schüttelt kritisch den Kopf. »Ich weiß nicht. Der *Plan*, wenn das abartige Konstrukt überhaupt diese Bezeichnung verdient, ist verzweifelt und an den Haaren herbeigezogen. Einen Haufen Nicht-Former herholen und Levander durch Hannah eine Falle stellen? Wir wissen nicht, wie viele Teams er schickt. Wir wissen nicht, wo die Übergabe stattfinden soll. Wir wissen rein gar nichts. Dürfte schwer sein, ihn unter diesen Umständen zu überraschen.«

»Welche Alternativen haben wir?«, halte ich entgegen. »Hierbleiben und warten? Zu sechst in die Akademie marschieren?«

Valentin hebt die Schultern. »Wenn ihr meint … ich bin sowieso raus. Ich habe den Großteil der letzten sieben verdammten Jahre an der Akademie verbracht. Die Bekanntschaften aus dem Außendienst kennen nicht einmal meinen richtigen Namen. Ich kann mit Sicherheit niemanden beisteuern. Raphael wird es nicht anders gehen.«

»Wir können zumindest die Bereitschaft unserer Freunde prüfen«, schlage ich vor.

Valentin wirkt noch immer nicht überzeugt, stimmt aber mangels Alternativen zu. Nachdem wir eine weitere halbe Stunde über mögliche Schwachstellen diskutiert haben, verschwinden wir mit unseren Handys auf den Zimmern. Obwohl ich es mir nicht eingestehen will, bin ich äußerst nervös. Innerhalb der nächsten Minuten wird sich zeigen, wie stark das Band zwischen Viv und mir wirklich ist.

17 : verbunden

Mein Herz klopft bis zum Zerspringen, während ich dem monotonen Freizeichen in der Leitung lausche. Wir hatten uns darauf geeinigt, jeweils nur eine Person zu kontaktieren und diese darum zu bitten, weitere Freunde zu mobilisieren. Fünf Eingeweihte agieren unauffälliger als fünfzehn.

»Ja?«, meldet sich Viv.

Die Stimme meiner Freundin zu hören, überfordert mich komplett. Ich öffne den Mund und schließe ihn wieder, ohne dass mehr als ein ersticktes Keuchen hervordringt.

»Hallo?«, fragt Viv erneut.

»Viv?«, krächze ich. »Hier ist Hannah.«

»Hannah?«, wiederholt sie fassungslos. »Oh mein Gott.«

Für einen Moment herrscht betretene Stille zwischen uns. Dann setzen wir beide gleichzeitig zum Sprechen an.

»Hannah, wo *bist* du? Alle sind verrückt vor Sorge!«

»Viv, ich brauche deine Hilfe.«

Wie auf Kommando verstummen wir beide.

»Du zuerst«, befiehlt Viv.

Ich atme tief durch und nehme meinen Mut zusammen.

»Ich kann nicht lange sprechen«, leite ich ein. »Ich stecke in großen Schwierigkeiten. Worum es genau geht, kann ich dir nur persönlich sagen.«

»Ist das dein Ernst?«, will Viv entgeistert wissen. »Du verschwindest wie vom Erdboden verschluckt. Keiner weiß, wo du bist. Deine Eltern sind rasend vor Angst um dich. Jetzt rufst du aus heiterem Himmel an, weil du meine *Hilfe* brauchst?«

Ich suche verzweifelt nach den richtigen Worten. »Viv, du bist meine beste Freundin …«, beginne ich unbeholfen.

»Deine *beste Freundin*? Den Eindruck habe ich nicht. Lässt man die beste Freundin einfach zurück? Weiht man die beste Freundin nicht ein, wenn man verschwindet? Versetzt man die beste Freundin in grenzenlose Panik? Ich dachte, dir sei etwas Schreckliches passiert! Bist du mit Jan durchgebrannt? Weshalb hast du mich nicht ins Vertrauen gezogen? Ich hätte dich nicht im Stich gelassen!«

Ich schließe kurz die Augen. »Ich verspreche, dir alles zu erklären, wenn wir uns sehen.«

Viv wirkt unentschlossen. »Okay …«

»Mir ist klar, dass ich viel von dir verlange«, gebe ich unglücklich zu. »Aber ich habe keine andere Chance.«

»Was soll ich tun?«, erkundigt sich Viv skeptisch.

»Sind schon Sommerferien?«, frage ich unvermittelt.

»Hannah, wo steckst du bloß, dass du nicht einmal weißt, wann die Sommerferien beginnen? Wir haben uns das Datum rot markiert!« Sie stöhnt. »Ja! Heute ist der zweite Ferientag!«

»Kannst du deinen Eltern erzählen, dass du zu einem spontanen Kurzurlaub aufbrichst?«

Viv stockt. »Ja«, sagt sie schließlich. »Ja, ich denke schon.«

Erleichterung durchflutet mich. »Danke. Du ahnst nicht, was mir das bedeutet.« Dann fällt mir der zweite Teil meiner Bitte ein. »Wäre es okay für dich, wenn du …«, fange ich umständlich an.

»Raus damit«, unterbricht sie mich.

»Könntest du ein paar Freunde mitbringen, die ebenfalls Lust auf einen Trip haben? Laro und Lucas vielleicht?«

»Was hast du vor?« Vivs Stimme klingt mittlerweile völlig irritiert.

»Erzähl ich dir, wenn wir uns sehen«, verspreche ich. »Nimm so viele gute Freunde mit, wie du in dieser knappen Zeit auftreiben kannst. Und ziehe bitte niemanden sonst ins Vertrauen. Auch meine Eltern nicht.«

Viv schweigt für einige Sekunden, die sich in meiner Wahrnehmung wie eine Ewigkeit hinziehen. »Das klingt wie eine geheime Mission«, stellt sie fest, und ich höre förmlich ihr Kopfschütteln durch die Leitung.

»Viv, ich brauche dich *wirklich*«, beschwöre ich sie. »Es geht um Leben und Tod. Und das ist nicht übertrieben!«

»Okay«, stimmt sie zu. »Das wird nicht einfach, aber ich gebe mein Bestes. Und dann hoffe ich, dass du eine sehr gute Erklärung hast.«

Ich nicke, obwohl sie mich nicht sehen kann. Die habe ich tatsächlich. Im restlichen Verlauf des Telefonats nenne ich ihr den Namen des kleinen Stadtbahnhofs, der vorgestern auch unser Ziel war, und verspreche ihr, sie und die anderen dort am nächsten Tag abzuholen.

Als ich in den Wohnbereich zurückkehre, treffe ich auf Valentin, der alleine auf der Couch sitzt und ins Leere starrt. Spontan lasse ich mich neben ihn fallen. »Hey.«

Valentin dreht den Kopf und mustert mich ausdruckslos. »Wie war das Telefonat mit der *Heimat*?«, erkundigt er sich mit einem spöttischen Unterton. »Deine Freundin war sicher überglücklich, dass du dich meldest.«

»In erster Linie war sie wütend, weil ich mich bisher *nicht* gemeldet habe.« Ich seufze.

»Wird sie kommen?«, fragt er.

»Ja«, erwidere ich knapp und fahre mir müde übers Gesicht.

»Du siehst nicht aus, als würdest du dich darüber freuen«, stellt er fest.

»Am Tag vor meiner Entführung habe ich Vivs Gedächtnis gelöscht«, gestehe ich. »Obwohl ich ihr versprochen hatte, die Gabe niemals bei ihr anzuwenden.«

Valentin grinst. »Wenn du Glück hast, erinnert sie sich nicht mehr daran.«

Ich versetze ihm einen unsanften Stoß mit dem Ellbogen. »Du bist ein Idiot. Warum erzähle ich dir das überhaupt?«

»Weil ich ein so liebenswerter und vertrauenswürdiger Idiot bin?«, bietet er unschuldig an.

Ich verdrehe die Augen und schnaube entnervt.

»Du hast sie also zuerst eingeweiht und dann fallen gelassen, als es unbequem wurde«, fasst er nach einer kurzen Pause zusammen.

Ich beiße mir auf die Unterlippe und nicke. Brutal ehrlich, aber leider zutreffend. Der Blödmann scheint echt einen Draht für meine Gedankengänge zu haben.

»Und jetzt steht sie dir aus reiner Freundschaft bei, ohne zu wissen, in welche Gefahr sie sich begibt«, fährt er fort und formuliert damit zielsicher den Kern meiner Schuldgefühle.

»Ich nutze ihre Loyalität aus«, murmle ich. »Unfassbar egoistisch, auf diese Art meine eigene Haut zu retten.«

»Das ist es wohl«, bestätigt Valentin und steht auf. »Aber menschlich. Nicht jeder ist in der Position, sich hohe Wertvorstellungen leisten zu können. Du sorgst dich immerhin um ihr Wohlergehen. Das ist mehr, als manch anderer tun würde.«

Ohne meine Antwort abzuwarten, dreht er sich um und lässt mich betroffen und nachdenklich zurück.

Den restlichen Morgen und einen Großteil des Nachmittags verbringen wir mit der Planung unseres weiteren Vorgehens. Dorian kontaktiert Raphael, damit dieser möglichst bald zu unserer Unterstützung wiederkehrt. Außerdem benötigen wir für die Fahrten zum Bahnhof ein Auto, das wir am kommenden Vormittag beschaffen wollen. Am wichtigsten ist jedoch die Entwicklung einer Methode, wie wir unsere Freunde in kurzer Zeit in Realitätsverankerung ausbilden können. Der Ansatzpunkt ist zwar vielversprechend, dennoch gibt es keine Erfolgsgarantie.

Schließlich einigen wir uns darauf, die Funktion der Gabe durch schwebende Gegenstände zu veranschaulichen. Im Verlauf der weiterführenden Übungen sollen Größe und Gewicht deutlich gesteigert werden. Im besten Fall werden unsere künstlichen Former mithilfe der Nicht-Former Impulse umsetzen können, zu denen sie alleine nicht in der Lage wären. Uns bleibt nur zu hoffen, dass das Training der Realitätsverankerung nicht allzu zeitaufwendig ist.

Das Ausprobieren der verschiedenen Techniken erweist sich als lustig. Wir albern herum und lachen häufig. Zum ersten Mal seit unserer Flucht sind wir fast ausgelassen. Auch meine Kopfschmerzen sind endlich verschwunden. Den Höhepunkt des Nachmittags bildet eine erbitterte Schlacht, bei der wir Tannenzapfen mithilfe der Gabe auf die jeweils andere Gruppe schleudern. Dorian, Norwin und Lea gegen Valentin und mich.

Die Stimmung ist gelöst, einzig Leas interessierte Blicke sorgen für ein ungutes Gefühl. Sie glaubt tatsächlich, dass Valentin und ich uns durch ihr Eingreifen gefunden hätten. Wie wird sie reagieren, wenn sie feststellen muss, dass ihre Manipulation durchschaut wurde? Ein Dämpfer würde ihr nicht schaden. Bisher habe ich ihre hinterhältige Aktion weitgehend ignoriert. Der Gedanke daran, was sie vorhatte, macht mich jedoch extrem sauer. Sie ahnt nicht, dass ich Verdacht geschöpft habe. Früher oder später werde ich sie mit meinem Wissen konfrontieren. Vorzugsweise dann, wenn ich nicht mehr Gefahr laufe, ihr vor Wut eine weitere Ohrfeige für ihr dämliches Verhalten zu verpassen. Zudem ist noch immer nicht ausgeschlossen, dass es Valentin war, der seine Finger im Spiel hatte, auch wenn mir das mittlerweile immer unwahrscheinlicher erscheint.

Nachdem ich ausgiebig geduscht und die Spuren der Schlacht abgewaschen habe, beschließe ich, vor dem Essen die letzten Sonnenstrahlen zu genießen.

Für einige Meter folge ich dem schmalen Waldweg und lasse mich in Sichtweite zum Eingang im Schneidersitz auf den weichen Boden fallen. Entspannt halte ich mein Gesicht in die Abendsonne, die angenehm warm meine Haut streichelt.

Nach wenigen Minuten nähern sich Schritte. Da ich zu faul bin, die Augen zu öffnen, taste ich träge nach der Aura. Valentin.

»Friedlich«, bemerkt er, während er sich neben mich sinken lässt.

»Zumindest bis vor wenigen Sekunden«, flachse ich übermütig.

Valentin zieht die Knie an und umschlingt sie mit den Armen. »Störe ich dich?«, fragt er ungewohnt ernst.

»Blödsinn«, wehre ich ab. »Das war ein Scherz. Ich dachte, du als Meisterzyniker müsstest das zu schätzen wissen.«

Valentin setzt ein schiefes Lächeln auf. »Der Nachmittag war lustig«, stellt er unvermittelt fest.

»Was?«, wundere ich mich. »In deinem Gehirn existiert ein Vergnügungszentrum?«

»Vergiss es«, erwidert Valentin resigniert und macht Anstalten, aufzustehen.

Ich berühre ihn am Bein. »Bleib«, bitte ich. »Das sollte keine Aufforderung zum Gehen sein. Ich war nur überrascht.«

»Weshalb?«

»Du sagst nicht oft etwas Positives«, erkläre ich zögerlich. »Zumindest nicht ohne Ironie oder um es als Vorbereitung für einen Angriff zu nutzen.«

»Das stimmt wohl.« Valentin starrt auf seine Hände.

»Es ist eigenartig, wenn du freundlich bist und dein Misstrauen aufgibst«, formuliere ich vorsichtig. »Aber schön.«

»Ich bereue nicht, mich euch angeschlossen zu haben«, gesteht er.

»Ich bin froh darüber«, gebe ich zu. »Das wäre vor

wenigen Tagen undenkbar gewesen. Du gehst mir mitunter unfassbar auf die Nerven, und du kannst extrem fies sein. Ich mag dich trotzdem. Wenn du willst, bist du ein toller Gesprächspartner. Ich schätze, ich könnte mich an dich gewöhnen.«

Valentin lacht bitter. »Solange Raphael nicht zurückkehrt«, ergänzt er fast unhörbar.

»Wie meinst du das?«, hake ich verwirrt nach.

»In seiner Anwesenheit bleibt mir gar nichts anderes übrig, als meine ursprüngliche Rolle zu akzeptieren. Seine scheinbare Vollkommenheit verdeutlicht den Kontrast zwischen uns. Diese absurde Konkurrenz verfolgt mich, seit ich die Zwillinge kenne. Zuerst war ich nicht brutal und hart genug für Ravin, der mir Elias als leuchtendes Beispiel vorhielt. Jetzt bin ich der Akademie entkommen, habe jedoch seinen Bruder am Hals, der mit seinen Moralvorstellungen und seiner Rechtschaffenheit die Messlatte unerreichbar hoch legt. Ich liebe die Familie Arenberg«, schließt er ironisch.

Ich grinse über seine melodramatischen Worte. »Mir war nicht klar, dass man sich über Raphael dermaßen aufregen kann.«

Valentin erwidert mein Lächeln nicht. »Mit seinem Ehrgefühl und seinem Verantwortungsbewusstsein kann es niemand aufnehmen.« Er zuckt mit den Schultern. »Mit Ausnahme von Dorian vielleicht. Wahrscheinlich verstehen sich die beiden deshalb so gut.«

Ich seufze bestätigend, aber Valentin spricht schon weiter. »Er hat es trotz der gnadenlosen Ausbildung der Akademie geschafft, seine Werte beizubehalten. Wobei er das große Glück hatte, von einem Mentor wie Elric erwählt zu werden.« Er runzelt die Stirn. »Wir befinden uns auf der Flucht und schweben in Lebensgefahr! Dennoch ist es ihm unangenehm, ein Auto zu klauen oder im Einkaufszentrum zu betrügen.«

Ich muss leicht schmunzeln, weil mir Raphaels Widerstreben ebenfalls aufgefallen ist.

»Er ist bemüht, immer und jederzeit nach bestem Gewissen zu handeln«, fährt Valentin fort. »Schafft er es mal nicht, setzt er alles daran, seine Fehler wiedergutzumachen.«

»Das klingt fast, als würdest du ihn bewundern«, rutscht es mir heraus. Automatisch beiße ich die Zähne zusammen und gehe in Deckung.

»Ganz ehrlich?« Valentins Stimme ist eiskalt. »Ich hasse ihn aus tiefstem Herzen. Er sorgt dafür, dass ich mich minderwertig und gewissenlos fühle. Und ich glaube, er genießt es, obwohl er das nie zugeben würde, weil es seine makellose Fassade gefährden könnte. Vermutlich glaubt er selbst an seinen Großmut und an seine Aufopferungsbereitschaft. Leider ist Raphael nicht so edel, wie er sein möchte.«

Valentins Einschätzung reißt an meinem Innern, denn ein Teil von mir stimmt ihm zu. Mein vollkommenes Bild von Raphael hat im Verlauf der letzten Tage etliche Sprünge erhalten. Er besänftigt sein Gewissen mit oberflächlichen Kleinigkeiten, geht aber im Ernstfall über Leichen, um seine Pläne umzusetzen.

»Das Schicksal von Gwendolin Merz macht mich fertig«, offenbare ich spontan. Unmittelbar erfüllt mich Erleichterung, mein Unbehagen endlich jemandem anvertrauen zu können.

Valentin wendet sich mir zu. »Weshalb?«

»Ich hatte es verdrängt, aber seit wir aus der Akademie raus sind, denke ich immer häufiger darüber nach«, gebe ich zu. »Raphael hat zum Mord angestiftet. Elric hat ihn ausgeführt. Das ist so abgebrüht. So skrupellos. Eine völlig Unschuldige wurde geopfert. Gwendolin Merz wurde *getötet*, nur um mich zu verstecken.«

Valentin schweigt nachdenklich.

»War das wirklich die einzige Möglichkeit?«, frage ich, ohne eine Antwort zu erwarten. »Hätte es keine Alternative gegeben? Mich lässt der Gedanke nicht los, dass sie den Weg des geringsten Widerstands gewählt haben. Dass sie es sich *leicht* gemacht haben. Auf ihre Kosten.« Ich stocke. »Oh Gott, das klingt total undankbar. So meine ich das nicht. Es ist enorm, was sie für mich getan haben.«

»Hast du mit Raphael darüber gesprochen?«, erkundigt sich Valentin vorsichtig.

Ich fixiere verlegen meine Fußspitzen. »Nein«, erwidere ich beschämt. »Ich habe mich nicht getraut.«

»Vielleicht solltest du ihm die Chance zu einer Erklärung geben«, bemerkt Valentin nach einer kurzen Pause. »Er versucht nur, auf dich aufzupassen.«

Überrascht registriere ich, dass er die Gelegenheit zu einem Seitenhieb verstreichen lässt. Stattdessen nimmt er Raphael in Schutz.

»Genau das ist das Problem.« Ich seufze. »Er reißt alles an sich, entscheidet alles selbst, stößt mich immer wieder von sich. Ich weiß nicht, ob ich auf Dauer damit klarkomme.«

»Er tut das, weil du ihm unglaublich wichtig bist«, erinnert mich Valentin leise. In diesem Moment wirkt er so niedergeschlagen, als sei er persönlich betroffen. Bevor ich nachhaken kann, höre ich das Geräusch eines Motors. Schnell fokussiere ich die Umgebung.

»Raphael ist zurück«, informiere ich knapp und spüre unmittelbar, wie sich Valentin neben mir versteift.

»Wenn man vom Engel spricht«, murmelt er und massiert sich die Schläfen.

Nervös beobachte ich, wie Raphael einen anthrazitfarbenen Audi in die Einfahrt steuert und vor dem Haus parkt. Mit einer geschmeidigen Bewegung springt er aus dem Wagen und wirft seinen Rucksack über die Schulter. Die dunklen Haare hängen ihm in die Stirn. Er sieht erschöpft und müde aus.

»Raphael«, ruft Lea von der Haustür. »Komm rein und gönne den beiden Turteltauben noch etwas Zeit für sich.«

»Den beiden ... was?«, fragt Raphael und blickt verständnislos zwischen Valentin und mir hin und her.

Trotz der warmen Abendsonne fröstle ich, als ich den harten Ausdruck auf Valentins Gesicht erkenne. Von der eben empfundenen Verbundenheit ist nichts mehr zu sehen. Ich kann förmlich zuschauen, wie er seine Emotionen verbirgt. Im Austausch kommt der kompromisslose Leader zum Vorschein. Schon als er den Mund öffnet, wird mir klar, dass seine nächste Bemerkung für Ärger sorgen wird.

»Du warst nicht da«, äußert er unschuldig. »Also habe ich sie *getröstet.*«

Die eindeutige Betonung des letzten Wortes lässt Raphaels Augenbrauen in die Höhe schnellen.

»Hannah?«, wendet er sich an mich, ohne Valentin weitere Beachtung zu schenken. Vom plötzlichen Stimmungswandel unvorbereitet getroffen, verpasse ich die Gelegenheit zur Richtigstellung.

»Sagen wir so«, fährt stattdessen Valentin unbarmherzig fort. »Ich verstehe allmählich, was du an ihr findest. Sie küsst gut. Ziemlich temperamentvoll. Deine Kleine ist echt heiß.«

»Krieg dich mal ein, du Idiot«, fauche ich und versetze Valentin unsanft einen Stoß gegen die Schulter. Dabei bemerke ich zu spät, dass auch diese Geste eine gewisse Vertrautheit zeigt. Raphael senkt getroffen den Kopf und wendet sich ab. Ohne zu zögern, springe ich auf. Direkt hinter ihm betrete ich das Haus, dicht gefolgt von Valentin, der sich das zu erwartende Spektakel natürlich nicht entgehen lassen will.

18 : herausgefordert

Raphaels Erscheinen wird von den anderen mit großer Freude zur Kenntnis genommen. Kurze Zeit später haben wir uns um den Esstisch versammelt. Obwohl mir Raphael gegenübersitzt, wirkt es, als sei er meilenweit entfernt. Dass Lea völlig hingerissen an seiner Seite hockt und ihm innige Blicke zuwirft, macht die Situation nicht besser. Fieberhaft überlege ich, wie ich das Missverständnis aus der Welt schaffen kann.

»Okay«, fängt er an, nachdem er einen Schluck Wasser getrunken hat. »Was war hier los?«

»Nicht viel«, antwortet Dorian leichthin. »Wir haben die Zeit genutzt, uns vom Wochenende zu erholen. Außerdem haben wir an einem Plan gearbeitet, um gegen Levander vorzugehen.«

»*Plan*«, schnaubt Valentin abfällig. »Eher ein Selbstmordkommando.«

Raphael schaut irritiert von einem zum anderen. Mit wenigen Worten setzt ihn Dorian in Kenntnis, lässt dabei aber einen wesentlichen Aspekt aus. Mich.

»Keine üble Idee«, gibt Raphael anschließend zu. »Ich sehe nur einen Haken. Wie sollen wir an Levander rankommen? Wir können ihn schlecht an einen Ort unserer Wahl bitten, selbst wenn wir die Möglichkeit zur Kontaktaufnahme haben.«

Ich hole tief Luft, um ihm diesen heiklen Aspekt möglichst schonend beizubringen. Das können wir ihm keinesfalls ohne Vorbereitung an den Kopf knallen. Wäre es besser, ihn zuerst mit einer Notlüge hinzuhalten? Vielleicht –

»Wir nutzen Hannah als Köder«, enthüllt Valentin und ignoriert meine mörderischen Blicke. So viel zum Thema *schonend.*

Raphael umschließt verkrampft sein Wasserglas. »Seid ihr irre? *Das* ist euer Plan? Ihr wollt Hannah opfern?«

»Hier wird keiner geopfert«, besänftige ich schnell.

»Zumindest wenn alles gut geht«, ergänzt Valentin hämisch.

»Sei einfach ruhig«, zische ich in seine Richtung, woraufhin er mit einem entwaffnenden Grinsen die Hände hebt.

»Darüber sprechen wir noch«, legt Raphael müde fest und stützt die Stirn in den Handflächen ab. Er sieht so niedergeschlagen aus, dass ich bedaure, nicht neben ihm zu sitzen. Leider wird mein Platz nach wie vor von Lea belagert. Außerdem müssen wir zuvor das dämliche Missverständnis klären. Nur wie?

»Ich habe ein Auto gekauft«, eröffnet er nach kurzer Pause. »Zwar mit falschen Papieren, aber immerhin sind wir nicht mehr auf die ständigen Diebstähle angewiesen. Auch wenn eine Anschaffung von zusammengeklautem Geld kaum besser ist. Wenigstens hat dadurch keine Einzelperson den gesamten Schaden.«

Belustigt erinnere ich mich an Valentins treffende Charakterisierung. *Wir befinden uns auf der Flucht und schweben in Lebensgefahr! Dennoch ist es ihm unangenehm, ein Auto zu klauen.* Mühsam unterdrücke ich ein Kichern. Ein Blick auf Valentin zeigt, dass es ihm genauso geht. Grinsend schauen wir uns an.

Raphael mustert uns wachsam. In seinen Augen erkenne ich Besorgnis. Erneut wird mir klar, dass ihn die veränderte Beziehung zwischen Valentin und mir beunruhigt.

Er steht auf und füllt sein Glas am Wasserhahn. Dabei fällt sein Blick auf die leeren Bierflaschen, die noch von gestern Abend in der Küche stehen.

»Wie ich sehe, hattet ihr euren Spaß«, bemerkt er mit hochgezogenen Augenbrauen. Bevor ich den drohenden Konflikt entschärfen kann, mischt sich Lea ein.

»Vor allem Hannah und Valentin«, bekräftigt sie mit einem eindeutigen Kichern. Schlagartig wird es still.

Raphael presst die Lippen aufeinander und setzt sich wortlos wieder auf seinen Platz. Die Stimmung ist zum Zerreißen gespannt. Mit einem Knall stellt er das Glas vor sich auf den Tisch.

»Es reicht«, stößt er hervor. »Hört auf, mich für blöd zu verkaufen und ständig vage Anspielungen zu machen. Was ist zwischen euch passiert, während ich weg war?«

Ich sehe ihn offen an. »Wir haben uns angefreundet«, erwidere ich fest und ignoriere Valentins überraschtes Ächzen. Er hat nicht verdient, verleugnet zu werden, selbst wenn ich weiß, dass meine Antwort Raphaels Zweifel verstärken wird.

Raphael fixiert uns nachdenklich. »Das ist ja schön für euch«, sagt er nur.

»Vielleicht wäre jetzt der richtige Zeitpunkt, um *es* zu gestehen«, drängt mich Lea mit gespielter Anteilnahme.

Raphaels Miene ist undurchdringlich. Ich straffe die Schultern und setze zu einer Erklärung an.

»Valentin und Hannah haben die letzte Nacht miteinander verbracht. In Valentins Bett«, offenbart Lea hilfsbereit.

Ich zucke zusammen, als mich Raphaels stahlblauer Blick durchbohrt. Derart finster hat er mich das letzte Mal gemustert, als ich in der Amoklauf-Stunde das Licht ausgeschaltet hatte.

»Stimmt das?«, vergewissert er sich in eiskaltem Ton.

»Ja, aber –« Ich verstumme. Hektisch überlege ich, wie ich die Manipulation am besten erklären kann. Ich hätte es ihm gleich sagen müssen, dann klänge es nun nicht nach einer billigen Ausrede.

Raphael steht so heftig auf, dass sein Stuhl mit einem lauten Knall nach hinten umkippt. Er hebt frustriert die Arme und wendet sich ab.

»Bist du bescheuert?«, fragt er aufgebracht und geht fahrig einige Schritte durch den Raum. »Wie kannst du so grausam sein? Hast du mir etwas vorgemacht? Ich dachte, deine Gefühle seien echt! Du weißt genau, was ich für dich empfinde! Hast du mit mir gespielt? Nimmst du grundsätzlich den Typ, der dir für den Moment die meisten Vorteile bringt?«

Mit offenem Mund lausche ich Raphaels Wutausbruch. Dermaßen aggressiv habe ich ihn noch nie erlebt.

»Wie kannst du dich mit ihm einlassen, wenn ich gerade den Tod meines engsten Freundes verarbeiten muss?«, tobt er weiter. »Ich war keine drei Tage weg, und du machst mit einem anderen rum? Ich bringe dir grenzenloses Vertrauen entgegen, und du hast nichts Besseres zu tun, als dich von Valentin flachlegen zu lassen? Ausgerechnet von *Valentin*! Dieser Idiot hat den größten Anteil an der ganzen Katastrophe! Ravins Favorit! Das sagt doch alles!«

Ich setze zu einer Erklärung an.

Raphael lässt mich nicht zu Wort kommen. Wütend tritt er an seinen Stuhl. »Er hat von Anfang an alles getan, um uns auseinanderzubringen! Wieso fällst du auf ihn rein? Wärst du lieber in seinem Team gelandet? Bin ich nur deine zweite Wahl? Bitte! Wenn das zutrifft, dann gehe zu ihm. Ich halte dich nicht auf! Am besten zerrst du ihn sofort in dein Bett, damit ihr dort anknüpfen könnt, wo ihr gestern Nacht aufgehört habt!«

Raphael bebt vor ohnmächtigem Zorn. Er gräbt die Finger so fest in die Handflächen, dass seine Knöchel weiß schimmern. Mit hasserfülltem Blick fixiert er Valentin, der seinen Tobsuchtsanfall mit Erheiterung beobachtet.

»Wow«, äußert dieser anerkennend. »In all den Jahren, die ich Raphael kenne, hat er nie dermaßen die Beherrschung verloren. Ich fühle mich geehrt, dass ich der Grund dafür bin.«

»Du Arschloch!«, zischt Raphael wutschnaubend. »Du hättest deine Finger bei dir behalten sollen.«

Valentin stemmt beide Handflächen auf den Tisch und steht auf. Sein Stuhl gleitet mit einem kratzenden Geräusch über den Boden. »Wage es nicht, mich anzurühren«, warnt er gefährlich leise. »Ich habe kein Problem damit, dich nochmals fertigzumachen. Und heute ist es unwahrscheinlich, dass dir Hannah helfen wird. Wie kannst du so mit ihr umspringen?«

»Spar dir deine Heuchelei! Sie ist dir doch völlig gleichgültig! *Wir* sind dir völlig gleichgültig! Dir ist *alles* gleichgültig, solange es *dir* keinen Nutzen bringt, du egoistischer Versager.«

Raphael macht den Eindruck, als würde er sich jede

Sekunde auf Valentin stürzen. Dieser ist bei Raphaels letzter Beleidigung merklich blasser geworden und sieht ebenfalls aus, als habe er nicht das Geringste gegen eine Schlägerei einzuwenden. Bevor sie aufeinander losgehen, haue ich mit der Faust auf den Tisch.

»Seid ihr verrückt geworden?«, brülle ich laut, um sicherzustellen, dass sie mich in ihrer Raserei nicht überhören. Total durchgeknallt, alle beide.

Sie halten unvermittelt inne und mustern mich erschrocken. Ich schnelle hoch und stürme zu Raphael, der mich böse anfunkelt. Furchtlos baue ich mich vor ihm auf und verschränke die Arme.

»Zwei Informationen, du Irrer. Bis auf einen Kuss ist nichts zwischen uns gelaufen! Und ich wurde mental kontrolliert! Das wüsstest du schon, wenn du nicht damit beschäftigt gewesen wärst, mich anzuschreien.«

Raphael starrt mich ungläubig an. »Du ... du wurdest ... was?«

»Ma-ni-pu-liert«, buchstabiere ich betont langsam.

»Blödsinn«, widerspricht Raphael entschieden. »Du bist viel stärker als jeder von uns. Das würde keiner schaffen.«

»Sie hatte Bier getrunken. War extrem fertig, weil sie mit diversem Mist zurechtkommen musste«, eröffnet Valentin kühl. »Viel Bier.«

Raphael geht ein paar Schritte zurück und greift sich mit der Hand in den Nacken. »Echt?«

Ich nicke.

»Oh«, macht er verlegen.

»Falls das eine Entschuldigung für deinen ungerechtfertigten Sturmangriff sein soll, akzeptiere ich sie gerne«, entgegne ich halb amüsiert, halb fassungslos.

»Verdammt, Hannah. Tut mir leid«, entschuldigt er sich.

»Du bist ja schnell dabei, das Schlimmste von mir anzunehmen«, stelle ich irritiert fest. Erst jetzt fällt mir ein, dass wir drei nicht alleine sind. Dorian, Norwin und Lea haben das Schauspiel sprachlos beobachtet.

Kopfschüttelnd setze ich mich auf meinen Platz. Raphael und Valentin lassen sich ebenfalls auf ihre Stühle fallen.

»Lasst uns vor dem Moment der Eskalation anfangen«, schlägt Dorian vor. »Raphael, du wolltest wissen, was genau gelaufen ist. Hannah?«

Bereitwillig schildere ich die zurückliegenden Geschehnisse und lasse dabei auch mein kindisches Verhalten und die gemeine Attacke auf Dorian nicht aus. Besonders peinlich ist die Beschreibung der vergangenen Nacht, der vor allem Valentin mit offensichtlicher Belustigung lauscht.

Raphael runzelt die Stirn, bleibt jedoch stumm. Erst als ich den Bericht mit dem Hinweis beende, dass Valentin und ich zwar *nebeneinander*, aber nicht *miteinander* geschlafen haben, entspannt er sich merklich.

»Das hatte ich wohl falsch aufgefasst«, gesteht er schuldbewusst. »Ich habe etwas überreagiert.«

»So könnte man es nennen«, wirft Valentin sarkastisch ein. »Alternativ könntest du zugeben, dass du dich vollkommen lächerlich gemacht hast.«

Raphael nickt. »Stimmt.«

»Wobei *du* nicht gerade zur Entschärfung beigetragen hast«, sage ich vorwurfsvoll in Valentins Richtung.

»Wieso sollte ich?« Er grinst mich herausfordernd an. »War lustig.«

Raphael greift nach seinem Wasserglas und leert es mit wenigen Schlucken.

»Valentin«, beginnt er und schaut ihm fest in die Augen. »Es tut mir leid, dass ich auf dich losgegangen bin. Es war unfair, dich derart zu attackieren. Ich habe meine Eifersucht nicht im Griff. Ich habe mich hinreißen lassen.«

Angespannt kaue ich auf meiner Unterlippe herum. Wenn Valentin diese aufrichtige Entschuldigung mit einem fiesen Spruch abschmettert, wird es garantiert zu einer erneuten Auseinandersetzung kommen.

»Schon in Ordnung«, gibt er gelassen zurück. »Ich kann deine Reaktion verstehen.«

Erstaunt starre ich Valentin an, der meinen Blick mit einem schiefen Lächeln erwidert. Vielleicht ist er nicht so gefühlskalt, wie er von sich selbst glaubt.

»Bleibt nur eins zu klären«, nimmt Raphael das Gespräch wieder auf. »Wer hat diese Manipulation ausgeübt? Hier geht es nicht um einen harmlosen Scherz. Hannah hatte Glück, dass es lediglich bei einem Kuss blieb.« Valentin schnaubt protestierend, aber Raphael fährt ungerührt fort. »Einer von euch hat ihren Zustand ausgenutzt, um ihr einen mentalen Zwang einzugeben. Das ist skrupellos und hinterhältig.«

Plötzlich reden alle gleichzeitig.

»Ich habe Leas Aura in der Nähe wahrgenommen«, erinnert sich Valentin.

»Norwin und ich waren die ganze Nacht zusammen«, versichert Dorian, während Raphael nachdenklich zu Lea blickt.

»Woher wissen wir denn, dass Hannah den mentalen Zwang nicht erfunden hat, um die Schuld abzuwälzen?«, mutmaßt Lea, die verdächtig blass geworden ist.

»So ein Blödsinn«, wehrt Valentin genervt ab. »Ich war doch dabei!«

Raphael fixiert ihn stirnrunzelnd. »Vielleicht warst *du* auch derjenige, der ihr den Impuls eingegeben hat?«

»Ist heute Tag der schwachsinnigen Unterstellungen?«, fragt Valentin aufgebracht. »Weshalb sollte ich das tun?«

»Du tust ständig irgendetwas, das nicht nachvollziehbar ist«, kontert Raphael. Sein Blick wandert weiter zu Lea.

»Du warst in der Nähe?«, hakt er aufmerksam nach.

Lea umschlingt ihren Oberkörper mit den Armen. »Ich war alleine draußen, ja. Niemand legte Wert auf meine Gesellschaft. Dorian und Norwin hatten sich auf ihr Zimmer zurückgezogen. Ich wollte weder die beiden noch Valentin und Hannah stören. Ich habe sie nicht einmal bemerkt!« Ihre Stimme zittert. Ich knirsche mit den Zähnen, als Raphael ihr beruhigend zunickt. Fällt ihm nicht auf, dass sie diese Unsicherheit spielt?

Lea, durch Raphaels verständnisvolle Reaktion ermutigt, richtet sich auf. »Ich verstehe nicht, weshalb du Hannahs freien Willen ausschließt«, startet sie einen erneuten Angriff. »Sie hat schon in der Akademie dauernd davon gesprochen, wie heiß sie Valentin findet.«

Valentin grinst mich vielsagend an, woraufhin ich die Augen verdrehe.

»Über dich hat sie kein Wort verloren«, verspritzt Lea weiterhin ihr Gift. »Ist es so unwahrscheinlich, dass sie sich an ihn rangemacht hat? Zumal *du* nicht da warst.«

Raphael runzelt die Stirn. »Ich glaube daran, dass Hannah die Wahrheit sagt. Ich vertraue ihr.«

In meinem Innern breitet sich ein warmes Gefühl aus,

das abrupt verebbt, als Valentin leise »Das hast du eben eindrucksvoll unter Beweis gestellt« murmelt.

»Na toll«, beschwert sich Lea. »Hannah ist also über jeden Zweifel erhaben, während wir anderen aus Prinzip verdächtig sind?«

Bevor Raphael reagieren kann, kommt mir eine Idee.

»Wie wär's mit Wahrheitszwang?«, frage ich in die Runde.

Valentin zuckt zusammen und stößt unwillig die Luft aus, was Raphael sofort misstrauisch zur Kenntnis nimmt.

Dorian nickt. »Das ist die einzige Möglichkeit, wie wir schnell zu einem Ergebnis gelangen.«

»Wer garantiert, dass Hannah uns nicht manipuliert? Vielleicht lässt sie uns genau das sagen, was sie hören will?«, attackiert mich Lea erneut.

»Weil ich als Erste dran bin«, fahre ich sie gereizt an. »Ihr nutzt die Gruppenfokussierung. Damit könnt ihr sicher sein, dass ich nicht lüge. Danach seid ihr an der Reihe.«

Lea blitzt mich aus schmalen Augen an, kann meiner Argumentation aber nichts entgegensetzen. Besorgt schaue ich zu Valentin, der unverhältnismäßig nervös und angespannt wirkt. Hat er doch etwas mit der Sache zu tun? Tapfer ignoriere ich den kalten Knoten, der sich bei diesem Gedanken in meinem Magen bildet.

»Ich führe die Gruppenfokussierung«, beschließt Raphael knapp.

Die anderen signalisieren ihr Einverständnis.

»Fertig?«

Alle nicken und beginnen unmittelbar damit, mich durchdringend anzustarren.

»Hannah, antworte mit der Wahrheit«, leitet Raphael

den Befehl ein. »Hast du die mentale Fokussierung gestern Abend erfunden, um die Verantwortung abzuschieben?«

Obwohl er sein uneingeschränktes Vertrauen bekundet hat, sehe ich unterdrückte Zweifel in seinen Augen. Bereitwillig gebe ich dem überwältigenden Verlangen, die Wahrheit zu offenbaren, nach.

»Nein«, erwidere ich energisch, woraufhin er fast unmerklich aufatmet.

»Bist du sicher, dass du manipuliert wurdest?«, vergewissert er sich dennoch.

»Definitiv«, bestätige ich.

»Ende der Kontrolle«, bestimmt Raphael und lässt sich erleichtert zurücksinken. »Damit wäre geklärt, dass ein anderer die Finger im Spiel hat.« Er reibt sich die Schläfen. »Hannah, übernimmst du die folgenden Fokussierungen?«

»*Hannah*?«, japst Lea entsetzt. »Ausgerechnet sie? Was ist, wenn sie mich etwas Falsches erzählen lässt?«

Ich stöhne verärgert. »Lea! Warum sollte ich das tun? Ich stand eben selbst unter Wahrheitszwang. Es ist nur fair, wenn ihr nachzieht! Fängst du an?«

Lea macht sich auf ihrem Stuhl klein und schüttelt den Kopf.

»Befrag mich«, bietet Dorian an. »Ich habe nichts zu verbergen.«

»Mich kannst du im Anschluss prüfen.« Norwin seufzt schicksalsergeben.

Ich nicke stumm und baue den Befehl auf.

Beantworte Raphaels Frage mit der Wahrheit.

»Du kannst«, sage ich in Raphaels Richtung.

»Dorian, hast du Hannah gestern Abend mittels Fokussierung dazu gezwungen, Valentin zu küssen?« Netterweise verzichtet Raphael bei seiner Formulierung auf den zweiten Teilaspekt des Befehls.

»Natürlich nicht«, entgegnet Dorian unumwunden.

»Norwin, warst du es?«

Beantworte Raphaels Frage mit der Wahrheit.

»Nein«, gibt er knapp zurück. »Warum sollte ich Hannah eine Geschmacksverirrung eingeben?«

Eilig beiße ich mir auf die Lippen, um mein Lachen zu unterdrücken. Jetzt wissen wir zumindest, dass Valentin nicht Norwins Typ ist.

»Bleiben noch zwei Verdächtige«, wendet sich Raphael ernst an Valentin und Lea.

»Ihr schießt *dermaßen* übers Ziel hinaus!«, kritisiert Valentin und macht Anstalten, aufzustehen. »Völlig übertrieben! Man fühlt sich wie vor einem Inquisitionsgericht. Das ist mir zu blöd.«

Zaghaft berühre ich ihn am Ellbogen. »Wieso regst du dich so auf?«

»Es war entspannter, als Raphael nicht da war.« Er stößt heftig den Stuhl zurück und springt auf. »Ständig unterstellt er mir düstere Machenschaften und böse Absichten. Das ist echt anstrengend. Ich habe mit dem ganzen Mist nichts zu tun!«

»Gerade heute Abend werden alle befragt«, halte ich verwirrt dagegen. »Es geht gar nicht ausschließlich um dich.«

»Spiel nicht die Ahnungslose!«, fährt mich Valentin scharf an. »Du siehst doch, dass dein *perfekter* Freund nur darauf wartet, mir die Schuld zuzuschieben! Du weißt genau, dass er jede Gelegenheit nutzen würde, mich loszuwerden.«

Raphael verschränkt feindselig die Arme. »Dir ist klar, welchen Rückschluss deine Weigerung zulässt?«

»Ja, verdammt!«, flucht Valentin. »Aber ich war es nicht. Ich will bloß nicht, dass jemand in meinem Kopf herumstochert.«

»Du hast zwei Möglichkeiten«, informiert Raphael unbeeindruckt. »Entweder stellst du dich dem Wahrheitszwang oder du gehst.«

Beklommen beobachte ich, wie Valentin mit sich kämpft.

»Wahrheitszwang«, presst er erstickt hervor und lässt sich resigniert auf seinen Stuhl fallen. »Macht schon, damit ich es hinter mir habe.«

»Valentin, hast du Hannah gestern Abend mittels Fokussierung dazu gezwungen, dich zu küssen?«, wiederholt Raphael, während ich den Zwang aufbaue.

Beantworte Raphaels Frage mit der Wahrheit.

»Nein, das habe ich nicht«, widerspricht Valentin bestimmt. Überrascht registriere ich die große Erleichterung, die seine Worte in mir auslösen. Er war mir gegenüber aufrichtig. Zwar provokant und nervig, aber immerhin ehrlich.

Raphael fixiert Valentin argwöhnisch.

»Weshalb wolltest du den Wahrheitszwang um jeden Preis vermeiden?«, hakt er unvermittelt nach.

Dorian seufzt missbilligend. Ich kann ein empörtes Zischen ebenfalls nicht unterdrücken. Ziemlich fies, ihm als Einzigem eine weitere Frage zu stellen, gerade weil er zuvor Bedenken hatte. Eine solch gemeine Aktion hätte ich Raphael nicht zugetraut. Valentin hat uns keinen Grund gegeben, an seiner Treue zu zweifeln. Dieses Misstrauen hat er nicht verdient.

Schnell breche ich den Wahrheitszwang ab, doch es ist zu spät.

Obwohl seine Antwort an Raphael gerichtet ist, schaut mir Valentin direkt in die Augen. Seine Stimme klingt rau. »Weil ich nicht gestehen wollte, dass ich Gefühle für deine Freundin habe.«

19 : gewarnt

In den folgenden Sekunden ist es so still, dass man eine Stecknadel fallen hören könnte. Valentin schiebt wortlos seinen Stuhl zurück und verlässt das Zimmer. Betreten schauen wir ihm hinterher.

»Raph«, sagt Dorian enttäuscht. »Das war verdammt unfair.«

»Wir konnten nicht wissen, was er vor uns verbirgt«, verteidigt sich Raphael. »Es hätten auch gefährliche Informationen sein können.«

»Mir scheint eher, als hättest du dich von negativen Gefühlen leiten lassen«, vermutet Dorian leise. »Valentin hat in den letzten Tagen mehrfach seine Loyalität unter Beweis gestellt. Er hat an unserer Seite gekämpft. Ich verstehe, dass es jetzt besonders schwer ist, doch du solltest aufhören, ihn als Rivalen zu sehen.«

Raphaels Augen zucken zu mir, und ich kann seine Gedanken förmlich hören. Valentins Geständnis vereinfacht die Beziehung der beiden nicht gerade. Im Gegenteil.

»Du hast recht«, gibt Raphael widerwillig zu und fährt sich durch die Haare. »Valentin macht mich wahnsinnig.«

»Du bist damals im Wald ausgerastet, als du dachtest, ich wäre lieber bei ihm«, erinnere ich mich. »Und eben schon wieder.«

Raphael nickt unglücklich. »Lass uns das alleine besprechen«, bittet er und lächelt Dorian und Norwin entschuldigend zu.

»Aber vorher reden wir über dich«, wendet er sich an Lea. Umgehend versteinern seine Gesichtszüge.

Lea duckt sich und zieht die Schultern hoch. Verängstigt beißt sie auf ihrer Unterlippe herum. Wenn sie kein solches Miststück wäre, würde sie mir leidtun.

»Ist der Wahrheitszwang noch nötig, oder packst du gleich aus?«, will Raphael wissen und fixiert sie böse. Sein Tonfall ist eiskalt und gnadenlos.

Lea schafft es nicht, der Wucht seines Blickes standzuhalten und senkt den Kopf. »Ich war's.«

Obwohl ich damit gerechnet habe, sorgt das Geständnis dafür, dass ich vor Wut koche. Angestrengt kratze ich meine Selbstbeherrschung zusammen und bleibe untätig. Raphael wird sich der Sache annehmen.

»Du hast also Hannah den mentalen Impuls gegeben, Valentin zu küssen«, vergewissert er sich emotionslos.

Lea nickt stumm.

»Anschließend wolltest du bewirken, dass sie die Nacht mit ihm verbringt«, fährt er fort und ich erkenne den unterdrückten Zorn in seiner Stimme.

Auch jetzt streitet Lea nichts ab.

»Warum?«, fragt Raphael. In diesem einen Wort liegen so viel Unverständnis und Abscheu, dass sich meine Nackenhaare aufstellen. Nicht um alles in der Welt wollte ich mit Lea tauschen.

»Ich habe das für uns getan«, erwidert sie erstickt.

»Uns?«, wiederholt Raphael irritiert.

Von seiner scheinbar gelassenen Reaktion ermutigt, richtet sich Lea ein wenig auf.

»Zwischen uns besteht etwas Besonderes«, behauptet

sie. »Ich glaube, wir wären längst ein Paar, wenn *sie* nicht aufgetaucht wäre.«

Raphael zieht schweigend eine Augenbraue hoch.

»Hannah ist eine falsche Schlange!«, bricht es aus Lea hervor. »Tut, als wäre sie meine Freundin und erschleicht sich mein Vertrauen! Nur um mich bei der ersten Gelegenheit zu verraten. Sie wusste ganz genau, dass –« Lea beißt sich auf die Lippen und wendet das Gesicht ab. »Sie hat sich an dich rangeworfen. Sie hat dich geküsst und mit dir geschlafen. Obwohl sie wusste … obwohl sie wusste, dass ich in dich verliebt bin.«

Raphael seufzt und reibt sich die Augen.

»Willst du wirklich die gegenseitige Anziehungskraft leugnen?« Lea klingt jetzt eher verzweifelt als wütend. »Erinnere dich an unsere schönen Gespräche im Wald. Du hast mich aufgefangen, als ich gestolpert bin. Du hast dich unglaublich liebevoll um meine Verletzung gekümmert. Als ich weggelaufen bin, hast du, ohne zu zögern, nach mir gesucht und das komplette Team mobil gemacht. Weil du Angst um mich hattest!«

»Lea«, bremst sie Raphael entschlossen. »Ich nehme meine Aufgabe als Leader sehr ernst. Für die anderen Gruppenmitglieder habe ich mich ebenso eingesetzt. Ich habe dir nie einen Grund zur Annahme gegeben, es könne mehr zwischen uns sein.«

»Du hast mich in dein Team geholt, obwohl wir beide wissen, dass ich die Gabe kein bisschen im Griff habe. Ich bin einer der schlechtesten Former des Jahrgangs. Du wolltest mich in deiner Nähe haben! Weshalb hättest du das sonst tun sollen?«, hält ihm Lea entgegen, während ihre Stimme zunehmend schriller wird.

»Ich habe dich in mein Team geholt, weil mich Hannah darum gebeten hat«, konfrontiert er sie schonungslos mit der Wahrheit.

Lea starrt mich feindselig an. »Manipulierst du ihn wieder insgeheim? Lässt du ihn all diese Dinge aussprechen?«

»Ich habe Raphael noch nie insgeheim manipuliert«, presse ich zähneknirschend hervor. »Das sagte ich bereits. Mehrfach!«

»Wer's glaubt!«, tut Lea meine Worte mit einem bitteren Lachen ab. »Du musst immer im Mittelpunkt stehen. Alles muss nach deinem Kopf gehen. Lass Raphael in Ruhe! Valentin hat seine Gefühle gestanden. Das war es doch, was du wolltest. Lauf zu ihm und gib Raphael endlich frei!«

»Lea!«, ächze ich fassungslos. »Wie kommst du auf diesen Blödsinn?«

»Das ist deutlich zu sehen!«, antwortet sie mit einem eindeutig hysterischen Unterton. »Bist du nicht da, ist er interessiert und einfühlsam. Sobald du auftauchst, dreht sich alles nur um dich. Wahrscheinlich hat er Angst vor dir. Er hätte den Wahrheitszwang vorhin zur Klärung einiger Fragen nutzen sollen. *Weshalb zwingst du mich, dich zu lieben? Warum nötigst du mich, mit dir ins Bett zu gehen? Wieso nutzt du mich a–*«

»Lea. Es reicht«, unterbricht sie Raphael, der sowohl ihre bizarren Vorwürfe als auch meine hilflose Reaktion mit zunehmender Wut beobachtet hat. Er steht auf und verschränkt die Arme vor der Brust. Dem Blitzen seiner Augen entnehme ich, dass er unfassbar sauer ist. Unwillkürlich gehe ich in Deckung und bin froh, nicht das Ziel der folgenden Zurechtweisung zu sein.

»Ich kenne Hannah schon viel länger als dich!«, beginnt er bedrohlich ruhig und geht einen Schritt auf Lea zu. »Ach, darüber weißt du nichts?«, fragt er gespielt erstaunt, als er ihren entgeisterten Gesichtsausdruck sieht. »Vielleicht hättest du deiner *Freundin* die Gelegenheit geben sollen, alles zu erklären?« Lea weicht ein Stück zurück, doch Raphael spricht unbeirrt weiter. »Das hast du nicht getan. Ebenso wenig hast du dich bemüht, Verständnis für sie aufzubringen. Du jagst einer albernen Fantasie nach. Das mit uns wird niemals Wirklichkeit werden. Vergiss diese kindische Schwärmerei! Außer Freundschaft habe ich keine Gefühle für dich. Und selbst diese stellst du durch dein unsagbar dummes Verhalten auf eine harte Probe. Du hast jeglichen Sinn für die Realität verloren. Bist du auf die Idee gekommen, dass ich aus freiem Willen Hannah wähle? Sie und nicht dich?«

Lea starrt auf den Boden und schluckt. Nicht mehr lange und sie wird in Tränen ausbrechen.

»Raphael …«, setze ich an, doch dieser schüttelt unerbittlich den Kopf.

»Nein, Hannah«, widerspricht er. »Du hättest fast mit *Valentin* geschlafen! Sie wollte das durchziehen, jetzt muss sie mit den Konsequenzen leben.« Ungerührt wendet er sich wieder Lea zu, die sich ängstlich unter seinem Blick wegduckt. »Vor ein paar Tagen warst *du* es, die kopflos in den Wald gerannt ist. Ich befand mich auf der Suche nach *dir*, als mich Valentins Team niedergeschlagen hat! Du denkst nicht ansatzweise über eventuelle Folgen deiner Taten nach.«

Lea beißt sich auf die Lippen. Eine erste Träne rollt über ihre Wange, doch Raphael zeigt kein Mitleid. So unbarmherzig kenne ich ihn nicht. Valentins unfreiwilliges Geständnis muss ihn völlig aus dem Konzept gebracht haben.

»Unser *Leben* hängt davon ab, dass wir uns gegenseitig vertrauen können! Gestern hast du Hannahs betrunkenen Zustand ausgenutzt. Du hast sie zu etwas gezwungen, was sie nicht wollte. Das grenzt an Nötigung! Stell dir vor, sie würde das bei dir machen. Bei deiner lächerlichen Kraft wäre das ein Kinderspiel. Wie würdest du dich fühlen? Du kannst froh sein, dass sie dem zweiten Teil deines Befehls widerstanden hat, sonst könnte ich für nichts garantieren. Das alles hast du für *uns* getan? Mit diesem Verrat bist du nicht nur ihr, sondern auch mir bösartig in den Rücken gefallen. Du hast mich enttäuscht.«

Lea steht schwankend auf und hält sich mit beiden Händen an der Tischplatte fest.

»Du bist so ein Arsch, Raphael«, sagt sie tonlos, während ihr die Tränen hinunterlaufen. »Zuerst hast du mir Hoffnungen gemacht, und jetzt trampelst du auf mir herum. Plötzlich tust du, als sei zwischen uns nichts gewesen. Ich hoffe, Levander kriegt dich und deine blöde Schlampe.«

Mit diesen Worten verlässt sie den Raum. Raphael, Dorian, Norwin und ich bleiben sprachlos zurück.

»Das war ziemlich heftig«, stellt Dorian fest, nachdem wir uns von Leas Abgang erholt haben.

»Dieses Problem musste thematisiert werden«, ergänzt Norwin. »Dennoch war es riskant, sie derart anzugehen. Wer weiß, auf welche Gedanken sie kommt.«

Raphael lässt sich auf den freien Stuhl neben mir fallen und vergräbt das Gesicht in den Handflächen. »Damit hatte ich nicht gerechnet, als mich Dorian bat, zu euch zurückzukehren.« Er schüttelt erschöpft den Kopf.

Ich streiche leicht über seinen Oberarm. »Tut mit leid, dass du von diesem Durcheinander empfangen wurdest.«

Er lächelt und umschließt zärtlich meine Hände mit seinen Fingern.

Dorian und Norwin tauschen einen Blick und beschließen spontan, sich um das Geschirr zu kümmern.

Raphael beugt sich so nahe zu mir, dass seine Lippen fast mein Ohr streifen. »Mir tut es leid, dass ich mich dermaßen blöd aufgeführt habe«, flüstert er. »Diese plötzliche Nähe und Vertrautheit zwischen euch hat mich verunsichert. Zumal unser letztes Gespräch ein ziemlich unglückliches Ende fand.«

»Wir waren beide nervlich am Limit und haben überreagiert«, entgegne ich. »Aber wie du glauben konntest, Valentin und ich …«

»Du warst so aufgebracht und hast mich beschimpft. Ich hatte Angst, dass du mir meine Auszeit nicht verzeihen würdest. Als ich dich mit *ihm* sah, fühlte ich mich in allen Befürchtungen bestätigt. Ich habe die Eifersucht überhaupt nicht im Griff«, gibt Raphael zu und streicht sich die Haare aus der Stirn. »Valentin ist mein Schwachpunkt. Jetzt, da ich weiß, dass er Gefühle für dich hat, wird die Sache noch schwieriger.«

»Am besten vergessen wir –«, setze ich an und verstumme abrupt, als die Haustür auffliegt.

Valentin tritt über die Schwelle, die Hand wie einen Schraubstock um Leas Nacken gelegt. Energisch schiebt er sie ins Zimmer.

Raphael springt auf, während Dorian und Norwin besorgt von der Küchenzeile herüberspähen.

»Valentin!«, versetzt Raphael scharf. »Was machst du da?«

»Frag lieber, was *sie* macht!«, schießt Valentin zurück. Brutal reißt er Leas Hand hoch. Sie hat die Finger fest um ihr Handy geschlossen und ist kalkweiß im Gesicht.

»Sie hat Levander angerufen!«, presst Valentin mit mühsam unterdrücktem Zorn hervor. Klirrend fällt das Glas, das Dorian gerade abgetrocknet hat, zu Boden und zerspringt in tausend Scherben. Keiner schenkt ihm Beachtung.

»Oh, verflucht«, sagt Norwin betroffen und schüttelt den Kopf.

»Ich habe sie mit dem Handy draußen erwischt«, erklärt Valentin und gibt Lea einen leichten Stoß, den sie mit einem leisen Schluchzen beantwortet. Ich stehe auf und stelle mich an Raphaels Seite.

»Was hast du ihm erzählt?«, fragt er beherrscht. An seiner Haltung erkenne ich, dass er sich am liebsten auf sie stürzen würde.

»N... Nichts«, bringt Lea stotternd hervor.

Mit wenigen Schritten ist Raphael bei ihr und packt sie an den Schultern.

»Raphael!«, ruft Dorian warnend.

Raphael atmet tief durch, zieht die Hände zurück und entfernt sich wieder. »Jetzt rede schon!«, fordert er heftig. »Woher hast du seine Nummer?«

»Hast du ihn zum ersten Mal kontaktiert?«, will Norwin gleichzeitig wissen.

Geistesgegenwärtig baue ich eine Fokussierung auf.

»Ich habe die Ziffern, die ich in den Sand geschrieben hatte, ebenfalls eingespeichert«, schnieft Lea. »Es war das erste Mal.«

»Woher wissen wir, dass sie nicht lügt?«, wirft Valentin finster ein.

»Wahrheitszwang steht«, versichere ich knapp. »Weiter.«

»Was hat er gesagt?«, drängt Raphael.

Lea bricht in haltloses Schluchzen aus, doch mein Mitleid hält sich in Grenzen. Wie kann sie uns derart hintergehen?

»Er will ein Telefonat mit Ravins Favoriten. Allein«, wimmert sie. »Er hat damit gedroht, meine Familie zu töten, sollte ich ihm keinen Kontakt zu euch ermöglichen!«

»Das hast du dir selbst zuzuschreiben, du dämliche Kuh«, murmelt Valentin leise.

»Was hast du ihm erzählt?«, wiederholt Raphael ungeduldig.

»Ich kam nicht dazu, irgendetwas zu erzählen. Der gewalttätige Fiesling hat mich vorher erwischt und weggezerrt«, entgegnet Lea weinend. Sie scheint überhaupt nicht zu realisieren, in welche Schwierigkeiten sie uns gebracht hat.

»Was *wolltest* du ihm erzählen?«, bohrt Raphael nach.

»Alles, was ich weiß. Wo wir uns befinden. Welchen Plan wir entwickelt haben. Ich habe gehofft, dass er mich laufen lässt, wenn ich ihm verrate, wo Hannah ist«, gesteht Lea erstickt.

Raphael beißt so fest die Zähne zusammen, dass seine Kieferknochen hervortreten. Es kostet ihn offensichtlich einige Anstrengung, nicht auf Lea loszugehen.

»Was machen wir mit ihr?«, erkundigt sich Valentin unbeeindruckt.

»Wir sperren sie ein«, entscheidet Raphael, ohne auf Leas erschüttertes Keuchen zu achten. »Es ist zu gefährlich, sie uneingeschränkt in unserer Nähe zu belassen. Ebenso wenig können wir es riskieren, sie wegzuschicken. Vermutlich würde sie sofort zu Levander rennen. Gibt es einen abschließbaren Raum ohne Fenster in diesem Haus?«, wendet er sich an uns.

»Im Keller befindet sich ein kleines Badezimmer, aus dem sie unmöglich flüchten kann«, informiert Norwin.

»Schließ sie dort ein«, befiehlt Raphael. »Sie ist so unfähig, dass sie selbst ein einfaches Schloss nicht knacken kann. Und nimm ihr um Himmels willen das Handy ab. Wir überlegen später, was wir mit ihr machen.«

Norwin nickt, fasst Lea unsanft am Oberarm und zieht sie hinter sich her.

Wir anderen bleiben zurück und starren einander entsetzt an.

»Was jetzt?«, durchbricht Valentin heiser die Stille. »Ich nehme nicht an, dass weitere Untätigkeit für euch infrage kommt.«

Raphael sucht meinen Blick. »Was denkst du?«

»Lea ist ein Miststück, aber ich will nicht am Tod ihrer Familie schuld sein«, entscheide ich aus dem Bauch heraus. »Levander scheint nicht der Typ zu sein, der leere Drohungen ausstößt.«

»Er wird Ernst machen«, bestätigt Raphael meine Einschätzung.

Auch Dorian seufzt zustimmend.

»Deine Meinung?«, wende ich mich an Valentin, der uns aufmerksam beobachtet.

»Levander sieht mich als Schwachstelle der Gruppe«, bemerkt er gleichmütig und ignoriert Raphaels bekräftigendes Schnauben. »Schon die Bezeichnung *Ravins Favorit* soll mich daran erinnern, wem meine Loyalität gelten müsste. Garantiert will er ein Angebot machen, das mit deiner Auslieferung zusammenhängt, Hannah. Meinst du wirklich, dass …« Er verstummt, als ich seine unausgesprochene Frage mit einem entschiedenen Nicken beantworte. Für einen Moment sieht er aus, als wolle er etwas sagen, doch dann senkt er den Kopf. »Ich rufe an.«

Nachdem Norwin zurückgekehrt ist und uns garantiert hat, dass Lea sicher verwahrt und handylos ist, versammeln wir uns um Valentin.

»Vergesst nicht, dass Levander mit mir alleine sprechen wollte«, erinnert er uns. »Ihr müsst absolut still sein, egal, was er verlangt.«

Zögerlich drückt er die Wahlwiederholung und aktiviert die Mithörfunktion. Während wir darauf warten, dass Levander das Gespräch annimmt, steigert sich das beklemmende Gefühl in meinem Magen zu ausgewachsener Angst.

»Ja?«

Ich zucke zusammen, als ich die Stimme des Akademieleiters höre. Raphael legt mir eine Hand auf den Oberarm und streichelt mich sanft.

Valentin dreht sich zur Seite. »Dr. Levander?«, vergewissert er sich höflich. »Sie hatten um meinen Anruf gebeten.«

»Das ging ja zügig«, erwidert Levander erfreut. »Ich hätte nicht damit gerechnet, dass das Mädchen meine Nachricht so schnell übermittelt.«

Valentin lacht geringschätzig. »Wenigstens das kann sie gut.«

Beeindruckt verfolge ich, wie mühelos er in die Rolle des gehässigen Leaders wechselt, der für seine Umwelt nur Hohn und Spott übrighat.

»Kommen wir zum Wesentlichen«, kündigt Levander

übergangslos an, woraufhin wir uns gespannt vorbeugen. »Ich möchte Sie warnen.«

»Warnen«, wiederholt Valentin. »Vor Ihrer Rache?«

Levander stößt ungehalten den Atem aus. »Davor auch. Aber eigentlich bezog ich das auf die tickende Zeitbombe in Ihrer Mitte. Hannah Sophie Reichenau.«

Beunruhigt tauschen wir einen Blick.

»Vielleicht sollten Sie etwas konkreter werden«, schlägt Valentin ungerührt vor.

»Sicher wissen Sie noch, was mit Ravin geschehen ist«, beginnt Levander mit einem drohenden Unterton.

»Sie haben ihn mit einer Metallstange aufgespießt«, gibt Valentin zurück.

Levander seufzt missbilligend. »Sparen Sie sich Ihre Provokationen. Gerade Ihnen müsste klar sein, dass Sie sich nicht in der passenden Position dafür befinden. Hatten Sie den Eindruck, Ravin hätte sich nach dem spontanen Zugimpuls im Vollbesitz seiner geistigen Kräfte befunden? Erinnern Sie sich, dass Elric Ihnen kurz vor seinem Tod etwas zurufen wollte? Etwas, das er in dieser Sekunde erst begriffen hatte? Wie alle anderen Ausbilder war er ebenfalls davon überzeugt, dass es sich beim Wahnsinn lediglich um einen Schwindel handelt, um die Schüler gefügig zu machen. Diese scheinbare Lüge wurde Ihnen auch erzählt, nicht wahr? Sie haben sie bereitwillig geglaubt.« Bevor Valentin reagieren kann, fährt Levander fort. »In den letzten Sekunden seines Lebens wurde Elric klar, dass er sich einen verhängnisvollen Fehler erlaubt hatte. Er wollte Sie warnen. Genauso wie ich Sie jetzt warnen möchte, Valentin. Ich verrate Ihnen gerne, wovor. Die Formerkraft ist keine Gabe, sondern ein Fluch. Der Wahnsinn ist real. Es gibt ihn tatsächlich.« Levander schweigt für einige Sekunden, um die Worte wirken zu lassen. Dann spricht er in beruhigendem Ton weiter. »Aber keine Sorge. Er tritt nur bei natürlichen Formern auf. Sie und Ihre *Freunde* sind außer Gefahr … bis auf einen.«

Ich versteife mich und lausche der körperlosen Stimme am Telefon, die gerade mein Innerstes zu Eis erstarren ließ. Er lügt. Ich hoffe, dass er lügt.

»Sie müssen sich Ihren Verstand als Zimmer vorstellen«, führt Levander seine private Unterrichtsstunde fort. »Bewusstsein und Unterbewusstsein sind durch eine Tür voneinander getrennt. Die Scharniere können leicht- oder schwergängig sein. Adrenalin sorgt dafür, dass die Tür mit weniger Aufwand zu bewegen ist. Former verfassen ihre Befehle in der Regel bewusst und unter Aufbietung aller Konzentration. Wird jedoch ein intuitiver Impuls ausgegeben, reagiert das Unterbewusstsein. Die Tür wird aufgerissen, und die Instinkte fluten den Raum. Der Former ist nicht mehr in der Lage, vernünftige und reflektierte Entscheidungen zu treffen. Stattdessen wird er von Verlangen und Trieben regiert. Auf die Außenwelt wirkt es, als sei er wahnsinnig geworden. Und das trifft zu. Zusätzlich steigert sich seine Kraft ins Unermessliche, weil das Unterbewusstsein roh und ungehemmt vorgeht. Der Former wird fast unbesiegbar. Sie hatten Glück, dass ich *zufällig* in der Nähe war, um Ravin auszuschalten.«

Mit fassungslosem Schweigen nehmen wir Levanders Erklärung zur Kenntnis. Sogar Valentin fehlen die Worte.

»Habe ich Sie erschreckt?«, erkundigt sich Levander mitfühlend. »Ich hoffe nicht, denn die heikelste Information haben Sie noch nicht erhalten.«

»Weiter«, stößt Valentin hervor.

»Wie bereits erwähnt, betrifft der Wahnsinn lediglich natürliche Former, denn nur sie sind in der Lage, einen intuitiven Impuls auszugeben«, fährt Levander fort. »Je größer der Impuls, desto schneller der Absturz in den Wahnsinn.«

»Das würde ja heißen, dass ein natürlicher Former nach der Formerprobe …« Valentin stockt.

»… definitiv wahnsinnig würde. Richtig kombiniert«, stimmt Levander lobend zu.

Ich gebe Valentin konfuse Zeichen und hebe kopfschüttelnd die Schultern.

»Aber Hannah war nie wahnsinnig«, fasst er meine wirren Gesten in Worte. Beklommen registriere ich, dass seine Stimme weit weniger überzeugt klingt als erwartet. Weshalb hat er Zweifel?

»Sind Sie sicher?«, fragt Levander, dem Valentins Zögern ebenfalls nicht entgangen ist. »Erinnern Sie sich an Hannahs Zustand, nachdem sie auf dem Sprungpolster gelandet war. Ravin hatte alle Mühe, sie unter Kontrolle zu halten.«

»*Ravin* verhinderte Hannahs Wahnsinn?«, vergewissert sich Valentin ungläubig.

»Er schaffte es zumindest, sie solange unter mentalem Zwang zu halten, bis die vorschriftsmäßige Gedächtnislöschung stattfand«, bestätigt Levander. »Deshalb konnte er sie vor mir verbergen. Wäre ich dabei gewesen, könnten wir uns diese Farce ersparen. Ein reizender Gedanke.«

»Die Gedächtnislöschung bietet einen Ausweg aus dem Wahnsinn«, murmelt Valentin.

»Ja. Wenn sie nahe und lange genug an den natürlichen Former herankommen. Hätten Sie das bei Ravin umsetzen können, als er Elric auf solch kreative Art hinrichtete?«, höhnt Levander. »Zudem haben Sie nur eine knappe halbe Stunde. Danach gehen die Informationen vom Kurzzeit- ins Langzeitgedächtnis über. Dann ist es zu spät.«

»Also ist jeder natürliche Former ein Risiko«, bemerkt Valentin unbehaglich.

»Und Hannah insbesondere. Sie *war* schon einmal wahnsinnig! Die Tür stand bereits offen und wurde durch die Gedächtnislöschung leidlich geschlossen. Eher angelehnt. Die Wahrscheinlichkeit, dass Ihre *Freundin* durchdreht, ist wesentlich höher als bei jedem anderen natürlichen Former. Stellen Sie sich vor, was geschieht, wenn ihre Kraft um ein Vielfaches zunimmt, sie aber völlig entfesselt und unkontrollierbar ist. Sie schweben in Lebensgefahr. Sie kann jederzeit verrückt werden. Ein minimaler intuitiver Befehl könnte ausreichen.«

»Wieso erzählen Sie mir das?«, fragt Valentin, während ich ihn mit Tränen in den Augen anstarre.

»Weil Sie der vernünftigste Former der Gruppe sind«, begründet Levander. »Sie lassen sich nicht von unnötigen Empfindungen verführen. Sie haben begriffen, dass Gefühle lediglich eine Schwäche sind.«

Valentin schluckt gequält und schließt kurz die Augen.

»Valentin«, drängt er ihn weiter. »Liefern Sie mir Hannah aus. Lebend. Ich gewähre Ihnen und Ihrer gesamten Gruppe Amnestie. Sie könnten Ihr Leben in Ruhe und Frieden führen. Weitab von jeglichem Akademiezwang und vor allem fern von der akuten Gefahr eines wahnsinnigen Formers.«

Levander hält inne und lässt seine Worte wirken. Wie versteinert fixieren wir Valentin, der das Handy so fest umklammert, dass seine Knöchel weiß hervortreten.

Die Sekunden dehnen sich ins Unermessliche.

»Nun?«, hakt Levander unerbittlich nach.

»Nein«, entgegnet Valentin entschlossen. »Das werde ich nicht tun.«

Levander seufzt schicksalsergeben. »Damit habe ich gerechnet. In diesem Fall kommen wir zum zweiten und weitaus unerfreulicheren Teil unseres Telefonats.«

Ich runzle die Stirn. Ich bin im Begriff, wahnsinnig zu werden. Kann es noch schlimmer kommen? Der nächste Satz Levanders beantwortet meine unausgesprochene Frage mehr als deutlich.

»Ich weiß genau, wer bei Ihnen ist. Raphael Arenberg. Dorian Voss. Lea Andersson. Norwin Peters. Wenn Sie mir den natürlichen Former nicht ausliefern, werde ich mich um Angehörige und Freunde Ihrer kleinen Gruppe kümmern. Ich bin gründlich, darauf können Sie sich verlassen.«

Valentin schweigt erschüttert.

»Ich warte auf Ihre Entscheidung. Kontaktieren Sie mich noch heute Abend, damit ich Ihnen Zeitpunkt und Ort der Übergabe nennen kann«, verlangt er, als sei er bereits sicher, wie Valentins Beschluss ausfallen wird. »Denken Sie daran. Hannah bringt Sie alle in Lebensgefahr. Es ist fast unmöglich, dass sie dem Wahnsinn auf Dauer widersteht. Ein Leben gegen das von vielen. Ihre Wahl.«

20 : verstört

Für einige Sekunden lauschen wir stumm dem Freizeichen des Handys. Schließlich tippt Valentin auf den roten Hörer. Die folgende Stille ist erdrückend.

Raphael atmet tief ein. »Okay«, beginnt er in sachlichem Ton, der wohl seine wahren Gefühle verbergen soll. »Um das Ganze abzukürzen: Ist irgendjemand dafür, Hannah an Levander zu übergeben?«

»Auf keinen Fall«, wehrt Dorian ab, während Norwin gleichzeitig »Nein!« hervorstößt. Wie auf Kommando schauen alle zu Valentin. Dieser verschränkt lediglich die Arme vor der Brust und schüttelt schweigend den Kopf.

»Dann sind wir uns einig«, stellt Raphael erleichtert fest.

»Raphael«, krächze ich und bemerke kaum, dass mir meine Stimme nicht gehorcht. »Was ist bei der Formerprobe geschehen? Ist es wahr, was Levander sagt? War ich wirklich verrückt?«

Raphael hebt die Schultern. »Ich weiß es nicht«, gesteht er. »Du wirktest ziemlich neben der Spur. Kein Wunder! Immerhin hatte man dich gerade vom Dach geschubst.«

»Worin genau bestand denn die Formerprobe?«, mischt sich Norwin ein. »Uns hat man ja die Erinnerung daran genommen.«

»Man hat euch aufs Dach der Akademie gebracht«,

erklärt Raphael bereitwillig. »Dort erzählte man euch, dass einer von euch dreien den Impuls erhalten würde, in die Tiefe zu springen. Hannah hätte das mittels Fokussierung verhindern sollen. Die eigentliche Formerprobe war jedoch, dass Vincent Hannah rückwärts herabgestoßen hat. Dass anschließend etwas Sonderbares geschehen ist, war uns bis eben unklar.«

»Jetzt können wir es herleiten«, bekräftigt Valentin. »Hannah hat unbewusst einen Befehl aufgebaut, der ihre Fallgeschwindigkeit minderte«, übernimmt er Raphaels Bericht und merkt gar nicht, dass er – vermutlich zum ersten Mal in seinem Leben – mit dem anderen Leader zusammenarbeitet. »Ravin hat dagegengehalten, damit sie ungebremst fällt und die Formerprobe besteht. Aber dieser Wahnsinn …«, er verstummt ratlos.

»Wie habe ich mich nach dem Sturz benommen?«, erkundige ich mich aufmerksam. »Konntet ihr irgendwelche Auffälligkeiten in meinem Verhalten feststellen?«

»Du meinst außer deiner gewohnten Verrücktheit?«, stichelt Valentin mit einem halben Grinsen, woraufhin ich ihm den Ellbogen in die Rippen ramme.

»Nicht konstruktiv«, informiere ich tadelnd.

Valentin reibt sich die Seite und überlegt. »Du hast *Leise rieselt der Schnee* vor dich hingesummt«, erinnert er sich.

Ich ziehe eine Augenbraue hoch. Weihnachtslieder im Juni?

»Zwischenzeitlich hast du mich gemustert, als würdest du dich am liebsten auf mich stürzen und mir den Hals umdrehen. Diesen Gesichtsausdruck habe ich schon so oft gesehen, dass ich ihn hundertprozentig zuordnen kann. Auch Ravin hast du mordlüstern angestarrt.«

Ich seufze frustriert. Das war zu dem Zeitpunkt nichts Ungewöhnliches.

Raphael schüttelt den Kopf. »Wenn Hannah tatsächlich wahnsinnig war, hat Ravin ganze Arbeit geleistet. Niemand außer ihm hat es mitbekommen.«

»Vielleicht hat Levander nicht die Wahrheit gesagt«, mutmaße ich hoffnungsvoll.

»Ich fürchte, das können wir ausschließen«, widerspricht Dorian bedauernd. »Wir alle waren uns einig, dass Ravin völlig durchdrehte, nachdem er den Zug angehalten hatte. Zudem war er plötzlich um ein Vielfaches stärker.«

»Er hat zunächst mit roher Kraft den Zug zerlegt und danach Elric hingerichtet, als würde ihm dieses *Spiel* großen Spaß bereiten«, fügt Norwin mit einem entschuldigenden Blick auf Raphael hinzu. »Ausgerechnet Ravin, der jede seiner Handlungen effizient plant und durchkalkuliert.«

»Es entsprach nicht seiner beherrschten Art, sich zu einem solchen Spektakel hinreißen zu lassen«, stimmt auch Valentin zu.

Langsam ergreift eine schleichende Kälte von mir Besitz. Ich muss gestehen, dass die Argumentation der anderen schlüssig ist.

»Vielleicht bin ich wirklich eine tickende Zeitbombe«, flüstere ich erstickt. »Was ist, wenn ich ausraste und euch mit ins Verderben reiße? Wäre es doch besser, wenn ihr mich Levander übergeben würdet?«

Bereits während ich die Worte ausspreche, spüre ich, wie sich alles in mir verkrampft. Wie reagiere ich, wenn meine Freunde den spontan geäußerten Vorschlag in Erwägung ziehen? Ich bin bei Weitem nicht so selbstlos wie Raphael oder Dorian, die sich, ohne zu zögern, opfern würden. Ich habe unglaubliche Angst und ich hänge an meinem Leben.

Raphael schüttelt entschieden den Kopf. »Ich bin an deiner Seite, egal was kommt«, verspricht er.

»Hannah«, sagt Dorian ernst. »Glaubst du, wir wären diesen Weg mit dir gegangen, wenn wir bereit wären, dich aufzugeben?«

Norwin nickt zustimmend. »Wenn wir für dich kein Risiko eingehen wollten, wären wir mit der anderen Gruppe ins Ausland geflüchtet.«

Valentin lehnt sich lässig gegen die Küchentheke. »Du weißt, wie es um mich steht«, bemerkt er schulterzuckend, woraufhin Raphael ihm einen finsteren Blick zuwirft.

Die Worte meiner Freunde lassen mir Tränen der Erleichterung und Dankbarkeit in die Augen schießen. Ich hätte niemals erwartet, dass trotz der Grausamkeit der Akademie etwas so Aufrichtiges entstehen könnte.

»Danke«, erwidere ich rau, während ich mehrfach blinzle und alle in eine feste Umarmung ziehe, der sogar Valentin widerstrebend nachgibt.

Direkt nach unserem Gespräch kontaktiert er Levander und sichert ihm meine Übergabe zu. Der Akademieleiter nennt ihm eine Adresse in einer knapp drei Stunden Fahrt entfernten Stadt. Dort soll er mich übermorgen um 17 Uhr Levanders Team ausliefern.

Den Rest des Abends nutzen wir, um unseren wackligen Plan auszubauen. Wie befürchtet schaffen wir es nicht, alle Lücken und eventuelle Risiken zu beseitigen. Selbst mit einigen Wochen Zeit wäre es eine Herausforderung, Nicht-Former zur erfolgreichen Realitätsverankerung auszubilden. Innerhalb von zwei Tagen ist es fast unmöglich. Trotzdem versuchen wir, an unserem Konzept festzuhalten. Der Überraschungseffekt ist unsere einzige Chance.

Nachdem wir uns davon überzeugt haben, dass Lea weiterhin eingesperrt ist, machen wir uns auf den Weg zu unseren Zimmern. Im Flur legt mir Raphael eine Hand auf die Schulter und dreht mich zu sich herum.

»Soll ich bei dir schlafen?«, fragt er.

»Ja«, bestätige ich zögerlich. »Ich denke schon.«

Schnell vergewissert er sich, dass die anderen bereits verschwunden sind. Dann zieht er mich eng an sich heran und küsst mich.

Ich versuche, mich vollständig auf seine Berührung zu konzentrieren und die Vorgänge der letzten Tage auszublenden, doch es will mir nicht gelingen. Die unverhoffte Offenbarung Valentins, Leas Verrat, der drohende Wahnsinn und Levanders Ultimatum sind zu präsent.

»Darauf habe ich den ganzen Abend gewartet«, flüstert Raphael, als er sich von mir löst. Er verschlingt seine Finger mit meinen und öffnet die Tür zu unserem Raum. »Ich habe dich vermisst.«

»Ich bin froh, dass du wieder da bist«, erwidere ich ehrlich, weiche aber fast unmerklich zurück, als er mich erneut küssen will.

Raphael entfernt sich einen Schritt und betrachtet mich mit schräg gelegtem Kopf.

»Ich kann das gerade nicht«, gestehe ich erstickt.

Er erstarrt. »Liegt das an *ihm*?«

Ich stöhne entnervt. »Nein«, widerspreche ich. »Es liegt *nicht* an Valentin. Es liegt daran, dass ich mit einem

Haufen Mist klarkommen muss. Abgesehen von der Katastrophe, in die wir hineinschlittern, bin ich unsicher, wie es mit uns beiden weitergehen soll. Zuerst hast du mich hintergangen und anschließend von dir gestoßen. Jetzt tauchst du wieder auf und denkst, wir könnten da anknüpfen, wo wir aufgehört haben. Ich verstehe, dass du Zeit gebraucht hast, um alles zu verarbeiten. Aber nun brauche *ich* Zeit.«

Raphael schweigt für einen Moment und mustert mich prüfend, dann senkt er betroffen den Blick. »Ja. Natürlich.«

Wenig später liegen wir nebeneinander im Bett. Obwohl Raphael bis auf einen schnellen Kuss auf die Wange keinen weiteren Annäherungsversuch unternimmt, dauert es sehr lange, bis ich Ruhe finde. Meine Gedanken kreisen um den morgigen Tag. Ich werde Viv endlich wiedersehen. Gleichzeitig muss ich etwas von ihr verlangen, das sie in Lebensgefahr bringen wird.

Vielleicht würden andere ihre Freunde nicht vor diese Wahl stellen. Vielleicht würden andere einfach abhauen, um sich im Alleingang Levander auszuliefern. Vielleicht würden andere ihre Verbündeten mittels Impuls zur widerstandslosen Übergabe zwingen. Vielleicht würden andere nicht das Wohlergehen ihrer Freunde aufs Spiel setzen, um die eigene Haut zu retten. Vielleicht wären andere nicht so verdammt schwach wie ich selbst. Alles könnte ganz einfach sein. Eine simple Lösung. Genau, wie Levander gesagt hat. Ein Leben gegen das von vielen.

Doch für eine solch selbstlose Entscheidung braucht man Tapferkeit und Aufopferungsbereitschaft. Ich besitze weder das eine noch das andere. Ich habe zu viel Angst, und ich will nicht sterben.

Am nächsten Morgen fühle ich mich wie gerädert. Leider ändern daran auch die zwei Tassen Kaffee nichts, die ich verzweifelt in mich hineinschütte. Müde stütze ich den Kopf in die Handflächen.

»Unbefriedigende Nacht gehabt?«, erkundigt sich Valentin spöttisch. »Du siehst übel aus.«

»Schau dich mal an«, murmle ich erschöpft und stelle resigniert fest, dass Valentin im Gegensatz zu mir total entspannt und gelöst wirkt. Seine Augen haben den harten und brutalen Glanz verloren. Die Abkehr von seiner Feindseligkeit steht ihm gut. Er bemerkt meinen Blick und lächelt.

Raphael verfolgt die Szene mit unergründlicher Miene. Ich seufze. Das ist äußerst anstrengend. Sobald sich die beiden in meiner Nähe begegnen, kippt die Stimmung innerhalb von Sekunden. Das Verhältnis zwischen den Leadern war von Anfang an schwierig. Seit Valentins Geständnis scheint Raphael noch misstrauischer und angespannter zu sein. Als würde ich die erste Gelegenheit nutzen, um mit dem blonden Quälgeist durchzubrennen. Genervt verdrehe ich die Augen und widme mich meinem dritten Kaffee.

Im Verlauf des Vormittags werden sowohl Dorians als auch Norwins Freunde mit dem Auto vom Bahnhof abgeholt. Um die Mittagszeit wäre Leas Gruppe an der Reihe, doch wir haben uns gegen ihre Anwesenheit entschieden. Mit Sicherheit würden sie sich auf die Seite ihrer Freundin schlagen und damit ein beträchtliches Risiko darstellen. Es wird ohnehin kompliziert, den anderen beizubringen, dass wir einen Verräter im Untergeschoss festgesetzt haben.

Vor der Fahrt machen wir einen kurzen Abstecher in das Untergeschoss, um nach Lea zu sehen. Sie sitzt an die Wand gelehnt und starrt auf ihre Fußspitzen. Gleichgültig stelle ich fest, dass das Essen, das Dorian ihr netterweise gebracht hat, nicht angerührt wurde. Will sie uns mit einem Hungerstreik strafen? Ich verkneife mir ein verächtliches Schnauben.

Raphael wirft einen prüfenden Blick in den Raum und will gerade wieder die Tür schließen, als Lea aufschaut.

»Könnt ihr mich rauslassen?«, bittet sie. »Ich verspreche euch –«

»Spar dir die Mühe«, unterbricht Raphael ungerührt. »Ich weiß mittlerweile, wie viel dein Wort wert ist.«

Lea schluckt. »Wie lange wollt ihr mich hier einsperren?«, will sie kleinlaut wissen.

Ich beobachte Raphael aufmerksam von der Seite. Diese Frage hatte ich mir ebenfalls gestellt. Das Ergebnis war unerfreulich.

Raphael bestätigt meine Befürchtungen. »Bis wir die Angelegenheit mit Levander klären konnten«, entgegnet er. »Du kannst nur hoffen, dass wir erfolgreich sind und zurückkommen. Ansonsten könnte es *wirklich* lang werden.«

Lea stöhnt genervt. Anscheinend hat sie erkannt, dass sie mit Unterwürfigkeit nichts erreicht. »Das ist doch total übertrieben«, jammert sie. »Wenn Hannah nicht …« Sie verstummt, als wäre ihr gerade eingefallen, wer sich bei ihr im Zimmer befindet.

Noch während ich darüber nachdenke, dass es keine gute Idee ist, Raphael zu provozieren, durchquert dieser mit wenigen Schritten den Raum und ergreift Lea grob am Oberarm.

»Du verstehst überhaupt nichts!«, fährt er sie an. »Du hast uns alle mit deiner Dummheit in Lebensgefahr gebracht und kapierst es nicht einmal!« Er beugt sich ein Stückchen nach vorne, sodass sein Mund direkt neben ihrem Ohr ist. »Bete darum, dass wir Levander ausschalten können. Falls Hannah durch deine Schuld etwas zustößt, werde ich zurückkommen. Dann wird der Arrest dein geringstes Problem sein. Das schwöre ich dir.«

Er verlässt den Raum ohne ein weiteres Wort. Lea schaut ihm mit großen Augen hinterher und scheint langsam zu realisieren, dass sie in echten Schwierigkeiten steckt.

21 : versammelt

Wenig später sitzen wir nebeneinander im Auto. Skeptisch mustere ich Raphael, der sich auf die vor uns liegende Straße konzentriert.

»Ich erkenne dich nicht wieder«, durchbreche ich die unbehagliche Stille.

»Was meinst du?«, fragt er vorsichtig.

»Wahrheitszwang ausnutzen, handgreiflich werden, fiese Todesdrohungen ausstoßen«, zähle ich auf. »Mir war nicht klar, dass dies dein Stil ist.«

Unwillkürlich denke ich an einen anderen Leader, zu dem dieses Verhalten deutlich besser passen würde. Raphael dreht den Kopf und fixiert mich. Ich zucke zusammen, als hätte er meine Gedanken gelesen.

»Ich habe einige meiner Verhaltensweisen überdacht«, erwidert er vage. »Ich bin zu dem Schluss gekommen, dass Verständnis und Freundlichkeit nicht in allen Situationen weiterhelfen.«

Ich nicke bedrückt. Es wundert mich nicht, dass Elrics Tod, Leas doppelter Verrat und Levanders Psychoterror Wunden hinterlassen haben.

»Außerdem scheinst du Rücksichtslosigkeit zu mögen«, fügt er spitz hinzu.

Ich starre ihn fassungslos an, doch er entschuldigt sich, bevor ich etwas entgegnen kann. »Tut mir leid. Das hätte ich nicht sagen sollen.«

»Allerdings«, bestätige ich erschüttert und wende mich ab.

Im Verlauf der nächsten halben Stunde sprechen wir wenig. Raphael ist in seine Gedanken vertieft, während ich krampfhaft versuche, nicht vor Nervosität durchzudrehen. In Kürze werde ich Viv und hoffentlich einige andere Freunde wiedersehen.

Kurz vor eins erreichen wir endlich den Bahnhof. Wir kommen gerade rechtzeitig, um die Einfahrt des Zuges mitzuverfolgen. Als er langsamer wird und schließlich anhält, gehe ich ein paar Schritte zurück und beiße mir angespannt auf die Lippen. Die Erinnerung an Ravins intuitiven Impuls und die damit verknüpfte Katastrophe ist noch zu frisch.

Ich brauche lediglich Sekunden, um meine beste Freundin ausfindig zu machen. Ihre blonden Haare glänzen in der Sonne. Sie trägt ihr blaues Lieblingsshirt mit den silbernen Sternen und die passenden Schuhe, die wir gemeinsam im Ausverkauf ergattert haben. Für sie scheint sich so wenig verändert zu haben.

Schnell prüfe ich, wer hinter ihr den Zug verlässt. Lucas, Laro, Marius und Till. Sie hat es tatsächlich geschafft, vier weitere Freunde zu einem Kurztrip mit unbekanntem Ziel zu animieren. Bei Vivs Überredungstalent wundert mich das nicht. Mit einem gezwungenen Lächeln sehe ich ihr entgegen und ignoriere die kalte Faust, die sich um meinen Magen krampft. Ich habe unbeschreibliche Angst. Ich weiß nicht, wie ich reagieren soll, wenn sie nichts mehr mit mir zu tun haben will.

Viv läuft, ohne zu zögern, auf mich zu und schaut mir direkt ins Gesicht. »Hannah?«, vergewissert sie sich.

Ich nicke, da der Kloß in meinem Hals sämtliche Worte verhindert.

»Was ist mit deinen Haaren passiert?«, fragt sie entgeistert, streckt aber dennoch die Arme aus, um mich an sich zu ziehen. Bevor sie mich umarmen kann, nimmt sie Raphael wahr, der stumm neben mir steht.

Irritiert prallt sie zurück. »Du bist auch hier«, stellt sie freudlos fest. »Das hatte ich befürchtet.«

Plötzlich reserviert tauscht sie einen Blick mit den anderen, die hinter ihr warten.

»Unfassbar, dass Jan die Nerven hat, hier aufzutauchen«, sagt Marius leise zu Lucas, der bestätigend die Stirn runzelt.

Beklommen gestehe ich mir ein, dass wir einiges klären müssen. Ich setze ein hoffentlich unbeschwertes Grinsen auf. »Hallo, Leute«, grüße ich gespielt munter. »Schön, euch zu sehen.«

Während der Autofahrt herrscht ungemütliches Schweigen. Ich habe keine Ahnung, ob es an Raphaels Anwesenheit liegt oder daran, dass sich die anderen zu fünft auf die Rückbank quetschen müssen. Die Stille ist erdrückend, und ich bin unglaublich froh, als wir endlich an unserem Quartier ankommen.

Nachdem alle aus dem Auto gestiegen sind, fasse ich Raphael am Bund seines Shirts. »Kann ich zehn Minuten mit Viv alleine haben?«, bitte ich mit einem besorgten Blick auf meine Freundin. Sie sieht aus, als bereue sie zutiefst, hergekommen zu sein.

»Natürlich«, erwidert er und nickt den anderen zu. »Lasst uns reingehen. Nach der langen Zugfahrt könnt ihr bestimmt etwas zu trinken gebrauchen.«

Wenig später ist er in der Gesellschaft von Lucas, Laro, Till und Marius im Haus verschwunden.

»Wollen wir ein paar Meter laufen?«, wende ich mich an Viv, die unentschlossen die Schultern hebt. Schweigend schlendern wir durch den angrenzenden Wald und lassen uns in den Schatten einer Buche fallen.

Bevor wir richtig sitzen, stößt Viv heftig den Atem aus. »Hannah. Jetzt rück mit der Sprache raus. Du verschwindest für mehrere Wochen. Wir hören nicht das Geringste von dir. Dann rufst du plötzlich an, machst einige kryptische Andeutungen und lässt uns durchs halbe Land zu dir reisen. Zu allem Überfluss ist auch noch *er* hier«, fasst sie zusammen. »Was hat das alles zu bedeuten?«

Im Verlauf meiner fast schlaflosen Nacht habe ich mir zahlreiche Einleitungen und Schilderungen zurechtgelegt, doch keine erscheint mir passend.

»Das ist eine ziemlich lange und komplizierte Geschichte«, beginne ich.

Viv lehnt sich zurück. »Ich habe Zeit.«

Aber ich nicht. Unwillkürlich prüfe ich meine Uhr. 27 Stunden bis zur Auslieferung.

Verbissen konzentriere ich mich auf die folgende Erklärung. »Zuerst musst du wissen, dass ich ein Former bin«, fange ich an. »Ich kann die Realität durch meine Gedanken verändern. Dinge geschehen lassen. Menschen beeinflussen. Alles Mögliche.«

Bang halte ich inne und werfe einen Blick auf Viv. Ich rechne fest damit, dass sie wie damals am Seeufer mit Unglaube und Skepsis reagieren wird.

Meine Freundin starrt mich aus weit aufgerissenen Augen an. Sie zittert leicht und sieht dermaßen verstört aus, dass ich sie spontan in den Arm nehme. Ihre Reaktion verunsichert mich.

»Wie kannst du über meine Träume Bescheid wissen?«, flüstert sie an meiner Schulter.

»Was?« Ich löse die Umarmung, um ihr ins Gesicht zu blicken.

»Seit deinem Verschwinden träume ich regelmäßig davon, dass du Superkräfte besitzt. Du hast Steine schweben lassen und Flaschen angehalten. Einmal habe ich geträumt, dass du bei einer Mathearbeit betrogen hast, indem du deinen Namen mit einem anderen ausgetauscht hast.« Viv lacht, doch es klingt hohl. »Das passt genau zu den Aspekten, die du eben nanntest. Manchmal glaube ich sogar im Wachzustand, dass diese Sachen wirklich passiert sind. Die Erinnerung daran wirkt so realistisch, als hätte ich es selbst erlebt.«

Erst mit Verspätung verstehe ich, was los ist. Viv hält irritiert inne, als ich nach Luft schnappe.

»Oh mein Gott«, bringe ich hervor. »Die Gedächtnislöschung, zu der mich Jan … Elias ermutigte! Ich war mir schon damals nicht sicher, ob sie von Dauer sein würde.«

Viv mustert mich absolut verständnislos. »Gedächtnislöschung?«, wiederholt sie verwirrt. »Und wer zum Teufel ist Elias?«

In der folgenden halben Stunde liefere ich meiner Freundin eine ausführliche Zusammenfassung der letzten Wochen und gebe außerdem mehrere Kostproben der Gabe. Nachdem ich zwanzig Minuten am Stück gesprochen habe, fühlt sich meine Kehle rau an.

Viv reagiert großartig. Durch die Traumerinnerungen ist ihr der Gedanke an die Formergabe nicht fremd, sodass sie sich schnell auf die Situation einstellen kann. Am Ende unseres Gesprächs liegen wir uns hemmungslos schluchzend in den Armen. Ich kann das Glück, meine beste Freundin nicht verloren zu haben, kaum fassen. Ein Blick auf meine Uhr versetzt meinem Hochgefühl jedoch einen empfindlichen Dämpfer und holt mich schlagartig zurück in die Realität.

26 Stunden und 15 Minuten.

Als wir das Haus betreten, finden wir die anderen im Wohnzimmer. Anscheinend warten alle auf uns. Schuldbewusst stelle ich fest, dass aus zehn Minuten eher eine knappe Stunde geworden ist.

Raphael drückt mich an sich. »Alles geklärt?«, vergewissert er sich, woraufhin ich freudig nicke.

»Hi, Viv«, wendet er sich an meine Freundin. »Wir kennen uns noch nicht. Als ich Jan war, durfte ich nicht zur Schule. Ich bin Raphael. Schön, dich endlich zu treffen.«

Er lächelt sie warm an und berührt kurz mit den Fingerspitzen ihren Oberarm.

»Echt, Hannah«, sagt Viv in meine Richtung. »Dass du diesen Rollentausch nicht bemerkt hast, ist mir unbegreiflich. Sobald er den Mund aufmacht, ist es offensichtlich, dass er nicht Jan … Elias ist.«

Ich hebe grinsend die Schultern und wende mich den restlichen Nicht-Formern zu. Innerhalb von vierundzwanzig Stunden konnten wir fünfzehn Freunde um uns versammeln. Eine beeindruckende Anzahl. Jetzt hängt alles davon ab, dass wir zu einem Team werden.

Raphael räuspert sich leise. Mit hochgezogenen Augenbrauen deutet er auf die Gruppe vor mir. Die offizielle

Begrüßungsrede scheint meine Aufgabe zu sein. Klar. Immerhin geht es in erster Linie um meine Rettung.

»Es ist toll, dass ihr hier seid«, richte ich das Wort an unsere Freunde, ohne mich mit einer Einleitung aufzuhalten. »Ihr wurdet bereits eingeweiht?«

»Wir haben sogar einige krasse Kostproben dieser Kraft erhalten«, bestätigt ein blondes Mädchen, das auf einem Sessel kauert.

»Ihr habt euch alle zum Bleiben entschlossen?«, frage ich zögerlich.

Allgemeines Nicken. Ich atme erleichtert aus. Keiner von ihnen will gehen. Ich hätte nicht damit gerechnet, dass ausnahmslos alle bereit sind, ein solch beträchtliches Risiko zu akzeptieren.

»Gut«, fahre ich fort. »Das Ganze ist verdammt gefährlich. Ihr müsst euch bewusst machen, worauf ihr euch einlasst. Möglich, dass alles gut verläuft. Dass wir Levander schlagen und als Sieger hervorgehen. Wahrscheinlicher ist allerdings, dass er triumphieren wird. In diesem Fall müsst ihr sofort abhauen. Er schreckt vor nichts zurück und wird alle töten, die er verdächtigt, mir geholfen zu haben.«

»Du weißt, wie man eine Gruppe motiviert«, bemerkt Valentin ironisch.

Ich ignoriere die Stichelei und spreche weiter. »Mir ist klar, dass ihr nicht wegen mir gekommen seid.«

Mein Blick fällt auf Viv, Till, Laro, Lucas und Marius, die empört ihren Protest signalisieren.

»Zumindest nicht alle«, verbessere ich mich und fixiere die zehn Unbekannten im Raum. »Ihr seid da, um Dorian oder Norwin zu unterstützen. Unser Erfolg hängt aber davon ab, dass wir *alle* zu einer Einheit zusammenwachsen. Das wird zu einer Herausforderung, denn wir haben keine Zeit, uns besser kennenzulernen. Trotzdem müssen wir einander uneingeschränkt vertrauen.« Ich richte mich ein wenig auf. »Eins noch: Bei dieser Sache geht es nicht nur um mich. Levander entführt seit Jahren Jugendliche, um sie zu seelenlosen Kampfmaschinen auszubilden. Diesem Treiben können wir ein Ende setzen. Ich bin euch allen unglaublich dankbar«, schließe ich mit belegter Stimme und schlucke missmutig die aufsteigenden Tränen hinunter. Seit Beginn unserer Flucht habe ich wirklich nah am Wasser gebaut.

In der folgenden halben Stunde schlendere ich durch den Raum und bemühe mich, mit jedem unserer Gäste einige Worte zu wechseln und mir die Namen zu merken. Erwartungsgemäß sind die Freunde von Dorian und Norwin ebenso unkompliziert und liebenswert wie die beiden selbst, sodass es mir nicht schwerfällt, mehrere lockere Gespräche in Gang zu bringen. Auch bei meiner alten Clique ist das Anknüpfen an unsere frühere Freundschaft fast zu einfach. Laro und Lucas sind nach wie vor ein Paar und erzählen begeistert von ihrem Abenteuerurlaub, der für den kommenden Monat geplant ist. Dass sich Viv und Till ebenfalls gefunden haben, erkenne ich erst, als er sie umarmt und von hinten einen Kuss auf die Wange drückt. Ich strahle meine beste Freundin begeistert an. Glücklich erwidert sie mein Lächeln. Sie wirken so wunderbar *normal*. Ich fühle mich unfassbar schlecht, weil sie all das für mich aufs Spiel setzen.

Als habe er meine Gedanken gelesen, prüft Raphael seine Armbanduhr. »Wir sollten beginnen.«

25 Stunden und 30 Minuten.

22 : verflucht

Wenige Minuten später haben wir uns am Waldrand eingefunden. Unsicher lasse ich meinen Blick über unsere versammelten Freunde schweifen. Sie sehen angespannt aus. Manche kauen nervös auf ihrer Unterlippe, einige treten aufgeregt von einem Fuß auf den anderen. Bevor negative Stimmung aufkommt, ergreifen Dorian und Norwin das Wort.

»Wir werden euch jetzt in unseren Plan einweihen«, leitet Dorian ein.

»Hoffentlich ist er gut. Wie ich das sehe, ist dieser Levander fast unbesiegbar«, stellt Jens, ein braunhaariger Junge aus Norwins Gruppe, fest, woraufhin einige beklommen nicken.

»Es ist das Beste, was wir in der Kürze der Zeit erreichen können«, erwidert Dorian nüchtern. »Wir haben euch bereits erzählt, welche Vorkommnisse zu unserer aktuellen Situation geführt hatten. Norwin?«, wendet er sich an seinen Freund.

»Levander hat die Übergabe auf morgen Nachmittag, 17 Uhr angesetzt«, übernimmt dieser.

»Wieso erst morgen?«, unterbricht Lucas. »Müsste ihm nicht daran gelegen sein, Hannah schnellstmöglich in die Finger zu kriegen?«

»Das ist ein für die Akademie typisches Vorgehen«, schaltet sich Raphael ein. »Damit hofft er, innerhalb der

Gruppe für Zwietracht zu sorgen. Hinreichend Zeit, um das Ausmaß der Bedrohung zu erkennen, aber kurz genug, um uns unter Druck zu setzen.«

Für einen Moment herrscht Schweigen, während alle über Raphaels Worte nachdenken.

»Levander ist klar, dass wir anwesend sein werden«, greift Norwin seine ursprüngliche Erklärung wieder auf. »Entweder, um Hannah auszuliefern und unsere Haut zu retten, oder um ihm eine Falle zu stellen. Er rechnet jedoch damit, dass maximal sechs Personen bei ihm auftauchen. Das ist unsere Chance.«

Gebannt hängen die Nicht-Former an seinen Lippen.

»Er ahnt nicht, dass wir Verstärkung haben werden. Garantiert wird er ein Team schicken, das Hannah betäuben, abholen und zu ihm bringen soll. Wir überraschen seine Former mit der Realitätsverankerung durch scheinbar *bedeutungslose* Personen, die durch ihre fehlende Aura kaum wahrgenommen werden. Anschließend wird Hannah den Leader des gegnerischen Teams durch mentale Befehle kontrollieren, Levander aber vorspielen, dass alles nach Plan verläuft. Wenn wir es geschickt anstellen, wird der von Hannah kontrollierte Leader die Übergabe alleine ausführen. Von gezielten Auftritten an der Akademie abgesehen agiert Levander im Verborgenen, um kein Interesse auf sich zu ziehen. Er wird um jeden Preis vermeiden wollen, dass bei der Aktion mehr Former als nötig anwesend sind.«

»Und wo sind wir?«, wirft Niklas, einer von Dorians Freunden, ein.

»Nachdem wir das gegnerische Team ausgeschaltet haben, folgt ihr Hannah bis zu Levanders Unterschlupf. Er wird euch nicht bemerken oder euch zumindest keine

Aufmerksamkeit schenken, da ihm Menschen ohne Formergabe komplett gleichgültig sind.«

»Was macht ihr in der Zwischenzeit?«, fragt Marius. »Wenn ich das richtig verstanden habe, seid ihr durch eure Aura jederzeit zu erkennen?«

»Ja«, stimmt Norwin zu. »Allerdings spielt es keine Rolle mehr, sobald wir Levanders Aufenthaltsort lokalisiert haben. Wenn er unsere Auren entdeckt, hat er zwei Möglichkeiten. Flucht oder Angriff. Für beide Fälle werden wir gewappnet sein.«

»Wir wissen also, wie wir an Levander herankommen«, mischt sich ein Mädchen mit dunklen Haaren ein, das sich als Anna vorgestellt hat. »Mir scheint, das ist sogar noch die leichtere Aufgabe. Was geschieht dann?«

»Hannah wird ihn mittels eines Impulses zum Selbstmord zwingen«, enthüllt Norwin ungerührt.

Die Information schlägt ein wie eine Bombe. Für einige Minuten reden alle durcheinander. Obwohl die Idee von mir selbst stammt, schließlich habe ich genau diese Taktik gegen Elias angewendet, dreht sich mein Magen bei Norwins Worten um. Vor meinem inneren Auge sehe ich Elias' Körper in einer tiefroten Blutlache, die sich dunkel vom hellen Boden abzeichnet. Werde ich in der Lage sein, diesen Impuls erneut zu erteilen, auch wenn es sich um meinen größten Feind handelt?

»Kriegt euch mal wieder ein«, tadelt Valentin kopfschüttelnd. »Was habt ihr erwartet? Dass wir Levander freundlich bitten, Gnade zu gewähren und tatenlos abzuziehen?«

Das Gerede verringert sich, während die Nicht-Former Valentin kritisch beäugen.

»Ist Hannah stark genug, um Levander zu kontrollieren?«, vergewissert sich ein blonder Typ namens Max besorgt.

»Nein, eben nicht«, widerspricht Dorian mit einem schiefen Grinsen.

Die anderen starren ihn verständnislos an.

»Mit eurer Hilfe kann sie es dennoch schaffen«, fügt er hinzu und sorgt damit für gespannte Stille.

»Wenn sich fünfzehn Nicht-Former sicher sind, dass Levander Selbstmord begehen wird, verankern sie damit diese Realität. Hannah muss dadurch deutlich weniger Kraft aufbringen.«

»Wir müssen also trainieren, an das zu glauben, was ihr vorgebt«, schlussfolgert Viv.

Dorian wirft ihr einen anerkennenden Blick zu. »Das ist der Plan.«

»Und wenn es schiefgeht?«, wendet Laro ein. »Wenn etwas Unvorhergesehenes passiert? Wenn sich Levander aus ihrem Befehl löst? Wenn er *sie* kontrolliert statt umgekehrt?«

»Dann wechseln wir die Taktik«, meldet sich Valentin von der Seite. »Pure Gewalt ohne Raffinesse. Ihr konzentriert euch mit der Unterstützung von Dorian und Norwin darauf, dass Levander untätig bleibt und sich nicht rühren kann. Raphael und ich sorgen dafür, dass Hannah ihren freien Willen behält und Levander erledigt.«

Lucas atmet aus. »Sorry, Leute. Dieser ganze Plan ist derart gewagt, dass es fast armselig ist.«

»Du hast recht«, stimmt Raphael unumwunden zu, woraufhin ihn alle überrascht anschauen. »Aber welche Wahl haben wir?«

Lucas zuckt mit den Schultern. »So betrachtet keine. Lasst uns anfangen.«

Im Gegensatz zu Lucas' Unbekümmertheit mustern uns die anderen mit deutlichem Unbehagen. Trotzdem folgen alle Raphael widerspruchslos in den Wald hinein.

25 Stunden.

Nach zwei Stunden schweißtreibender Anstrengungen müssen wir eingestehen, dass unser Vorhaben in der Theorie viel einfacher schien. Die Umsetzung in die Praxis verursacht große Schwierigkeiten. Es kostete zwar wenig Zeit, die Nicht-Former zum Glauben an einen schwebenden Stein oder an ein fliegendes Holzstück zu bringen, doch wir hatten einen wesentlichen Aspekt außer Acht gelassen. An der Akademie mussten wir wochenlang an unserem mentalen Fokus arbeiten und die dauerhafte und verdichtete Konzentration trainieren. Diese Übung fehlt den fünfzehn Nicht-Formern. Sie wurden weder in geistiger Stärke noch im Bündeln von Aufmerksamkeit geschult. Ihnen sind unbewusste Schranken gesetzt. Frustriert realisiere ich, dass sich unsere einzige Hoffnung langsam in Luft auflöst. Mehrfach lässt Dorian mit der Unterstützung der Gruppe einen Stein in die Höhe steigen, den Valentin zu schnell und zu einfach wieder auf die Erde befördert. Die Übung wäre noch früher zu Ende, wenn ein natürlicher Former diesen Impuls geben würde.

Mutlos lasse ich mich auf den weichen Waldboden sinken. »Es funktioniert nicht«, sage ich leise zu Raphael, der sich neben mich gesetzt hat und tröstend den Arm um mich legt. »Die Konzentration der Nicht-Former reicht nicht aus. Obwohl sie fest daran glauben, dass der Stein oben bleibt, schaffen sie es nicht, ihn dort zu verankern.«

Raphael nickt beunruhigt. »Lasst uns eine Pause einlegen«, ruft er den anderen zu, die seinen Vorschlag dankbar aufnehmen.

Während die Nicht-Former das Haus aufsuchen, um dort etwas zu trinken, lassen sich Dorian, Norwin und Valentin neben uns fallen.

»Es funktioniert nicht«, wiederhole ich meine Worte von gerade eben. Mittlerweile kann ich den verzweifelten Unterton nicht mehr unterdrücken.

»Immerhin hat sich eine leichte Verbesserung gezeigt«, behauptet Dorian aufmunternd. »Mit genügend Training könnte der Plan vielversprechend sein.«

»Die Zeit läuft uns davon«, erinnere ich dumpf. »Levander wird nicht warten, bis wir bereit sind.«

»Sie erkennen die Dringlichkeit der Situation nicht«, murmelt Valentin wie zu sich selbst. »Natürlich sind sie alle bereit, ihr Bestes zu geben, aber unterbewusst bremsen sie sich aus.«

Norwin seufzt resigniert. »Treffende Analyse.«

Valentin stützt seine Ellbogen auf die Knie und runzelt die Stirn. »Wir müssen ihnen Angst machen«, stellt er unvermittelt fest.

Jäh richte ich mich auf. »Was ist denn das für eine blöde Idee? Mensch, Valentin. Sie sind *freiwillig* hier! Ich werde sicher nicht zulassen, dass du sie in Panik versetzt.«

Raphael legt beschwichtigend seine Hand auf meinen Arm. »Wie meinst du das genau?«, erkundigt er sich in Valentins Richtung.

»Ihr Wille, etwas zu bewegen, ist nicht groß genug«, erklärt dieser. »Wir müssen sie verstören und betroffen machen. Sie aus ihrer Komfortzone und der damit verbundenen unterbewussten Gleichgültigkeit herausholen.

Nur so erreichen wir, dass sie voller Hingabe und Überzeugung bei der Sache sind.«

»Wie willst du das hinkriegen?«, frage ich skeptisch. Gleichzeitig gestehe ich mir ein, dass ich mittlerweile bereit bin, *alles* auszuprobieren. Selbst wenn es bedeutet, unsere Freunde nachhaltig zu verängstigen.

»Mit der Wahrheit«, entgegnet Valentin schlicht.

Ungefähr zehn Minuten später haben wir uns wieder am Waldrand versammelt. Die Abendsonne taucht die Umgebung in goldenes Licht. Alles könnte schön und idyllisch sein, wenn die Angst nicht in den Schatten lauern würde.

22 Stunden und 30 Minuten.

Valentin baut sich vor der Gruppe auf und verschränkt die Arme. Er schaut in meine Richtung, und kurz erhellt ein warmes Lächeln seine Miene. Bevor ich es erwidern kann, verändert sich sein Gesicht. Innerhalb von Sekunden wandelt sich der Freund, den ich im Verlauf der letzten Tage lieb gewonnen habe, zum skrupellosen und ehrgeizigen Leader, den Ravin als Favoriten wählte. Sein Ausdruck jagt mir einen kalten Schauer über den Rücken. Er scheint kompromisslos, geringschätzig und gleichgültig. Ich verabscheue die Umstände, die es erforderlich machen, den alten Valentin an die Oberfläche zu holen. Ich habe gehofft, er sei endgültig Vergangenheit. Levander wird dafür bezahlen, dass sein Ultimatum diesen Wechsel erzwingt.

»Die Bemühungen der letzten Stunden waren alles andere als erfolgreich«, beginnt Valentin hart. »Im Gegenteil. Ihr habt es nicht einmal geschafft, die einfachste Realitätsverankerung aufrechtzuerhalten.«

Die Nicht-Former senken unter seiner harschen Kritik den Blick.

»Es war nicht ansatzweise herausfordernd, die von euch unterstützte Fokussierung zu brechen. Eigentlich hat eure Stümperei diese Bezeichnung gar nicht verdient. Ihr könnt euch denken, was das über euren Willen, über euren Verstand und über eure geistige Kapazität aussagt. Ihr seid unkonzentriert und zerstreut. Ihr gebt euch keine Mühe.« Er klingt unversöhnlich und destruktiv. Ebenso könnte es Ravin sein, der sie zurechtweist. »Ihr seid schwach. Wir hatten uns mehr von euren Fähigkeiten versprochen. Wir hatten uns mehr von *euch* versprochen. Alles, was ihr bisher geleistet habt, war minderwertig. Vermutlich, weil ihr denkt, die Geschichte beträfe euch nicht wirklich. Ihr wiegt euch in trügerischer Sicherheit und glaubt, das Schlimmste, was euch passieren könnte, sei eine kopflose Flucht.« Er macht eine kurze Pause. »Aber so ist es nicht. Für euch steht wesentlich mehr auf dem Spiel. Wir waren nicht ganz ehrlich, weil wir euch Entsetzen und Todesangst ersparen wollten. Eure momentane Trägheit zeigt leider, dass es notwendig ist, euch aufzurütteln.«

»Was sollen diese Drohungen?«, fragt Laro mit belegter Stimme. »Mach's nicht so spannend und –«

Sie verstummt abrupt, als Valentin sie grimmig mustert.

»Auch ohne Mitwirkung bei dieser Aktion schwebt ihr in Lebensgefahr. Es ist nicht weniger real, weil ihr bisher nichts davon wusstet. Levander hat Informationen über das komplette Umfeld seiner Former. Familie, Freunde, sogar Nachbarn, Lehrer oder Sporttrainer. Alle, die irgendwie wichtig sein könnten. Er weiß genau Bescheid über den engsten Kreis von Dorian, ebenso wie über Norwins Clique und Hannahs Freunde. Er kannte eure Namen, schon weit bevor ihr überhaupt etwas von seiner Existenz geahnt habt.« Valentin fixiert nacheinander jeden der Nicht-Former. Nur die wenigsten schaffen es, seinem unerbittlichen Blick standzuhalten. »Wisst ihr, womit er gedroht hat, falls wir Hannah nicht herausgeben?«, erkundigt er sich, doch der Ausdruck in seinem Gesicht zeigt, dass er keine Antwort erwartet. »Er hat damit gedroht, die engsten Freunde hinzurichten. Dass ihr den Hilferufen Dorians, Norwins und Hannahs hierher gefolgt seid, macht deutlich, dass ihr dazugehört.«

Valentins Worte rufen Unruhe unter den Nicht-Formern hervor. Unsere Freunde mustern den Leader feindselig und voller Bestürzung. In einigen Mienen erkenne ich unverhohlene Panik. Valentin ist jedoch noch nicht am Ende seiner zugegebenermaßen wirkungsvollen Ansprache angekommen.

»Wenn der Plan fehlschlägt, wird er euch töten«, betont er eindringlich. »Unwahrscheinlich, dass es sofort geschieht. Vielleicht in zwei Wochen, wenn ihr mit eurer Familie beim Abendessen sitzt. Oder in zwei Monaten, wenn ihr mit Freunden ins Schwimmbad geht und verzweifelt versucht, zu vergessen. Oder in zwei Jahren, wenn ihr ahnungslos von einer Party heimlauft, euer Zuhause allerdings nie erreicht.« Er lächelt kalt. »Glaubt mir eins. Levander ist gnadenlos. Er vergisst nicht, und er verzeiht nicht. Ihr steckt viel tiefer in dieser Sache, als ihr wahrhaben möchtet. Gesteht es euch endlich ein. Es geht nicht nur um Hannahs Leben. Es geht um euch alle.«

Valentins Worte rufen entsetztes Schweigen hervor. Ich erkenne an den Gesichtern der Nicht-Former, dass er mit seiner Rede genau ins Schwarze getroffen hat. Er hat sie aus ihrer sorglosen Welt herausgerissen und mitten hineingeworfen in unser Drama. Doch zu welchem Preis? War es tatsächlich nötig, ihnen diese Last aufzubürden?

Beunruhigt schaue ich zu Viv. Meine Freundin wirkt gefasst, aber ihre Lippen sind zu schmalen Strichen zusammengepresst. Trotz ihrer eigenen Anspannung hat sie einen Arm um Laro gelegt, der die Tränen über die Wangen laufen. Auch die anderen Nicht-Former haben Valentins Eröffnung nicht gut aufgenommen. Einige starren ihn mit unverhohlenem Hass an, manche schütteln verständnislos den Kopf. Die Stimmung ist auf dem Tiefpunkt, die allumfassende Angst fast mit Händen zu greifen. Zögerlich werfe ich einen Blick auf Valentin, der das Ergebnis seiner Konfrontation mit undurchdringlicher Miene begutachtet. Obwohl ich weiß, dass er nur äußerst überzeugend schauspielert, und obwohl mir klar ist, dass er sich nicht in den herzlosen Leader zurückverwandelt hat, ist sein gefühlloses Auftreten zu viel für mich. Zu sehr erinnert es mich an das Grauen in der Akademie. Zu nah kommt es den Methoden Ravins und Levanders. Ich beiße mir auf die Unterlippe, kann jedoch nicht verhindern, dass mir Tränen in die Augen steigen. Meine Kehle wird eng, und ich schlucke verkrampft. Bevor jemand merkt, wie es mir geht, richte ich mich taumelnd auf und entferne mich ein paar Schritte.

Raphael beobachtet besorgt meine Reaktion und macht Anstalten, mir zu folgen.

»Bleib«, verlange ich schroff. »Alles okay. Ich brauche bloß eine Pause von dem Mist. Ich muss meine Gedanken sortieren. Alleine.«

Er setzt zu einer Antwort an.

Mit einer entschiedenen Geste wehre ich seinen Einwand ab. »Ich komme zurecht«, versichere ich und verschwinde im Wald, ohne mich noch einmal umzudrehen.

Erst als ich sicher bin, dass mir keine Aura folgt, verlangsame ich meine Schritte. Neben einer großen Eiche sinke ich im Schneidersitz zusammen. Ich muss dringend nachdenken. Erschöpft vergrabe ich den Kopf in den Händen. Weshalb kann ich nicht stärker sein? Wieso kann ich nicht Raphaels Ehrgefühl oder zumindest Valentins Todesverachtung aufbringen und meine Freunde an dieser aussichtslosen Aktion hindern? Egal, wie ich es betrachte. Ich bin Dreh- und Angelpunkt des Ganzen. Morgen werden knapp zwanzig Personen ihr Leben für mich riskieren. Ein Selbstmordkommando. Nichts lässt darauf schließen, dass unser Plan eine Chance hat. Die Realitätsverankerung funktioniert nicht. Ihre Unterstützung wird lediglich Levanders Triumph beschleunigen und dafür sorgen, dass er Zeit spart. Wenn wir Glück haben, tötet er lediglich uns. Im schlimmsten Fall sind danach unsere Familien dran. Erfüllt von hilflosem Zorn denke ich an Simon und meine Eltern, die nichts von der Gefahr ahnen, in der sie schweben. Doch was wäre die Alternative? Egal, wie die morgige Konfrontation endet, für mich sieht es nicht gut aus. Selbst wenn wir siegen würden; welche Perspektive gibt es für mein restliches Leben? Wie heftig darf ein intuitiver Impuls sein, ohne den Wahnsinn auszulösen? Wäre es denkbar, dass ich irgendwann verrückt werde, bloß weil ich spontan einen Ball abwehre oder ein fallendes Glas auffange? Und wenn morgen etwas schiefläuft, sodass ich durchdrehe wie Ravin? Wenn ich nacheinander nicht nur meine Freunde hinrichte, sondern jeden, der mich schräg anschaut? Wäre ich als ausgebildeter natürlicher Former nicht wie ein gigantischer Wirbelsturm? Eine Naturgewalt, die durch nichts mehr zu stoppen ist? Ich schluchze, als mir in den Sinn kommt, was Levander während des Telefonats mit Valentin sagte. Jetzt erst verstehe ich den gesamten Inhalt seiner Aussage und ihre Bedeutung für die Zukunft. Meine Gabe ist ein Fluch.

Verzweifelt lege ich die Stirn auf die Knie. Ich könnte sie retten, wenn ich mich ihm ausliefern würde. Ich könnte sie *alle* retten. Raphael hat damals sein Möglichstes getan, unbemerkt zu Elric zu kommen, um niemanden in Gefahr zu bringen. Woher erhalte ich den Mut, ebenso stark zu sein? Ich könnte mitten in der Nacht abhauen und Levander kontaktieren. Einen neuen Treffpunkt festlegen. Mich in seine Gewalt begeben, ohne dass Raphael, Valentin oder ein anderer sein Leben für mich riskiert. Meinen Tod durch Levander zulassen und willkommen heißen für die Unversehrtheit all derer, die mir am Herzen liegen.

Stundenlang wälze ich meine Gedanken hin und her, aber ich komme zu keinem befriedigenden Ergebnis. Egal, wie sehr ich es wünsche; mir fehlt der Mut, mich Levander zu stellen. Ich werde den Rückhalt meiner Freunde in Anspruch nehmen und sie in den sicheren Tod schicken. Ich bin zu schwach und zu ängstlich, und ich hasse mich dafür.

19 Stunden.

23 : hintergangen

Erst als die Nacht hereinbricht, wird mir bewusst, dass ich dringend zurückgehen sollte. Es wundert mich, dass die anderen keine Suchaktion gestartet haben, denn ich war fast vier Stunden weg. Vermutlich hat Raphael erkannt, dass ich Zeit brauche, um mit meinem Gewissen zurechtzukommen.

Als ich das Ferienhaus betrete, finde ich den Großteil unserer Freunde im Wohnbereich vor, wo sie entspannt zusammensitzen und lockere Gespräche führen.

Valentin springt auf und läuft mir einige Schritte entgegen. »Hannah! Alles okay? Raphael ist gerade draußen unterwegs, um den Wald nach dir abzusuchen.«

»Ja, klar«, murmle ich abgelenkt. Verunsichert bemühe ich mich um eine Einschätzung der Lage. Nach Valentins Ansprache hatte ich mit Anspannung und Unbehagen gerechnet, doch die Stimmung wirkt deutlich gelöster als zuvor. Ob das an meiner Abwesenheit lag? Was haben sie gemacht? Worüber wurde gesprochen, während ich meine düsteren Gedanken herumgewälzt habe?

»Habt ihr noch trainiert? Hattet ihr weitere Ideen?«, entscheide ich mich für die Flucht nach vorne.

Valentin runzelt die Stirn. »Mich würde eher interessieren, auf welche Ideen *du* gekommen bist, als du im Wald warst. Du hast eine Ewigkeit gebraucht.«

Ich schweige ertappt.

»Kann ich dich kurz alleine sprechen?«, fragt er mit einem Seitenblick auf die Nicht-Former, die interessiert unserer Unterhaltung lauschen.

»Sicher«, stimme ich zu und folge Valentin nach oben in dessen Zimmer. Er öffnet das Fenster und lässt die kühle Abendluft den Raum fluten. Ich lasse mich ungeachtet eines T-Shirts, das mir den Platz streitig machen will, auf die Couch fallen. Auf dem kleinen Tisch vor uns befinden sich neben einer hässlichen Blumenvase ebenfalls diverse Kleidungsstücke. Wirklich ordentlich ist der Leader nicht. An dieser Stelle hat die Erziehung der Akademie versagt.

Mein Grinsen vergeht mir, als mich Valentin aufmerksam ansieht.

»Lass uns gleich zum Wesentlichen kommen«, beginnt er übergangslos. »Welches Ergebnis brachte deine Grübelei im Wald? Willst du uns hintergehen? Hast du beschlossen, dich heimlich Levander auszuliefern?«

Ich werde rot und beiße mir auf die Lippen. Leider ist diese Reaktion kein widerwilliges Schuldeingeständnis auf die Vermutung Valentins. Es ist eher umgekehrt. Ich schäme mich entsetzlich dafür, dass ich genau diesen Gedanken verworfen habe.

»Wie kommst du darauf?«, versuche ich, Zeit zu gewinnen.

»Naheliegende Lösung«, antwortet er schulterzuckend. »Auch wenn sie für mich an deiner Stelle nicht infrage käme. Es ist das, was Raphael tun würde.«

Schlagartig fühle ich mich besser. Immerhin existiert ein Mensch, der mich nicht für meine Schwäche verurteilt, sondern sogar einräumt, ebenfalls eigennützig zu handeln. Erleichtert begrabe ich die Idee, vorzutäuschen, ich hätte meine Auslieferung geplant, nur um mich dann vom Gegenteil überzeugen zu lassen. Keiner meiner Freunde hat diese scheinheilige Heuchelei verdient.

»Ehrlich?«

Er nickt bestätigend.

»Ich habe es in Betracht gezogen. Aber ich will nicht sterben. Jede Faser meines Körpers schreit danach, mich ans Leben zu klammern.«

»Verstehe ich«, gibt Valentin zu und setzt sich neben mich. »Es wäre ohnehin absolut sinnlos.«

Ich mustere ihn irritiert. »Wie meinst du das?«

»Du weißt, was er mit Elias' Team gemacht hat«, entgegnet er und stützt die Ellbogen auf die Knie. »Er duldet keine Misserfolge. Er gewährt keine zweite Chance. Niemandem. Nicht einmal Ravin hat er verschont. Glaubst du wirklich, er würde uns anderen verzeihen, dass wir uns für deine Seite entschieden haben? Glaubst du wirklich, er würde uns in Ruhe lassen, wenn du dich kampflos ergibst?« Er hebt den Kopf und sieht mir offen ins Gesicht. »Deine Auslieferung würde nicht das Geringste bringen. Im besten Fall könnte sie uns ein paar Tage verschaffen.«

Erstaunt erwidere ich seinen Blick. Mit wenigen Worten ist es ihm gelungen, meinen quälenden Schuldgefühlen die Spitze zu nehmen. Natürlich hat sich nichts an unserer aussichtslosen Lage geändert, doch der Gedanke daran ist nicht mehr so unerträglich wie zuvor.

Einige Sekunden verbringen wir in nachdenklichem Schweigen.

»Wer weiß, wo wir morgen um diese Zeit sind«, sagt Valentin in die Stille hinein. »Vielleicht ist das unser letzter gemeinsamer Abend.«

»Wirst du etwa rührselig?«, ziehe ich ihn auf, um mich von den unausgesprochenen Befürchtungen abzulenken, die seine Aussage beinhaltet. »Wenn ich mir überlege, dass du vor einer Woche dafür gesorgt hast, dass ich vom Dach gestoßen werde …«

»Wenn ich mir überlege, dass du vor einer Woche dafür gesorgt hast, dass ich den Leaderkampf verliere …«, kontert er.

»Du hast mir das ganze Mobbing-Team auf den Hals gehetzt«, werfe ich ihm scherzhaft vor. »Wie konntest du nur diese gemeingefährliche Horde um dich versammeln?«

»Du hast meine Amoklauf-Stunde weit vor der Zeit lahmgelegt!«, erinnert er mich. »Damals wurde mir klar, dass du etwas Besonderes bist.«

»Du hast um ein Haar dafür gesorgt, dass Dorian im See versenkt wird!«, halte ich entgegen und übergehe absichtlich seinen letzten Satz.

»Du hast um ein Haar dafür gesorgt, dass mich Ravin erledigt«, gibt Valentin zurück. »Trotzdem würde ich mein Leben erneut für dich riskieren.«

Ich unterdrücke ein Frösteln. Hätte Levander am Bahnhof nicht eingegriffen, wäre Valentin tatsächlich das erste Opfer gewesen. Dennoch macht mich der Verlauf unseres Wortgefechts nervös.

»Du hast uns alle in Angst und Schrecken versetzt!«, bemühe ich mich, auf einer unverfänglichen Ebene zu bleiben. »Wir haben uns in deiner Anwesenheit kaum getraut zu atmen.«

»Du hast mich meinen kompletten Lebensinhalt hinterfragen lassen«, gesteht Valentin leise.

»Du hast durch deinen Fahrstil dafür gesorgt, dass

ich auf dem Motorrad Todesängste ausstehe«, antworte ich tapfer und spüre deutlich, dass die Unterhaltung in eine äußerst riskante Richtung driftet. In diesem Moment wünsche ich mir glühend Valentins üblichen Sarkasmus herbei.

»Du hast mich in Leonards Stunde geküsst. Genau wie vorgestern. Und wenn ich dich nicht gehindert hätte …« Er verstummt und mustert mich vielsagend. Das war's. Abrupt verändert sich die Stimmung. Ich stecke in Schwierigkeiten.

»Du weißt, dass ich beide Male manipuliert wurde«, blocke ich ab, stehe auf und entferne mich einige Schritte.

Unmittelbar wandelt sich der Ausdruck auf Valentins Gesicht. Von der früheren Leichtigkeit ist nichts mehr zu bemerken. Achtlos hebt er die massive Porzellanvase empor, betrachtet sie kurz und setzt sie ab, ohne hinzuschauen. Das Teil rollt über die Tischplatte und schlägt mit einem lauten Knall auf dem Holzboden auf. Ich zucke erschrocken zusammen.

»Wer weiß, wie viel Manipulation wirklich notwendig war«, unterstellt er herausfordernd, während er die Vase wieder auf den Tisch befördert. Er erhebt sich geschmeidig und bewegt sich wie ein Raubtier auf mich zu.

Ich seufze. »Valentin …«

»Komm schon, Hannah«, fordert er fast aggressiv und stellt sich so nah vor mich, dass ich seinen Atem auf meiner Haut spüre. Ich versteife mich, fühle aber gleichzeitig, wie sich mein Herzschlag beschleunigt. Das darf nicht wahr sein. Was passiert da zwischen uns?

»Ich erkenne doch, wie du mich ansiehst. Du fragst dich, ob es mit uns funktionieren würde. Und ohne den verfluchten Raphael hättest du es längst herausgefunden.«

Sprachlos starre ich ihn an. Wie kann er solchen Blödsinn behaupten? Angestrengt versuche ich, nicht darüber nachzudenken, wie viel Wahrheit in seiner Äußerung liegt.

»Was hält dich ab? Angst vor Zurückweisung?«, erkundigt sich Valentin überraschend sanft, während er einen weiteren Schritt auf mich zu macht und mit den Fingerspitzen provozierend über meinen Nacken streicht. Knisternd verbinden sich unsere Auren. Vom Punkt der Berührung aus durchströmt mich prickelnde Wärme. Ich atme zitternd ein und verwünsche meine durcheinandergeratenen Empfindungen.

»Darum musst du dich nicht sorgen«, fährt Valentin fort, der meine Reaktion aufmerksam beobachtet hat. »Du faszinierst mich. Ich will dich sehr viel länger, als du annimmst.«

»Hör auf«, krächze ich, verwirrt vom Sturm, den seine Worte in mir auslösen. Wieso tut er mir das an? Wir haben genügend Probleme, auch ohne dass er mich in ein Gefühlschaos stürzt. Hilflos mustere ich ihn. Seine eisblauen Augen, die lichtblonden Haare, die fein geschnittenen Gesichtszüge. Widerwillig muss ich zugeben, dass Valentin verdammt attraktiv ist. Für einen winzigen Moment stelle ich mir vor, wie es wäre, mit ihm statt mit Raphael zusammen zu sein. Neben ihm einzuschlafen. Seine Umarmung zu spüren. Mit ihm –

Bevor ich mir eingestehen muss, dass der Moment nicht so *winzig* ist, wie ich glauben möchte, geschieht etwas, das mich jäh in die Realität zurückholt. Der Wunsch, Valentin zu küssen, überflutet mich regelrecht. Für Sekundenbruchteile sind alle Zweifel ausgeblendet. Ehe sich mein Körper verselbstständigen kann, wird mir klar, was läuft.

Ich werde manipuliert.

Schon wieder.

Und dieses Mal ist es Valentin selbst.

Ist er total verrückt geworden? Was soll der Mist? Er weiß, dass ich im nüchternen Zustand diesen Impuls sofort zuordnen kann. Zutiefst verunsichert dränge ich den Befehl in die hinterste Ecke meines Verstandes und ziehe eine schützende Mauer hoch.

Valentin nutzt den Moment der Ablenkung knallhart aus. Er senkt den Kopf und verschließt meinen Mund mit seinen Lippen. Er küsst mich fordernd und heftig. Ich stemme beide Hände gegen seine Brust, bringe aber nicht die Entschlossenheit auf, ihn wegzuschieben. Stattdessen gebe ich den intensiven Empfindungen nach, die seine Nähe in mir entfacht.

Valentin belässt eine Hand in meinem Nacken, die andere legt er auf meinen Rücken und zieht mich in eine enge Umarmung. Ich wehre mich nicht. Im Gegenteil. Bereitwillig vergesse ich alle Vorbehalte und erwidere seinen Kuss voller Hingabe.

Im gleichen Moment wird die Tür so brutal aufgestoßen, dass sie an die dahinterliegende Wand knallt. Valentin drückt mich fester an sich, küsst mich noch mal innig und dreht sich gelassen um.

Oh Gott.

»Ich mach dich fertig, du Dreckskerl«, flucht Raphael aufgebracht. Seine Augen blitzen vor ohnmächtiger Wut, während er sich langsam Valentin nähert. Ängstlich weiche ich zurück und bringe mich aus der Schussbahn. Wie konnte die Situation innerhalb von Minuten derart eskalieren? Wie viel Schuld trage ich daran? Ich habe Valentins Impuls erkannt und entschärft, nur um mich anschließend von ihm küssen zu lassen. Dieses Mal ist Raphaels Zorn absolut berechtigt. Wie kann ich ihm das antun? Weshalb habe ich mich nicht gewehrt?

»Du schreckst auch vor nichts zurück, oder?«, fährt er Valentin an und tritt gegen einen Stuhl, der polternd umkippt. Ich schlucke. Von Raphaels besonnener Art ist nichts mehr zu erkennen. Valentin ist zu weit gegangen. *Wir* sind zu weit gegangen.

»Ich hatte dich gewarnt«, erinnert Raphael kalt und baut sich vor Valentin auf. Dann holt er unvermittelt aus. Obwohl ich den Angriff nicht erwartet habe, scheint Valentin weniger überrascht. Er fängt den Schlag mit dem Oberarm ab und versetzt Raphael einen derben Stoß. Dieser taumelt nach hinten und fällt dabei über den Couchtisch. Erneut landet die Vase am Boden und zerspringt in tausend Stücke.

Ich schließe kurz die Augen. Wieder bin ich der Grund für eine Auseinandersetzung der beiden. Ich blöde Kuh. Weshalb kann ich mich nicht von Valentin fernhalten? Selbst mir müsste mittlerweile das drohende Konfliktpotenzial bewusst sein. Wenn ich mich nicht zusammenreiße, wird nie Waffenstillstand herrschen. Wobei allein die Vorstellung im Moment unmöglich ist.

Raphael richtet sich auf und durchbohrt Valentin mit einem hasserfüllten Blick. Mit wenigen Schritten überwindet er die Distanz zwischen ihnen.

»Dieses Mal bist du zu weit gegangen«, spricht er meine Gedanken von gerade eben aus und schlägt erneut zu. Dem dumpfen Geräusch entnehme ich, dass er

Valentins Wangenknochen getroffen hat. Dieser unterdrückt einen Schmerzenslaut und bedeckt sein Gesicht mit der Handfläche. Verärgert geht er zum Gegenangriff über.

»Was kann ich dafür, dass sich mir deine Freundin bei jeder Gelegenheit an den Hals wirft?«, fragt er und rammt Raphael das Knie in den Bauch. »Vermutlich bringst du's einfach nicht, du Versager.«

Raphael krümmt sich keuchend, nutzt aber die fehlende Deckung Valentins, um diesem brutal den Ellbogen in die Seite zu stoßen.

»Ich bringe dich um«, presst er atemlos hervor. In diesem Moment habe ich keine Zweifel, dass er seine Drohung wahrmachen wird.

»Du Waschlappen«, entgegnet Valentin höhnisch. »Ich hätte dich beim Leaderkampf abstechen sollen, dann wären wir jetzt glücklicher.« Erneut gehen die beiden erbarmungslos aufeinander los.

Während ich nach einem geeigneten Impuls suche, um die Situation zu entschärfen, stürmen die Nicht-Former samt Dorian und Norwin ins Zimmer. Aufgeregt sehen sie sich um und reden wild durcheinander. Es herrscht ein Höllenlärm. Von der plötzlichen Masse an Menschen abgelenkt, entgeht mir, dass sich die Prügelei viel zu nah ans offene Fenster verlegt hat. Ein Geländer ist nicht vorhanden, und die Öffnung ist fast bodentief, sodass einer der beiden problemlos nach draußen fallen könnte. Ich muss diesem Blödsinn ein Ende bereiten.

Hört sofort –

»Hannah, ich habe solche Angst«, quietscht Viv auf einmal schrill und hängt sich mit vollem Körpereinsatz an meinen Hals. Obwohl Viv klein und zierlich ist, gerate ich leicht ins Taumeln. Ich fange mich mit einem Ausfallschritt und schiebe meine Freundin irritiert von mir. Gerade will ich sie zur Rede stellen, als ein Schrei ertönt.

Alarmiert fahre ich herum und erstarre. Am offenen Fenster steht Valentin. Er hat die Hände an der Wand abgestützt und schaut heftig atmend in die Tiefe. Raphael ist verschwunden.

Nein.

Hat er ihn aus dem Fenster gestoßen? Bis zum Boden sind es mindestens sechs Meter. Das kann er nicht ohne lebensgefährliche Verletzungen überstanden haben. Wie konnte ich zulassen, dass die Situation dermaßen außer Kontrolle gerät? Wie konnte ich zulassen, dass mich Valentin küsst? Weshalb habe ich mich nicht gewehrt? Schuldgefühle überfluten mich, während ich fassungslos auf das leere Fenster starre. Das werde ich mir niemals verzeihen.

Dann wird mir fast schwindlig vor Erleichterung. Raphaels Finger umfassen das Fenstersims. Er ist nicht gefallen. *Noch* nicht.

Wir müssen ihn so schnell wie möglich sichern. Wenn ihn die Kraft verlässt und er seinen Griff löst, wird er in den Tod stürzen. Am besten stabilisieren wir seine Handgelenke, damit wir Zeit gewinnen, um ihn hochzuziehen. Meine Kehle wird trocken. Ich habe unglaubliche Angst um meinen Freund, dessen Leben an einem seidenen Faden hängt. Mit wenigen Schritten bewege ich mich auf das Fenster zu, um …

»Jetzt!«, befiehlt Norwin schroff.

… um dafür zu sorgen, dass Raphael in die Tiefe fällt. Mein größter Wunsch ist, dass sein Körper zerschmettert am Boden liegt. Ein Blick auf seine verkrampften Finger genügt, um zu erkennen, dass die rechte Hand den Großteil seines Gewichts trägt. Ohne zu zögern, stelle ich mich direkt vor das kniehohe Fenstersims und hebe den Fuß. Das war's für ihn. Er wird sich nicht länger halten können. Er wird fallen. Er *muss* fallen.

Mit voller Kraft trete ich auf Raphaels rechte Hand. Das gequälte Stöhnen, das er von sich gibt, nehme ich kaum zur Kenntnis. Bevor ich mir auch noch seine linke Hand vornehmen kann, rutschen seine Fingerspitzen über das Sims. Sekunden später ist von Raphael nichts mehr zu sehen.

24 : aufgelöst

Mein Verstand meldet sich zurück, während ich noch auf den Punkt starre, an dem sich Raphaels Hände befunden haben. Entsetzt versuche ich nachzuvollziehen, was gerade passiert ist. Ich habe meinen Freund auf brutale Art und Weise in die Tiefe gestürzt. Ich habe ihn umgebracht. Den Aufprall kann er niemals überlebt haben. Tränen steigen mir in die Augen. Wie konnte ich das tun? Wie konnte ich Raphael auf diese grausame Art töten? Für einen Moment ziehe ich in Erwägung, einfach hinter ihm herzuspringen, doch dann steigt kalte Wut in mir empor. Dieser Gewaltakt kam nicht von mir. Irgendjemand hat mich manipuliert. *Schon* wieder. Wer war es? Niemand hier ist stark genug, um mich zu kontrollieren. Trotzdem ist es geschehen. Unwillkürlich zuckt mein Blick zu Valentin, der mich aufmerksam beobachtet.

»Hannah«, setzt er behutsam an und deutet mit dem Kopf Richtung Fenster.

Zögerlich lasse ich mich auf die Knie sinken, um über das Sims in die Tiefe zu schauen. Verzweifelt dränge ich die Übelkeit zurück, die in mir emporsteigt. Ich beiße die Zähne aufeinander und wappne mich für den Anblick von Raphaels Körper, der zerschmettert am Boden liegt.

Entschlossen beuge ich mich über den Rand und sehe genau in zwei stahlblaue Augen, die sich einen knappen halben Meter unter mir befinden.

»Raphael«, keuche ich. »Du bist nicht gefallen? Du … du lebst?«

Von der tiefer gelegenen Position lächelt er mir zu, wobei sein Ausdruck schmerzerfüllt ist. Schuldbewusst denke ich an seine lädierten Finger.

»Alles in Ordnung«, sagt er beruhigend. »Ich habe gehofft, dass dies passiert.«

Bitte was? Er hat gehofft, dass ich ihm gewaltsam auf der Hand herumtrample? Das würde ich niemals freiwillig tun! Im gleichen Moment wird mir klar, was hier gespielt wird. Es gibt nur eine plausible Möglichkeit, wie mich die Gruppe gegen meinen Willen lenken konnte.

»Ihr habt die Realitätsverankerung an mir getestet«, stelle ich tonlos fest, woraufhin Raphael bestätigend nickt.

»Mit Erfolg.«

Während ich meinen Freund weiterhin ungläubig anstarre, fasst mich Dorian bei den Schultern und schiebt mich zur Seite.

»Wir sollten ihn hochholen«, fordert er Valentin und Norwin auf. »Er steht lange genug im Freien, ganz abgesehen von den Schmerzen, die er in seiner Hand haben muss.«

»Letzte Gelegenheit, ihn doch noch zu stoßen«, murmelt Valentin hoffnungsvoll, streckt aber sofort die Arme aus, um ihn in die Sicherheit des Zimmers zu ziehen.

Kurze Zeit später sitzt Raphael neben mir auf der Couch. Mit schlechtem Gewissen betrachte ich seine Finger, die mittlerweile angeschwollen und dunkelrot verfärbt sind.

»Darf ich?«, frage ich heiser. Er senkt zustimmend den Kopf, sodass ich umgehend die Fokussierung ansetze.

Obwohl der Impuls an sich nicht schwer ist, fällt er mir verdächtig leicht. Ein Blick auf die anderen zeigt, dass sie ebenfalls konzentriert Raphaels Hand fixieren und mich durch Realitätsverankerung unterstützen.

Es dauert nur wenige Minuten, bis Raphaels Finger geheilt sind. Erleichtert ballt er die Hand zur Faust und löst sie wieder. Von der ursprünglichen Verletzung ist nichts mehr zu sehen.

»Danke«, flüstert er mir leise zu. Dann mustert er anerkennend die Nicht-Former, die um uns herum auf Sessellehnen, Teppich und Couchtisch sitzen. »Das habt ihr gut hinbekommen«, lobt er.

»Jetzt rückt raus mit der Sprache«, fordere ich ungeduldig. »Ich will endlich wissen, was tatsächlich gelaufen ist.«

Dorian streicht mir mitfühlend über den Arm. »Tut mir leid, dass wir dich derart verstören mussten.«

»Angst und Schrecken zu verbreiten, war ja Valentins Plan«, erwidere ich finster. »Ich hatte bloß nicht damit gerechnet, dass es mich trifft.«

Dorian nickt bedauernd, beginnt aber mit dem gewünschten Bericht. »Valentins Zurechtweisung hat dafür gesorgt, dass sich alle zusammengerissen haben. Zwei Stunden lang haben wir konzentriert an der Realitätsverankerung gearbeitet. Angetrieben durch Furcht und Anspannung gab es unglaubliche Verbesserungen. Zuerst bewirkten wir nur harmlose Sachen. Danach haben wir uns in Kleingruppen aufgeteilt und ausprobiert, ob unsere Fokussierungen auch gegen den Willen der beeinflussten Personen funktionieren.«

»Ich habe einen Regenwurm gegessen«, wirft Laro düster ein.

»Und ich habe mich *freiwillig* in einen Brennnesselbusch gestürzt«, ergänzt Ben, einer von Norwins Freunden.

Dorian grinst. »Als letzte Maßnahme sind wir gemeinsam gegen Valentin und Raphael angetreten. Das hat ebenfalls funktioniert. Lediglich der Versuch mit einem natürlichen Former als Testobjekt fehlte.«

»Also war alles inszeniert?«, vergewissere ich mich beklommen und schaue unwillkürlich in Valentins Richtung. Für einen Sekundenbruchteil treffen sich unsere Blicke.

»Ja«, antwortet Raphael an Dorians Stelle. »Valentin ist mit dir nach oben in sein Zimmer gegangen und hat das Fenster geöffnet. Anschließend hat er dich bedrängt und dir absichtlich einen auffälligen Impuls gegeben. Selbst wenn ich euch nicht zum passenden Zeitpunkt erwischt hätte, wäre die Manipulation ein Grund gewesen, auf ihn loszugehen.«

Stimmt. Ich hätte Valentins Zwang verraten können. Dummerweise bin ich nicht einmal auf den Gedanken gekommen. Von meinem Gefühlsdurcheinander völlig überfordert, habe ich total vergessen, dass der Kuss mit einer Fokussierung angefangen hatte. Wieder spähe ich unmerklich zu Valentin. Ich rechne fast damit, dass er meine fehlende Gegenwehr offenbaren wird, um Raphael einen Tiefschlag zu versetzen, doch er bleibt stumm.

»Wir hatten den Aufprall der Vase als Signal abgesprochen. Daher wusste ich, wann ich euch in einer eindeutigen Situation antreffen würde«, fährt Raphael fort und reißt mich aus meinen unangenehmen Überlegungen. »Die anschließende Prügelei war ein Vorwand, um mich glaubhaft in Gefahr zu bringen.«

»Sah aber ziemlich echt aus«, murmle ich verärgert,

während sich Erleichterung und Gewissensbisse einen heftigen Kampf liefern. Valentins Schauspiel war mit Raphael vereinbart, und ich bin voll auf seine Annäherung eingegangen. Das ist peinlich und rückt mich zusätzlich in schlechtes Licht. Plötzlich ist es nicht mehr Valentin, der sich krass danebenbenommen hat.

»Hat Spaß gemacht, Raphael zu vermöbeln«, wirft dieser heiter von der Seite ein.

Raphael verdreht grinsend die Augen. Toll. Ausgerechnet jetzt begraben die beiden das Kriegsbeil. Vor einer halben Stunde hätte ich mich darüber gefreut. Ich bin ein solcher Idiot.

»Viv sollte dich für einen Moment ablenken«, erklärt Raphael. »Währenddessen bin ich aus dem Fenster gestiegen. Ich bin froh, dass die Regenrinne mein Gewicht ausgehalten hat.«

»Dann kam der wichtigste Teil«, übernimmt Norwin. »Wir haben dich gegen deinen Willen überzeugt, mit vollem Gewicht auf Raphaels Finger zu treten, damit er in die Tiefe stürzt.«

»Und ich habe es getan«, stelle ich fest und bin unsicher, ob das ein Grund zur Freude ist. Müsste ich nicht stärker sein, wenn es um das Leben meines Freundes geht?

»Hannah«, beruhigt mich Raphael und berührt mich an der Schulter. »Dieser Test hat bewiesen, dass wir eine realistische Chance gegen Levander haben!«

»Wir werden ihm morgen nicht als Kanonenfutter, sondern als ernst zu nehmende Gegner gegenüberstehen«, bekräftigt Dorian.

Ich nicke überwältigt. »Das alles nur dank euch«, wende ich mich an die Nicht-Former, die unsere Unterhaltung stumm verfolgt haben. »Ich weiß nicht, wie ich das jemals wiedergutmachen kann.«

»Fürs Erste würde es reichen, wenn du Levander morgen erledigst«, schlägt Lucas mit einem halben Lachen vor.

17 Stunden und 30 Minuten.

Während sich die anderen auf ihre Zimmer verziehen, brauche ich noch Zeit, um die Erlebnisse zu verarbeiten. Im Gegensatz zum Rest unserer Gruppe kann ich mich am heutigen Triumph wenig erfreuen.

Ich verspreche Raphael, in Kürze nachzukommen, und setze mich auf die Stufen vor der Eingangstür. Tief lasse ich die warme Nachtluft in meine Lungen strömen und genieße die Stille. Der Wald hebt sich dunkel vom etwas helleren Himmel ab, an dem unzählige Sterne wie kleine Diamanten funkeln. Entspannt lege ich den Kopf in den Nacken und nehme die friedliche Atmosphäre auf. Das Geräusch der Haustür holt mich in die Realität zurück. Da ich keine Aura spüren kann, muss es ein Nicht-Former sein.

»Hey«, sagt Viv leise. »Was dagegen, wenn ich dir Gesellschaft leiste?«

»Überhaupt nicht. Ich freue mich, dass du da bist«, erwidere ich mit einem Lächeln.

»Wie geht's dir?«, fragt Viv, und ich weiß genau, dass sie sich nicht aus Höflichkeit, sondern aus wirklichem Interesse erkundigt. Sie wird sich nur mit der Wahrheit zufriedengeben. Auf einmal wird mir klar, wie einsam ich ohne meine beste Freundin war. Natürlich habe ich Raphael, Dorian, Valentin und all die anderen. Das ist jedoch nicht vergleichbar mit einem Menschen, den man seit Jahren kennt, der über Stärken und Schwächen Bescheid weiß und diese akzeptiert.

»Gott, Viv«, seufze ich und ziehe sie in eine feste Umarmung. »Ich habe dich unglaublich vermisst.«

»Ging mir nicht anders«, entgegnet sie rau, nachdem wir uns wieder voneinander gelöst haben. Verstohlen wischt sie sich eine Träne aus dem Augenwinkel. »Ich habe mir die schlimmsten Szenarien ausgemalt. Zuerst war ich sicher, dass euch etwas passiert ist. So spurlos kann niemand verschwinden! Jans gesamte Familie war einfach weg. Das Haus stand leer. Niemand konnte nachvollziehen, was geschehen ist. Keiner wusste, wo ihr steckt. Dann kam mir die Idee, ihr könntet gemeinsam weggelaufen sein, ohne es mir zu erzählen. Ihr gegen den Rest der Welt. Ich habe sogar eine romantische Spontanhochzeit in Erwägung gezogen. Oder eine ungeplante Schwangerschaft …« Als ich empört nach Luft schnappe, lacht sie verlegen. »Was hätte ich denken sollen? Ich war völlig ratlos. Dazu kam die Angst, dass du mir nicht mehr vertraust, weil ich deine Beziehung zu Jan kritisiert habe.«

»Dabei hattest du von Anfang an recht«, gebe ich zu. »Aber ich wollte nicht auf dich hören. Stattdessen habe ich unsere Freundschaft verraten.«

»Hannah«, besänftigt sie mich und legt ihre Hand auf meinen Oberschenkel. »Bitte hör auf, dir deshalb Sorgen zu machen. Was mich angeht, habe ich dir längst verziehen. Ich kann irgendwie verstehen, weshalb du es getan hast.«

»Ich habe in meiner Zeit an der Akademie einiges dazugelernt«, gestehe ich. »Unter anderem, dass man echte Freunde wertschätzen soll.«

Viv lächelt mich liebevoll an. »Das hast du immer getan«, versichert sie warm. »Du warst nur etwas abgelenkt.«

Einträchtig sitzen wir nebeneinander und lauschen in die nächtliche Stille.

»Kann ich dich was fragen?«, erkundigt sich Viv nach einigen Minuten.

»Alles«, erwidere ich spontan und bereue schon bei ihren nächsten Worten mein Angebot. Insbesondere im Moment gibt es eine Menge Fragen, die unbequem werden könnten.

»Ich weiß, dass du mit Raphael zusammen bist«, beginnt sie umständlich. Ich versteife mich, weil ich ahne, welche Richtung das Gespräch nehmen wird. »Welche Rolle spielt Valentin in dieser ganzen Geschichte? Wie er dich ansieht, wenn er denkt, du würdest es nicht bemerken …«

Ich schließe kurz die Augen und atme tief durch. »Er ist ein Freund.«

»Ein Freund«, wiederholt Viv zweifelnd. »Er war derjenige, der euch im Wald durch den Wahrheitszwang verraten hat, oder?«

»Ja«, räume ich unwillig ein. »Ihm war klar, dass Raphael etwas vor ihm verbirgt. Er ist extrem ehrgeizig und wollte wissen, was Sache ist. Er konnte nicht vorhersehen, welch heikle Information ans Licht kommen würde. Du kannst ihm daraus keinen Vorwurf machen.«

»Die Schlägerei wirkte ziemlich glaubwürdig«, murmelt sie nachdenklich. »Wäre es möglich, dass darin doch ein Funken Ernst steckte? Das sah stark nach echten Gefühlen aus. Es schien, als würden sie sich tatsächlich um dich prügeln.«

Woah. Viv hat es drauf, den Finger genau in die Wunde zu legen.

»Die beiden hassen sich schon immer«, erkläre ich vage. »Bereits in der Akademie waren sie Rivalen. Das hat sich nicht geändert. Raphael war außer sich vor Wut, als er sich uns angeschlossen hat.«

»Ich hoffe, wir können ihm wirklich vertrauen«, bemerkt Viv skeptisch. »Seine Ansprache heute Nachmittag war grauenvoll. Einen derart gnadenlosen und fiesen Typ habe ich noch nie getroffen. Unser Entsetzen war ihm völlig gleichgültig. Wer fähig ist, andere so gezielt fertigzumachen, wäre vielleicht auch in der Lage –« Sie bricht ab, als sie meinen wütenden Gesichtsausdruck sieht.

»Hör mit diesen haltlosen Unterstellungen auf! Du kennst ihn überhaupt nicht. Wie kannst du dir da ein Urteil erlauben? Valentin hat in den letzten Tagen wiederholt seine Treue bewiesen!«, verteidige ich ihn aggressiv. »Er ist ehrlich und aufrichtig. Man kann sich auf sein Wort verlassen. Außerdem steht er zu seinen Schwächen. Niemand ist perfekt. Er weiß, dass man manchmal keine Wahl hat. Er versteht mich zeitweise besser als Raphael. Ich bin gerne in seiner Nähe.«

Abrupt verstumme ich, als mir bewusst wird, was ich gerade laut ausgesprochen habe.

Viv schaut mich an und streicht sich eine Haarsträhne hinter das Ohr. »Oh, Hannah«, sagt sie nur.

Hilflos hebe ich die Schultern und starre in die Nacht. Ebenso wie Viv habe ich erkannt, dass meine Reaktion viel zu heftig ausgefallen ist. Möglicherweise sollte ich mir endlich eingestehen, dass es mehr als Freundschaft ist, was Valentin und mich verbindet.

»Das ist nicht alles«, äußere ich zögerlich, woraufhin mich meine Freundin aufmerksam mustert.

»Als Raphael ins Zimmer stürmte, hat mich Valentin geküsst. Ich habe mich nicht gewehrt«, bekenne ich.

»Du wurdest kontrolliert«, bietet mir Viv einen Ausweg an, aber ich schüttle den Kopf.

»Ich bin viel stärker als er. Ich konnte dem Zwang mühelos widerstehen. Ich stand nicht unter seiner Kontrolle. Ich hätte ihn von mir stoßen oder einfach den Kopf wegdrehen können. Stattdessen ließ ich es geschehen. Ich wollte ihn küssen.«

»Dann solltest du dir überlegen, wen du an deiner Seite haben möchtest«, stellt Viv vorsichtig fest.

»Weich nicht aus«, fordere ich mit einem Blick auf ihr Gesicht, dessen bemüht neutralen Ausdruck ich trotz der Dunkelheit erkennen kann. »Sag mir, was du denkst.«

»Ganz ehrlich? Ich bin irritiert«, gibt sie nach einer kurzen Pause zu. »Seit Monaten schwärmst du von Raphael. Du müsstest überglücklich sein, dass der Fiesling, der dein Herz gebrochen hat, nur sein Bruder war. Du hast den Traumtyp, den du dir gewünscht hast. Und jetzt entwickelst du Gefühle für Valentin?«

Betreten starre ich zu Boden. »Ich habe mir das nicht ausgesucht«, sage ich niedergeschlagen. »Das kannst du mir glauben.«

»Und du bist ganz sicher?«, vergewissert sie sich.

Für einen Moment lausche ich in mich hinein, um nachzuspüren, was der Gedanke an Valentin in mir auslöst. »Ich fürchte schon.«

»Und wie fühlst du für Raphael?«

Ich lege meine Stirn auf die Knie. »Ihn mag ich auch«, entgegne ich bedrückt.

Viv beugt sich ein wenig nach vorne. »*Liebst* du ihn?«

Erneut unternehme ich einen Versuch, mein inneres Chaos zu ergründen. »Ich empfinde viel für ihn …«

»Mach dir keine Vorwürfe«, sagt Viv, nachdem wir für einige Sekunden geschwiegen haben. »Es ist okay, verunsichert zu sein. Und es ist ebenfalls okay, eine getroffene Entscheidung zu hinterfragen. Ich bin froh, dass du es mir erzählt hast. Egal, wie deine Wahl ausfällt; ich stehe hinter dir. Und nun sollten wir ins Bett gehen«, fügt sie gähnend hinzu.

Bei Vivs verständnisvollen Worten wird meine Kehle eng. Ich schlucke heftig und stehe auf.

»Morgen wird garantiert anstrengend«, stimme ich heiser zu.

Gemeinsam laufen wir durch das stille Haus und trennen uns vor dem Raum, den sich Viv mit der alten Clique teilt.

Für einige Minuten stehe ich bewegungslos auf dem Flur, dann betrete ich äußerlich gelassen mein Zimmer, in dem Raphael auf mich wartet. Mein Innerstes ist jedoch erfüllt von Schuldgefühlen und Gewissensbissen.

16 Stunden.

25 : verunsichert

Der erste Blick am nächsten Morgen gilt meiner Armbanduhr. Halb acht. Damit sind es weniger als zehn Stunden bis zu meinem Zusammentreffen mit Levander. Verzweifelt versuche ich, die emporsteigende Angst auszublenden.

Um mich zu beruhigen, betrachte ich Raphael, der gleichmäßig atmend neben mir liegt. Im Schlaf wirkt sein Gesicht weich und unglaublich verletzlich. Wie kann ich überhaupt in Betracht ziehen, mich gegen ihn zu entscheiden? Er hat alles für mich riskiert. Er hat mich in der Akademie von allen Gefahren abgeschirmt und gibt weiterhin sein Bestes, um mich zu unterstützen. Wie selbstverständlich stellt er mein Wohl über sein eigenes. Er hat sogar eine lädierte Hand in Kauf genommen, um die Chancen unseres Plans zu testen. Alles, was Raphael tut, erfolgt mit Leidenschaft und Überzeugung.

Als hätte er meine innere Zerrissenheit gespürt, schlägt er die Augen auf. »Guten Morgen«, begrüßt er mich liebevoll.

»Ich muss dir etwas sagen«, eröffne ich spontan.

Raphael stützt sich auf die Ellbogen und fixiert mich wachsam. Seine graublauen Augen wirken in der hellen Morgensonne fast silbern, und seine dunklen Haare sind von der Nacht völlig zerzaust.

Innerhalb von Sekundenbruchteilen erkennt er, dass

etwas nicht in Ordnung ist. »Was ist los?«, will er wissen.

»Gestern vor eurer Schlägerei …«, beginne ich und verstumme unbeholfen.

Raphael dreht sich komplett zu mir und schaut mich alarmiert an. »Gestern vor unserer Schlägerei?«, wiederholt er auffordernd.

Ich hole tief Luft. »Valentin hat mich geküsst«, offenbare ich schnell, bevor mich der Mut verlässt.

»Ich weiß«, erwidert Raphael irritiert und zieht eine Augenbraue hoch. »Das mit anzusehen war grauenvoll. Trotzdem war es als Anlass für die Auseinandersetzung geplant.«

»Ja«, bestätige ich zögerlich. »Ich hätte mich wehren können, aber ich habe es nicht getan. Ich habe es zugelassen.«

Raphael richtet sich ein Stück auf. »Was willst du damit andeuten?«, fragt er. In seiner Stimme liegt ein scharfer Unterton, den ich ihm nicht verübeln kann. »*Wolltest* du, dass er dich küsst?«

Beschämt beiße ich auf die Innenseite meiner Wangen. »Kann sein?«

»*Kann sein?*«, wiederholt Raphael fassungslos und funkelt mich aufgebracht an. »Das heißt, du bist dir nicht sicher?«

Als ich nicht antworte, senkt er gequält den Blick. »Darum hast du nichts von der Fokussierung verraten«, stellt er bitter fest. »Und ich habe angenommen, du wolltest eine endgültige Eskalation vermeiden.«

Ich presse schuldbewusst die Lippen aufeinander.

»Ich wollte es nicht wahrhaben«, sagt er wie zu sich selbst. »Dabei hätte ich einfach nur richtig hinsehen müssen, um zu erkennen, was läuft. Wie ihr einander anschaut. Die Vertrautheit zwischen euch. Die selbstverständlichen Berührungen. Die häufigen Wortgefechte.« Dann starrt er mich mit brennenden Augen an. »Er ist also doch der Grund für deine Zweifel. Du hast mich darum gebeten, dir Zeit zu geben. Wofür? Wolltest du mich hinhalten, um nicht alleine dazustehen? Ist er jetzt bereit, meinen Platz einzunehmen?«

»Raphael. Nein. Wie kommst du auf diese absurde Idee?«, widerspreche ich betroffen.

»Weil alles danach aussieht?«, gibt er hart zurück und mustert mich mit gespielter Anteilnahme. »Es war unzumutbar, dich um Verständnis zu bitten. Ich hätte meine Probleme ignorieren müssen. Absolut nachvollziehbar, dass du dich nach Ersatz umgesehen hast. Das kann man dir nicht zum Vorwurf machen.«

Sein ätzender Tonfall lässt mich erneut zusammenzucken.

»Raphael«, flüstere ich hilflos. »Ich habe mich nicht nach Ersatz umgesehen. Es ist nichts passiert. Ich bin lediglich verwirrt und wollte, dass du es weißt.«

Er scheint meine Erklärung gar nicht wahrzunehmen. »Ausgerechnet Valentin.« Er stöhnt frustriert. »Hast du mal in Erwägung gezogen, dass er aus purer Berechnung nett zu dir ist? Vielleicht will er sich dadurch an mir rächen. Er wird es ausnutzen, wenn du ihm vertraust. Er wird *dich* ausnutzen! Bereits an der Akademie hat er nichts unversucht gelassen, um dich in Schwierigkeiten zu bringen. Er hat mehr als eine Rechnung mit dir offen. Hast du das vergessen? Bist du allen Ernstes so naiv? Hast du aus dem Desaster mit Elias nichts gelernt?«

Ich vergrabe mein Gesicht in den Handflächen, um zu

verbergen, wie sehr mich seine Worte treffen. Für einige Sekunden ist es still zwischen uns.

»Hannah?« Raphael berührt mich vorsichtig an der Schulter.

Ich schüttle abwehrend den Kopf, nicht in der Lage, einen Laut hervorzubringen.

»Verdammt«, murmelt er. »Tut mir leid. Ich wollte dich nicht verletzen. Aber ich hatte es kommen sehen und konnte trotzdem nichts dagegen tun. Ich hasse es, die Kontrolle zu verlieren. In deiner Nähe ganz besonders.«

Ich will etwas entgegnen, doch er spricht direkt weiter.

»Weißt du, weshalb? Der Gedanke, dich zu verlieren, treibt mich in den Wahnsinn. Ich würde dich am liebsten von allen Bedrohungen fernhalten, weil du mir so wichtig bist. Es ist ein fortwährender Kampf, mich nicht von der Angst um dich überwältigen zu lassen. Zumal es tatsächlich ausreichend Gründe gibt, sich um dich zu sorgen.«

»Du bedeutest mir viel«, erwidere ich unglücklich. »Aber die Empfindungen für Valentin verunsichern mich.«

Raphael seufzt. Jeglicher Zorn ist aus seinem Gesicht verschwunden. Zurück bleiben lediglich Erschöpfung und Resignation.

»Seit ich dich zum ersten Mal im Krankenhaus gesehen hatte, wusste ich, dass zwischen uns etwas Besonderes sein könnte«, erinnert er sich mit einem traurigen Lächeln. »Ich habe die Akademie verraten, mich gegen Levander gestellt und alle Deckung aufgegeben, um in deiner Nähe zu sein. Um uns eine Chance zu verschaffen. Ich musste viele Opfer bringen. Ich habe keines davon bereut, weil du es wert bist.«

Ich schlucke. Auf dieses innige Bekenntnis fällt mir keine Antwort ein.

»Ich will dir nichts vorspielen.« Er wendet sich mir zu, und die volle Wucht seines stahlblauen Blickes trifft mich. »Deine Zweifel an uns tun unglaublich weh.« Er atmet tief durch. »Dennoch war es gut, dass du sie mir anvertraut hast. Du musst heute den Kopf freihaben für die wichtigste Fokussierung deines Lebens. Ich gebe dir die nötige Zeit, damit du herausfinden kannst, was oder wen du willst. Aber ich werde um dich kämpfen.«

Ich nicke stumm und mache mich auf den Weg ins Bad. Als ich die Hand auf die Türklinke lege, lässt mich Raphaels heisere Stimme innehalten. »Hannah?«

Ich drehe mich über die Schulter zu ihm um.

»Ich liebe dich«, sagt er schlicht.

Neun Stunden.

Den Vormittag verbringe ich im Kreis meiner Freunde. Wir nutzen die Ruhe vor dem Sturm, um nochmals die Einzelheiten des Plans zu besprechen. Unsere letzten gemeinsamen Stunden vergehen wie im Flug. Viel zu schnell ist die Zeit zum Aufbruch gekommen.

Nachdem wir uns vergewissert haben, dass Lea im Keller sicher verwahrt ist, treffen wir uns alle vor dem Haus.

»Raph«, beginnt Dorian leise. »Ich weiß, dass Lea großen Mist gebaut hat. Trotzdem ist es unmenschlich, sie hier zurückzulassen, ohne dass jemand außer uns weiß, wo sie sich befindet.«

Raphael grinst. »In dem Wasser, das sie eben ausgetrunken hat, waren Schlaftropfen. Diese werden sie für mindestens sieben Stunden außer Gefecht setzen. Wenn sie aufwacht, wird sie bemerken, dass die Tür nicht abgeschlossen ist. Sollte sie dann versuchen, Levander zu kontaktieren, ist der Kampf längst entschieden.«

Norwin nickt beifällig, während Dorian lächelt. »Ich hätte mir denken können, dass du sie nicht einfach so zurücklässt«, stellt er erleichtert fest. »Zumindest darum müssen wir uns keine Gedanken mehr machen.«

Valentin verdreht die Augen. »Sofern das Dummhuhn auf die Idee kommt, die Tür zu überprüfen«, murmelt er gedämpft.

Da wir lediglich ein Auto zur Verfügung haben, bleibt uns nichts anderes übrig, als gruppenweise zum Bahnhof zu fahren. Zur Mittagszeit sind wir endlich alle dort versammelt, sodass wir kurz nach zwölf in den Zug steigen, der uns in die von Levander genannte Stadt bringen wird.

Während der ersten Stunde herrscht fast ausgelassene Laune, doch je näher wir dem Zielort kommen, desto gedrückter wird die Stimmung. Die letzten dreißig Minuten verbringen wir in nervösem Schweigen, das nur selten durch knappe Fragen und noch knappere Antworten unterbrochen wird. Im Prinzip ist alles gesagt. Als der Zug gegen 15 Uhr in den Bahnhof einfährt, haben sämtliche Gesichter an Farbe verloren. Die gesamte Gruppe ist verängstigt und bis zum Äußersten angespannt.

Zwei Stunden.

Gemeinsam laufen wir durch die Stadt. Ich habe mich bei Dorian eingehakt und suche die Umgebung nach Auren ab. Wenn wir verfrüht auf ein Team oder sogar auf Levander selbst träfen, wäre unser Plan gescheitert, bevor er überhaupt begonnen hat. Somit bin ich konzentriert bei der Sache und habe meinen Radius auf die maximale Reichweite ausgedehnt. Ein Vorteil der Fokussierung ist, dass sie meine komplette Aufmerksamkeit in Anspruch nimmt und ich nicht über die vor mir liegende Bedrohung nachdenken muss.

Um 16 Uhr trennen wir uns. Die Nicht-Former begeben sich in Zweier- oder Dreiergruppen zum Treffpunkt, getarnt als Touristen oder auch verborgen in Hauseingängen oder Einfahrten. Der von Levander gewählte Ort liegt zwar in einer ruhigen Seitenstraße, doch nicht so weit außerhalb, dass Passanten unmittelbar auffallen würden.

Wenige Minuten später hat sich unsere Gruppe auf die ursprüngliche Größe reduziert. Raphael, Valentin, Dorian, Norwin und ich. Ungeduldig harren wir darauf, dass wir endlich tätig werden dürfen. Diese Warterei grenzt an Folter. Die Anspannung macht mich verrückt.

»Hannah«, durchbricht Raphael die beklommene Stille, »Viv und Till halten uns ununterbrochen über deinen Aufenthaltsort auf dem Laufenden. Wir sind in deiner Nähe, gerade außerhalb deiner Fokussierungsreichweite. Du bist nicht allein.«

Ich nicke gefasst, ahne aber, dass mein bleiches Gesicht die Wahrheit über meinen Gefühlszustand verrät.

»Du schaffst das«, spricht mir Dorian Mut zu.

»Es wird alles funktionieren«, bekräftigt Norwin.

Nervös schaue ich auf mein Handgelenk.

Valentin folgt meinem Blick. »Es ist Zeit«, sagt er sanft.

Ich atme tief durch. »Na los.«

Raphael geht einen Schritt auf mich zu und zieht mich in eine feste Umarmung. »Pass auf dich auf«, murmelt er in meine Haare. Dann schiebt er mich ein Stück von sich und fixiert Valentin. »Ganz ehrlich. Es kotzt mich an, dass *du* sie auf diesem Weg begleitest. Sorg dafür, dass alles nach Plan läuft. Wenn etwas schiefgeht, schütze sie mit deinem Leben.«

Valentin hebt die Augenbrauen. »Ich soll den heldenhaften Beschützer spielen?«, erkundigt er sich spöttisch. »Ich dachte, das sei dein Part.« Gleichzeitig mustert er mich jedoch mit einem Ausdruck, der mir klarmacht, dass er mich tatsächlich bis zum Äußersten verteidigen würde.

Nebeneinander verlassen wir die kleine Gasse, in der wir gewartet haben. Dorian, Norwin und Raphael bleiben zurück. Ich wage es nicht mehr, mich umzudrehen. Unsicherheit, Zweifel oder Angst in ihren Gesichtern könnte ich nicht ertragen. Stattdessen beschleunige ich mein Tempo, sodass sich Valentin beeilen muss, um mir zu folgen.

»Bist du okay?«, fragt er besorgt.

»Ich habe wahnsinnige Angst«, vertraue ich ihm an.

Valentin schweigt für einen Moment. Vermutlich ist er von meiner Offenheit überrumpelt. »Ich habe auch Angst«, gibt er schließlich so leise zu, dass ich ihn kaum verstehe. »Angst um dich.«

Ich bleibe schlagartig stehen, wodurch er fast in mich hineinläuft. »Okay«, stoße ich entschlossen hervor. »Wer weiß, was auf uns zukommt. Bevor wir uns Levander stellen, muss ich dir etwas sagen. Keine Ahnung, ob es eine Rolle spielt. Ebenso wenig kann ich dir erklären, was es für uns bedeutet.«

Valentin schaut mich aufmerksam an. In seinen Augen spiegelt sich meine eigene Unsicherheit.

»Warte«, bittet er mich. »Darf ich zuerst?«

Ich nicke stumm.

»Als ich damals nach dem Leaderwettstreit die Formerprobe für dich forderte, war ich aufgebracht und wütend. Seit dem *Vorfall* in Leonards Stunde gehörte dir mein besonderes Interesse, und ich wollte dich als stärkste Formerin des Jahrgangs unbedingt in mein Team holen. Es hat mich maßlos geärgert, dass du dich mit Raphael verbündet und dafür gesorgt hattest, dass ich den Kampf verlor.«

Ich starre verlegen zu Boden, doch er spricht ungerührt weiter.

»Ich hatte massive Angst vor Ravins Reaktion auf mein Scheitern. Im Vorfeld hatte er klargemacht, dass er sich nur mit meinem Sieg zufriedengeben würde. Ich war vor kopfloser Panik und dem Wunsch nach Vergeltung so blind, dass ich dich in Lebensgefahr brachte. Das tut mir leid. Genauso wie der Wahrheitszwang im Wald.«

»*Du* entschuldigst dich?«, vergewissere ich mich ungläubig.

»Gewöhne dich nicht daran«, erwidert er mit einem verschmitzten Lächeln. »Ich mache selten Fehler.«

»Und noch seltener gibst du sie zu«, murmle ich undeutlich.

Valentin schnaubt belustigt, dann verändert sich seine Miene. »Die Formerprobe ist glimpflich ausgegangen. Im Nachhinein bin ich unfassbar erleichtert, dass dein Geheimnis dabei bewahrt wurde.« Nachdenklich betrachtet er seine vernarbte Hand. In seinem Ausdruck ist keine Spur von Verbitterung oder Bedauern zu finden. »Deine Unversehrtheit war Ravins Folter wert.«

Ich will etwas entgegnen, aber er stoppt mich mit einer abwehrenden Geste.

»Da ist noch mehr«, bekennt er. »Vorgestern habe ich meine Gefühle für dich vor allen gestanden. Das war meine freie Entscheidung. Du hattest den Wahrheitszwang rechtzeitig beendet. Ein Teil von mir war das Versteckspiel leid. Ich wollte klare Verhältnisse schaffen. Ich wollte, dass du es weißt. Ich wollte, dass du eine Wahl triffst.«

Ermutigt von seiner Aufrichtigkeit kommt mir mein Geständnis fast wie von selbst über die Lippen. »Deine gestrige Fokussierung hatte ich innerhalb von Sekunden ausgehebelt. Ich habe mich nicht gewehrt, weil ich dich küssen *wollte.*«

Valentin dreht mich an der Schulter komplett zu sich herum.

»Und was ist jetzt?«, fragt er rau. »Willst du mich jetzt auch küssen?«

Ich sehe ihn an. Erkenne die Wärme in seinen eisblauen Augen. Den verletzlichen Zug in seinem sonst so beherrschten Gesicht. Die Anspannung seines Körpers, der krampfhaft darauf trainiert ist, die Anwesenheit sämtlicher Gefühle zu leugnen.

»Ja«, gebe ich fast unhörbar zu.

Valentin seufzt und legt zärtlich eine Hand in meinen Nacken. Ohne den Blickkontakt abzubrechen, zieht er mich zu sich heran. Ich lege meine Handfläche an seine Wange und neige mich ihm entgegen. Für einen Moment verharren wir in der Bewegung, die Gesichter so nah, dass der gemeinsame Atem zart unsere Haut streichelt. Langsam überwinden wir die letzten Millimeter, erfüllt von der Gewissheit, dass diese Verbindung unser beider Wunsch ist. Kurz bevor sich unsere Lippen berühren, schließt er die Augen. Dieser Vertrauensbeweis lässt in mir Wärme und Zuneigung emporsteigen und räumt die letzten winzigen Zweifel aus dem Weg. Zum ersten Mal küssen wir uns ohne Zwang und unterschwellige

Angst. Ohne Skrupel und Reue, dafür voller Sehnsucht und Hingabe. Es ist überwältigend. Unsere Formerauren summen im Gleichklang, und mein gesamter Körper vibriert vor Anspannung. Ich schlinge meine Arme um Valentins Hals, woraufhin er meine Hüfte umfasst und mich fest an sich drückt. Atemlos vertiefen wir unseren Kuss. Seine Berührung fegt wie ein Feuersturm durch mein Inneres und lässt lediglich Valentin selbst zurück. Ich vergesse sowohl meine zerrissenen Gefühle als auch Levander, dem ich in weniger als einer Stunde gegenüberstehen werde.

Zu früh lösen wir uns voneinander, sodass ich mich wieder der Realität stellen muss. Wir können das Unvermeidliche nicht länger hinauszögern.

»Eine weitere Steigerung zu den letzten Versuchen«, bemerkt Valentin mit einem frechen Grinsen. »Ich wüsste ja gerne, wohin das noch führt. Viel Raum nach oben existiert allerdings nicht.«

Als er meine gequälte Miene sieht, wird er schlagartig ernst. »Du denkst an Levander und an die vor uns liegende Konfrontation«, vermutet er und mustert mich besorgt.

Ich senke bedrückt den Kopf.

Valentin hebt die Hand und streift mit den Fingerspitzen meine Wange. »Du schaffst das. Du wirst ihn vernichten und damit dem Treiben an der Akademie ein Ende bereiten. Und wir werden an deiner Seite sein.« Er beugt sich nach vorne, umarmt mich und legt seine Stirn an meine. Für einen Moment genieße ich den Halt, den er mir gibt, dann straffe ich meinen Körper. Er hat recht. Ich werde mit Levander abrechnen. Wir werden triumphieren.

Valentin spürt meinen wiedererwachten Kampfgeist und umfasst sanft meinen Oberarm. »Bereit?«

Ich nicke, obwohl ich niemals bereit sein werde.

»Du weißt, dass ich dich grob behandeln muss, um glaubwürdig zu sein«, sagt er bedauernd.

»Ist okay«, erwidere ich.

Valentin atmet einmal tief durch, dann läuft er mit ausgreifenden Schritten los und zieht mich rücksichtslos hinter sich her. Der Griff, der meinen Arm umschließt, ist nicht mehr liebevoll, sondern hart und unerbittlich. Mühsam unterdrücke ich einen Schmerzenslaut. Ich werde blaue Flecken davontragen. Der Ausdruck auf seinem Gesicht hat sich zu gleichgültiger Geringschätzung gewandelt.

»Bringen wir es hinter uns.«

26 : betäubt

Wir erreichen den Treffpunkt bereits eine knappe Viertelstunde vor der festgelegten Zeit. Die Straße erscheint leer, doch die Aurenfokussierung verrät mir, dass Levanders Former bereits anwesend sind. Zum Glück hatten wir uns darauf geeinigt, schon auf dem Weg unsere Rollen einzunehmen. Mit Sicherheit werden wir beobachtet. Unauffällig zähle ich die Präsenzen. Vier Personen warten in unmittelbarer Umgebung, weitere drei haben sich in geringer Entfernung verteilt. Hoffentlich hat Valentin die Auren ebenfalls bemerkt. Leider habe ich keine Möglichkeit mehr, mich zu vergewissern, ohne seine Tarnung preiszugeben.

Kurz vor 17 Uhr kommt Leben in die scheinbar verlassene Straße. Die Auren bewegen sich kreisförmig auf uns zu, und wenig später sind wir von sieben Formern umzingelt.

»Valentin«, grüßt ein großer, braunhaariger Mann spöttisch.

»Chris«, erwidert Valentin kühl. Gelassen schaut er sich um. »Du hast dein ganzes Team mitgebracht.« Er stockt. »Und einen weiteren Leader? Ihr müsst ja ziemlichen Respekt haben ...«

Chris lacht humorlos. »Glaubst du, Dr. Levander würde bei einer solch wichtigen Sache auch nur das geringste Risiko eingehen?«

Für einen Moment sieht er abgelenkt aus, als würde er einer für die anderen unhörbaren Stimme lauschen. Dabei hat er den Kopf leicht nach rechts geneigt. Ich mustere ihn forschend und erkenne, dass er einen kleinen Knopf im Ohr hat, durch den er anscheinend Informationen oder Anweisungen entgegennimmt.

Valentin drückt meinen Arm und signalisiert mir dadurch, dass es ihm gleichfalls nicht entgangen ist. Chris steht in direktem Kontakt zu Levander. Wir müssen extrem vorsichtig sein. Wenn er bloß mit einer Silbe einen Zweifel formuliert, schlägt unser gesamter Plan fehl.

Valentin wartet geduldig darauf, dass Chris das Gespräch fortsetzt.

»Genug Befehle empfangen?«, stichelt er, als sich ihm der andere Leader wieder zuwendet. »Dr. Levander wird froh sein über ein solch gehorsames Schäfchen.«

Chris runzelt verärgert die Stirn. »Wenigstens wechsle ich nicht ständig die Seiten. Im Gegensatz zu dir.«

Valentin grinst nur geringschätzig. »Was ist jetzt?«, fragt er gereizt und gibt mir einen unerwarteten Stoß, der mich einen Schritt nach vorne taumeln lässt.

Nervös schaue ich zu dem feindlichen Leader auf und muss mich gar nicht darum bemühen, völlig verängstigt und eingeschüchtert auszusehen. Das erledigt mein Körper ganz von selbst.

»Das ist also dieser unfassbar gefährliche natürliche Former?«, vergewissert sich Chris höhnisch. »Sieht nicht sonderlich bedrohlich aus, die Kleine. Eher verschreckt und zahm. Eigentlich recht niedlich.«

»Täusch dich mal nicht«, entgegnet Valentin gelangweilt. »Sie ist bloß so fügsam, weil ich ihren Liebsten aus dem Fenster gestoßen habe.«

»Du hast Raphael umgebracht?«, keucht Chris ungläubig.

»Genaugenommen hat ihn der Aufprall getötet«, verbessert Valentin. »Aber ich will nicht kleinlich sein.«

»Du lügst doch«, fährt ihn der andere Leader an. »Raphael ist viel zu schlau, um sich derart leicht beseitigen zu lassen.«

Valentin zuckt gleichmütig mit den Schultern. »Glaub es oder glaub es nicht. Der *perfekte* Raphael hatte eine große Schwäche.« Er zeigt auf mich. »Er hätte alles getan, um sie zu schützen. Er *hat* alles getan, um sie zu schützen«, korrigiert er sich belustigt. »Sein gesamtes Team ist unglaublich naiv. Seine Former sehen in allen Menschen nur das Beste. Es war fast zu einfach, ihnen vorzugaukeln, dass sie mit ihrem Freundschaftsding mein steinernes Herz erweicht haben.« Valentin lacht gehässig. »Sie hatten nicht mit einem Angriff aus den eigenen Reihen gerechnet.« Er streicht mir sanft mit dem Handrücken über die Wange. »Stimmt's, Schätzchen?«

Ich beiße mir auf die Lippen und schüttle den Kopf. Obwohl ich weiß, dass Valentin gerade das Schauspiel seines Lebens aufführt, ist er verstörend überzeugend. Durch den hohen Wahrheitsgehalt seiner Lügen wirken diese ungemein glaubwürdig. Ich muss erfolgreich mitspielen. Immerhin kostet mich die Umsetzung wenig Mühe. Gestern Abend dachte ich tatsächlich für einige Sekunden, dass Raphael in den Tod gestürzt sei. Allein die Erinnerung daran sorgt zuverlässig dafür, dass meine Augen feucht werden. Zittrig ziehe ich die Luft ein.

»Total verängstigt, die Kleine«, stellt Chris abfällig fest.

»Wärst du das nicht an ihrer Stelle, wenn du wüsstest, was dir bevorsteht?«, gibt Valentin zurück und verschränkt scheinbar entspannt die Arme. »Immerhin war sie schlau genug, mich zu begleiten, bevor es dem Rest ihrer Freunde an den Kragen ging.«

Chris grinst böse, doch das Lächeln erreicht seine Augen nicht. »Ihr wärt alle nicht in dieser unangenehmen Situation, wenn ihr nicht Dr. Levander den Rücken gekehrt hättet«, erinnert er scharf. »Besonders Raphaels Tod wäre vermeidbar gewesen. Ihr hättet euch nicht mit dem natürlichen Former verbünden dürfen.« Wieder dreht er sich zur Seite. Spätestens jetzt ist offensichtlich, dass er Anweisungen von Levander erhält.

»War nett, mit dir zu plaudern, Valentin, aber ich habe einen Auftrag«, beendet er abrupt die Unterhaltung. Er wendet sich einem untersetzten, ziemlich muskulösen Typ zu, der etwa zwei Meter entfernt steht.

»Matthias«, befiehlt er forsch. »Setzt Valentin unter Wahrheitszwang, damit er den Aufenthaltsort der Verräter preisgibt. Anschließend tötet ihn.«

Der andere nickt und macht einen Schritt auf Valentin zu, der abwehrend die Hände hebt. »Spinnt ihr? Das war so nicht abgemacht!«, protestiert er. »Levander gewährt mir für Hannahs Übergabe Amnestie. Er hat mir freien Abzug zugesichert.«

»Wir handeln im Auftrag Dr. Levanders«, informiert der kräftige Typ mit einem höhnischen Schnauben. »Und er will, dass du stirbst.«

»Sorry, Valentin. Dumm gelaufen für dich«, entschuldigt sich Chris ohne eine Spur von Bedauern und greift in seine Hosentasche.

Gleich ist es so weit.

Während ich äußerlich unverändert gefügig bleibe, bereite ich mich mental auf den Befehl vor, durch den ich den Geist des feindlichen Leaders übernehmen werde. Ich hoffe, dass Valentin mit dem gegnerischen Team klarkommt. Nicht überraschend, dass auf Levanders Wort kein Verlass ist. Lea hätte die weitere Zusammenarbeit mit ihm bereut. Sie kann froh sein, dass sie von uns daran gehindert und lediglich für zwei Tage im Keller festgesetzt wurde. Schnell konzentriere ich mich wieder auf Chris' Bewegungen. Im selben Moment, in dem er eine kleine Spritze aus der Tasche zieht, schlage ich mit einem kombinierten Impuls zu.

Verfehle mich unauffällig. Verhalte dich, als würde alles nach Plan verlaufen.

Ich halte den Atem an, als Chris die Spritze an meinem Nacken ansetzt. Ich darf mir keine Schwäche erlauben. Wenn er zusticht, ist alles verloren.

Erleichtert spüre ich die Flüssigkeit, die mir kühl über die Haut läuft und unmittelbar von meinem schwarzen Shirt aufgesaugt wird. Jetzt hängt alles davon ab, dass ich die Fokussierung erfolgreich ausführe und parallel dazu meine Ohnmacht überzeugend vortäusche. Valentin ist auf sich allein gestellt. Genau wie ich. Während ich den Impuls mit voller Kraft aufrechterhalte, verdrehe ich die Augen nach oben. Gleichzeitig lasse ich jäh alle Spannung aus meinem Körper fließen und hoffe, dass ich nicht übermäßig schmerzhaft am Boden aufkomme.

Leider erfüllt sich meine Hoffnung nicht. Die Landung tut verdammt weh. Mit geschlossenen Augen und leicht verdrehten Gliedern liege ich reglos am Boden und bemühe mich um eine gleichmäßige Atmung. Das fiese Brennen meines Oberschenkels und meiner aufgeschürften Ellbogen versuche ich, nach Kräften auszublenden.

Angestrengt lausche ich auf die Geräusche der Umgebung, doch das Dröhnen meines Herzschlags scheint alles zu übertönen. Mir war nicht klar, wie hilflos man sich fühlt, wenn man nichts sieht.

Plötzlich spüre ich einen groben Griff an Kniekehle und Oberarm. Chris, den ich anhand seiner Aura erkenne, zieht mich brutal empor und wirft mich wie einen Sack Mehl über die Schulter. Seine Knochen bohren sich hart in meinen Magen.

»Ich habe sie«, teilt Chris Levander mit. »Die Betäubung wirkt. Sie wird für mindestens zwei Stunden außer Gefecht sein.«

Gerade als sich der feindliche Leader in Bewegung setzt, höre ich hinter uns unterdrückte Schreie und Kampfgeräusche. Beruhigt stelle ich fest, dass die Auren von Dorian, Norwin und Raphael zu der einzelnen Präsenz Valentins gekommen sind. Wenn alles funktioniert hat, müssten die Nicht-Former samt meiner vier Freunde das gegnerische Team durch Realitätsverankerung zur Reglosigkeit gezwungen haben und sie nacheinander bewusstlos schlagen. Bis sie wieder einsatzbereit sind, ist alles entschieden.

Es ist furchtbar, dass die äußeren Umstände ein solch brutales Vorgehen nötig machen. Levanders Former sind lediglich Marionetten in dessen Spiel, ebenso wie wir es waren. Sie können nichts dafür. Was mit dem Leader passiert, der mich zu ihm trägt, will ich mir gar nicht vorstellen. Entschlossen unterdrücke ich das schlechte Gewissen und konzentriere mich auf die eigentliche Mission. Wir müssen schnellstmöglich hier weg.

Dreh dich nicht um. Du hast nichts gehört. Verhalte dich, als würde alles nach Plan verlaufen.

Chris verlässt schnellen Schrittes den Ort der Übergabe, und nach kurzer Zeit haben wir uns von den Auren meiner Freunde so weit entfernt, dass ich sie nicht mehr wahrnehmen kann. Ich fühle mich unglaublich allein und schutzlos. Mir bleibt bloß zu hoffen, dass sich Viv und Till an unsere Fersen geheftet haben und regelmäßig unseren Standort durchgeben.

Durch die Schaukelei in der Dunkelheit verliere ich völlig die Orientierung. Obwohl der Leader nur zehn bis fünfzehn Minuten gelaufen ist, habe ich den Eindruck, als wären wir kilometerweit von den anderen entfernt. Immer wieder muss ich mir ins Gedächtnis rufen, dass meine Freunde in der Nähe sind, selbst wenn ich sie nicht sehe.

In kurzen Abständen kontrolliere ich den mentalen Befehl, der dafür sorgt, dass mich Chris planmäßig zu Levander bringt. Zusätzlich achte ich darauf, dass sich der Leader nicht zu schnell bewegt. Wenn meine Freunde in das Versteck eindringen, wird es auf jede Minute ankommen. Ich muss ihnen Zeit verschaffen und verhindern, dass sie zu weit zurückfallen.

Während ich untätig über Chris' Rücken hänge, nimmt meine Panik beständig zu. Was ist, wenn Levander bemerkt hat, dass sein Team ausgeschaltet wurde? Wenn er unsere Täuschung durchschaut hat? Wenn er erkannt hat, dass sein Leader manipuliert wird? Wenn wir uns irren und Levander die Aktion doch nicht alleine durchführen will? Wenn außer ihm noch andere Ausbilder auf uns warten? Wenn weitere Teams bei ihm sind? Unser Plan hat so viele Schwächen, dass er nur mit unverschämtem Glück gelingen wird. Ich werde meine Freunde ins Verderben stürzen. Alle, die für mich gekämpft haben.

Und danach wird sich Levander unsere Familien vornehmen …

Ich werde aus meinen düsteren Überlegungen gerissen, als ich die Aura spüre, die mir massenhaft Albträume bereitet hat. Wir befinden uns in Levanders Nähe, und ich bin sicher, dass er mich ebenfalls fühlt. Obwohl mein Radius sehr groß ist, zweifle ich keine Sekunde daran, dass er es locker mit mir aufnehmen kann. Schließlich hat er im Umgang mit der Gabe unzählige Jahre Vorsprung. Jetzt gibt es kein Zurück mehr.

Ich gebe mein Bestes, alle Empfindungen zu betäuben. Mein Herzschlag beschleunigt sich, und in meinem Kopf macht sich Schwindel breit. Ich muss mich konzentrieren. Ich darf nicht auffallen. Wenn er merkt, dass ich nicht bewusstlos bin, wird ihn nichts davon abhalten, mich auf der Stelle auszuschalten. Unser komplettes Vorhaben spielt auf Zeit. Ich atme bemüht regelmäßig gegen die Panik, die sich in mir auszubreiten droht. Ich darf jetzt nicht die Nerven verlieren. Ich halte mich an unsere Absprachen. Die Nicht-Former konnten mich bestimmt problemlos verfolgen. Meine Freunde sind auf dem Weg zu mir. Es *kann* funktionieren. Es *muss* funktionieren. Es *wird* funktionieren.

Das Klirren eines Schlüsselbundes sorgt dafür, dass ich fast zusammenzucke. Die geschlossenen Augen sind gefährlich. Ich darf mich nicht in Grübeleien verlieren. Schnell verstärke ich die mentale Fokussierung. Chris schließt eine Tür auf und trägt mich in ein Gebäude. Es muss ein älteres Haus sein, denn der Unterschied zu den warmen Außentemperaturen ist deutlich spürbar. Die Luft ist kühl und klamm, sodass ich ein Frösteln unterdrücken muss.

Geistesgegenwärtig formuliere ich einen weiteren Impuls, den ich sanft in das Gehirn des Leaders schiebe.

Lass die Tür offen.

Chris schleppt mich über zwei Treppen, durchquert einen langen Flur und steigt dann erneut etliche Stufen hinauf. Am liebsten würde ich dem Leader befehlen, schneller zu gehen. Es verlangt mir alles ab, trotz der immensen Anspannung untätig zu bleiben. Die erzwungene Bewegungslosigkeit macht mich wahnsinnig. Während wir uns unaufhaltsam Levander nähern, überprüfe ich konzentriert die Umgebung auf weitere Auren. Unsere Theorie scheint sich tatsächlich zu bestätigen. Bis auf Chris und Levander befinden sich keine weiteren Former in meinem Radius. Ich erlaube mir dennoch keinen Funken Erleichterung. Es ist durchaus möglich, dass Levander Former außerhalb meiner Reichweite positioniert hat.

Endlich stoppt der Leader schwer atmend und klopft an eine Tür. Dem Klang entnehme ich, dass es sich um massives Holz handelt.

»Dr. Levander?«, ruft er halblaut. Die Tür scheint nur angelehnt zu sein, denn die Antwort ist gut zu verstehen. Obwohl ich sie schon viel zu oft gehört habe, lässt die Stimme des Akademieleiters das Blut in meinen Adern gefrieren.

»Kommen Sie rein.«

27 : unterlegen

Chris schiebt mit dem Ellbogen die Tür auf. Jetzt geht es um alles. Entgegen meines Instinkts zwinge ich mich dazu, meine Glieder schlaff zu lassen. Chris durchquert das Zimmer und lässt mich mit einem erleichterten Seufzen aus dem Stand zu Boden fallen. Ein qualvolles Stechen durchzuckt meine linke Schulter sowie meine linke Gesichtshälfte, als ich ungebremst auf das harte Parkett knalle. Ich bleibe reglos und versuche, den Schmerz wegzuatmen. Wie ein Mantra wiederhole ich dieselben Gedanken. Ich bin entspannt. Ich spüre nichts.

»Irgendwelche besonderen Vorkommnisse?«, fragt Levander desinteressiert.

»Die Übergabe hat reibungslos funktioniert«, versichert Chris. »Sie sah aus, als hätte sie sämtlichen Lebenswillen verloren. Valentins Verrat und der Tod Raphaels scheinen sie gebrochen zu haben.«

Levander gibt einen undefinierbaren Laut von sich, der Anerkennung, Mitleid oder auch Unglaube widerspiegeln könnte. Verdammt. So einfach wie der Leader ist er nicht hinters Licht zu führen. Der Akademieleiter ist intelligent und vorsichtig. Beim geringsten Fehler wird er Verdacht schöpfen. Wenn ich sein Misstrauen errege, wird unsere Täuschung schneller zu Ende sein, als sie begonnen hat. Ich konzentriere mich darauf, meinen Körper weiterhin locker zu halten, und warte.

Levander lässt mich achtlos am Boden liegen. Anhand seiner Aura merke ich, dass er ganz nah ist. Im Raum kehrt Stille ein, dennoch bin ich mir der Anwesenheit der beiden Former bewusst. Immer wieder rufe ich mir ins Gedächtnis, wie wichtig es ist, komplett bewegungslos auszuharren. Mir war nicht klar, wie schwer einfaches Herumliegen sein kann. In dieser akuten Gefahrensituation untätig zu bleiben, ist eine enorme Herausforderung. Vermutlich die größte Herausforderung meines Lebens. Alles in mir schreit danach, aufzuspringen und wegzulaufen. Mein Körper fleht mich an, sich wenigstens durch Zusammenrollen geringfügigen Schutz vorgaukeln zu dürfen. Ich gebe nicht nach. Am schlimmsten ist jedoch, die Augen geschlossen zu lassen. Eine Person, die mir Böses will, in unmittelbarer Nähe nicht beobachten zu können, ist furchtbar. Ich fühle mich schwach und hilflos. Er könnte jederzeit auf mich losgehen, mir in die Seite oder ins Gesicht treten. Ich würde es nicht kommen sehen. Ich bin in diesem Albtraum gefangen.

Scheinbar völlig entspannt und ruhig atmend liege ich wehrlos zu Levanders Füßen und bete darum, dass meine Freunde rechtzeitig auftauchen werden. Während ich den feindlichen Leader weiterhin mit einem schwachen Impuls davon überzeuge, dass alles in Ordnung ist, bemühe ich mich, die erzwungene Pause sinnvoll zu nutzen. Mit sämtlicher Kraft, die ich in meiner unangenehmen Lage aufbringen kann, sensibilisiere ich mich für die Umgebung. Da ich aktiv danach suche, ist es zumindest möglich, dass ich eine neue Präsenz kurz vor Levander bemerke. Die Minuten ziehen sich wie Stunden. Mein Zeitgefühl hat sich schon vor Ewigkeiten verabschiedet. Müssten meine Freunde nicht längst da sein? Haben die

Nicht-Former bereits Position bezogen? Mit jeder Sekunde, die verstreicht, werde ich nervöser.

»Genug jetzt«, eröffnet Levander so plötzlich, dass ich vor Schreck fast zusammenzucke. »Eigentlich wollte ich warten, wie dieser großartige Plan weitergeht, aber allmählich wird es langweilig.«

Mein Innerstes gefriert zu Eis. Er spricht mit mir. Er weiß, dass ich bei Bewusstsein bin. Wie konnten wir dermaßen blöd sein und annehmen, Levander würde unsere verzweifelte Aktion nicht durchschauen?

»Dr. Levander?«, wundert sich Chris, dem noch nichts aufgefallen ist. »Wovon reden Sie?«

Levander seufzt. »Sie haben einen natürlichen Former eine halbe Stunde durch die Gegend geschleppt und nicht bemerkt, dass er Ihnen etwas vorspielt? Oder wurden Sie kontrolliert? In beiden Fällen haben Sie erbärmlich versagt.«

Jemand keucht erstickt auf. Mit einem dumpfen Laut geht ein Körper zu Boden. Gleichzeitig erlischt die Aura des feindlichen Leaders. Adrenalin flutet meine Adern. Das war's. Ich bin aufgeflogen. Deutlich früher als erhofft. Wenn Levander überhaupt jemals an unseren Schwindel geglaubt hat. Gehetzt suche ich nach einer Lösung. Ich habe keine Chance, die anderen zu warnen. Immerhin kann ich meine erfolglose Tarnung aufgeben.

Entschlossen öffne ich die Lider und richte mich auf. Unmittelbar trifft mein Blick auf die kalten Augen Levanders.

»Doch nicht ohne Lebenswillen«, stellt er lapidar fest. »Aber dafür ziemlich wagemutig. Haben Sie wirklich angenommen, mich überlisten zu können? Ravins Favorit wandte sich von seinem Team ab. Er kämpfte an Ihrer Seite gegen seinen Ausbilder. Bei unserem Telefonat verteidigte er Sie vehement. Und nun soll er aus heiterem Himmel zum Verräter geworden sein? Dachten Sie im Ernst, ich würde Ihnen das abnehmen? Sie beleidigen mich.«

Ich trete einen Schritt zurück und prüfe den Raum, in dem wir uns befinden. Ein weitläufiges Zimmer, das abgesehen von der großen Fensterfront ringsum mit deckenhoch gefüllten Bücherregalen aus schwerem Holz ausgestattet ist. Bis auf eine Couchgarnitur und einen wuchtigen Schreibtisch samt Stuhl ist der Raum leer.

»Zufrieden mit der Einrichtung?«, erkundigt sich Levander freundlich. »Ein passendes Ambiente zum Sterben?«

Ohne mich von seiner Provokation ablenken zu lassen, konzentriere ich mich mit aller Kraft. Vielleicht habe ich die Gelegenheit, das Scheusal vor mir für eine Weile aufzuhalten. Dadurch könnte ich verhindern, dass die anderen ins offene Messer laufen.

Unternimm nichts.

Levander schnaubt belustigt. »Sie glauben, Sie könnten mich manipulieren? Sie greifen erst seit wenigen Monaten auf Ihre Gabe zu. Sie haben keine Chance, selbst wenn Sie Ihre Freunde dazuholen, die in der Nähe herumrennen und leichtsinnigerweise annehmen, sie wären bisher unentdeckt geblieben. Denken Sie daran, dass ich Sie alle selbst ausgebildet habe. Ich weiß um die Schwächen jedes meiner Schüler.«

Mühelos kommt er ein paar Schritte auf mich zu, lediglich um mir zu zeigen, dass die mentale Fesselung völlig wirkungslos ist. Ich kann ein entsetztes Aufkeuchen nicht unterdrücken. Er ist so viel stärker als ich.

»Böses Erwachen?«, fragt er mit einem kalten Lächeln.

Ich starre ihn wortlos an. Gleichzeitig erkenne ich bekannte Auren am Rande meiner Wahrnehmung. Für einen Moment durchflutet mich Erleichterung. Dann realisiere ich, dass Levander die Präsenzen ebenfalls lokalisiert hat. Deutlich früher als ich. Er wird sie gnadenlos in Empfang nehmen, und ich kann nichts dagegen tun.

Als hätte er meine Gedanken gelesen, lacht Levander spöttisch. »Ihre Gruppe wird erst bei uns sein, wenn Ihr Herz aufgehört hat zu schlagen. Sie werden zu spät kommen, um Sie zu retten, aber rechtzeitig für ihren eigenen Tod. Hannah, Sie haben Ihre Gefährten auf dem Gewissen. Sie tragen die Schuld daran, dass sich Ihre Freunde gegen die Akademie aufgelehnt haben. Sie sind verantwortlich für ihren Verrat, den sie mit dem Leben bezahlen werden.«

Bevor ich etwas erwidern kann, erfüllt der Drang, Levander zu verjüngen und ihm meine Lebenskraft zu schenken, mein komplettes Bewusstsein. Bereitwillig beginne ich mit der Kanalisierung. Levander hat die Technik bis ins kleinste Detail perfektioniert. In seiner Fokussierung liegt die Erfahrung unzähliger Jahre. Anders als bei Ravin ist der Impuls nicht verschleiert. Ich bin bei klarem Verstand und verstehe die Gefahr. Trotzdem gehe ich unter dem Zwang deutlich zielgerichteter und stärker vor als damals im Wald. Statt positiver Gedanken und Assoziationen, die Ravin mit seinem Befehl verknüpfte, setzt mir Levander ein alles überstrahlendes Bedürfnis in den Kopf, das sämtliche Emotionen verschlingt. Seine Verjüngung ist zu einer Notwendigkeit geworden. Wichtiger als meine Atmung. Wichtiger als mein Herzschlag. Wichtiger als alles andere. Er ist unglaublich effizient, sodass ich meine gesamte Kraft für ihn aufwende. Ich habe nicht die geringste Chance, mich zu wehren.

Endlich fliegt die Tür auf. Da meine volle Aufmerksamkeit Levanders Verjüngung gilt, nehme ich kaum wahr, dass die Nicht-Former in den Raum stürmen. Aus dem Augenwinkel erahne ich Viv und Till, die neben mir Position beziehen. Ich kann sie nicht warnen. Für meine Freunde muss es wirken, als sei ich schon mitten in der Kontrolle Levanders. Ich kann nur hoffen, dass sie sich weiterhin an unseren Plan halten.

Allmählich spüre ich erste Anzeichen der Erschöpfung. Levander saugt mich förmlich aus. Ich kann geradezu mitverfolgen, wie meine Energie stetig abnimmt. Selbst wenn die Fokussierung rechtzeitig beendet würde, bin ich nicht sicher, wie erfolgreich ich die nächste Manipulation ausführen könnte. Angestrengt fixiere ich Levander, während meine Sicht an den Rändern bereits verschwimmt. In seinem Ausdruck spiegeln sich Skepsis und Misstrauen. Ohne seine Kanalisierung abreißen zu lassen, weicht er bis an die gegenüberliegende Seite des Raumes zurück.

»Normale Menschen?«, fragt er irritiert. Zum ersten Mal erkenne ich Verständnislosigkeit in seiner Miene, die seine Selbstsicherheit geringfügig erschüttert.

Sein Rückzug gibt die Sicht auf die Tür frei, sodass ich sehe, wie Raphael, Valentin, Dorian und Norwin das Zimmer betreten. Vielleicht ist noch nicht alles verloren. Fast unmerklich schwanke ich nach vorne, kann mich jedoch wieder fangen. Ich werde den Zwang nicht mehr lange durchhalten.

»Unternimm nichts«, befiehlt Norwin laut und gibt dadurch Raphael das Signal für die gemeinsame Fokussierung.

Levander zieht belustigt eine Augenbraue hoch. »Das wird nicht funktionieren, auch wenn Sie zu viert auf mich losgehen«, informiert er ungerührt. »Haben Sie an der Akademie derart wenig gelernt? Sie sollten in Erwägung ziehen, die Seiten zu wechseln. Dann verschone ich möglicherweise das Leben Ihrer unschuldigen Freunde, die so naiv waren, Ihnen hierher zu folgen.«

»Jetzt«, ordnet Norwin an, und ich weiß, dass nun die Hälfte der Nicht-Former die Fokussierung durch Realitätsverankerung unterstützt.

Abrupt reißt der Drang, Levander zu verjüngen, ab. Mein Körper und mein Bewusstsein gehören wieder mir. Zugleich überfallen mich rasende Kopfschmerzen. Mir wird schlagartig übel, und meine Glieder zittern dermaßen stark, dass ich mich nicht auf den Beinen halten kann. Mir ist plötzlich so kalt, dass meine Zähne anfangen zu klappern. Es fühlt sich an, als würde ich von innen heraus erstarren. Heftig atmend falle ich auf die Knie und versuche, gegen die sich in mir ausbreitende Erschöpfung anzukämpfen und nicht ohnmächtig zu werden. Ich darf mir keine Schwäche erlauben. Mühsam hebe ich den Blick, um mich von Levanders mentaler Fesselung zu überzeugen. Mit Genugtuung stelle ich fest, dass sich der Ausdruck in seinen Augen von Arroganz zu Fassungslosigkeit wandelt. Der Rest seines Gesichts bleibt jedoch starr.

Im Raum herrscht vollkommene Stille. Die Manipulation wirkt. Jetzt darf nichts die Konzentration brechen. Vorsichtig schaue ich mich um. Raphael, Valentin, Dorian,

Norwin und alle fünfzehn Nicht-Former haben sich um uns herum verteilt und fixieren Levander aufmerksam.

Auffordernd nicke ich Viv zu, die noch immer neben mir steht. Sie zieht ein großes Messer aus ihrer Tasche und hält es mir mit dem Griff zuerst entgegen. Ohne zu zögern, ergreife ich die Waffe und lege sie vor mir auf den Boden. Mit einem gezielten Tritt befördere ich sie in Levanders Richtung. Das Messer gleitet mit einem trockenen Schaben über das Parkett und stoppt erst kurz vor seinen Füßen.

»Töte dich selbst«, verlange ich heiser und gebe damit das Zeichen für Valentin, Dorian und die restlichen Nicht-Former, die nicht mit der mentalen Fesselung beschäftigt sind. Obwohl ich mittlerweile vor Schmerzen schreien könnte, hämmere ich den Befehl mit verzweifelter Stärke in Levanders Hirn. Dabei unterstützen mich die Gruppenfokussierung und die Realitätsverankerung meiner Freunde. Wenn dieser Impuls fehlschlägt, sind wir verloren.

Levanders Atem geht in flachen Stößen. Feindselig erwidert er meinen Blick. Dann sinkt er auf ein Knie herab und tastet nach dem Messer. Nachdem er die rechte Hand fest um die Waffe geschlossen hat, richtet er sich schwankend wieder auf. Sein Gesicht zeigt deutlich seinen inneren Kampf. Er versucht, sich mit aller Kraft gegen den Impuls zu wehren, doch er ist zu schwach. Ausgerechnet die *normalen* Menschen, die er so verachtet, sorgen für seinen Untergang. Langsam führt er das Messer an seinen Hals. Seine Augen sprühen vor Hass, dennoch kann er dem mentalen Zwang nichts entgegenbringen.

Gerade als er zum tödlichen Schnitt ansetzt, ertönt

draußen ein lauter Knall. Die Fehlzündung eines Autos, der Lärm einer Baustelle, was auch immer. Vermutlich nichts Besonderes, trotzdem sehe ich besorgt, dass einige Nicht-Former erschreckt zusammenzucken. Im gleichen Moment wird mir die Schwachstelle unseres Plans bewusst. Wir haben nie mit Störungen gearbeitet. Dafür fehlte einfach die Zeit. Wir haben versäumt, das Aufrechterhalten der Realitätsverankerung trotz Ablenkung zu üben. Diese Vernachlässigung könnte uns zum Verhängnis werden.

Verbissen fokussiere ich weiter. Einen Sekundenbruchteil, bevor die Situation eskaliert, weiß ich bereits, dass wir scheitern werden. Der hilflose Ausdruck in Levanders Augen wandelt sich zu Triumph. Mit einer heftigen Bewegung schleudert er das Messer von sich. Die Nicht-Former stöhnen angsterfüllt auf. Die Konzentration ist gebrochen, und Levander ist frei.

Fieberhaft überlege ich, wie wir gemeinsam einen neuen Impuls ansetzen können. Unser Fehler hat alles verändert. Durch die überraschende Unterbrechung wurde das Machtverhältnis gefährlich verschoben. Levander kennt jetzt unsere Taktik. Fraglich, ob die kombinierte Realitätsverankerung erneut funktioniert. Außerdem wird es nicht lange dauern, bis die vorherrschende Unsicherheit zu nackter Panik wird. Levander wird das für sich zu nutzen wissen. Ich fühle mich wie betäubt. Noch während meine Gedanken rasen, nehme ich aus dem Augenwinkel eine Bewegung wahr. Gleichzeitig ertönt ein beunruhigendes Knirschen.

Ich drehe mich gerade rechtzeitig, um zu sehen, wie eines der deckenhohen, massiven Holzregale ruckartig nach vorne kippt. Es wird unweigerlich umfallen und innerhalb der nächsten Sekundenbruchteile Raphael, Valentin und einige Nicht-Former unter sich begraben. Sie werden sterben.

STOPP!

Intuitiv formuliere ich mit sämtlicher verfügbarer Kraft den passenden Impuls, der verhindern wird, dass meine Freunde von dem Ungetüm erschlagen werden. Unwillkürlich strecke ich meine Hand aus, um dem Befehl mehr Nachdruck zu verleihen.

Das Regal sowie alles, was sich darauf befand, erstarrt zur Bewegungslosigkeit. Zahlreiche dicke Bücher und verschiedene Dekorationsgegenstände hängen in der Luft, als sei die Zeit stehen geblieben. Der dichte Staub wirkt in den Strahlen der Abendsonne wie eine flirrende Mauer. Das gewaltige Regal verharrt in einem absurden Winkel, in dem es eigentlich unmöglich ist, der Schwerkraft zu trotzen.

Raphael, Valentin und die sieben Nicht-Former, die bei ihnen stehen, mustern die Bedrohung knapp über ihren Köpfen mit Entsetzen. In ihren Gesichtern ist die Erkenntnis, welchem Schicksal sie durch mein Eingreifen entgangen sind, deutlich zu sehen. Schnell springen sie aus der Gefahrenzone. Im selben Moment löse ich die Fokussierung. Mit lautem Getöse stürzt das komplette Regal nach vorne und prallt auf dem Fußboden auf. Große Holzstücke lösen sich, einzelne Papierseiten wirbeln durch die Luft und Bücher schlittern über das Parkett. Es herrscht ohrenbetäubender Lärm.

Wie durch einen dichten Schleier höre ich Valentins Stimme, die das Chaos durchdringt. »Scheiße«, flucht er unbeherrscht. »Das ging zu schnell. Diesen Impuls hat sie unbewusst ge–«

Seine letzten Silben gehen in erneutem Gepolter unter. Ich fahre herum und stelle erschüttert fest, dass Levander unsere Verwirrung genutzt hat, um einen zweiten Angriff auszuführen. Bevor ich in der Lage bin, einen rettenden Impuls zu formulieren, schlägt ein weiteres massives Holzregal mit zerstörerischer Wucht am Boden auf.

Mit einem knappen Befehl verbiete ich Levander die Nutzung seiner Gabe und bewege mich mit wenigen Schritten auf die zertrümmerte Einrichtung zu. Dieses Mal konnte ich nicht rechtzeitig eingreifen. Es würde an ein Wunder grenzen, wenn alle unverletzt geblieben wären. Im Geist gehe ich die Mitglieder unserer Gruppe sowie ihren letzten Aufenthaltsort durch. Viv und Till standen direkt neben mir. Ebenso in Sicherheit befinden sich Valentin, Raphael und die sieben Nicht-Former, die ich vor dem ersten Angriff bewahrt habe. In der sich lichtenden Staubwolke zähle ich die verbleibenden sechs Nicht-Former und Norwin. Einer fehlt. Dorian.

Gehetzt schaue ich im Raum umher, getrieben von der wahnwitzigen Hoffnung, dass er sich durch einen unmöglichen Sprung in Sicherheit gebracht hat. Dass er nicht von dem Regal erschlagen wurde. Dass er uns nicht für immer verlassen hat, sondern mit seinem üblichen beruhigenden Lächeln neben den anderen auftaucht. Doch egal, wie intensiv ich suche, egal, wie glühend ich es mir wünsche; von meinem Freund ist nichts zu sehen.

Ein Blick auf Norwins bleiches Gesicht genügt, um zu wissen, wo wir ihn finden werden. Dorian liegt unter den Trümmern.

28 : wahnsinnig

Ohne nachzudenken, forme ich einen Impuls, um das zerstörte Regal aufzurichten. Als sich die zersplitterten Teile vom Boden lösen, geht ein kollektives Stöhnen durch unsere Gruppe. Ein Blick reicht aus, um zu sehen, dass jegliche Hilfe zu spät kommt.

Mit wenigen Schritten ist Norwin bei seinem Freund und bricht neben ihm in die Knie. Mit einem erstickten Schluchzen streckt er die Hand nach ihm aus, als könne er ihn damit zurückholen.

Valentin beißt sich auf die Lippen und wendet sich ab. Raphael schließt für einen Moment erschüttert die Augen, als könne er den Anblick nicht ertragen.

Dorians Tod trifft mich so tief, dass ich keinen Gedanken mehr an Levander verschwende. Sein weiteres Vorgehen ist mir absolut egal. Nun ist doch geschehen, wovor ich mich die ganze Zeit gefürchtet hatte. Einer meiner Freunde ist im Kampf für mich gefallen. Er hat sein Leben für mich riskiert und es letztendlich gegeben. Mehrere Male hatte er die Gelegenheit zur Flucht. Er hat sich immer wieder aufs Neue dafür entschieden, an meiner Seite zu bleiben. Jetzt hat er für seine Treue bezahlt. Levander hat ihn brutal ermordet. Neben unsäglicher Trauer ist kein Platz für weitere Empfindungen. Verzweifelt senke ich den Kopf, während mir die Tränen in die Augen steigen. Es ist mir egal, ob Levander triumphieren wird. Egal, ob er mich erneut zum Verjüngungsimpuls zwingen wird. Egal, ob er mich ebenfalls tötet.

Während ich wie betäubt auf Dorians Überreste starre, reißt mich der unsinnige Wunsch, Raphael mit einem Impuls anzugreifen, aus meiner Lethargie. Mit einem beiläufigen Gedanken wehre ich die kleine Störung ab und höre zugleich Levander beunruhigt aufkeuchen. War dieses zögerliche Herantasten tatsächlich ein ernsthafter Vorstoß, um mich zu kontrollieren?

Ich lächle böse. Garantiert will er mich mit seiner scheinbaren Schwäche in Sicherheit wiegen. Genau wie ich es bei ihm getan habe in meiner ersten Unterrichtsstunde. Ich hatte seinem Befehl nachgegeben, um nichts von meiner wahren Stärke zu verraten. Wie lange ist das jetzt her? Angestrengt versuche ich, mich zu erinnern, wie viele Wochen zwischen meiner Entführung und dem heutigen Tag liegen. Ich ziehe die Augenbrauen zusammen und nehme die Finger zur Hilfe. Auf jeden Fall drei Offenlegungen. Die Woche mit dem Leaderkampf, anschließend die Teamphase im Wald. Es erscheint mir, als läge diese Zeit schon weit in der Vergangenheit. Dann die …

Raphaels Stimme holt mich zurück in die Gegenwart.

»Hannah?«, fragt er behutsam.

Valentin schüttelt wortlos den Kopf.

»Wir müssen die Taktik wechseln!«, legt Raphael leise fest, doch seine Stimme ist bis in den hintersten Winkel des Raumes zu hören. »Wir wissen nicht, wie lange ihr noch bleibt.«

Die Nicht-Former reagieren sofort auf Raphaels Anweisung. Sie bilden gemeinsam mit Norwin eine Gasse.

Auf der einen Seite stehe ich, flankiert von Raphael und Valentin. Uns gegenüber befindet sich Levander, dem mittlerweile der Angstschweiß auf die Stirn tritt. Das Kräfteverhältnis hat sich erneut verschoben, und er weiß es ganz genau.

Mühsam rufe ich mir den alternativen Plan ins Gedächtnis. Es fällt mir schwer, meine Gedanken zu bündeln. Alle Nicht-Former sorgen gemeinsam mit Raphael, Valentin und Norwin dafür, dass der Akademieleiter die Gabe nicht nutzen kann. Ich bin dafür zuständig, ihn schnellstmöglich auszuschalten. Wenn die ursprüngliche Strategie funktioniert hätte, wäre Levander bereits tot. Er hätte sich das Messer einmal quer über die Kehle gezogen, ebenso wie Elias damals. Mit dem Unterschied, dass ich bei Levander nicht den geringsten Funken Bedauern empfunden hätte. Elias war lediglich ein Instrument, erschaffen und missbraucht von der Akademie. Er musste sterben, damit ich leben konnte. Ich wollte ihn nie wirklich töten. Es gab keinen anderen Ausweg. Ich beginne zu weinen. Wie kann mir Raphael das jemals verzeihen?

»Raphael«, bringe ich schluchzend hervor. »Es tut mir so leid, dass ich Elias getötet habe. Ich weiß, dass dich der Verlust unglaublich schmerzt. Ich hätte eine andere Lösung finden müssen.«

»Oh, verflucht«, sagt Valentin. »Das war zu erwarten.«

»Es tut mir so leid«, wiederhole ich, während mir die Tränen über die Wangen laufen.

»Wir dürfen sie nicht verlieren«, drängt Raphael.

»Bitte verzeih mir«, flehe ich mit brechender Stimme.

»Ihr müsst eingreifen und ihre Gedanken führen«, mischt sich Norwin ein. »Sie schafft das nicht mehr alleine. Sie hat keine Ahnung, was sie tun soll. Raphael! Valentin! Worauf wartet ihr?«

Die beiden nicken bestätigend und fixieren mich konzentriert. Ich muss Levander ausschalten. Das ist meine einzige Aufgabe in unserem alternativen Plan. Jeder muss sich an seine Anweisungen halten. *Ich* muss mich an meine Anweisungen halten.

»Unternimm nichts«, leitet Norwin den Befehl auf Levander ein. Er klingt heiser, aber bestimmt. Nur sein Gesicht verrät, wie es in seinem Innern aussieht. Dass er nach dieser Tragödie zu einer Fokussierung in der Lage ist, erfüllt mich mit grenzenloser Bewunderung.

An den konzentrierten Blicken der Nicht-Former ist deutlich abzulesen, dass sie mit der Realitätsverankerung beginnen. Mit aller Kraft zwingen meine Freunde Levander zur Untätigkeit. Ich erkenne an ihren angespannten Mienen, dass ihnen diese Aktion das Letzte abverlangt. Im Gegensatz zu ihnen fühle ich mich nicht einmal ansatzweise erschöpft. Ich platze fast vor Adrenalin. Zudem wütet der brüllende Schmerz über Dorians Tod in meinen Eingeweiden. Er hat mich von Anfang an unterstützt. Als die anderen gegen mich waren, hat er sich hinter mich gestellt. Er hat mir neue Kraft gegeben, als ich dachte, der gesamte Jahrgang würde mich verachten. Er hat an mich geglaubt. Er hat mich immer wieder auf den richtigen Weg geführt und dafür alles riskiert. Heute wurde sein Leben genommen. Auf eine solch beliebige und zufällige Art, als sei es bedeutungslos. Das hat er nicht verdient. Er hat den Tod nicht verdient!

Jäh erfüllt mich rasender Zorn. Dieses verdammte Regal! Es wird dafür bezahlen, dass es mir Dorian geraubt hat. Dieses verfluchte Stück Holz! Ich brauche bloß einen flüchtigen Gedanken, um es komplett in seine Einzelteile zu zerlegen. Papier zerreißt. Holz splittert. Metallbeschläge brechen.

Noch nicht genug.

Mit einem weiteren kleinen Impuls pulverisiere ich das Möbel und alles, womit es bestückt war. Lediglich grobkörniger Staub bleibt übrig.

Levander starrt mich entsetzt an. »Sie ist viel zu stark!«, bringt er atemlos hervor. »Sie wehrt meine Versuche zur mentalen Kontrolle mit Leichtigkeit ab! Sie hat das Regal zerlegt, ohne mit der Wimper zu zucken.«

»Angst?«, erkundige ich mich spöttisch und ziehe die Augenbrauen hoch.

»Valentin!«, schreit Levander. »Seien Sie nicht dumm! Sie kennen die eigentlichen Kräfteverhältnisse. Ich bin ein erfahrener Former, sie ist ein unbedarftes Kind. Es ist unmöglich, dass sie stärker ist. Sie wissen, was das bedeutet. Sie wissen, dass es höchstens eine Frage von Minuten ist, bis sie vollends durchdreht. Vielleicht bleiben uns nur Sekunden.« Mittlerweile weist Levanders Stimme einen eindeutig panischen Unterton auf. »Halten Sie sie auf!« Levander weicht taumelnd einige Schritte zurück, bis er mit dem Rücken an seinen Schreibtisch stößt. »Sie wird wahnsinnig.«

Erst mit Verspätung dringen Levanders Worte zu mir durch.

Sie wird wahnsinnig.

Ein eiskalter Schauer überläuft mich, und ich lausche in mich hinein, um Anzeichen beginnender Verrücktheit zu erkennen. Nichts. Ich fühle mich ganz okay. Eigentlich fühle ich mich sogar beängstigend normal.

Ganz okay … Fast wörtlich sagte das Emily, nachdem sie von Ravin zum Trinken des Giftcocktails genötigt wurde. Hätte ich bloß das bescheuerte Rätsel rechtzeitig gelöst. Wenn Killer B vorzugsweise Männer tötet, ist er der Dämmerungskiller mit dem Messer! Verdammt!

»Killer A bevorzugt weibliche Ziele, schlägt am Nachmittag zu und vergiftet seine Opfer!«, brülle ich laut und schlage mir mit der Hand an die Stirn. »Verflucht! Das hätten wir wissen müssen!«

Abrupt verstumme ich und überlege, wie viele Tote er auf dem Gewissen hat.

»Ihr freier Wille ist nicht mehr fokussiert genug.« Raphael keucht. »Sie kann ihre Aufmerksamkeit nicht bündeln.«

»Dann müsst ihr das übernehmen«, presst Norwin zwischen zusammengebissenen Zähnen hervor. »Ihr müsst eure Befehle besser absprechen.«

Raphael und Valentin mustern sich unentschlossen.

»Jetzt macht schon!«, fordert Norwin forsch. »Vergesst euren Stolz! Einer muss vorgeben, der andere folgen. Sie braucht konkrete Vorgaben. Das ist die einzige Chance, um uns zu retten und Hannah unter Kontrolle zu halten.«

Stimmt. Die Kontrolle zu verlieren, ist äußerst gefährlich. Raphael wäre fast ums Leben gekommen, weil mir Ravin falsche Erinnerungen eingegeben hat.

»Vergewaltigung! Was für ein Schwachsinn!«, zische ich. Damals im Wald zerrte Ravin unbewusst eine tiefe Angst hervor, die seit Elias' Übergriff in mir ruhte. Schaudernd erinnere ich mich an die Panik, die ich empfand, als er mich an die Wand gedrückt, mich geküsst und gegen meinen Willen berührt hat. Ich beiße mir so fest auf die Unterlippe, dass diese sofort zu bluten beginnt.

»Elias hat mich bedrängt, aber Raphael hätte das nie getan! Im Gegenteil! Er erstickt mich mit seiner Fürsorge. Unglaublich besitzergreifend. Muss immer alles kontrollieren. Sogar mich«, stelle ich fest und stoße verächtlich die Luft aus. »Kein Wunder. Schließlich fürchtet er sich vor Kontrollverlust.«

Ich höre, wie jemand hinter mir scharf den Atem einzieht. Meine Freunde wirken besorgt, und auch Levander ist mittlerweile leichenblass geworden.

»Ich habe schon oft die Kontrolle verloren«, erinnere ich mich düster. »Fast hätte Laro Elias die Augen ausgestochen.« Ich schüttle mich angewidert.

Levander drückt sich mit dem Rücken an seinen Schreibtisch und hebt die Hände. »Ich gewähre Ihnen freien Abzug, wenn Sie mir diesen durchgedrehten Former vom Hals schaffen«, bietet er nervös an. »Sehen Sie nicht, dass sie uns umbringen wird?«

Keiner beachtet ihn.

Mit dieser Gruselgeschichte hat alles begonnen.

»Eve hinter den Spiegeln – erwähle uns«, murmle ich undeutlich. Die lächerliche Geisterbeschwörung einer ganz normalen Mädchenclique. Zumindest dachte ich das damals.

Ich lache bitter auf. Alles hat sich seitdem verändert. Alles.

»Eve hinter den Spiegeln – erwähle uns«, rezitiere ich erneut und wiederhole es noch einmal und noch einmal, bis ich es schließlich schreie. Mit diesen Worten hat alles seinen Anfang genommen. »Eve hinter den Spiegeln – erwähle uns!«

»Es funktioniert nicht«, stößt Raphael heftig atmend hervor. »Sie entgleitet uns.«

»Sie wird wahnsinnig!«, kreischt irgendeine hohe Stimme im Hintergrund.

Ich werde wahnsinnig? Irritiert schüttle ich den Kopf. Blödsinn! Das müsste ich doch merken. Adrenalin fegt wie ein Orkan durch meine Adern. Ich fühle mich berauscht. Stark und mächtig. Fast unbesiegbar. Wenn das der Wahnsinn ist, heiße ich ihn herzlich willkommen. Diese Erfahrung ist überwältigend.

»Wir müssen unsere Taktik verändern«, presst Raphael gehetzt hervor. »Mit Bündelung der Konzentration dringen wir nicht mehr zu ihr durch.«

Valentin dreht hilflos die Handflächen nach oben. »Was jetzt?«

»Reduziert auf primitive Instinkte«, verlangt Norwin angestrengt von der Seite. »Die können von ihrem Unterbewusstsein leichter umgesetzt werden.«

Raphael nickt. »Wut.«

Im selben Moment überspült mich eine Welle des Zorns. Ich hasse Levander. Er hat es nicht verdient, weiterzuleben. Ebenso wenig hat er einen schnellen und gnadenvollen Tod verdient.

»Jetzt mach endlich«, fährt mich Norwin an. »Tu's für Dorian!«

Mein bereits tobender Groll wird um ein Vielfaches stärker. Dazu gesellt sich unstillbarer Rachedurst. Ich nicke zustimmend.

Die Zeit der Abrechnung ist gekommen.

29 : entfesselt

»Was halten Sie davon, wenn wir den Spieß umdrehen?«, wende ich mich an Levander. »Wenn ich Ihnen einige Inhalte nach dem Vorbild Ihrer Ausbildung gewähre? Wie wäre es zum Beispiel mit einer Lektion im Bereich der Empathiefähigkeit?«, erkundige ich mich mit einem wölfischen Grinsen. »Es würde Ihnen sicher guttun, ein wenig *mitzufühlen* und endlich zu *verstehen*, was Ihre Opfer durchmachen müssen.«

Levander mustert mich stumm.

»Wo sollen wir da beginnen?«, frage ich gespielt nachdenklich, obwohl ich die Antwort kenne.

Nur am Rande nehme ich wahr, dass die Nicht-Former beunruhigte Blicke tauschen. Valentin, Raphael und Norwin hingegen fixieren mich konzentriert. Kurzzeitig bin ich nicht mehr sicher, ob ich Levander tatsächlich quälen sollte.

»Ich führe«, beschließt Norwin derart kompromisslos, dass Raphael und Valentin folgsam nicken.

»Rache«, fordert er.

»Stellen Sie sich vor, Sie haben versagt«, beginne ich vom Wunsch nach Vergeltung geleitet. »Sie beben vor Angst, doch Ihnen bleibt nichts anderes übrig, als zu warten. Darauf zu warten, dass Sie für Ihr Scheitern bestraft werden. Darauf zu warten, dass Sie exekutiert werden.«

Ohne zu zögern, gebe ich Levander das passende Gefühl ein.

ANGST

»Das dürfte Ihnen leichtfallen«, spreche ich weiter. »Immerhin befinden Sie sich in genau dieser Situation. Und ich bin nicht gnädig.«

Levander zieht furchtsam die Schultern hoch. Auf seinem Gesicht glänzt ein Schweißfilm, und er zittert. Er hat die Ellbogen an den Körper gepresst und die Unterarme schützend vor seiner Brust gekreuzt. Es ist deutlich zu erkennen, dass er Todesangst empfindet. Das wird ihm nichts nützen. Allein die Erwähnung seines Namens hat unzählige Jugendliche in grenzenlose Panik versetzt. Weshalb sollte es ihm besser gehen als uns?

Für einige Sekunden genieße ich es, Levander völlig verängstigt und aufgelöst zu sehen. Dann bereite ich einen neuen Impuls vor.

»Wie haben Sie Elias' Former hingerichtet, nachdem sie mich entkommen ließen? Wie wurden sie für ihr Versagen bestraft?«

BLUT

Als der erste Schnitt quer auf seinem Unterarm erscheint, stöhnt Levander schmerzerfüllt auf. So ein Waschlappen. Das ist erst der Anfang.

Die Nicht-Former starren mich erschrocken an. Auch Raphaels Blick flackert. Er wirkt verunsichert. Was macht ihm solche Sorgen? Schnell konzentriere ich mich auf mein Inneres, um auszuschließen, dass der Wahnsinn doch von mir Besitz ergreift. Erleichtert atme ich auf. Ich fühle mich großartig. Etwas aufgedreht vielleicht. Alles im Rahmen.

Gelassen wende ich mich wieder Levander zu. »Haben Sie ihnen die Kehle durchgeschnitten?«, erkundige ich mich nüchtern. »Haben Sie ein Blutbad veranstaltet? Haben Sie sie misshandelt, bevor Sie sie getötet haben?«

Mit jeder Beschreibung, die ich hinzufüge, erscheinen weitere Schnitte auf Levanders Haut. Schon nach kurzer Zeit sind die Ärmel seines weißen Hemds blutgetränkt.

Levander beißt sich gepeinigt auf die Lippen. Seit seinem ersten Stöhnen hat er keinen Laut von sich gegeben. Ich werde ihn zum Schreien bringen.

»Meldete sich nach dieser erbarmungslosen Aktion Ihr Gewissen? Oder war das lediglich Ihr alltägliches Geschäft? Sie haben ja massenhaft Erfahrung im Quälen und Foltern, nicht wahr?«, frage ich kühl. »Erinnern Sie sich an meine erste Stunde in der Akademie? Sie kündigten an, es könne *äußerst schmerzhaft* werden. Das ist jetzt auch der Fall.«

»Wenn wir das zulassen, sind wir nicht besser als er«, höre ich Raphaels Stimme von weit her.

»Mach mit, Raphael!«, befiehlt Norwin grob. »Er hat Dorian getötet. Ich habe ihn geliebt. Mein Freund ist bei der Verteidigung *deiner* Freundin gestorben. Das bist du mir schuldig.«

Raphael ballt die Hände zu Fäusten und nickt widerstrebend.

»Zorn«, sagt Norwin drängend. Eine neue Welle der Raserei überspült mich.

SCHMERZ

Durch Levanders Körper geht ein Ruck, als ich ihm reine, unverfälschte Agonie eingebe. Zu gut erinnere ich mich an die grauenvolle und zerstörerische Qual, die er mir damals zugefügt hat. Nun bekommt er sie vervielfacht zurück. Levanders Muskeln beginnen, unkontrolliert zu kontrahieren. Seine Selbstbeherrschung wird auf eine harte Probe gestellt. Noch schafft er es, den Schmerz wegzuatmen. Das wird ihm nicht lange gelingen. Ich habe Zeit.

Schon nach weiteren zwanzig Sekunden kann sich Levander nicht mehr auf den Beinen halten. Mit einem Schrei, der von unerträglichem Leiden zeugt, bricht er in die Knie. Es ist nur der erste Schrei von vielen. Tränen laufen ihm aus den Augen, aber seine Glieder krampfen unaufhörlich weiter. Ungerührt schaue ich zu, wie er sich wimmernd zusammenkrümmt.

Als ich nach einigen Minuten die Fokussierung aufgebe, liegt er leblos am Boden. Ist er etwa ohnmächtig geworden, bevor ich richtig angefangen habe?

BEWUSSTSEIN

Levander schlägt die Augen auf und blinzelt mehrfach.

»Erbarmungslosigkeit«, verlangt Norwin hart.

»Nein«, keucht Raphael erschüttert. »Das können wir nicht zulassen.«

Norwin presst die Lippen zu schmalen Strichen zusammen. »Doch«, erwidert er unversöhnlich. »Für Dorian.«

Erneut nimmt mich die Wut in Besitz.

AUFSTEHEN

Levander richtet sich schwankend auf, was ich mit einem zufriedenen Nicken belohne.

»Diese Krämpfe musste Emily ebenfalls erleiden«, informiere ich ihn. »Einmal, als Sie sie völlig grundlos folterten. Zum zweiten Mal, als Ravin sie in Ihrem Auftrag vergiftete. Erinnern Sie sich? Ein grauenvoller Tod.«

Levander sucht meinen Blick. Was er in ihm findet, gefällt ihm nicht. Panisch beginnt er, den Kopf zu schütteln, doch in meinem Innern ist kein Platz für Mitleid oder Anteilnahme.

ERSTICKEN

Im gleichen Moment verändert sich Levanders Atmung. Obwohl sie bereits vorher unregelmäßig und zittrig war, erhöht sich die Frequenz weiter. Reflexartig drückt er seine Fingerspitzen an die Schläfen. Sauerstoffmangel bereitet stechende Kopfschmerzen. Im Gegensatz zur vorherigen Blässe hat sein Gesicht eine unnatürliche, rötliche Färbung angenommen.

Kurze Zeit später versteift sich sein Körper. Mit einem Krampfanfall versucht er, sich gegen den grausamen Sauerstoffentzug zu wehren. Vergeblich ringt Levander nach Luft, während seine Augen vor Entsetzen fast aus den Höhlen treten. Mit beiden Händen greift er sich an die Kehle und kann dennoch nicht verhindern, dass seine Zellen keinen Sauerstoff mehr erhalten.

Viel zu schnell brechen die Knie unter ihm weg. Seine Atmung reißt ab. Ich löse den Impuls.

BEWUSSTSEIN

Dieses Mal dauert es deutlich länger, bis Levander zu sich kommt. Sein Blick wirkt verschwommen und trüb.

AUFSTEHEN

Wacklig zieht sich Levander auf die Knie, braucht aber mehrere Anläufe, um sich in den Stand hochzukämpfen. Er hat Mühe, das Gleichgewicht zu wahren.

»Wir wollten Levander ausschalten«, stößt Valentin hervor. »Aber nicht *so*!«

»Sie ist schon zu weit weg«, entgegnet Raphael. »Wir verlieren sie.«

»Hannah. Hör auf«, bittet Valentin heiser und beendet seine Fokussierung. »Diese Folter ist unmenschlich.«

Das Zittern seiner Stimme erinnert mich an die Qualen, die er erleiden musste, als Ravin ihn zwang, die Hand in die offenen Flammen zu halten.

»Sie und Ravin haben jede Gelegenheit genutzt, Menschen zu terrorisieren und bloßzustellen«, werfe ich Levander vor, erfüllt von glühendem Zorn. »Eiskalt und gefühllos, brutal und unerbittlich. Sie brechen und zerstören sie. Machen sie zu seelenlosen Kampfmaschinen, ausgebildet durch Strafe, Angst und Schmerz. Wer einmal in die Fänge der Akademie gerät, den entlässt sie nie wieder. Sie sehen sie nur als Werkzeuge. Die Menschen dahinter sind Ihnen völlig gleichgültig. Sie opfern sogar diejenigen, die Ihnen vorbehaltlose Treue entgegenbringen. Sie hatten einen Leader, der alles richtig gemacht hat. Dessen uneingeschränkte Loyalität der Akademie gehörte. Der die Formerprobe für mich aus gutem Grund forderte und richtiglag. Statt seine Einsatzbereitschaft zu würdigen und seine Intelligenz anzuerkennen, haben Sie zugelassen, dass Ravin ihn auf bestialische Art folterte. Fast wäre es der gnadenlosen Gewalt der Akademie gelungen, alle menschlichen Regungen in ihm abzutöten.«

FEUER

Levander schreit auf, als seine Fingerspitzen Feuer fangen. Mit einem Knistern breitet es sich in Sekundenschnelle aus, sodass seine Hände kurz darauf in Flammen stehen.

»Ich kann das nicht länger!« Raphael wendet sich ab. »Kämpfe dagegen an, Hannah! Das bist nicht du!«

Ohne Raphaels Worten Beachtung zu schenken, verfolge ich das Schauspiel.

Das Inferno endet so schnell, wie es begonnen hat. Levander liegt schluchzend am Boden. Von dem furchterregenden Mann, der er war, ist nicht mehr viel zu erkennen. Er wirkt völlig außer sich und scheint starke Schmerzen zu haben. Immerhin ist er nicht bewusstlos geworden. Anscheinend hat sein Körper endlich kapiert, dass ich ihm diesen Ausweg versage.

AUFSTEHEN

Levander stützt sich mit den Ellbogen auf dem Parkett ab und versucht, dem Impuls nachzukommen. Wiederholt knicken seine Arme unter ihm weg. Als er es nach mehreren Anläufen nicht geschafft hat, sich aufzurichten, stoße ich entnervt die Luft durch die Nase aus.

SCHWEBEN

Wie eine Marionette erhebt sich Levanders Körper in die Luft und bleibt etwa ein Meter über dem Boden hängen. Sein Kopf kippt kraftlos zur Seite, doch in seinen Augen erkenne ich noch Leben.

Nebenbei bemerke ich, dass auch Norwin seine Fokussierung eingestellt hat und mich betroffen mustert. Egal. Das Ende schaffe ich alleine. Meine persönliche Vergeltung.

»Seit Jahren reißen Sie Jugendliche aus ihrem Leben, um sie für Ihre Sache zu missbrauchen«, leite ich meine letzte, große Abrechnung ein. »Sie zerstören Existenzen, um Ihre eigene zu retten.«

ZERBRECHEN

»Ein Menschenleben bedeutet Ihnen nichts.«

ZERBRECHEN

»Sie haben Elric, Emily und so viele andere Ihren eigennützigen Zielen geopfert.«

ZERBRECHEN

»Es geht Ihnen ausschließlich um sich selbst. Sie sind skrupellos und kalt.«

ZERBRECHEN

Levander ist derart kraftlos, dass er nicht einmal schreien kann. Sein Atem hat sich in ein pfeifendes Röcheln verwandelt. Wenig an ihm erinnert an den Menschen, der er einmal war.

»Hannah«, beschwört mich Valentin eindringlich. »Hör auf damit! Er hat genug gelitten.«

Valentins Einwände sind überflüssig. Ich bin beim Finale angelangt. Ich werde es jetzt beenden.

»Sie haben Dorian getötet! Er hat sich nie etwas zuschulden kommen lassen. Er war immer bemüht, für alle Seiten Verständnis aufzubringen und das Richtige zu tun. Er war so viel besser, als Sie es jemals werden könnten, selbst wenn Ihre Hinrichtung nicht unmittelbar bevorstünde. Sie sind ein gewissenloses Monster. Sie verdienen es nicht, länger zu leben als alle anderen. Sie verdienen es überhaupt nicht, zu leben. Sie verdienen nur den Tod.«

TÖTEN

Mit einem Knacken bricht Levanders Genick. Gleichzeitig lasse ich seinen leblosen Körper zu Boden fallen. Es ist vorbei.

30 : geopfert

Immense Erleichterung durchflutet jede Zelle meines Körpers. Pure Freude strömt durch meine Adern, als ich den schlimm zugerichteten Körper meines größten Feindes betrachte. Er liegt vernichtet am Boden. Nichts lässt mehr auf den Horror und das Entsetzen schließen, die er noch vor kurzer Zeit verbreitet hat. Unwillkürlich lache ich auf. Wir haben einen unglaublichen Triumph erzielt. Levander ist tot. Wir sind frei. Niemals hätte ich angenommen, dass wir aus dieser Auseinandersetzung siegreich hervorgehen.

Ich hebe den Kopf und mustere meine Freunde. Ich bin ihnen so wahnsinnig dankbar. Es ist ihr Verdienst, dass wir es geschafft haben. Ohne sie wäre mir das niemals gelungen. Beschwingt gehe ich zu Viv, Laro und den anderen Nicht-Formern, um sie alle nacheinander in eine feste Umarmung zu schließen. Als ich mich in ihre Richtung drehe, zucken sie zusammen und weichen zurück. Mögen sie mich nicht? Was ist mit ihnen los? In ihren Mienen erkenne ich Angst. Angst vor mir?

Ihre Reaktion fühlt sich an wie ein Schlag in den Magen. Jäh ändert sich meine Stimmung von vollkommenem Glück zu absoluter Trauer. Sofort steigen Tränen in mir auf und rollen über meine Wangen. Ich kauere mich auf den Boden und lege die Stirn auf die Knie. Schluchzend umklammere ich meine Beine mit den Armen. Was habe ich falsch gemacht? Weshalb akzeptieren sie mich nicht mehr? Vor Tränen fast blind suche ich in ihren Gesichtern nach einem Anhaltspunkt für mein Fehlverhalten. Ich kann nichts finden. Dafür bemerke ich, dass meine angeblichen Freunde beunruhigte Blicke tauschen. Argwöhnisch kneife ich die Augen zusammen. Was planen sie?

Abrupt wird meine Niedergeschlagenheit von einer neuen Empfindung abgelöst. Wut. Wie können sie mir solche Vorbehalte entgegenbringen, nach allem, was wir durchgestanden haben? Weshalb vertrauen sie mir nicht? Wir haben gemeinsam unseren größten Feind ausgeschaltet. Wir gehören zusammen!

»Sie wird komplett von ihrem Unterbewusstsein gesteuert«, sagt eine Stimme.

Ich presse meine Zähne so fest aufeinander, dass ein knirschendes Geräusch entsteht, und grabe meine Fingernägel in die Handflächen. Der Tonfall klingt, als sei das etwas Schlechtes. Sehen meine Freunde auf mich herab? Wollen sie mich nicht mehr dabeihaben? Schließen sie mich aus? Grenzenloser Zorn lodert in mir empor. Ich muss herausfinden, welches Problem sie mit mir haben. Aufgebracht fixiere ich einen nach dem anderen. Jeder Einzelne weicht meinem durchdringenden Starren aus. Was haben sie zu verbergen? Welches Geheimnis enthalten sie mir vor? Haben sie mit Levander gemeinsame Sache gemacht? Sind sie etwa traurig über seinen Tod? Halten sie mich für einen Mörder? Waren sie auf seiner Seite? Das werden sie bereuen!

Ich springe auf und gebe, ohne zu zögern, einen Impuls aus. Ziel des Befehls sind alle, die sich im Raum befinden.

SCHWEBEN

Ein ängstliches Stöhnen geht durch meine sogenannten *Freunde*, während sie alle emporgerissen werden und in etwa einem Meter Höhe in der Luft hängen. Da haben sie sich mit der Falschen angelegt. Wie können sie mir dermaßen in den Rücken fallen? Fieberhaft überlege ich, wie ich mit ihnen weiter verfahren soll. Wenn sie für Levander kämpfen, haben sie den Tod verdient, ebenso wie er. Es wäre ein Leichtes für mich, sie alle gleichzeitig zu erledigen.

»Hannah?«, reißt mich eine Stimme aus meinen Grübeleien. Ihr Klang weckt in mir zahlreiche Erinnerungen an gemeinsame Übernachtungspartys, stundenlange Telefonate und ausgedehnte Einkaufstouren. Schöne Erinnerungen. An ein Leben weit weg von der Akademie. Damals waren meine größten Probleme die richtige Kleidung oder die Uhrzeit, zu der ich zu Hause sein musste.

Zu Hause. Meine Familie. Ich beiße mir auf die Lippen. Ich will sofort meine Familie sehen. Als Sechsjährige hatte ich mich in einem großen Supermarkt verirrt. Meine Mutter setzte alle Hebel in Bewegung, um mich zu finden. Sie sagte mir, sie würde mich immer finden. Wo ist sie? Wie konnte sie mich alleine lassen?

»Mama«, murmle ich. »Hol mich ab. Ich habe dich verloren. Komm zurück zu mir.«

»Wir müssen etwas tun«, flüstert eine Stimme. »Es ist nur eine Frage der Zeit, bis jemand zu Schaden kommen wird. Sie ist gefährlich.«

Gefährlich? Ich? Idiotisch. *Levander* ist gefährlich.

Schlagartig löse ich den Impuls. Das Geräusch, mit dem die Körper auf dem Parkett landen, erinnert an den dumpfen Laut, mit dem die Leiche dieses Scheusals am

Boden auftraf. Dieser Dämon ist schuld an allem. Er hat mir Elias auf den Hals gehetzt. Er hat mir das Leben zur Hölle gemacht. Er hat Dorian ermordet. Levander ist ein selbstsüchtiges Monster. Rache! Ich werde ihn fertigmachen! Systematisch beginne ich, seine restliche Einrichtung zu zerlegen. Den wuchtigen Schreibtisch, den Stuhl, die Couchgarnitur und die verbliebenen Bücherregale. Alles pulverisiere ich zu feinstem Staub, ohne einen Funken Ermüdung zu spüren. Wie grauer Schnee wabern dichte Schmutzschleier durch die Luft und bedecken alles, egal ob lebendig oder tot.

Tot. Jäh fällt mir ein, dass ich Levander bereits umgebracht habe. Er wird gar nicht bemerken, dass seine Sachen zerstört sind. Enttäuscht sinke ich auf die Knie. Levander tot. Elias tot. Emily tot. Elric tot. Ravin tot. Dorian tot. Ist überhaupt noch jemand übrig?

Schwankend stehe ich auf und bedecke mein Gesicht mit beiden Händen. Meine Kraft scheint grenzenlos, doch mein Wille ist erschöpft. Ich bin müde. Nicht körperlich, sondern mental, bis in die Tiefen meiner Seele und die hintersten Winkel meines Geistes. Erfüllt von Resignation und dunkler Hoffnungslosigkeit. Ich will nicht mehr kämpfen. Ich will die Gabe nicht mehr nutzen. Ich will nicht damit weitermachen. Wozu unvorstellbare Macht, wenn der Wille versiegt ist? Weshalb Leidenschaft, wenn keine Wünsche existieren? Warum Antworten finden, wenn es keine Fragen gibt? Worauf hoffen, wenn der Antrieb fehlt? Worum kämpfen, wenn alles gleichgültig ist? Wieso Gefühle zulassen, wenn niemand mehr da ist, mit dem ich sie teilen kann?

Ich treffe eine Entscheidung. Ich werde mich von allem lösen. Ich werde von nun an alleine sein. Unter Aufwendung meiner gesamten, endlosen Kraft errichte ich einen Wall um mich herum. Ich bin geschützt. Meine Aura bildet eine unüberwindbare Abschirmung. Niemanden an mich heranlassen. Frieden finden. Unwiderruflich. Unumkehrbar.

»Hannah?«, spricht mich wieder eine Stimme an. Dieses Mal bleiben alle Emotionen fern. Die Außenwelt ist in den Hintergrund gerückt. Was jenseits meiner Aura liegt, interessiert mich nicht. Ich ziehe mich in mein Inneres zurück. Hinter meine Schutzmauern. Die ganze Macht fließt in die Abgrenzung.

»Sie reagiert nicht mehr.«

»Vielleicht ist das besser als der durchgedrehte Zustand, in dem sie sich zuvor befand.«

»Sie ist ein Risiko für uns alle. Sie ist unberechenbar und damit lebensgefährlich.«

Ich möchte alleine sein. Alleine mit mir. Ohne Störungen. Ohne Ablenkungen. Ich möchte mich treiben lassen in der völligen Abwesenheit von Empfindungen.

»Hannah«, wiederholt die Stimme.

»Wir dringen nicht mehr zu ihr durch«, höre ich wie durch einen dichten Nebel, doch ich verstehe die Bedeutung der Worte nicht.

»Ich gehe zu ihr.«

»Tu es nicht … zu riskant …«

»… eine Bedrohung … weißt nicht, was passieren wird …«

Mit rasender Geschwindigkeit nähere ich mich der absoluten Distanz. In meinem Universum existiert lediglich die tosende Gabe, umhüllt von meiner schützenden Aura. Abgeschnitten von Gedanken und Gefühlen. Betäubt. Für immer.

»Vergiss es. *Ich* mache das.«

Grenzenlose Isolation. Meine Umwelt wird in Sicherheit sein. Meine unerschöpfliche, wahnsinnige Kraft wird nicht nach außen treten. Bald bin ich völlig in mir eingeschlossen.

»... reiner Selbstmord ... vom Unterbewusstsein kontrolliert ... unberechenbar ...«

Es wird still sein und friedlich.

»... alles für sie tun ... kämpfen ... nicht aufgeben ...«

Ich werde endlich Ruhe finden.

»Hannah«, sagt eine Stimme direkt neben mir, die ich weder zuordnen kann noch will. Ein Unbekannter legt mir seine Hand auf die Schulter. Im gleichen Moment zucke ich gequält zusammen. Eine Welle fremder Energie durchläuft meinen sorgfältig errichteten Wall. Zerstört. Er hat meine Schutzmauern zerstört. Meine Isolation ist aufgebrochen. Er ist in meinen Frieden eingedrungen.

Unsere Auren verbinden sich mit einer gleißenden Explosion, die so heftig ist, dass sie mich fast von den Füßen reißt. Verzweifelt klammere ich mich an meinem Gegenüber fest, während der anfängliche Schockimpuls in ein spannungsgeladenes Summen übergeht. Mein gesamter Körper scheint zu vibrieren. Plötzlich ist in meinem abgeschotteten und verriegelten Raum Platz für eine weitere Person. Unsere Auren umhüllen uns wie ein Schutzschild, während wir in dichter Umarmung stehen und uns gegenseitig Halt geben. Wir sind vollständig auf unser Inneres konzentriert. Abgeschirmt von der Gabe und dem Wahnsinn, die uns umtosen und von der Außenwelt abschneiden. Es gibt nur noch uns. Wir sind nicht länger zwei Individuen. Wir sind eins. Ein Gedankenschlag reicht aus, um jede Winzigkeit auszudrücken. Wir sind verbunden. Wir sind so eng verschmolzen, dass uns nichts trennen kann. Spüren die geheimsten Wünsche, Sehnsüchte, Ängste des anderen. Alles liegt offen. Unsere Erinnerungen vermischen sich. Wir sind eins.

Voller Staunen sehen wir in das winzige Gesicht. So klein, so zerbrechlich. Wir nehmen diesen Moment des Glücks tief in uns auf. Das Strahlen in den Augen unserer Eltern. Sie ist ein Geschenk. Vom ersten Moment an erfüllt sie uns mit Liebe und Wärme. Wir wollen sie unser Leben lang beschützen und ihr Halt und Sicherheit geben. Familie. Zusammengehörigkeit.

Namenloses Grauen. Das Haus brennt. Von einer unerbittlichen Hand werden wir durch den dunklen Qualm gezerrt. Der Rauch sticht in den Augen. Nein! Sie ist noch in ihrem Zimmer. Sie ist noch so klein. Nein! Lasst uns helfen. Zitternd sehen wir zur Fassade hoch, wo prasselnde Flammen aus dem Fenster des Kinderzimmers steigen. Es ist zu spät. Wir hätten sie retten müssen. Wir hätten uns losreißen müssen. Wir hätten uns nicht in Sicherheit bringen dürfen. Wir haben zugelassen, dass sie lebendig verbrennt. Schuld.

Ein dunkles Auto hält neben uns. Wir hätten auf unsere Mutter hören sollen, die uns das Versprechen abgenommen hat, nach dem Training sofort nach Hause zu kommen. Aber unsere Gegend ist friedlich. Hier passiert nie etwas. Wir werden brutal in das Innere des Wagens gezogen. Wir wollen schreien, doch wir bleiben stumm. Niemand sieht uns. Wer hat einen Grund, uns zu entfüh-

ren? Unsere Eltern besitzen wenig. Wir sind alles, was sie haben. Entsetzen.

Erst seit wenigen Wochen sind wir an der Akademie. Wir haben Angst, dem Druck nicht gewachsen zu sein. Wir haben Angst, zu versagen. Wir können nicht mehr schlafen. Wir wenden uns an unseren Ausbilder und schildern ihm unsere Unsicherheit, unsere Sorgen, unsere Albträume. Wir hoffen auf seine Hilfe. Er benutzt die Informationen gegen uns. Er stellt uns bloß. Wir vertrauen niemandem mehr. Verrat.

Hilflos müssen wir mit ansehen, wie er unseren Freund hinrichtet. Wir können ihn nicht vor dem Tod bewahren. Er war untalentiert. Die Fortschritte im Umgang mit der Gabe blieben aus. Wir vermissen ihn. Empfindungen sind eine Schwäche. Wir sind dankbar, dass wir von dieser Bürde befreit wurden. Wir sind nicht abhängig von Freundschaft. Einsamkeit.

Er hat uns erwählt. Unser schlimmster Albtraum wird Realität. Er ist gnadenlos. Er kennt kein Mitleid. Sieht er in uns die gleiche Kälte? Sieht er in uns das gleiche brutale Potenzial? Sind wir ihm ähnlich? Wir werden uns bemühen, seinen Erwartungen zu entsprechen. Wir haben keine Wahl. Resignation.

Seine eiskalten Augen, als er uns mitteilt, dass unser Versagen Konsequenzen haben wird. Ohnmächtige Angst, als wir nachts aus dem Bett gezerrt werden. Es gibt keinen Ausweg. Wir werden für immer hier gefangen sein. Wir müssen unsere Fähigkeiten steigern, damit man uns nichts mehr antut. Wir müssen besser werden, um uns selbst zu schützen. Ein Leben aus Schmerz und Strafe. Verzweiflung.

Unmerklich hat sie sich in unsere Gedanken geschlichen. Seit Jahren haben wir erfolgreich alle Emotionen unterdrückt. Plötzlich hat sich unsere Wirklichkeit verschoben und auf einen neuen Mittelpunkt ausgerichtet. Wir hassen den anderen dafür, dass er alles für sie tut. Dass er für sie ist, was wir nicht sein dürfen. Sie darf niemals erkennen, welche Macht sie über uns hat. Hingabe.

Es verlangt uns alles ab zu widerstehen. Ihre tobenden Gefühle sind nicht echt. Ihr so nahe zu sein, ist quälend und wunderbar zugleich. Jede Faser unseres Körpers schreit lauthals danach, sie zu berühren. Sie in unsere Arme zu schließen. Sie zu küssen. Sie ganz zu spüren. Das darf nicht passieren. Sie will es nicht wirklich. Sie würde sich dafür hassen. Wir würden uns dafür hassen. Sehnsucht.

Der Wahnsinn hat sie überwältigt. Sie hat sich in sich selbst zurückgezogen. Wie lange wird sie in diesem Zustand ausharren können? Wie lange kann sie durchhalten, bevor sie vollständig von der zerstörerischen Kraft ihrer Gabe verschlungen wird? Wir würden alles tun, um sie zu schützen. Wir würden unser Leben geben, um sie zu retten. Sie hat nicht mehr viel Zeit. Angst.

Ein Teil von uns spürt brennende Sorge. Grimmige Entschlossenheit und drängende Verzweiflung. Der Sturm ist so mächtig, dass er unserem Wir einen Riss zufügt, der sich bis in die Tiefe unserer Seele fortsetzt. Kaum fühlbar findet eine Trennung statt. Trotz unserer innigen Verbindung, die uns mit unerbittlicher Stärke aneinanderfesselt, empfinden wir wieder wie zwei Individuen.

Du bist in Gefahr.
Die Kraft wird dich von innen heraus zerstören.

Ich spüre seine Angst, als wäre es meine eigene.

Dir bleibt nicht mehr viel Zeit.
Du musst zurückkehren.

Dafür ist es zu spät. Die Außenwelt ist unerreichbar. Es war meine endgültige Wahl. Der letzte Ausweg. Unumkehrbar und unwiderruflich. Meine Aura schirmt mich ab. Die Gabe und ich sind eingeschlossen. Zusammen mit dir. Ich komme nicht nach draußen. Dort wartet der Wahnsinn. Hier kann ich klar denken. Löse dich von mir. Mein Kampf ist beendet. Ich kann nicht zurück.

Leite den Wahnsinn in mich.
Das ist deine einzige Chance.
Ich trage diese Last für dich.

Du wirst dich verlieren. Ich erinnere mich, wie es war, bevor du meine Isolation gebrochen hast. Zuerst düstere Hoffnungslosigkeit. Schwärze. Dann die Abwesenheit von allem. Ewigwährende Einsamkeit. Leere. Die Gabe wurde zum Fluch. Das kann ich dir nicht antun. Dafür bist du mir zu wichtig.

Ich weiß. Alle Empfindungen liegen offen.
Ich sehe deine Gefühle.
Ich erwidere deine Gefühle.
Ich will, dass du es tust.

Wir sind eins. Doch er beginnt, an mir zu ziehen. Er lenkt den tosenden Fluch in sich.

Was machst du? Hör auf.

Immer stärker spüre ich den Fluss von mir zu ihm. Unser Wir trennt sich langsam.

Es ist meine Entscheidung. Ich will es so.
Wenigstens kann mein Tod zu etwas nützlich sein.

Dein Tod? Du wirst nicht sterben.

Du musst mich töten. Bitte.
Ein Leben in mir selbst eingeschlossen wäre Folter.
Gefangen in der Aura.
Nicht mehr empfänglich für die Außenwelt.
Begraben im eigenen Körper. Tu mir das nicht an.

Wir sind nur noch an wenigen Stellen verbunden. Ohne zu zögern, zieht er die zerstörerische Energie zu sich heran. Immer weiter.

Hör auf. Ich will dich nicht aufgeben.

Wir wissen nicht, was passiert, wenn wir uns
voneinander lösen.
Möglicherweise kann ich den Wahnsinn
nicht halten.
Mein Überleben wird alle in Gefahr bringen.

Bitte. Verlange das nicht von mir.

Jetzt ist es ohnehin zu spät. Ich habe den
Großteil bereits übernommen.
Wenn wir uns trennen, wirst du frei sein.

Ich weiß, dass er recht hat. Ich spüre, dass die Hülle, die mich von der Außenwelt abgrenzt, papierdünn ist.

Ich weiß nicht, wie ich mich verhalten
werde, wenn sich die Verbindung löst.
Du musst es tun. Für deine Sicherheit.
Für die Sicherheit aller anderen.
Ein Leben gegen das von vielen.

Es muss einen anderen Weg geben.
So darf es nicht enden.

Versprich es mir. Versprich mir,
dass du mich tötest.

Ich kann nicht.

Du musst. Lass nicht zu, dass ich
jemanden verletze.

Ich will nicht ohne dich weiterleben.
Wir werden eine Lösung finden.

Dieses Mal nicht. Es wird gleich zu Ende sein.

Im selben Moment fühle ich, dass sich der Wahnsinn komplett auf ihn übertragen hat. Noch zögere ich. Ich kann es nicht. Ich will es nicht. Es reißt einen glühenden Krater in meine Seele. Die Entscheidung muss nun getroffen werden. Er oder ich.

Bitte. Es geschieht aus freiem Willen.
Für dich. Respektiere meinen letzten Wunsch.

Ich verspreche es.

Grenzenloser Schmerz. Grenzenlose Trauer. Grenzenloses Bedauern. Langsam lockert sich unsere Verbindung. Das Wir löst sich auf.

Mach es sanft. Bitte tu mir nicht weh.

Mit dem zartesten Impuls, zu dem ich fähig bin, greife ich nach seinem Herzen und verlangsame es fast unmerklich. Dabei halte ich ihn fest umschlungen. Gemeinsam sinken wir auf die Knie herab. Meine Arme um seine Hüfte. Meine Stirn an seiner. Meine Lippen an seinem Mund. Sein letzter Weg ist kein Kampf. Er tritt dem Tod bereitwillig und mit offenen Armen entgegen. Im Sterben genauso furchtlos und entschlossen, wie er sein Leben geführt hat. Er hat keine Schmerzen. Es ist, als würde er einschlafen und behutsam in die Ruhe hinübergleiten.

Sein verhallender Atem streift warm mein Gesicht. Entspannt und voller Vertrauen.

Vielleicht … wenn alles anders gekommen wäre.

Sein Herzschlag wird schwächer, bis er letztendlich verstummt.

31 : entschieden

Erschüttert lausche ich dem letzten, verhallenden Schlag seines Herzens. Gleichzeitig erfüllt mich verzweifelte Hoffnung. Dies muss nicht das Ende sein. Valentins Entscheidung war, mir sein Leben anzubieten, doch meine Entscheidung ist, sein Angebot abzuweisen.

Der Wahnsinn wird nicht triumphieren. Das scheinbar ausweglose Schicksal wird mich nicht brechen. Ich werde Valentins Tod weder herbeiführen noch akzeptieren. Ich werde ihn nicht aufgeben. Ich werde eine Möglichkeit finden, diesen Fluch zu besiegen. Ich werde nicht zulassen, dass sich Valentin für mich opfert. Ich werde um ihn kämpfen.

Entschlossen versetze ich seinem Herzen einen Stoß, sodass es wieder zu schlagen beginnt. Valentins Körper durchläuft ein Zittern. Parallel dazu kehrt seine fast verloschene Aura zurück. Abrupt reißt er die Lider auf. Seine hellen blauen Augen starren ins Leere. Mit einer unkontrollierten Bewegung stößt er mich von sich, wodurch ich unsanft auf dem Rücken lande.

Unsere Verbindung ist getrennt, und ich werde von überwältigender Sorge durchflutet. Was wird nun mit ihm geschehen, da er den Wahnsinn alleine ertragen muss?

»Valentin?«, frage ich vorsichtig.

Er zeigt nicht die geringste Reaktion. Sein Blick ist völlig ausdruckslos. Er hat sich mit den Armen umschlungen und wippt leicht vor und zurück. Nichts an ihm lässt darauf schließen, dass er seine Umgebung wahrnimmt. Sein Bewusstsein ist vollständig abgeriegelt. Gefangen in der Aura. Nicht mehr empfänglich für die Außenwelt. Begraben im eigenen Körper. Ich seufze gequält. Wie konnte ich ihm das antun? Wie konnte ich es gestatten, dass er diese unberechenbare Energie an sich zieht? Mit aller Macht hatte ich gehofft, dass nach unserer Trennung alles wie zuvor sein könnte. Wie naiv.

Vertraute Arme umfangen mich. Ich würde sie in diesem Moment am liebsten zurückweisen. Nach der Vereinigung mit Valentin fühlt sich Raphaels Berührung fremd an. Dennoch bewundere ich seinen Mut. Er muss davon ausgehen, dass ich von meinem Unterbewusstsein gesteuert werde. Trotzdem geht er das Risiko ein, um mir Trost zu spenden. Steif lasse ich seine Umarmung zu und suche fieberhaft nach einer Lösung, Valentin aus der Isolation zu befreien. Als ich über Raphaels Schulter in die Gesichter meiner Freunde sehe, wird mir klar, dass eine Erklärung längst überfällig ist. Sie wirken angespannt und verängstigt. Kein Wunder.

»Ich bin wieder okay«, sage ich heiser.

Die anderen beäugen abwechselnd mich und Valentin, der weiterhin apathisch am Boden kniet. Sie scheinen damit zu rechnen, dass ich jederzeit durchdrehen könnte. Ich erwidere ihr Starren mit einem zaghaften Lächeln, obwohl mir eher nach Schreien zumute ist. Ich muss Valentin aus seiner Teilnahmslosigkeit herausholen. Wer weiß, was der Wahnsinn in seinem Innern anrichtet. Ungeduldig warte ich darauf, dass sich die aufgeladene Atmosphäre entspannt und die anderen empfänglich für meinen Bericht sind. Die Zeit arbeitet gegen uns. Ruhig bleiben. Ihr Misstrauen ist durchaus nachvollziehbar. Mein Jähzorn hat sie in maßlose Panik versetzt.

»Was ist passiert?«, spricht Viv schließlich die Frage aus, die allen auf den Lippen brennt. »Was ist mit Valentin?«

Zögerlich schildere ich, wie er durch die Berührung in meine Abschottung eingedrungen ist und seine Empfindungen mit meinen verbunden hat. Diese intensive Erfahrung in Worte zu fassen, fällt mir unglaublich schwer, zumal ich in Gedanken fortwährend bei Valentin bin, der meinen Kampf gegen den Wahnsinn austrägt. Unseren Erinnerungsaustausch behalte ich jedoch für mich. Dabei geteilte Geheimnisse sind nicht für andere bestimmt. Ebenso wenig wie meine von der Verschmelzung endgültig enttarnten Gefühle, die ich zuvor unterdrückt hatte.

Ich beschreibe, wie Valentin damit begonnen hat, gegen meinen Willen die zerstörerische Kraft an sich zu ziehen. Wie er darauf bestanden hat, die Übertragung bis zum Ende auszuführen. Viel zu schnell gelange ich zu dem Moment, als er mich bat, ihm durch seinen Tod die vollständige und unumkehrbare Isolation zu ersparen.

»Ich habe seinen letzten Wunsch missachtet«, gestehe ich mit brechender Stimme. »Ich konnte es nicht. Ich konnte nicht zulassen, dass er stirbt.«

»Aber du konntest zulassen, dass er deinen Wahnsinn in sich leitet?«, vergewissert sich Lucas. »Obwohl du geahnt hast, was er in ihm anrichten wird?«

»Ja«, erwidere ich schlicht, woraufhin einige der Nicht-Former unbehaglich die Schultern hochziehen. Beklommene Stille kehrt ein.

»Hannah«, äußert Laro nach einer scheinbar ewigen Pause. »Versteh mich nicht falsch. Ich bin froh, dass wir helfen konnten. Trotzdem finde ich es heftig, was du getan hast. Und damit meine ich nicht die Sache mit Valentin.«

»Allerdings«, bestätigt einer der anderen. »Du hast Levander mit solcher Erbarmungslosigkeit und Brutalität hingerichtet, dass ich mein Leben lang Albträume haben werde.«

»Ich glaube nicht, dass ich zu einer derart grausamen Folter in der Lage gewesen wäre«, ergänzt ein Freund Norwins. »Das ist unheimlich, selbst wenn du vom Unterbewusstsein gelenkt wurdest und nicht mehr Herr deiner Sinne warst.«

»Sorry, Hannah«, sagt auch Marius. Seine Stimme klingt dünn. »Das war zu viel. Deine Gegenwart macht mir Angst.«

Die Zweifel und die Vorwürfe der anderen tun weh, denn jeder einzelne ist berechtigt. Ich kann nichts zu meiner Verteidigung hervorbringen. Ganz im Gegenteil. Allein die Erinnerung an meine Taten ist so furchtbar, dass mir beim Gedanken daran unmittelbar schlecht wird. Der Wahnsinn ist keine Entschuldigung. Ist das mein Unterbewusstsein? Unmenschlich und gnadenlos. Kein Funken Mitleid. Wie kann ich zu solcher Grausamkeit fähig sein?

Die Anspannung hängt schwer im Raum, und die Unsicherheit der anderen ist fast mit Händen zu greifen.

»Vielleicht wäre es besser, wenn ihr geht«, erleichtert Raphael ihnen die Entscheidung und nickt Richtung Valentin. »Es ist unmöglich, vorherzusehen, welche Gefahr er darstellt.«

»Er hat recht«, bekräftigt Norwin. »Wir wissen nicht, was passieren wird. Haut ab. So schnell und so weit weg wie möglich.«

Schlagartig kommt Leben in die anderen. Nur Viv zögert. Erst als ich ihr angestrengt zulächle, verlässt sie das Zimmer. Lediglich Norwin, Raphael, Valentin und ich bleiben zurück.

»Wir müssen ihm helfen«, fordere ich mit einem Blick auf Valentin, der angestrengt atmet. Irgendetwas stimmt mit seiner Aura nicht. Sie fühlt sich unregelmäßig und brüchig an.

»Ach, um *ihn* willst du kämpfen?«, fragt Norwin bitter. »Dorian war den Aufwand nicht wert?« Ohne meine Antwort abzuwarten, durchquert er mit großen Schritten den Raum und sinkt vor der Leiche seines Freundes auf die Knie.

Norwins Worte erschüttern mich zutiefst. Die Mauer, die ich zum Schutz emporgezogen habe, um nicht vollends zu zerbrechen, stürzt ein. Ich umschlinge mich mit den Armen und versuche, den grässlichen Schmerz zu bezwingen, der mich zu zerreißen droht. Die Schuldgefühle sind so stark, dass ich für einen Moment keine Luft mehr bekomme.

»Es tut mir leid«, wispere ich.

Norwin dreht mir das Gesicht zu und mustert mich aus schmalen Augen.

»Du hast das Regal gestoppt, das Raphael und Valentin getötet hätte. Dorians Tod hast du geschehen lassen.«

Sprachlos starre ich ihn an.

»Weshalb hast du es nicht aufgehalten? Du hättest den Fall auf die gleiche Art verzögern können wie kurz zuvor«, wirft er mir vor. »Vermutlich noch leichter. Immerhin hattest du zu dem Zeitpunkt schon Zugriff auf grenzenlose Macht.«

»Ich konnte nichts tun!«, beteure ich entsetzt. »Ich habe es erst realisiert, als es zu spät war.«

»Sicher«, bemerkt Norwin hart. »Vielleicht war dir Dorian einfach nicht wichtig genug.«

»Wie kannst du das von mir denken?«, bringe ich erstickt hervor. »Dorian war mein Freund.«

»Du hast nicht einmal versucht, ihn zu heilen«, unterstellt er mir. »Du hast Raphael damals im Wald wiederbelebt. Für Emily hast du ebenfalls dein Bestes gegeben. Jetzt kämpfst du für Valentin. Weshalb hast du das nicht für Dorian getan?«

Ich betrachte unseren Freund. Er wäre mit keinem Impuls der Welt zu retten gewesen. Norwin folgt meinem Blick. In seinem Ausdruck spiegelt sich solche Qual, dass ich verzichte, auf das Offensichtliche hinzuweisen.

»Dorian hat alles für dich aufs Spiel gesetzt. Er hat sein Leben riskiert, und du hast ihn nicht davon abgehalten. Ich wusste, dass dies nicht gut ausgehen kann. Er war zu selbstlos und zu großherzig für diesen gnadenlosen Kampf.« Norwin atmet zittrig ein. »Ich habe mich bemüht, ihn vor weiteren Dummheiten zu bewahren. Immer wieder hat er sich in Gefahr gebracht. Für dich! Du hast ihn ausgenutzt. Du wusstest seine Freundschaft und seine Loyalität nicht zu schätzen.«

Ich schlucke, als ich mir eingestehen muss, dass er recht hat. Ich habe Dorians Treue für selbstverständlich gehalten. Ich habe ihn sogar verletzt und beleidigt, als er versuchte, Raphaels Verhalten zu erklären. Dabei hatte er nur unser Wohl im Sinn. Von Anfang an.

»Dorian war mein Freund«, flüstere ich erneut. Mit

furchtbarer Klarheit wird mir bewusst, dass ich nie wieder seine ruhige Stimme hören werde. Nie wieder werde ich in seine warmherzigen, blauen Augen blicken. Er war immer für mich da. Stellte sich immer vor mich. Doch als er mich brauchte, konnte ich ihn nicht retten.

»Es tut mir so leid«, wiederhole ich wie betäubt.

Norwin fährt sich erschöpft durch die Haare. »Spar dir die Entschuldigungen«, wehrt er müde ab. »Dafür ist es zu spät.«

Er beugt sich nach vorne und streichelt mit den Fingerspitzen vorsichtig über das Gesicht seines Freundes. »Dorian war das einzig Gute, was mir im letzten Jahr passiert ist. Er hat mir gezeigt, dass es auch im Dunkel etwas gibt, wofür es sich zu leben lohnt. Er hat mir den Glauben an mich selbst zurückgegeben.«

Wie gelähmt beobachte ich seinen Abschied, nicht fähig seinen Schmerz zu lindern.

Unvermittelt stößt Valentin ein heiseres Keuchen aus und sinkt nach vorne. Mit einer Hand stützt er sich am Boden ab. Er zittert am ganzen Körper.

»Weg!«, bringt er fast unhörbar hervor. »Ihr müsst weg.«

Beunruhigt wenden wir uns ihm zu. Mit wenigen Schritten bin ich an seiner Seite, jedoch ohne ihn zu berühren.

»Stopp!«, zischt Raphael warnend. »Fass ihn nicht an!«

»… nicht mehr lange …«, murmelt Valentin gepresst. Jäh flammt seine Aura auf. Sekundenbruchteile später reduziert sie sich und beginnt zu vibrieren.

Hilflos grabe ich die Fingernägel in die Handflächen.

»Möglicherweise zerstört ihn der Wahnsinn von innen heraus«, mutmaßt Raphael mit verstörender Kälte. »Du selbst konntest dich hinter deine Wand zurückziehen, Hannah. Das wird bei ihm nicht funktionieren. Der Wahnsinn war ein Teil von dir. Er entwickelte sich *aus* dir.«

Seine Worte schneiden tief in meine Eingeweide. Ich bin verantwortlich für Valentins Qual. Er leidet für mich.

»Wir müssen ihm helfen. Bitte«, flehe ich verzweifelt. »Wir müssen etwas tun!«

»Valentin ist ein künstlicher Former. Er wird die Gewalt des Wahnsinns auf Dauer nicht kontrollieren können«, argumentiert Raphael nüchtern. »Wir müssen fliehen.«

Ich starre ihn entsetzt an. »Was wird passieren?«

»Keine Ahnung«, gibt Raphael zu. »Vielleicht stirbt nur er durch den Ansturm der Gabe. Im schlimmsten Fall könnte er uns alle mit in den Tod reißen.«

Ich verschränke die Arme. »Er hat das für mich getan. Ich werde ihn nicht im Stich lassen.«

»Weißt du noch, als du sagtest, dass Elrics Tod nichts genutzt hat, wenn wir die Gelegenheit zur Flucht verstreichen lassen?«, erinnert mich Raphael sanft und berührt meinen Arm. »Die jetzige Situation ist vergleichbar. Du hast selbst berichtet, dass Valentin den Wahnsinn freiwillig an sich gezogen hatte. Er *wollte* sein Leben für dich geben. Mindere nicht sein Opfer, indem du sein Geschenk unnötig aufs Spiel setzt.«

Meine Augen brennen. »Ist das dein Ernst? Du willst ihn einfach so aufgeben? Du willst flüchten und ihn seinem Schicksal überlassen?«

In diesem Moment empfinde ich zum ersten Mal Unverständnis und Widerwillen gegenüber Raphael. Wie kann er derart mitleidlos und abgeklärt sein? Er geht über Leichen, um mich zu schützen. Um sich selbst zu schützen.

Valentin stöhnt erneut. »... macht schon ... Sekunden ...«

»Hannah«, bestürmt mich Raphael. »Sei vernünftig. Wir müssen hier weg!«

Die erste Träne läuft über meine Wange. Ich schüttle entschieden den Kopf. »Nein.«

Raphael ächzt erschöpft und wirft Norwin, der unseren Streit stumm verfolgt hat, einen Hilfe suchenden Blick zu.

»Vielleicht gibt es eine Möglichkeit«, sagt dieser vage.

Raphael mustert ihn ungläubig. »Du unterstützt ihren Leichtsinn? Wieso fällst du mir in den Rücken? Wir müssen fliehen.«

Norwin hebt resigniert die Schultern. »Dorian war von Valentins Loyalität überzeugt«, erklärt er. »Er sah in ihm einen Freund. Er glaubte an ihn. Dorian stand immer für die ein, die ihm wichtig waren. Er hat für Hannah gekämpft. Dasselbe hätte er für Valentin getan. Also tue ich es an seiner Stelle.«

»Wir wollten nie, dass Valentin sich uns anschließt«, hält uns Raphael entgegen. »Er hat sich nie für unsere Belange interessiert. Von Anfang an hat er mit seinem Eigennutz und seiner Rücksichtslosigkeit für Ärger gesorgt. Vielleicht ist er es nicht wert –«

»Schluss damit«, weise ich ihn scharf zurecht und wende mich Norwin zu. »Ja?«

»Valentin ist in deine Abschirmung eingedrungen, indem er dich berührt hat«, beginnt Norwin und ignoriert Raphaels missmutiges Zischen. »Vielleicht können wir auf die gleiche Art seine Isolation brechen.«

»Selbstmord«, knurrt Raphael aggressiv.

»Weiter«, dränge ich mit einem beunruhigten Blick auf Valentin, der mittlerweile kalkweiß und nach Luft ringend am Boden kauert. Seine Aura flackert und pulsiert, als würde sie sich in einem tödlichen Rhythmus ausdehnen und zusammenziehen.

»Er kann dem Wahnsinn nicht standhalten«, fährt Norwin fort. »Möglicherweise gelingt uns zu dritt das, was er alleine nicht schafft. Möglicherweise …«

»… können wir den Wahnsinn unter uns aufteilen, sodass jeder eine Menge hat, die er bewältigen kann«, beende ich seine Überlegung. »Lass es uns probieren.«

»Für dich ist das viel zu riskant«, widerspricht Raphael. »Was ist, wenn der Wahnsinn seinen Ursprung erkennt und komplett zurückkehren will? Wenn du wieder in diese Starre fällst? Wenn ich statt Valentin *dich* verliere?« Er fixiert mich eindringlich. »Die Wirkung ist unberechenbar. Norwin und ich werden es tun.«

Ich schüttle kategorisch den Kopf. »Auf keinen Fall.«

»Aber –«

»Raphael«, unterbreche ich gefährlich leise. »Ich sagte es dir bereits mehrfach, und ich wiederhole es ein letztes Mal. Ich treffe meine Entscheidungen selbst. Ich allein bin für mein Handeln verantwortlich!«

Raphael beißt sich wütend auf die Lippen. Er kocht vor Zorn.

Langsam nähern wir uns Valentin, dessen Atem in kurzen Stößen geht. Seine Hände sind zu Fäusten geballt, und er hat die Augen fest geschlossen. Es ist deutlich zu erkennen, dass er nicht mehr lange durchhalten wird.

»Wir berühren ihn gleichzeitig auf drei«, übernimmt Raphael das Kommando, während wir uns im Halbkreis um Valentin positionieren. Niemals zuvor habe ich mir etwas so glühend gewünscht wie das Gelingen dieses verzweifelten Versuchs. Ich weiß nicht, wie ich weiterleben soll, wenn es nicht funktioniert. Wie ich weiterleben soll ohne Valentin. Der meinen Fluch in sich aufgenommen hat. Der meine Last trägt. Der bereit ist, für mich zu sterben.

»Eins«, zählt Raphael.

Ich wappne mich gegen den Ansturm des Wahnsinns, der unweigerlich mit dem Kontakt einhergehen wird.

»Zwei.«

Ich strecke langsam den Arm aus, damit meine Fingerspitzen im richtigen Moment auf seine Haut treffen.

»Drei.«

Bevor ich Valentin berühren kann, reißt mich ein grober Stoß von den Füßen. Mit einem schmerzerfüllten Ächzen gehe ich zu Boden. Ein harter Körper landet direkt auf mir. Raphael. Was hat er getan?

Brutal ramme ich den Ellbogen in seine Rippen, rolle mich zur Seite und kämpfe mich in den Stand hoch.

Ich brauche lediglich Sekundenbruchteile, um die Situation zu erfassen. Das Pulsieren von Valentins Aura ist verschwunden. Ebenso ist die verkrampfte Anspannung aus seinem Körper gewichen. Seine Pupillen sind geweitet vor Entsetzen, aber sein Blick ist klar und fokussiert. Vor ihm liegt Norwin. Er atmet nicht. Seine Aura ist erloschen.

Ohne zu zögern, überwinde ich die geringe Distanz zwischen uns und prüfe seinen Puls. Nichts.

Herzschlag.

Ich schluchze.

Atmung.

»Norwin«, flehe ich. »Gib nicht auf.«

Leben.

Ich packe meinen Freund an den Schultern und schüttle ihn heftig. Nacheinander formuliere ich jeden Impuls, der mir zu seiner Rettung in den Sinn kommt. Vergeblich. Obwohl ich meine gesamte Kraft aufwende, kann ich ihn nicht zurückholen. Erschüttert sinke ich auf die Knie und lasse meinen Tränen freien Lauf.

»Es tut mir leid«, sagt Raphael nach einer scheinbaren Ewigkeit und setzt sich neben mich. Er streckt den Arm aus, wagt es aber nicht, mich anzufassen.

»Ich habe versagt«, murmle ich erstickt. »Erst Dorian, jetzt Norwin.«

»Du konntest nichts für ihn tun«, widerspricht er. »Vermutlich hat der Wahnsinn sein Nervensystem irreparabel zerstört. Außerdem war die plötzliche Entladung zu viel für sein Herz. Im Gegensatz zu Valentin hatte sein Körper nicht die Gelegenheit, sich daran zu gewöhnen. Er konnte den Schock in Kombination mit dem Übermaß an Kraft nicht bewältigen.«

»Wie kannst du so ungerührt darüber sprechen!«, fahre ich ihn wutentbrannt an. »*Dein* Eingreifen führte zu seinem Tod. Wie konntest du das tun?«

Raphael erwidert meinen Blick, ohne mit der Wimper zu zucken. »Ich habe getan, was nötig war, um dein Leben zu schützen«, antwortet er ruhig, doch in seinen Augen sehe ich Reue und tiefen Schmerz.

»Du hast ihn umgebracht!«, schreie ich hysterisch. »Wir wollten diese Last *gemeinsam* tragen! Er hat sich auf uns verlassen! Du hast ihn betrogen!«

»Mir blieb keine andere Wahl«, entgegnet er. »Du warst fest entschlossen. Es war ein unkalkulierbares Risiko. Ich wusste nicht, wie du auf den erneuten Wahnsinn reagieren würdest. Was, wenn er dich wieder befallen hätte?« Hilflos streckt er die Hand nach mir aus. »Ich musste dich schützen.«

Ich schlage seine Finger weg. »Du hast Norwin sterben lassen. Für mich!«

Raphael nickt stumm, was mich mit noch größerem Zorn erfüllt. Er hat unseren gemeinsamen Freund geopfert, auf heimtückische und herzlose Weise. Er hat ihn hintergangen. Er hat *mich* hintergangen. Niemals hätte ich erwartet, dass er dazu in der Lage wäre.

Unsicher schaue ich zu Valentin, der sich in den Stand hochgekämpft hat und schweigend unserer Auseinandersetzung lauscht. Er ist blass und unter seinen Augen liegen dunkle Schatten. Ansonsten erinnert nichts an ihm daran, dass er noch vor wenigen Minuten dem Tod näher war als dem Leben.

Spontan überwinde ich den Raum zwischen uns und ziehe ihn in eine enge Umarmung. Ohne zu zögern, drückt er mich an sich und legt das Kinn auf meinen Scheitel. Genau wie damals im Hotel und doch komplett anders. Unsere Auren verbinden sich mit einem Summen und sorgen dafür, dass ich mich endlich wieder vollständig fühle.

Raphael beobachtet uns ausdruckslos. »Schön, dass Valentin die Sache unversehrt überstanden hat«, stellt er bemüht lässig fest. Sein Tonfall verrät, dass er das Gegenteil meint. »Wir sollten das Nötigste erledigen, damit wir bald aufbrechen können«, wendet er sich an mich.

Mit Bedauern löse ich mich von Valentin und trete einen Schritt zurück, damit ich beiden Männern ins Gesicht sehen kann.

»Ich werde nicht mitgehen«, eröffne ich leise.

»Von mir aus bleiben wir noch«, stimmt Raphael schulterzuckend zu. »Wir sollten nur nicht zu lange warten.«

»Nein«, widerspreche ich. »Das bezog sich nicht auf den Moment. Ich kann nicht mit dir zusammen sein.«

Unwillkürlich halte ich inne. Ich habe mich entschieden, und ich werde dafür die Verantwortung tragen.

»Ich *will* nicht mit dir zusammen sein«, verbessere ich mich.

Raphael starrt mich verständnislos an. »Meinst du das ernst? Du hast eine Wahl getroffen? *Jetzt?* Du bist völlig durcheinander! In deiner aktuellen Verfassung kannst du das nicht entscheiden.«

Seine Äußerung lässt erneuten Ärger in mir hochsteigen. »Glaub mir, ich kann sehr gut entscheiden, was ich will und was nicht«, informiere ich ihn kühl.

»Das kommt durch diese verdammte Vereinigung«, behauptet Raphael und dreht frustriert die Handflächen nach oben. »Ich hätte das auch für dich getan. Er war lediglich etwas schneller.«

»Darum geht es nicht«, wehre ich ab, woraufhin Raphael mit den Zähnen knirscht.

»Aber ich –«

»Lass uns das nicht tun«, bitte ich. »Lass uns nicht aufwiegen, wer wie viel für mich getan hat.«

»Weil Valentin unweigerlich den Kürzeren ziehen würde«, kontert Raphael bissig.

Ich schüttle stumm den Kopf und suche angespannt nach den richtigen Worten. »Die Verbindung hat meine Gefühle offengelegt«, räume ich nach einer kurzen Pause ein. »Trotzdem hat sie nur gezeigt, was bereits existierte. Nicht mehr und nicht weniger.«

»Dieses eine Mal ist er mir zuvorgekommen«, murmelt Raphael, »und das stürzt unsere komplette Beziehung in die Krise?« Er schnaubt verächtlich. »Was hat dieser Versager, das du bei mir nicht findest?«

»Raphael –«, versuche ich, ihn zu besänftigen.

»Nein!«, unterbricht er mich aggressiv. »Ich will es hören.«

»Er ist nicht so herzlos, wie du denkst«, weiche ich aus. Es wäre gemein und zusätzlich überflüssig, mich auf diese Rechtfertigung einzulassen und Raphael damit einen weiteren Tiefschlag zu versetzen.

»Mein Gott, Hannah!«, fährt er mich an. »Hast du vergessen, in welche Schwierigkeiten er uns gebracht hat? Valentin ist eiskalt und hat lediglich seinen eigenen Vorteil im Sinn. Du bedeutest ihm nichts. *Mir* bedeutest du alles.«

»Hör auf, mich in diese Richtung zu drängen«, verlange ich und spreche anschließend endlich aus, was ich mir so lange nicht eingestehen wollte. »Mein Entschluss ist nicht abhängig von Valentin. Selbst wenn ich keine Gefühle für ihn hätte, würde es mit uns nicht funktionieren.«

»Was soll das heißen?«, will Raphael wissen.

Ich zögere.

»Sag schon«, fordert Raphael.

»Wir waren nie auf Augenhöhe«, beginne ich widerstrebend. »Von Anfang an hast du versucht, alles von mir fernzuhalten. Du hast mir nie zugetraut, selbst die Verantwortung für mein Handeln zu übernehmen. Du hast mich nie miteinbezogen. Ich weiß, dass du mich bloß vor meinen Fehlern und Schwächen schützen wolltest, aber du hast mich erdrückt und eingeengt. Nicht einmal mir zuliebe konntest du deinen Kontrollzwang beherrschen. Und heute hast du Norwins Tod akzeptiert, sogar herbeigeführt, weil du es nicht ertragen hast, dass du deinen Willen nicht durchsetzen konntest.«

»Glaubst du, mir ist das leichtgefallen?«, fragt Raphael bitter. »Du irrst dich. Ich werde mir das niemals verzeihen. Aber es gab keine andere Lösung. Wenige Minuten zuvor musste ich miterleben, was der Wahnsinn mit dir anstellt. Ich hatte Angst, er würde erneut seine Klauen in dich schlagen.«

»Ich wollte das Risiko eingehen. Es war meine Wahl«, erinnere ich. »Die hast du mir genommen.«

»Ja, ich habe mir Unmengen an Fehlern geleistet«, räumt Raphael ein. »Doch ich hatte nur dein Bestes im Sinn. Ich habe das alles für dich getan. Ich habe es für *uns* getan.«

»Das ist mir klar«, entgegne ich erschöpft. »Mir ist klar, was ich dir zu verdanken habe.«

Raphael richtet sich abrupt auf. »Und das war's jetzt?«, fragt er tonlos, ohne mich dabei anzusehen. »Du gibst mir nicht einmal die Chance, um dich zu kämpfen?«

»Es tut mir unglaublich leid, Raphael«, erwidere ich traurig. »Das zwischen uns reicht nicht aus.«

»Und zwischen euch?«, stößt er hervor und blickt von mir zu Valentin. »Zwischen euch reicht es aus?«

»Das weiß ich nicht«, gestehe ich. »Aber ich hoffe es.«

Raphael hebt den Kopf und sieht mir direkt ins Gesicht. Er hat die Lippen aufeinandergepresst und in seinen Augen erkenne ich Enttäuschung und Resignation. Nach einigen Sekunden nickt er niedergeschlagen, wendet sich ab und verlässt den Raum, ohne sich zu verabschieden.

Ich sinke neben Norwins Leiche auf die Knie und lasse zu, dass mich die Trauer überwältigt. Der Tod meiner Freunde und Raphaels offensichtlicher Schmerz sorgen dafür, dass sich mein Inneres anfühlt, als sei es zersplittert. Minutenlang werde ich von einem Weinkrampf geschüttelt. Valentin setzt sich still an meine Seite und legt den Arm um mich. Ich lehne den Kopf an seine Schulter, sodass meine Stirn seine Wange berührt. Während meine Schluchzer leiser und schließlich zu stummen Tränen werden, hält er mich fest umschlungen.

Erst nach langer Zeit bin ich in der Lage, zu sprechen.

»Ich hätte es verhindern müssen», flüstere ich. »Es hätte nie so weit kommen dürfen. Ich habe alles falsch gemacht.«

»Du musst nicht die komplette Verantwortung für diese Katastrophe übernehmen«, widerspricht er mit seiner typischen Direktheit. »Du hast niemanden gezwungen. Wir haben dich aus freien Stücken begleitet. Wir alle.«

»Levander ...«, setze ich an. Meine Stimme bricht.

Valentin begreift sofort. »Du warst nicht du selbst«, nimmt er mich in Schutz. »Dein Unterbewusstsein hatte die Kontrolle.«

»Mein Unterbewusstsein ist ein Monster«, stelle ich verzweifelt fest. »*Ich* bin ein Monster.«

»Der Wunsch nach Rache. Die Erbarmungslosigkeit. Der Hass. Alles wurde dir von uns eingegeben«, erinnert mich Valentin. »Das kam nicht alleine aus dir.«

»Ihr habt die Fokussierung abgebrochen. Letztendlich habt ihr Gnade gezeigt«, wende ich ein. »Im Gegensatz zu mir.«

»In jedem Unterbewusstsein lauern Dämonen«, sagt

Valentin. »Es liegt an dir, wie viel Macht du ihnen über dich gibst.«

Ich fixiere apathisch den Fußboden, trotz seiner entlastenden Worte unfähig, etwas anderes zu empfinden als niederschmetternde Schuld.

»Wir sollten uns überlegen, wie wir weiter vorgehen«, bemerkt Valentin mit einem vorsichtigen Blick auf die uns umgebende Zerstörung.

Ich wische mir mit der Hand über die Augen und schlucke gequält. »Können wir damit warten?«, frage ich heiser und bemühe mich, die in mir tobende Finsternis zu unterdrücken. »Ich will diesen Horror nur für einen Moment vergessen. Es ist zu viel. Ich kann nicht –«

»Ich denke, wir haben noch ein paar Minuten«, beruhigt er mich und streicht mir sanft über die Wange. Seine zitternden Finger offenbaren, dass er nicht so gelassen ist, wie er mich glauben machen möchte.

»Sag irgendwas«, bitte ich. »Irgendetwas, das mich auf andere Gedanken bringt.«

»Wir könnten über die anziehende Wirkung sprechen, die ich auf dich ausübe«, schlägt Valentin scheinbar lässig vor, doch seine Stimme klingt spröde. »Oder über die heiße Liebesnacht, die wir angefangen, aber nie zu Ende gebracht haben.«

»Du bist echt unmöglich, Valentin«, entgegne ich matt. »Aufdringlich, schamlos und unverschämt.«

»Während unserer Verschmelzung habe ich entdeckt, dass du genau das an mir magst«, informiert er mich mit einem schiefen Grinsen.

Seine Unverfrorenheit schafft es tatsächlich, mir ein klägliches Lächeln zu entlocken, obwohl mir weiterhin die Tränen über die Wangen laufen.

Schweigend suche ich seinen Blick, den er mit absoluter Offenheit erwidert.

Es ist fraglich, ob wir jemals über diese Tragödie hinwegkommen werden. Ich habe überlebt. Aber zu welchem Preis? Wir haben grauenvolle Verluste erlitten. Dorian und Norwin sind für mich in den Tod gegangen. Raphael wurde durch meine Zurückweisung gedemütigt und zutiefst verletzt. Vor dem Haus stehen meine völlig verängstigten Freunde, die vermutlich den Rest ihres Daseins von Albträumen heimgesucht werden. Es wird nicht einfach sein, mit dieser Schuld zu leben und den Schatten der Vergangenheit standzuhalten. Doch ich habe Valentin an meiner Seite. Valentin, der mich vollständig akzeptiert. Der meine Schwächen kennt und bei dem ich mich aufgehoben fühle. Der mich zum Lachen bringt und der mich versteht. Der auf seine Art ebenso gebrochen ist, wie ich es selbst bin. Vielleicht ist er nicht perfekt, aber genau dadurch perfekt für mich.

Hall of Fame

Die gesamte Geschichte um Hannah und ihre Gabe wäre nicht möglich ohne die Unterstützung meiner wunderbaren Familie und meiner großartigen Freunde.

Deshalb meinen innigsten Dank an …

… Martin.
Bester Mann. Bester Freund. Plotting-Partner. Rücken-frei-Halter. Homepagebastler. Projektumsetzer. Badewasser-Einlasser. Launen-Ertrager. Kaffeekocher.

… Mayra, Jano und Darian.
Glückskekse. Wecker. Zum-Lachen-Bringer. Bad-unter-Wasser-Setzer. Kaffee-Servierer. Gute-Laune-Macher. Herzenskinder.

… Brigitte.
Beste Mutter. Zaubermaus. Menschenkenner. Unterstützer. Pseudonym-Geberin. Sponsor. Telefonseelsorge.

… Wolfgang.
Bester Vater. Börsenhai. Musik-Fachsimpler. Ruhepol. Finanzberater. Hubbelschwein-Rollenspieler.

… Tobias.
Bruderschaft. Kindheitserinnerungen-Teiler. Nachrichten-Spammer. Geschätzter Mit-Plotter. Meister des Goldrübensafts. Intelligenzbestie. Jan-Model der ersten Stunde.

… Christine.
Buchsammlerin. Küchenfee. Familienverbündete. MMO-Veteranin. Fantasy-Begeisterte.

… Peter.
Handwerkerheld. Deadline-Mitbekämpfer. Scherzkeks. Fahrer-in-der-Not.

… Bernhard.
Lieblingsschwager. Handy-Verweigerer. Fiesling. Zitronen-Quarktörtchen-Duftverbreiter. Philosoph. Kreativling.

… Ingo.

Musikgenosse. Vorlektor. Trinkpartner. Freund. Komma-Checker. Dudendiskussionspartner. Cola-Dosen-Schubser. Spöttischer Schnauber. Konzertbegleiter. Vize-Master of Adverbs.

… Steffi.

Freundin. Telefonseelsorge. Einkaufsberaterin. Taschensammlerin. Lästerschwester. Patentochter-Inhaberin.

… Sven.

Instagram-Supporter. Facebook-Checker. Musikerkollege. Gitarrenpro.

… Jana.

Lavendel-Scones-Bäckerin. Schal-Süchtige. Freundin. Chucks-Begeisterte. Louis-Vuitton-Spezialistin. Inhaberin des Deos der Braut. Viel zu früh.

… Kirby.

Rücken-frei-Halter. Zuhörer. Freund. Lockenabschneider. Kinderbetreuer. Ratgeber. Cooles-Auto-Besitzer.

… Christina.

Design-Göttin. Kritikerin. Rücken-Stärkerin. Team Loki. Freundin.

… Hilke.

Kopf-zurecht-Rückerin. Back-Queen. Freundin. Kritikerin. Zockergirl.

… Thomas Montasser.

Motivator. Checker. Smiley-mit-Nase-Macher. Charismatiker. Berater. Seelentröster.

… Sandra Rothmund.

The one and only! Innere Göttin. Streicherin von Tierlauten. Liebe-auf-den-ersten-Blick-Lektorin. Team Valentin. Lieblings-Kritikerin.

… Katharina Ebinger.

Faust-Liebhaberin. Trägerin der Aura-Farben. Beistand-Leisterin.

… den Thienemann-Esslinger Verlag.

Begleiter. Aura-Heimatgeber. Unterstützer.

... Eva Schöffmann-Davidov.
Coverfee. Farbvielfalt. Künstlerin.

... Adolf.
Foto-Künstler. Kaffeepartner. Wetterfrosch. Motorradchauffeur.

... Sandra.
Vincent-Verfechterin. Angel-und-Spike-Vergleicherin. Freundin. Retro-Staudt.

... Imke.
Workaholic-Überwacherin. Musikkollegin. Freundin. Sängerin. Freshes Lieblingsmädel.

... Nele.
Testlese-Opfer Nr. 1. Hannah-Model. Musik-Checker. Valentin-Konkurrentin. Gute-Laune-Verbreiterin.

... die MediaApes.
Musikumsetzer. Ideenfinder. Producer.

... die Mädels von MC.
Fans-der-ersten-Stunde.

... die »Zeilenspringer«-AG des Leibniz-Gymnasiums.
Zielgruppenvertreter. Fragen-Beantworter. Buchliebhaber.

... meine Testleser.
Julia. Anne. Annette. Jana. Marie. Silke. Stefan. Susanne. Verena. Max.

... meine Schüler.
Namensgeber. Inspirationsquelle. Nervensägen. Schnuckis.

... die beste Schule der Welt.
Leibniz-Gymnasium.

Benedict, Clara:
Aura – Der Fluch
ISBN 978 3 522 20243 5

Umschlaggestaltung: Eva Schöffmann-Davidov
Innentypografie: Kadja Gericke
Reproduktion: Digitalprint GmbH, Stuttgart
Druck und Bindung: CPI Books GmbH, Leck
Dieses Werk wurde vermittelt durch die Montasser Medienagentur, München.

MIX
Papier aus verantwortungsvollen Quellen
FSC www.fsc.org
FSC® C083411